中国古典文学
读本丛书典藏

# 黄景仁诗选

李圣华 选注

人民文学出版社

图书在版编目（CIP）数据

黄景仁诗选/李圣华选注．—2版（增订本）．—北京：人民文学出版社，2021

（中国古典文学读本丛书典藏）
ISBN 978-7-02-016585-8

Ⅰ.①黄… Ⅱ.①李… Ⅲ.①古典诗歌—诗集—中国—清代 Ⅳ.①I222.749

中国版本图书馆 CIP 数据核字（2020）第 165334 号

| | |
|---|---|
| 责任编辑 | 胡文骏　杜广学 |
| 装帧设计 | 陶　雷 |
| 责任印制 | 王重艺 |

| | |
|---|---|
| 出版发行 | 人民文学出版社 |
| 社　　址 | 北京市朝内大街 166 号 |
| 邮政编码 | 100705 |
| 印　　刷 | 三河市鑫金马印装有限公司 |
| 经　　销 | 全国新华书店等 |
| 字　　数 | 300 千字 |
| 开　　本 | 880 毫米×1230 毫米　1/32 |
| 印　　张 | 13.75　插页 3 |
| 印　　数 | 1—6000 |
| 版　　次 | 2009 年 1 月北京第 1 版<br>2021 年 10 月北京第 2 版 |
| 印　　次 | 2021 年 10 月第 1 次印刷 |
| 书　　号 | 978-7-02-016585-8 |
| 定　　价 | 45.00 元 |

如有印装质量问题，请与本社图书销售中心调换。电话:010-65233595

# 目　录

前言　1

少年行　1
秋夜曲　1
十三夜　2
秋夕　3
登千佛岩遇雨　4
游白沙庵僧舍　6
感旧(四首选一)　6
观潮行　8
后观潮行　11
雨后湖泛　13
杂感　14
莫打鸭　15
春夜闻钟　16
客中清明　17
检邵叔宀先生遗札　18
花前曲(二首选一)　19
焦节妇行　19
道旁废园　21
遇伍三　22
遇故人　23

醉醒 23

客中闻雁 24

衡山高和赵味辛送余之湖南即以留别 25

月下杂感(二首选一) 28

江行避潮戏成 29

甬江舟中看山甚佳 30

和仇丽亭(五首选二) 32

夜泊闻雁 33

湘江夜泊 34

僧舍上元 35

感旧杂诗(四首选一) 36

寄丽亭(三首选一) 37

耒阳杜子美墓 38

洞庭行赠别王大归包山 39

把酒 42

夜与方仲履饮 43

春夜杂咏并序(十四首选二) 43

登衡山看日出用韩韵 45

江上夜望 47

黄鹤楼用崔韵 48

汉江晓发 49

晚泊九江寻琵琶亭故址 50

重九夜偶成 52

骤寒作 53

冬夜左二招饮 55

寒夜检邵叔宀师遗笔,因忆别时距今真三载为千秋
矣,不觉悲感俱集 57

二十三夜偕稚存、广心、杏庄饮大醉作歌 58

一笑(一笑加餐饭) 61

别老母 62

别内 63

二道口舟次夜起 63

舟夜寒甚排闷为此 64

当涂旅夜遣怀 64

一笑(一笑陶然醉) 66

送春三首(选一) 67

杂诗(谋欢知几日) 68

春暮呈容甫 69

偕容甫登绛雪亭 70

三十夜怀梦殊(二首选一) 72

短歌 73

太白墓 74

夜坐写怀 77

梦孤山 78

夜坐述怀呈思复 78

杂诗(二首选一) 79

寄王东田丈 81

夜坐怀维衍、桐巢 84

十一夜 85

立秋后二日 85

夜起 86

金陵杂感　87

中元僧舍　89

金陵待稚存不至,适容甫招饮　90

雨花台　91

秋兴并序(二首选一)　92

偕稚存登鸡鸣山　94

旅夜　94

稚存归索家书　95

子夜歌　96

金陵别邵大仲游　97

不寐　98

新月　98

客夜忆城东旧游寄怀左二　99

山寺偶题　101

太白楼和稚存　101

笥河先生偕宴太白楼,醉中作歌　102

虞忠肃祠　105

辛卯除夕　108

杂诗(叔季交道薄)　109

赠万黍维即送归阳羡(二首选一)　111

大雨宿青山僧寺即谢公宅　113

春暮　117

武陵吴翠丞降乩题诗,仿其意为此　117

重至新安杂感(四首选一)　119

春城　120

啼乌行　122

墙上蒿 123

门有车马客 124

冬夜 125

山铿 126

慈光寺前明郑贵妃赐袈裟歌 127

天都峰 131

铺海 133

黄山寻益然和尚塔不得,偕邵二云作 135

写怀 141

发一宿庵 142

夜起 143

宣城杂诗(四首选二) 145

重至当涂怀稚存(二首选一) 147

大造 149

烈士行 150

答和维衍二首(选一) 151

药渣鱼即琴高鱼 153

姜贞毅墓 154

七月八日夜雨偶成 156

乌栖曲 157

思旧篇并序 157

杂感四首(选二) 161

睡醒 163

重泊舟青山下 164

安庆客舍 165

余忠宣祠 166

皖城　169

归燕曲　170

主客行　173

宿练潭用王文成韵　174

早发　176

即目　177

即事　177

空馆　178

春风怨　179

英布墓　182

独酌感怀　183

鼠　185

寒鸦　186

濠梁　187

龙兴寺　188

壬辰除夕　189

悲来行　190

横江春词(四首选二)　192

对月感怀　193

山阁晓起　193

红心驿　194

偕稚存望洪泽湖有感　195

过全椒哭凯龙川先生并序　197

楼上对月　200

久雨寄示顾文子　201

失题(我家乃在东海东)　202

花津　203

高淳,先大父官广文处也,景仁生于此,四岁而孤,至
　七岁始归,今过斯地,不觉怆然　204

富阳　206

过钓台　207

新安程孝子行并序　207

丰山古梅歌并序　212

赠袁陶轩　215

水碓　217

山馆夜作　218

暮归北山下,丛木颓垣,未知何人祠也,苍凉独步,悄
　然成诗　219

游漪园暮归湖上　220

洪忠宣祠　221

金鼓洞　222

过贾秋壑集芳园故址　223

问水亭　225

湖上杂感(二首选一)　226

凤山南宋故内　226

七里泷　227

新安滩　228

杂题郑素亭画册　229

响山潭　230

冬日过西湖　231

冬日克一过访和赠(三首选二)　232

癸巳除夕偶成　234

别稚存 236

广陵杂诗(三首选一) 237

和钱百泉杂感(四首选二) 238

饥乌 239

重九后十日醉中次钱企卢韵赠别 240

偕邵元直、毛保之游虞山破山寺,遂达天龙庵寻桃源
  涧(四首选一) 243

展叔心先生墓 244

偕邵元直游吾谷 246

大雷雨过太湖 247

重过氿里寄怀龚梓村旧与梓树读书处 250

呈袁简斋太史(四首选二) 251

将之京师杂别(六首选二) 253

清明日偕贾稻孙、顾文子、丁秀岩、沈枫墀登白纻山 255

院斋纳凉杂成(四首选二) 257

言怀(二首选一) 259

得家书悼殇女 260

绮怀(十六首选二) 261

中秋夜雨 263

十七夜偕张秀才嘉会谈,是夜有月,三叠前韵 264

秋夜燕张荪圃座 266

邓家坟写望 268

秋色 270

午窗偶成(三首选二) 270

悼马秀才鸿运 272

二十夜 273

失题(神清骨冷何由俗)　273

何事不可为二章咏史　274

寿阳　278

涡水舟夜　279

雪夜至亳州　280

渡河　282

马上逢雁　283

东阿项羽墓　283

东阿道中逢汪剑潭　285

晓行　288

高唐　288

献县汪丞坐中观技　289

赵北口　293

哭龚梓树　294

春感　296

即席分赋得卖花声　297

翁覃溪先生以先文节公像属题,像李晞古笔,藏夏邑彭春衣侍讲家,此先生属山阴朱兰圃临本也　298

得稚存、渊如书却寄　300

十月一日独游卧佛寺逢吴次升、陈菊人,因之夕照寺、万柳堂,得诗六首(选五)　304

丙申除夕(三首选一)　307

丁酉正月四日自寿(二首选一)　308

闻稚存丁母忧　310

乌岩图歌为李秋曹威作　311

移家来京师　314

都门秋思(四首选三) 317

偕王秋塍、张鹤柴访菊法源寺 320

怀映垣内城 322

九月初二日晓雪 322

偶游僧舍,见有题恶诗于壁者,姓名与予同,戏
　　作 323

夜坐示施雪帆 325

挽李南硐(三首选一) 326

挽毛明经佩芳(二首选一) 327

三叠夜坐韵(二首选一) 328

题施锡蕃雪帆图四叠前韵 329

笥河先生见次原韵复叠二首 331

痴儿 332

余伯扶、少云昆仲、施大雪帆消寒夜集分赋 333

偕少云、雪帆小饮薄醉口占 335

次韦进士书城见赠移居四首原韵奉酬(选三) 336

张鹤柴招集赋得寒夜四声(四首选二) 338

元夜独登天桥酒楼醉歌 340

正月见桃花盛开且落矣 344

送陈理堂学博归江南(四首选二) 345

送嵇立亭归梁溪 347

苦雨 348

与稚存话旧 348

送韦书城南归 350

岁暮怀人(二十首选三) 352

腊月廿五日饮翁学士宝苏斋,题钱舜举画林和靖小像

用苏韵　353

小除日经厂市见王叔明画,爱不克购,归以志懊　355

元日大雪叠前韵　357

初四日复雪,余少云以和诗来,即叠韵奉答　358

人日登黑窑厂,归集翁学士覃溪诗境
　斋(二首选一)　360

圈虎行　361

桂未谷明经以旧藏山谷诗孙铜印见赠　364

言怀和黍维　368

移家南旋,是日报罢　369

直沽舟次寄怀都下诸友人(二首选一)　370

吴桥　371

平原(二首选一)　372

济南病中杂诗(七首选五)　373

得吴竹桥书趣北行,留别程端立　377

题明人画蕉阴宫女即次徐文长题诗韵　378

题洪稚存机声灯影图　379

恼花篇,时寓法源寺　381

荆轲故里　384

徐沟蔡明府予嘉斋头闻燕歌有感　385

将之关中留别吴二春田(二首选一)　386

和毕中丞悼亡诗(二首选一)　388

咏怀(十首选三)　389

赠徐二(二首选一)　392

秦淮　393

典衣行　394

舟过龙门山 395

初夏命仆刈阶草 396

思家 399

夜雨 399

山房夜雨 400

冬青树引和谢皋羽别唐珏韵 401

独鹤行简赵昧辛兼示洪对岩 403

题上方寺 405

正月晦夜大风雨 405

失题(来时陌上杨柳青) 406

金陵望江 407

述怀示友人(二首选一) 408

元夜独坐偶成 409

偶题斋壁 410

朝来 411

# 前　言

黄景仁(1749—1783),字汉镛,一字仲则,自号鹿菲子,江苏武进(今江苏常州)人。系出宋代诗人黄庭坚之弟黄叔达。祖父黄大乐,字韶音,岁贡生,任高淳县学训导。父之掞,字端衡,县学生。仲则生于高淳,四岁丧父,七岁随祖父归武进,十七岁补博士弟子员,累试不第。乾隆三十六年(1771),入安徽学使朱筠幕。乾隆四十年(1775)游京师,翌年津门献赋,钦取二等,遂得校录四库馆。居京师,穷困侘傺,而诗名鹊起。乾隆四十六年(1781)夏,应陕西巡抚毕沅之邀游西安,复进京候铨县丞。乾隆四十八年(1783),为债家所逼,抱病出京,病殁于解州,年仅三十五岁。仲则以诗著称于世,与洪亮吉并称常州"二俊",与洪亮吉、孙星衍、吕星垣有"常州四才子"之目,四人又与赵怀玉、杨伦、徐书受号"毗陵七子"。清人包世臣《黄征君传》称"乾隆六十年间,论诗者推为第一"(黄葆树等编《黄仲则研究资料》,上海古籍出版社,1986年。下引有关评论材料,未注明出处者,俱见是编)。张维屏《听松庐文钞》叹其为"天才"、"仙才",以为近求之百馀年以来,其惟一人而已。

一

"才人自来多失职"(黄仲则《太白楼和稚存》,前言所引黄仲则诗文俱出自《两当轩集》,上海古籍出版社,1983年)。清中叶诗坛的繁荣,终不能掩饰这是一个诗人没落的时代。乾隆盛世,是一个寒士诗人吟唱的"天堂"。黄仲则为代表的寒士诗人以凄霖苦雨之调自建一帜,构成盛世诗坛复杂的文化景观。

黄仲则一生"好作幽苦语"(《诗集自叙》),王昶《蒲褐山房诗话》论其诗如"哀猿之叫月,独雁之啼霜"。黄逸之《黄仲则年谱》以为此乃天性使之然。其实,仲则与清中叶大多数苦吟诗人一样,并非专是"为人性僻耽佳句"的,其"哀猿"、"独雁"之调,乃时代使然。仲则生活在社会下层,"一身堕地来,恨事常八九"(《冬夜左二招饮》),弱冠之诗即是"悲感凄怨",裁冰雪入句,咀嚼生凉。其业师邵齐焘不忍看弟子苦吟憔悴,屡加劝诫,《跋所和黄生汉镛对镜行后》云:"是汉镛方将镂心钺肝,以求异于众,亦增病之一端也,殊与仆私指谬矣。夫人百忧感其精,万事劳其形,故其神明易衰,疾疹得而乘之,而文人为尤甚。今日所望于汉镛者,方欲其闭户偃息,屏弃万事,以无为为宗,虽阁笔束书,以诵读吟咏为深戒可也。"仲则感所知遇,终不愿放弃不平则鸣的诗歌追求,《杂感》表白说:"莫因诗卷愁成谶,春鸟秋虫自作声。""并力作诗人"(《耒阳杜子美墓》),这理想是很高的,因为他所处的正是一个诗人没落的时代。

汪佑南《山泾草堂诗话》称仲则自出游后,"诗境为之大变,扶舆清淑之气,钟于一人"。诚如所论,乾隆三十四年、三十五年(1769、1770)的湖湘之游,是仲则诗歌人生的一个转捩。乾隆三十三年(1768),邵齐焘病逝,给仲则带来很大的冲击。他困惑知我者已归山阿,益感人生苦郁,故欲借山水来疗忧,有意远游湖南。仇养正等人以湘楚道远,且怜其病,劝以勿往。仲则不顾友人劝说,乾隆三十四年冬踏上旅途。诗人至湘江怀屈原、吊贾谊,到耒水拜谒杜甫墓,徘徊低吟,高唱道:"由来骚怨地,只合伴灵均"(《耒阳杜子美墓》),"魑魅天南产,文章地下灵。忧生兼吊古,那不鬓星星"(《寄丽亭》其二)。"楚人调涩无佳韵,好谱《离骚》入管弦。"(袁宏道《又赠朗哉,仍用前韵》)仲则至此,很快对楚调产生了一种偏爱,其诗一变而为凄凉"楚音"。吴锡麒《与刘松岚刺史书》称仲则诗旨"元本风骚,清窈之思,激哀于林樾",所言不虚。

湖湘之游称得上仲则诗歌的第一个黄金期。第二个创作高峰则是客于朱筠幕中的两年间。乾隆三十六年(1771)冬,仲则入安徽学使朱筠幕中,不久洪亮吉亦至。朱筠叹赏二人才华,致书钱大昕、程晋芳说:"甫莅江南,晤洪、黄二君,其才如龙泉、太阿,皆万人敌。"(洪亮吉《伤知己赋》,《卷施阁文乙集》卷二,《洪亮吉集》,中华书局,2001年)翌年三月上巳,朱筠率幕宾大会于采石矶太白楼,赋诗者十数人,仲则《笥河先生偕宴太白楼,醉中作歌》诗成,一时推为擅场。洪亮吉《国子监生武英殿书签官候选县丞黄君行状》(以下简称《行状》)载云:"为会于采石之太白楼,赋诗者十数人,君年最少,著白袷,立日影中,顷刻数百言。遍视坐客,坐客咸辍笔。时八府士子以词赋就试当涂,闻学使者高会,毕集楼下,至是咸从奚童乞白袷少年诗竞写,一日纸贵焉。"仲则随朱筠等人登采石,游青山、黄山、齐云山,饱览山水形胜,既有知音的相惜,又有山水的怡情,仲则度过他人生中最欢快的一段时光。其诗尽情展现飘逸的天才,不过"凄凉"的基调并未改变多少,故飘逸中蕴含着浓郁的苦味,洒脱中有难以解脱的郁闷,笑语中有不易言传的酸辛。

生于江南,遍游吴楚,饱览东南山水,黄仲则又怀着对燕赵山水与幽并之气的向往,久欲北游,然时光蹉跎,未能如愿。乾隆四十年(1775),他决意实现北游的愿望。《将之京师杂别》其一:"自嫌诗少幽燕气,故作冰天跃马行。"其二:"看人争著祖生鞭,彩笔江湖焰黯然。"诗人一再表白此行无意于功名,之所以北游,是由于自感诗中缺少幽燕之气。洪亮吉《行状》亦载云:"故平生于功名不甚置念,独恨其诗无幽并豪士气,尝蓄意欲游京师,至岁乙未乃行。"京师之游,确实使仲则诗中多了一些幽燕之气。但他进一步陷于困顿,尤其是移家京师后,心力交瘁,肺病日重,最后在债家逼迫下,抱病出京,客死逆旅。这样的遭遇赋予其诗更浓重的伤感色彩,他想成为"幽燕老将"的理想也随之幻灭了。清人赵希璜因此感叹说,如果仲则不游京师,可能不会那么早就离开人世,《校仲则诗付梓,不觉怆然》其二:"为爱幽并悲壮气,顿教仙骨落尘埃。"当然,应该承认这一现实,如果没有北游的种种痛苦,就不会有仲则更杰出的诗歌成就。从这个意义上说,仲则的北游,是他人生的一大不幸,却是诗坛和诗家的一件幸事。

这里需要说明的是仲则与都门诗社诸子的唱和。翁方纲、蒋士铨、程晋芳、吴锡麒等人在京师结都门诗社,邀仲则入社。仲则与翁方纲、蒋士铨等人交游,不无沾染以学为诗的风气。在学问与诗歌之间,他一度欲废诗而专事考据之学。这其中的原因,除了翁方纲等人的影响外,还包括他欲借此遁世的想法。现实带来的沉重痛苦,使他几不能承受,以至于想逃避到古书中去。这也难怪其诗中忽然少了许多"冰雪"气,而多了几分"虫鱼"味。如《汉吉羊洗歌,在程鱼门编修斋头作》等诗,几可作"注虫鱼"的文字来看。总体以观,仲则京师所赋诗多用书卷,但毕竟大多数作品是以情韵为主,如《桂未谷明经以旧藏山谷诗孙铜印见赠》等诗,俱有可观处,与翁方纲之诗有所不同。

仲则是一个"真正的悲剧诗人"(章衣萍《黄仲则评传》)。寒士甘于沉沦,既是面对现实的无奈,也是一种自我的人生选择。在一个诗人没落的时代,仲则选择诗歌人生的道路,"汝辈何知吾自悔,枉抛心力作诗人"(《癸巳除夕偶成》其二)实是雕肝镂肾的痛心之语,而非真正的自悔,故又吟唱:"相将且尽筵前醉,位置吾侪岂在人。"(《丁酉正月四日自寿》其二)其早逝与"并力作诗人"有着密切的关系。清人朱珪《念奴娇·题黄仲则词后》叹云:"感慨凄凉,尽平生、呕出一腔心血。剩有遗编,才展卷,便教痛深愁绝。"仲则之死是清中叶诗坛的悲剧,同时也构成了对乾隆"盛世"的一种反讽。

## 二

袁枚《续诗品·崇意》以为"意似主人,辞是奴婢","开千枝花,一本所系"(《小仓山房诗集》卷二十,清乾隆间刻本),所论自具道理。不过,黄仲则诗歌在崇意尚情的同时,又推重诗歌艺术手法。诗人感于哀乐,传写心声,独抒性情与高超的艺术手法熔铸一体,构成了其诗歌独特的风貌。

清人舒位《乾嘉诗坛点将录》以仲则比行者武松,赞云:"杀人者,打虎武松也。"所谓"杀人",是指其诗具有摧肝断肠的情感力量。仲则诗凄怆感人,除自抒真情外,还多借助了以哀笔写乐景的手法,每每"逢乐生悲,言欢长叹,对景情呜咽"(朱珪《念奴娇·题黄仲则词后》)。乾隆盛世,对寒士而言,不过是空中楼阁,饥寒流离、失意困顿使其对盛世产生悲观、厌倦的意绪,当馆阁诗人点缀升平之际,寒士则吟唱着凄霖苦雨的心曲。繁华之地是寒士敏于踏入的人生舞台,仲则的笔下扬州、京师等地变成一片萧瑟之处。如《广陵杂诗》绘写扬州阴郁的"暮气",《九月初二日晓雪》绘写京师的"萧条",撼去了盛世的华衮,尤其耐人寻味。同样引人注目的是他的重阳诗和除夕诗,如《癸巳除夕偶成》诸诗,将节日欢愉一变为凄凉之境。无疑,以哀笔写乐景不纯粹是仲则个人审美的偏嗜,其中还体现了他对世道人心的疑惑和怨愤之情。

比兴是古代诗歌最重要的艺术手法之一,后世诗论家多认为宋代以后比兴已衰。仲则与洪亮吉共倡比兴,不过,他们不是简单地复古,而是欲借此以创新。仲则诗引类善喻,寓兴深微,且所比之物颇多寒微枯败者。大量咏乌诗句,即构成《两当轩集》别一样的景观,如《寒鸦》以寒鸦自譬人生征逐之苦,反复咏叹无衣无褐的凄凉;《啼乌行》摭景近前,依以拟议,咏叹"人不如鸟能种情",鞭挞人世的冷漠无情;《乌栖曲》写老乌盼雏归巢的心理,深寓身世之感;《饥乌》形象地刻画出盛世寒士谋生的矛盾心理和尴尬处境。仲则之所以对寒鸦有一种特殊情感,这与他飘零的人生、乞食的生涯与寒鸦相似有一定的关系。另外,寒鸦又是孤独、失意的象征,是灰色调的,仲则借此传写了人生的倦意与寒士的沉沦。这类灰冷色调的作品"真如同在一片歌舞升平、笙鼓齐鸣的景观前剪出一束墨色花絮,从而令人丧气不欢"(严迪昌《清词史》,江苏古籍出版社,1990年)。纵观中国诗史,这尚是不多见的。善于比兴,使仲则诗言尽而意无穷,如钟嵘《诗品序》所云"使味之者无极,闻之者动心,是诗之至也",亦如张维屏《听松庐文钞》所评:"有味外之味,故咀之而不厌也;有音外之音,故聆之而愈长也。"

诗主性情,议论、写实亦不可废,要在性情面目人人各具。仲则诗擅长写实,工于议论,其成就几与清初诗人吴伟业相媲美。如《圈虎行》《献县汪丞坐中观技》等诗以生动的白描和巧妙的议论见长,妙笔生花,措意甚深。《慈光寺前明郑贵妃赐袈裟歌》《余忠宣祠》等诗一唱三叹,平中见奇,别开生面。清人延君寿《老生常谈》认为仲则歌行佳者可得五六十篇,"本朝此体,几无二手"。诗是心声,不自抒真情,而专求体制、格调,则失之弥远。仲则不屑故作大声壮语,也无意标举妙悟绝尘,诗人感于哀乐,状今人之情、今日之事,《移家来京师》六首、《都门秋思》四首、《别老母》等诗俱是取材近前,笔调写实,下笔着墨了无雕凿痕迹,其真情感人大抵由写实而来,其妙境也正在实处。

乾隆诗坛,无论肌理派诗人,还是性灵派诗人,都喜爱用典使事。肌理派尤甚,以学问为诗,用典浩繁,使事生僻,每自加注脚,多有獭祭之弊。仲则博学多闻,受时代风气影响,亦好用典使事。总体以观,仲则用典使事,和宋人苏东坡相近,精熟先秦诸子及汉魏、晋唐诸史,故随所遇辄有典故供其援引。《两当轩集》之诗用典使事讲求自然变化,而且领新标异,直欲于前贤之外,另辟一奇,可以说是化板重为清新,给乾隆诗坛吹入一股新鲜的空气。

黄仲则诗歌崇意尚情,不以藻缋为能事,但并不意味其不重用字。仲则与洪亮吉论诗,就曾劝其深心细阅明人高启之诗,"求其用意不用字,字意俱用处"(《与洪稚存书》)。清人刘大观《书黄仲则诗后》评仲则诗云:《悔存》八卷十万字,字字经营出苦思。"概而言之,仲则诗用字有两大特点。一是尖新奇崛,意取新警。他十分钟爱一个"立"字,如《山房夜雨》:"山鬼带雨啼,饥鼯背灯立。"《秋夕》:"羡尔女牛逢隔岁,为谁风露立多时?"《湖上杂感》其一:"不见故人闻旧曲,水西楼下立多时。"《癸巳除夕偶成》其一:"悄立市桥人不识,一星如月看多时。"《绮怀》其十五:"似此星辰非昨夜,为谁风露立中宵?""立"字,换言之,即无语、沉思、孤独,这既是诗人飘零孤独的象征,又是深衷渊怀的写照,也是心灵不宁的一种外化。由此来看,仲则诗中"立"字,用意甚深。杜诗善用"自"字,如"村村自花柳"、"寒城菊自花"、"故园花自发"、"风月自清夜"、"虚阁自松声"等,清人薛雪《一瓢诗话》评云:"下一'自'字,便觉其寄身离乱、感时伤事之情,掬出纸上。不独此也,凡字经老杜笔底,各有妙处。"仲则也多用"自"字,如《夜坐写怀》:"作诗辛苦谁传此,一卷空宵手自摩。"《春感》其二:"宫阙自天上,家山只梦中。"这些诗句传写凄凉心境,个性鲜明,颇得杜诗用字之妙。仲则又喜用"谁是",袁枚《随园诗话》卷十一评云:"记黄仲则有禽言断句云:'谁是哥哥,莫唤生疏客!'尖新至此,令人欲笑。"其实,仲则用字尖新,令人欲笑,而又不免悲从中来,如《太白楼和稚存》:"凡今谁是青莲才,当时诘屈几穷哉!"《何事不可为二章咏史》其一:"父人复人父,谁非竟谁是?""谁是"一词是诗人失路的痛哭,也是对上苍发出的质问。二是用字寒瘦苦涩。宋人黄庭坚诗如"药中峻品,以僻涩新奇之制,起陈腐恬熟之病"(《静居绪言》,《清诗话》,上海古籍出版社,1999年)。仲则

7

以"涪翁之后身"(《送冯鱼山庶常归钦州》)自任,远承祖法,下字用语,亦以寒瘦苦涩见长。检《两当轩集》诗,扑面而来的便是病马、病妇、病骨、人鬼、残灯、断梗、断魂、残星、残阳、暮气一类的衰飒之语,气韵幽冷,怆人心神,而且味如橄榄,使人回味无穷。洪亮吉《北江诗话》卷二云:"写景易,写情难。写情犹易,写性尤难。"无疑,仲则用字尖新奇崛、寒瘦苦涩,臻至妙境,正鲜活地体现了诗人的性情。

## 三

黄仲则诗深受人们的喜爱,有关赞誉之辞不暇引述,包世臣、张维屏的说法即颇具代表性,这里需要指出如何评论有关黄仲则诗歌的质疑之论。

所谓"礼法仇狂士,乾坤侮俊人"。黄仲则其人其诗在清代也受到不少误解和质疑。严迪昌先生《论黄仲则》曾经指出仲则是一位"在'天才'的赞誉声中被曲解了的诗人"。翁方纲、毕沅等人赞赏其才调,却不免慨叹其"卒以不自检束"(毕沅《吴会英才集小序》),以至于昆仑玉碎。清代不少论者还以为仲则之诗超逸有馀而博大不足。张维屏曾对此进行驳斥,《听松庐文钞》云:"子之意,必以多用书,多数典,而后博乎?必以袭杜、韩之貌,学明七子之声,而后为大乎?"以上批评,大抵属于善意的"误解"。更有甚者以为仲则耽酒好色,其人"不足重"。张维屏《听松庐诗话》亦为之辩解说:"至仲则亲老家贫,穷愁抑塞,念念不忘将母,乃欲谋升斗之养,而不获遂其志。卒至饥驱奔走,客死他乡,吾方悲之不暇,又何暇以礼法绳之耶?"

在有关的争议中,翁方纲与洪亮吉的冲突也值得一提。黄仲则去世不久,翁方纲为其编刻《悔存诗钞》八卷,从千馀首诗中删得500馀篇,并在序中指出仲则诗只有经过"严删",始能传世。洪亮吉看法颇不相同,力主将仲则诗全编付之剞劂。翁方纲深感不满,致洪亮吉手札云:"然仲则之诗,必如此严删,乃足传之,若全付劂,则非所以爱之矣。恳吾兄速致札关中,暂停梨枣,则弟即将删本寄去,否则此删本煞具苦衷,亦不肯轻以示人也。"洪亮吉未能苟同,《刘刺史大观为亡友黄二景仁刊悔存轩集八卷工竣,感赋一首,即柬刺史》诗云:"检点溪山馀笠屐,删除花月少精神(注云:诗为翁学士方纲所删,凡稍涉绮语及饮酒诸诗,皆不录入)。"(《卷施阁诗》卷十八)应该说,如果仲则全编不传,仅有《悔存诗钞》传世,其"性灵"难免要被"抽空",变成一副空架子,我们今天恐怕就很难认识其人其诗的真面目了。

## 四

黄仲则一生赋诗甚多,嘉庆间赵希璜、郑炳文编刻《两当轩诗钞》十四卷,存诗850馀首。咸丰八年(1858),黄志述所刻《两当轩全集》,收诗1072首,后世刻本多沿仿此本。1983年,上海古籍出版社印行李国章先生校点《两当轩集》,以光绪本作底本,并补收光绪本漏刻诗8首。其实,仲则现存诗仍只是他一生创作的少数。洪亮吉《行状》称仲则殁后箧中诗"篇幅完善者至二千首"。即使这2000馀首诗,也还是诗人删存后的数字。清人汪启淑《鹿菲子小传》称仲则"年始二十馀,得诗已二千馀首"(《续印人传》)。乾隆四十年(1775),仲则在《诗集自叙》中说:"恐贫病漂泊,脱有遗失,因检所积,十存其二三,聊命故人编次之。夫幼之所作,稍长辄悔,后之视今,何不独然。"据此以推,仲则一生赋诗当远在4000首以上,以其三十五年的生命历程和几近二十年的创作生涯来看,这个数量是惊人的。

清代诗歌浩如烟海,编纂《全清诗》尚是一个杳杳无期的工程。清诗选本的编集也非易事,其中一个很重要的原因就是这个时代距离我们太近了。唐诗在经过千馀年的历史检汰后,优劣区分较易。而编选清人之诗,尚是检汰清诗的历史长河中的一些初步尝试。所以,我们主张多撰写几部清代文学史,编刊一些作家之集,这将有助于清代文学的传播和研究。

翁方纲编刻的《悔存诗钞》"凡涉绮语及饮酒诸诗皆不录入",当时就遭到洪亮吉的强烈反对。毕沅《吴会英才集》、王昶《湖海诗传》、张应昌《清诗铎》、徐世昌《晚晴簃诗汇》俱收录仲则不少佳作。今人陈永正(止水)先生编选《黄仲则诗选》(三联书店香港分店初版,广东人民出版社1985年再版),选诗103首,详加注解,对仲则之诗的普及多有贡献。本次编选《黄景仁诗选》,以李国章校点《两当轩集》为依据,参以其他刻本与选本,选诗348首。有关录诗的标准,有两点需要说明。其一,严迪昌先生不赞同选本陈陈相因,曾经提出"新、美、活"的编选准则(《元明清词》,天地出版社,1997年)。本次诗选,亦是以"新、美、活"为则。其二,在文学史视野观照下,选诗力求较全面地反映仲则创作的实际,如大量选录《悔存诗钞》摒弃的"涉绮语及饮酒诸诗",盖因这类诗能见仲则的真性情;选录不少以学为诗的作品,是由于这些诗是其创作的一个重要方面。

本书初版以文字稿录入,条件简陋,又倚于门人之力,自己疏于校理,鲁鱼豕亥之误甚多。笔者深悔当年的鲁莽无知,每有负罪之感。承蒙湖湘才士谢卫兵兄、南京师大宋雪博士、浙江大学刘雄博士不弃,指正错谬,受益良多。此次修订,复参考许隽超先生《黄仲则年谱考略》,在此一并致以谢意。前哲蒋剑人、朱建新皆选注有《黄仲则诗》,笔者见闻鄙陋,曩昔且欲束书不观,今取而读之,知前贤远不可追也。小书增订于2011年岁末,明年二月作补记,即交出版社待梓。光阴荏苒,忽忽十载,始得排印。近接校样,重作勘读,知十年前增订仍嫌粗疏,乃作考补。又见张草纫先生《黄仲则选集》(上海古籍出版社,2017年,以下简称"张注")、蔡义江诸先生《黄仲则诗选》(中华书局,2011年,以下简称"蔡注")刊行,购读之,知各有所得,遂检可采者各数条,以为订补。

参酌蔡注订补14条:仲则《观潮行》"前胥后种"一条;同篇"我欲停杯一问之"一条;《骤寒作》"万窍"一条;《偕容甫登绛雪亭》"横江鹤"一条;《寄王东田丈》"射生手"一条、"学羌语"一条;《子夜歌》解题一条;《夜起》"叔夜于仙已绝缘"一条;《重九后十日醉中次钱企卢韵赠别》"莫羡悠悠世上名"一条;《秋夜燕张荪圃座》"白雪"一条;《春感》"宫阙自天上,家山只梦中"一条;《三叠夜坐韵》"散帖半床休检点,爱它鼠迹满凝尘"一条;《元夜独登天桥酒楼醉歌》"陶家"一条;《圈虎行》"不如鼠"一条。

参酌张注订补者20条:《秋夜曲》"双鸳鸯"一条;《莫打鸭》"芙蓉"一条;《湘江夜泊》"三十六湾"一条;《武陵吴翠丞降乩题诗,仿其意为此》"土花"一条;《大造》"阿保"一条;《即事》"宿雨"一条;《春风怨》"题来"一条、"沉沉"一条;《秋夜燕张荪圃座》"屈滕"一条;《即席分赋得卖花声》"齿颊生香"一条;《十月一日独游卧佛寺逢吴次升、陈菊人,因之夕照寺、万柳堂,得诗六首》"绿野名园"一条、"翠微"一条;《乌岩图歌为李秋曹威作》"曾参冠"一条;《都门秋思》"好寻驵卒话生平"一条;《夜坐示施雪帆》"行滕"一条;《元夜独登天桥酒楼醉歌》"双坛"一条;《送陈理堂学博归江南》"布帆安稳作归人"一条;《腊月廿五日饮翁学士宝苏斋,题钱舜举画林和靖小像用苏韵》"点漆"一条;《恼花篇,时寓法源寺》"非人谁与"一条;《夜雨》"天漏罅"一条。

朱建新、蒋剑人二先生旧注,有所参酌,各为标明。胪列诸条,以示不掠人之美,亦见注解非易事。至于注者抄挪沿用,兹不论。谨因小书浅陋,贻误注家,冒渎读者,诚致歉意。

此次校稿,蒙人文社胡文骏、杜广学先生之允,得事考证,补所未完,增释旧典、今典若干。如《二十三夜偕稚存、广心、杏庄饮大醉作歌》诸篇,补仲则与马鸿运、左辅、洪亮吉聚饮,号"城东酒徒"故事。指出《杂诗》"前后"二句反用曹植《箜篌引》诗句;《铺海》"迷娄",即迷空,与迷楼无涉;《宣城杂诗》"宣城花"兼用宋人苏为典事;《答和维衍二首》"如豆和黄"乃磨豆成浆,非如今人穿凿之释;《独鹤行简赵味辛兼示洪对岩》"商山君",用商山隐士高太素故事。《洪忠宣祠》"梨面",引民国《黑龙江志稿》作解。《湖上杂感》"酒面",引白居易、陶渊明诗及吴瞻泰《陶诗汇注》增释之。《别稚存》"此去风尘宜拭目",引《汉书·张敞传》以作新解。《杂题郑素亭画册》之"郑素亭",考为明代画工郑书逊。《寿阳》"河胃",引陈维崧《南阳怀古八首》证其即"淮水"之称;《怀映垣内城》之"映垣",考为荆溪任映垣。《济南病中杂诗》"南山",指齐地南山,即历山。《将之关中留别吴二春田》之"吴二春田",考为休宁吴兰芬。《典衣行》一首,考为乾隆三十四年冬和洪亮吉《典衣行》所作。《述怀示友人》"檐前"句所缺第六字,盖为"爵"字。

  注书不易,况所学短浅,根基薄陋,岂不难哉!仲则之诗,当时即有论者以为不易读。小书虽经修订,其不达者、谬误处当仍多,祈请方家读者不吝赐教,减我文字之业,以更有助于仲则诗篇之播传,人生幸莫大焉!

李圣华

二〇〇四年十月初稿第一稿

二〇一二年春补记

二〇二一年春再校毕,补记于越文化研究院

# 少年行[1]

男儿作健向沙场,自爱登台不望乡[2]。太白高高天尺五,宝刀明月共辉光[3]。

〔1〕这是仲则早年的一篇作品,作于乾隆三十一年(1766)前后。王昶《黄仲则墓志铭》云:"丙戌,始与同里洪子亮吉为诗,拟汉魏乐府,日成数篇。"丙戌,乾隆三十一年。《少年行》,《乐府诗集》入《杂曲歌辞》。仲则《诗集自叙》自称早年"好作幽苦语"。本篇豪气宕逸,不属于"幽苦语"。但如其《诗集自叙》所云"夫幼之所作,稍长辄悔",这类作品经过删削,集中存留不多。

〔2〕男儿作健:语本《乐府诗集》卷二十五《企喻歌辞》:"男儿欲作健,结伴不须多。"作健,成为强者。台:高台。《资治通鉴·汉纪》:汉元封元年(前110),武帝"出长城,北登单于台"。望乡:眺望故乡,古人眷怀家乡,登高望远,往往称高的建筑物为望乡台。王勃《蜀中九日登玄武山旅眺》:"九月九日望乡台,他席他乡送客怀。"

〔3〕太白:太白山,在陕西周至、太白间,为秦岭主峰。《禹贡锥指》卷十:"俗云:'武功太白,去天三百。'杜彦达曰:'太白山,南连武功山,于诸山最为秀杰,冬夏积雪,望之皓然。'"宝刀明月:古代豪士喜爱之物,呼应开头的"男儿作健向沙场"。

# 秋夜曲[1]

蟋蟀啼阶叶飘井,秋月还来照人影。锦衾罗帷愁夜长,翠带瘦断双鸳鸯[2]。幽兰裛露露珠白,零落花香葬花骨[3]。秋深夜冷谁相怜,知君此时眠未眠?

〔1〕这首诗作于乾隆三十二年(1767)前后。《秋夜曲》,《乐府诗集》入《杂曲歌辞》。本篇哀感顽艳,多惊心之语。张维屏《听松庐诗话》盛赞五、六句"冷艳"。吴文溥《南野堂笔记》评此诗与《山铿》《富阳》诸诗"俊句欲仙"。

〔2〕锦衾:锦被。孟浩然《寒夜》:"锦衾重自暖,遮莫晓霜飞。"罗帷:丝制的帷幔。瘦断:指因愁思而腰瘦带宽。纳兰性德《蝶恋花·夏夜》:"瘦断玉腰沾粉叶,人生那不相思绝。"双鸳鸯:玉带上的鸳鸯图案。王世贞《生查子·离恨》:"频馀翡翠簪,渐缓鸳鸯带。"

〔3〕幽兰:兰花。《离骚》:"户服艾以盈要兮,谓幽兰其不可佩。"裛(yì义):通"浥",沾湿。陶渊明《饮酒》其七:"秋菊有佳色,裛露掇其英。"花骨:即花蕾。陆龟蒙《奉和袭美酒中十咏·酒泉》:"春疑浸花骨,暮若酣云族。"

## 十三夜[1]

初更疾风雨,孤馆生芒寒[2]。梦醒忽见月,仍在疏棂间。推窗面轩豁,巡檐步蹒跚[3]。林色黯逾洁,惊乌栖未安。晴雨忽异境,顿作新霁看[4]。始知造物幻,倏霍无其端[5]。清光澹同色[6],中夜发长叹。

〔1〕本篇作于乾隆三十二年(1767)前后,抒写忧思,深衔悲怨。邵齐焘《劝学一首赠黄生汉镛》诗序云:"家贫孤露,时复抱病,性本高迈,自伤卑贱,所作诗词,悲感凄怨。"或谓仲则集中记日之题多乏深意,费笔墨。其说未尽然。此诗录存仲则心史,仍可读之。

〔2〕初更:旧时每夜分为五个更次,初更相当于现在的晚七时至九时。孤馆:孤寂的客舍。罗邺《秋日怀江上友人》:"酒醒孤馆秋帘卷,月满寒江夜笛高。"芒寒:清冷。

〔3〕轩豁:高大开阔。巡檐:来往于檐前。杜甫《舍弟观赴蓝田取妻子到江陵,喜寄三首》其二:"巡檐索共梅花笑,冷蕊疏枝半不禁。"

〔4〕新霁:新晴。

〔5〕造物:天地主宰。倏霍:即倏忽,急速貌。端:头绪。

〔6〕澔(hào耗):同"浩",辽阔广大貌。

## 秋夕〔1〕

桂堂寂寂漏声迟,一种秋怀两地知〔2〕。羡尔女牛逢隔岁,为谁风露立多时〔3〕?心如莲子常含苦,愁似春蚕未断丝〔4〕。判逐幽兰共颓化,此生无分了相思〔5〕。

〔1〕乾隆三十二年(1767)前后作,婉曲写情,苦味浓重,境韵追逼李商隐《无题》诗。王昶《湖海诗传》云:"仲则风神玉立,世比叔宝。年未弱冠,所撰小赋新诗,已有烟月扬州之誉。"

〔2〕"桂堂"二句:写孤独和相思之苦。桂堂,桂木构造的厅堂,泛指华美的堂屋。李商隐《无题》:"昨夜星辰昨夜风,画楼西畔桂堂东。"漏声,铜壶滴漏之声。漏,漏壶,古代计时的仪器。迟,迟迟,形容时间晚。

〔3〕"羡尔"二句:是说羡慕牛郎织女一年一度相逢,虽有长相离之苦,却有相见之期,而此恨绵绵无绝期。女牛,牛郎织女。

〔4〕"心如"二句:上句意近皇甫松《竹枝》:"斜江风起动横波,劈开

莲子苦心多。"下句化用李商隐《无题》:"春蚕到死丝方尽,蜡炬成灰泪始干。"

〔5〕判逐:犹言誓逐,无所顾惜。判,音义同"拚"。幽兰:兰花,多喻指美好的事物,这里喻指爱情。颓化:凋谢。无分:犹言无缘。

## 登千佛岩遇雨[1]

木落千山秋,天空一江碧[2]。贾勇登巉岩,决眦瞰危壁[3]。猎猎虎啸林,阴阴龙起泽[4]。肤寸足下云,倏已际天白[5]。急雨翻盆来,疾雷起肘腋[6]。同游三两人,相望失咫尺[7]。飘然冷风过,烟霾渐消迹[8]。雨脚移而东,长虹逗林隙[9]。山翠湿淋漓,苔空见白石。快哉今日观,横写百忧积。山川美登眺,嗟余在行役[10]。陟高暌亲庐,犯险乖子职[11]。归当置浊醪,孤酹莫惊魄[12]。

〔1〕千佛岩:在南京摄山(今栖霞山)栖霞寺附近,南朝齐时凿大小佛像千馀尊,号称千佛岩。乾隆三十三年(1768)前后,仲则作于南京。前半章写暴雨骤至的景观,笔调奇恣;后半章写雨后的快游,具有清奇之气,称得上仲则早年山水诗中的一篇佳作。王昶《湖海诗传》卷三十四选录此诗。

〔2〕木落:树叶凋落。天空:天际空阔。

〔3〕贾(gǔ 古)勇:有馀勇可售,借指奋勇,典出《左传·成公二年》:"齐高固入晋师,桀石以投人,禽之而乘其车,系桑本焉,以徇齐垒,曰:'欲勇者,贾余馀勇。'"巉(chán 缠)岩:险峻的山岩。决眦:裂开眼

眦,指张眼瞪视。杜甫《望岳》:"荡胸生层云,决眦入归鸟。"瞰:居高视下。

〔4〕猎猎:形容风声。鲍照《上浔阳还都道中》:"鳞鳞夕云起,猎猎晚风遒。"虎啸林:形容风声。龙起泽:谓大雨将至。

〔5〕肤寸:形容很小的地方,一指宽为寸,四指宽为肤。舒亶《太白山》:"长作人间三月雨,请看肤寸岭头云。"黄仲则《铺海》:"甫看肤寸倏满天,幻境万万还千千。"倏已:即瞬间。际天:际地蟠天,形容遍及天地间,语本《庄子·刻意》:"上际于天,下蟠于地。"

〔6〕疾雷:即迅雷。起肘腋:形容雷声很近。肘腋,肘间腋下,喻切近之处。

〔7〕"同游"二句:是说雨下得很大,同游者咫尺之间已不可辨。

〔8〕烟霾:昏晦的云雾。鲍照《冬日》:"烟霾有氛氲。"

〔9〕雨脚:密集落地的雨点。杜牧《念昔游三首》其二:"云门寺外逢猛雨,林黑山高雨脚长。"逗:停留。

〔10〕行役:因事务而行旅在外,此指江宁应试。

〔11〕"陟高"二句:是说孝子于其亲存之日,自爱其身,不登高临险,典出《礼记·曲礼上》:"不登高,不临深","不服阇,不登危,惧辱亲也"。《汉书·王尊传》:王阳为益州刺史,行部至九折阪,叹曰:"奉先人遗体,奈何数乘此险!"后以病辞官。及王尊为刺史,至九折阪,叱驭说:"驱之!王阳为孝子,王尊为忠臣。"又,薛元超《谏皇太子笺》云:"夫为人子者,不登高,不临深,谓其近危辱也。"陟高,攀登高山。暧,遮蔽,引申指有碍。亲庐,奉亲在庐。犯险,身临险境。乖,违背。子职,为人子的职责。

〔12〕浊醪(láo 劳):浊酒。孤酹(lèi 类):独自酹酒。酹,以酒浇地表示祭奠。

## 游白沙庵僧舍[1]

偶展登临兴,攀萝到上方[2]。江流送今古,僧话杂兴亡[3]。漱罢水泉冷,听沉山磬凉[4]。归来林坞夕,高处尚斜阳。

〔1〕作于乾隆三十三年(1768)前后。白沙庵,不详。

〔2〕展:展兴。攀萝:攀附藤萝向前,指艰难地登山。上方:佛寺,指白沙庵。

〔3〕今古:现时与往昔。僧话:与僧人晤谈。

〔4〕听沉:静听,谛听。山磬(qìng 庆):山寺中的磬声。磬,僧人诵经所用的钵形打击乐器。

## 感旧[1](四首选一)

### 其四

从此音尘各悄然,春山如黛草如烟[2]。泪添吴苑三更雨,恨惹邮亭一夜眠[3]。讵有青乌缄别句,聊将锦瑟记流年[4]。他时脱便微之过,百转千回只自怜[5]。

〔1〕《感旧》组诗共四首,其一:"大道青楼望不遮,年时系马醉流霞。"其二:"丹青旧誓相如札,禅榻经时杜牧情。"其三:"多缘刺史无坚

约,岂视萧郎作路人。"据知,仲则爱上一位青楼女子,并对这段感情十分怀念和惋惜。此选第四首,诗意朦胧,极尽悱恻缠绵之致。本篇作于乾隆三十三年(1768)前后。黄逸之《黄仲则年谱》称之"乃是自述在汍里时之回忆",不知何据。

〔2〕"从此"二句:写别后音信全无,往事如烟,不可追寻。音尘,喻指音信踪迹。韦庄《荷叶杯》:"从此隔音尘。如今俱是异乡人,相见更无因。"黛,青黑色的颜料,古代妇女用以画眉。

〔3〕"泪添"二句:用典,《南唐近事》卷二载,陶毅学士出使江南,辞色毅然不可犯,韩熙载命妓秦弱兰诈为驿卒之女,供洒扫馆舍,陶毅悦之与狎,赠《风光好》,词云:"好因缘,恶因缘,只得邮亭一夜眠,别神仙。

琵琶拨尽相思调,知音少。待得鸾胶续断弦,是何年?"明日,后主设宴,命秦弱兰歌此词劝酒,陶毅色沮,即日北归。吴苑,吴地的园囿。白居易《早春忆苏州寄梦得》:"吴苑四时风景好,就中偏好是春天。"邮亭,古代的邮驿。

〔4〕"讵有"二句:上句化用李商隐《无题》:"蓬莱此去无多路,青鸟殷勤为探看。"下句化用《锦瑟》:"锦瑟无端五十弦,一弦一柱思华年。"讵有,岂有。青鸟,即青鸟,传说中西王母的使者。《山海经·大荒西经》:"是谓沃之野。有三青鸟,赤首黑目,一名曰大鹜,一名少鹜,一名曰青鸟。"郭璞注:"皆西王母所使也。"锦瑟,漆有织锦纹的瑟。

〔5〕"他时"二句:用典,唐人元稹传奇《莺莺传》记述张生、崔莺莺相恋的故事,对张生"始乱之终弃之"表示赞赏,云:"时人多许张为善补过者矣。予常于朋会之中,往往及此意者,夫使知者不为,为之者不惑。"宋人王性之等人以为张生乃元稹本人,后世对此多提出质疑。黄仲则盖相信此说,但不赞成元稹之论,故云"他时脱便微之过"。脱便,假使解脱。微之,元稹字。百转千回,形容反复曲折。《莺莺传》载莺莺委身他人后,不肯再见张生,知张生怨念,赋诗云:"自从消瘦减容光,万转千回

懒下床。不为傍人羞不起,为郎憔悴却羞郎。"后又赋诗谢绝云:"弃置今何道,当时且自亲。还将旧来意,怜取眼前人。"

## 观潮行[1]

客有不乐游广陵,卧看八月秋涛兴[2]。伟哉造物此巨观,海水直挟心飞腾。瀴溟万万夙未屈,对此茫茫八埏隘[3]。才见银山动地来,已将赤岸浮天外[4]。砰岩硠岳万穴号,雌呿雄吟六节摇[5]。岂其乾坤果吁吸,乃与晦朔为盈消[6]。殷天怒为排山入,转眼西追日轮及[7]。一信将无渤澥空,再来或恐鸿濛湿[8]。唱歌踏浪输吴侬,曾赍何物邀海童[9]?答言三千水犀弩,至今犹敢撄其锋[10]。我思此语等儿戏,员也英灵实南避[11]。只合回头撼越山,那因抉目仇吴地[12]。吴颠越蹶曾几时,前胥后种谁见知[13]?潮生潮落自终古,我欲停杯一问之[14]。

〔1〕广陵观涛,一般在八月望日,张岱《夜航船》:"风俗:八月望日,广陵曲江观涛;浙江于十八日看戏潮。"本篇作于乾隆三十二至三十三年(1767—1768)间,以奇宕的笔调写广陵潮的雄奇景象,指出潮生潮落自千古,这种力量是人类无法相比的,具有不少新意。袁枚《随园诗话》卷七称赞仲则"诗近太白",全录此诗。徐嘉《论诗绝句·黄仲则两当轩诗》评云:"倾倒洪(亮吉)孙(星衍)让谪仙,清商高奏气幽燕。《观潮》一洒枚乘笔,冠绝三吴此少年。"贾田祖《又五绝句》其二云:"疾雨横风快不如,沉郁顿挫颇有馀。力与浣花斗奇崛,两《观潮》匹两《观鱼》。"

〔2〕广陵:今江苏扬州。卧看:闲赏。韦庄《寄江南诸弟》:"只思溪影上,卧看玉华峰。"

〔3〕瀴溟万万:语本木华《海赋》:"经途瀴溟,万万有馀。"李善注:"瀴溟,犹绝远杳冥也。"《集韵·清韵》:"瀴,瀴溟,水绝远貌。"届:至,到。八埏(yán盐):八方极远之地。朱建新《黄仲则诗》:"八埏,司马相如文:'上畅九垓,下泝八埏。'"隘:狭小。

〔4〕银山:形容坚固不可摧毁之物,比喻广陵潮。赤岸:传说中的地名,枚乘《七发》:"凌赤岸,篲扶桑,横奔似雷行。"

〔5〕砰岩碮岳:木华《海赋》:"岑岭飞腾而反覆,五岳鼓舞而相碮。"李善注:"岑岭、五岳,言波涛之形,递相触激,故或反复,故或相碮也。"砰(pēng抨),撞击。碮,敲击。呿(qū屈)吟:吟叹。呿,张口。吟,闭口。《庄子·秋水》:"公孙龙口呿而不合,舌举而不下。"六节:胡忆肖《黄景仁诗词选》:"《素问·六节藏相论》:'余闻天以六六之节,以成一岁。'"朱建新《黄仲则诗》:"按六节,意谓天地也。"

〔6〕乾坤:天地。呼吸:即呼吸。晦朔:农历每月的末一日和初一日。《后汉书·律历志》:"晦朔合离,斗建移辰,谓之(月)。"盈消:消长盛衰。盈,满也。

〔7〕殷(yǐn引)天:即震天。司马相如《上林赋》:"车骑雷起,殷天动地。"郭璞曰:"殷,犹震也。"排山:推开山岳,形容势大力猛。"转眼"句:典出《山海经·海外北经》:"夸父与日逐走,入日。"日轮,指太阳,日形如车轮而运行不息,故名。

〔8〕"一信"二句:写广陵潮势猛烈,排江倒海。一信,信潮,定期而来的潮水。渤澥,渤海。司马相如《子虚赋》:"浮渤澥,游孟渚。"《初学记》卷六:"按东海之别有渤澥,故东海共称渤海,又通谓之沧海。"鸿濛湿:形容潮水大。鸿濛,古人所说的宇宙形成前的混沌状态,借指天地。

〔9〕吴侬:吴俗自称我侬,指人则曰渠侬、他侬,人们因以吴侬代称

吴人。吴人善歌,故云"唱歌踏浪输吴侬"。赍(jī机):赠送。海童:传说中的海中仙童。左思《吴都赋》:"江斐于是往来,海童于是宴语。斯实神妙之响象,嗟难得而觇缕!"刘逵注:"海童,海神童也。吴歌曲曰:'仙人赍持何,等前谒海童。'"

〔10〕"答言"二句:典出《十国春秋·武肃王世家》:钱镠筑捍海石塘,江涛汹涌,版筑不就,钱镠令架强弩以射潮,潮为顿敛,遂定其基。上二句问凭什么请来海童,这两句承上说有人回答是怕钱镠射潮的水犀弩,钱塘潮虽迅猛,不也收敛了。水犀弩,以水犀角制成的弩,借指强弩。高启《唐昭宗赐钱武肃王铁券歌》:"犀弩三千射潮水。"撄(yīng英)其锋,即撄锋,触碰锋镝。

〔11〕"我思"二句:这两句是说以上的回答不过是儿戏语,伍子胥的英灵不驾广陵潮,故南避入钱塘江。此语,指"答言"二句的说法。员,伍员,字子胥,春秋时楚人。《吴越春秋》·夫差内传第五》:伍子胥辅助吴王夫差打败越国,后被谗伏剑死,吴王投其尸江中。子胥化为潮神,随流扬波,依潮来往,荡激崩岸,人称子胥潮。

〔12〕"只合"二句:承上,是说伍子胥驾钱塘潮往来,并非是为了复抉目之仇。抉(jué决)目,挖出眼睛。《史记·伍子胥列传》:夫差赐剑伍子胥,子胥死前说:"而抉吾眼悬吴东门之上,以观越寇之入灭吴也。"

〔13〕"吴颠"二句:是说吴国、越国都灭亡了,谁是见证者?朝代兴替不过须臾之事,而潮生潮落自千古。吴颠越蹶,吴国和越国的灭亡。胥,伍子胥。《吴越春秋·夫差内传第五》:伍子胥死前仰天而叹:"吾今日死,吴宫为墟,庭生蔓草,越人掘汝社稷,安忘我乎?"种,文种,字少禽,楚国人,事越王勾践,献策助其灭吴,后亦被迫自杀。《史记·越王勾践世家》:越灭吴后,范蠡隐去,自齐国遗书文种:"蜚鸟尽,良弓藏;狡兔死,走狗烹。越王为,人长颈鸟喙,可与共患难,不可与共乐。子何不去?"文种遂称病不朝。或诬告文种将作乱,越王赐剑文种曰:"子教寡

人伐吴七术(按:《越绝书》称九术),寡人用其三而败吴,其四在子,子为我从先王试之。"文种自刎亡。《吴越春秋》称文种葬后一种,伍子胥乘涛携之去,"俱浮于海。故前潮水涛候者,伍子胥也;后重水者,大夫种也"。

〔14〕"我欲"句:化用李白《把酒问月》:"青天有月来几时,我今停杯一问之。"


# 后观潮行[1]

海风卷尽江头叶,沙岸千人万人立[2]。怪底山川忽变容[3],又报天边海潮入。鸥飞艇乱行云停,江亦作势如相迎[4]。鹅毛一白尚天际,倾耳已是风霆声[5]。江流不合几回折,欲折涛头如折铁[6]。一折平添百丈飞,浩浩长空舞晴雪[7]。星驰电激望已遥[8],江塘十里随低高。此时万户同屏息,想见窗棂齐动摇。潮头障天天亦暮,苍茫却望潮来处。前阵才平罗刹矶,后来又没西兴树[9]。独客吊影行自愁,大地与身同一浮[10]。乘槎未许到星阙,采药何年傍祖洲[11]。赋罢观潮长太息,我尚输潮归即得[12]。回首重城鼓角哀,半空纯作鱼龙色[13]。

〔1〕黄仲则早岁应童子试,受知于知府潘汭、知县王祖肃。潘、王二人迁官杭、歙,仲则历访之,先后游杭州、徽州。本篇咏钱塘潮,盖作于乾隆三十三年(1768)秋游杭州之际。前八句是铺垫,中间十二句写钱塘潮势,兔走隼落,骏马注坡,结束四句始自叹人生未如江潮那样任意洒

脱。全诗一气呵成,不露痕迹。此诗与《观潮行》为姊妹篇,冠绝一时。刘大观《书黄仲则诗后》评云:"熔铸群书运伟才,自有光芒照天地。试观两首《观潮行》,汹汹纸上起潮声。"袁枚《仿元遗山论诗》其二十七评云:"常州星象聚文昌,洪(稚存)顾(立方)孙(渊如)杨(蓉裳)各擅场。中有黄滔今李白,看潮七古冠钱唐。"

〔2〕"海风"二句:写钱塘江边秋景和观潮者众多,开句即气势恢宏。

〔3〕怪底:惊疑。

〔4〕"鸥飞"二句:写江潮来时天空和江面的景状,使用拟人的手法。行云停,用陶渊明《停云》其二"停云霭霭,时雨濛濛。八表同昏,平陆成江"之意。如相迎,写江水流动之势,与"行云停"对仗巧妙。

〔5〕鹅毛:比喻江潮。倾耳:侧耳谛听。风霆:狂风和暴雷,形容潮声。

〔6〕"江流"二句:是说江潮气势不可遏,如折铁一样,极其凌厉。不合,即不应。

〔7〕"一折"二句:写江潮崩岸,潮水飞溅,如雪舞长空。长空,天空。

〔8〕星驰电激:形容江潮如流星飞驰,闪电激射。

〔9〕罗刹矶:又名罗刹石、镇江石,在钱塘江边秦望山东南。白居易《微之重夸州居,其落句有西州罗刹之谑,因嘲兹石,聊以寄怀》:"嵌空石面标罗刹,压捺潮头敌子胥。"西兴:今浙江萧山西兴镇,地值钱塘江渡口,隔岸与杭州相对,相传春秋时范蠡在此筑城,六朝时为西陵戍,五代时改名西兴。

〔10〕"独客"二句:感叹大地沉浮,尚不能自主,更何况自己呢?独客,独自为客。吊影,形影相吊。以上诗句写景,以下诗句抒写感慨。

〔11〕"乘槎(chá察)"二句:是说访仙与寻求长生,俱是遥遥无期。

乘槎,乘坐竹筏或木筏,喻指访仙。典出张华《博物志》:天河与海通,有人乘槎浮海至天河,遇织女、牵牛,问是何处,答曰:"君还至蜀郡访严君平则知之。"后至蜀,严君平曰:"某年月日,有客星犯牵牛宿。"正是此人到天河之时。苏轼《次韵正辅同游白水山》:"岂知乘槎天女侧,独倚云机看织纱。"星阙,天上宫殿。采药,古人采药以寻求长生。祖洲,古代传说中的十洲之一。《海内十洲记》:"祖洲,近在东海之中,地方五百里,去西岸七万里,上有不死之草。"

〔12〕"赋罢"二句:这两句感叹江潮往来自行胸臆,自己在人世间不免进退失据。太息,大声叹息。

〔13〕重城:古时外城中又建内城,故名。左思《吴都赋》:"郛郭周匝,重城结隅。"鼓角:鼓角声,古时黄昏时吹号角,将关闭城门。韦庄《登汉高庙闲眺》:"参差郭外楼台小,断续风中鼓角残。"鱼龙色:即秋色。


## 雨后湖泛〔1〕

风起水参差,舟轻去转迟〔2〕。一湖新雨后,万树欲烟时〔3〕。有客倚兰楫,何人唱《竹枝》〔4〕?莲娃归去尽,极浦剩相思〔5〕。

〔1〕作于乾隆三十三年(1768),时游杭州。绘写西湖雨后的画卷,思致清丽,三、四句写景尤妙。

〔2〕参差:不齐貌,形容水波。苏轼《书李世南所画秋景》:"野水参差落涨痕。""舟轻"句:意思是湖光山色怡人,诗人要慢慢地欣赏美妙的

湖景。

〔3〕"一湖"二句:写湖上雨后景色,化用苏轼《饮湖上初晴后雨二首》其二:"水光潋滟晴方好,山色空濛雨亦奇。"

〔4〕兰楫:兰舟。楫,船桨。《竹枝》:《竹枝词》,乐府歌名,本为巴渝一带的民歌,唐人刘禹锡据以改作新词。后人游西湖,多作《西湖竹枝词》,歌咏西湖风土人情。

〔5〕"莲娃"二句:意思是天色已晚,诗人留恋西湖之景,不愿归去。莲娃,采莲女。极浦,遥远的水滨。《楚辞·九歌》:"日将暮兮怅忘归,惟极浦兮寤怀。"


# 杂感〔1〕

仙佛茫茫两未成,只知独夜不平鸣〔2〕。风蓬飘尽悲歌气,泥絮沾来薄倖名〔3〕。十有九人堪白眼,百无一用是书生〔4〕。莫因诗卷愁成谶,春鸟秋虫自作声〔5〕。或戒以吟苦非福,谢之而已。


〔1〕本篇作于乾隆三十三年(1768)冬前后。乾隆三十年(1765)后,仲则始致力于诗赋,"爱作幽苦语"(《诗集自叙》)。时人或劝戒"吟苦非福"。邵齐焘《跋所和黄生汉镛对镜行后》即云:"是汉镛方将镂心钵肝,以求异于众,亦增病之一端也,殊与仆私指谬矣。夫人百忧感其精,万事劳其形,故其神明易衰,疾疹得而乘之,而文人为尤甚。今日所望于汉镛者,方欲其闭户偃息,屏弃万事,以无为为宗,虽阁笔束书,以诵读吟咏为深戒可也。汉镛当解此意。"但仲则坚持不平则鸣,无意考虑福祸之事。不平则鸣既是他诗歌人生的开端,也奠立了其"哀猿之叫月,独

雁之啼霜"的诗歌基调。

〔2〕不平鸣:不平则鸣,语出韩愈《送孟东野序》:"大凡物不得其平则鸣。……人之于言也亦然,有不得已者而后言,其歌也有思,其哭也有怀。"

〔3〕风蓬:蓬草随风飞转,喻人生飘泊不定。泥絮:沾泥的飞絮,喻堕身尘世。《冷斋夜话·东坡称赏道潜诗》:苏轼与东吴僧人道潜一见如故,尝遣妓乞诗,道潜援笔赋云:"寄语巫山窈窕娘,好将魂梦恼襄王。禅心已作沾泥絮,不逐春风上下狂。"薄倖名:杜牧《遣怀》:"十年一觉扬州梦,赢得青楼薄倖名。"此用其词。

〔4〕"十有"二句:写愤世嫉俗之情。白眼,典出《晋书·阮籍传》:阮籍不拘礼教,发言玄远,口不臧否人物,"又能为青白眼,见礼俗之士,以白眼对之"。戴叔伦《行路难》:"白眼向人多意气。""百无"句,化用杨炯《从军行》:"宁为百夫长,胜作一书生。"

〔5〕谶(chèn 衬):谶语,一种预言或预兆,古人或以为诗中不吉之语将成为诗谶。春鸟秋虫:语本韩愈《送孟东野序》:"维天之于时也亦然,择其善鸣者而假之鸣。是故以鸟鸣春,以雷鸣夏,以虫鸣秋,以风鸣冬。四时之相推敚,其必有不得其平者乎!"

# 莫打鸭〔1〕

莫打鸭,打起鸳鸯睡〔2〕。鸳鸯飞去尚成双,落得芙蓉妾心碎〔3〕。

〔1〕莫打鸭:宋人赵德麟《侯鲭录》卷八:宣城守吕士隆好缘微罪杖营妓。后乐籍中得一客娼名丽华,妙丽善歌,有声于江南,士隆眷之。一

日,复欲杖营妓并丽华,丽华曰:"某不敢避杖,但恐新到某人者不安此耳。"土隆笑而从之。丽华短肥,故梅圣俞作《莫打鸭》诗以解之曰:"莫打鸭,打鸭惊鸳鸯。鸳鸯新自南池落,不比孤洲老秃鹚。秃鹚尚欲远飞去,何况鸳鸯羽翼长。"宋人吴聿《观林诗话》:"梅圣俞诗'莫打鸭,打鸭惊鸳鸯'之语,讥宣守答官奴也。……然'起鸳鸯'三字亦有来处,杜牧之云:'织篷眠舴艋,惊梦起鸳鸯。'"仲则此诗作于乾隆三十三年(1768)冬前后,描摹闺中女子的情思,哀婉清丽,传神会意,不无妙笔,与梅尧臣的调侃打油有所不同。

〔2〕"莫打"二句:化用梅尧臣《莫打鸭》:"莫打鸭,打鸭惊鸳鸯。"

〔3〕"鸳鸯"二句:这两句模仿女子之口,是说不要惊醒鸳鸯,即使惊起鸳鸯,也是成双成对飞起,而惊醒妾梦,则不能与情人再相聚了。芙蓉,荷花,喻女子或丈夫,此当喻夫。

# 春夜闻钟[1]

近郭无僧寺,钟声何处风[2]?短长乡梦外,断续雨丝中。芳草远逾远,小楼空更空。不堪沉听寂,天半又归鸿[3]。

〔1〕作于乾隆三十四年(1769)春前后,抒写归思,从不眠的钟声落笔,句句烘托,层层渲染,点染出一片浓郁的乡思。全诗音节委婉悠扬,韵调绵邈。吴蔚光《两当轩诗钞序》云:"仲则秋声也,如霁晓孤吹,如霜夜闻钟,其所独到,直逼古人。"本篇即是"秋声"之作。

〔2〕"近郭"二句:化用王维《过香积寺》:"古木无人径,深山何处钟?"郭,外城。

〔3〕"不堪"二句:写飘泊的孤苦和乡思。沉听,谛听。天半,半空

中。归鸿,归雁,古人多用以寄托归思。

## 客中清明[1]

新火依微出远村,天涯时节独开樽[2]。故乡陌上多车马,是处坟头有子孙[3]。柳带缄来沾别泪,石泉梦后怆吟魂[4]。此间我亦思家苦,绕郭青山似白门[5]。

〔1〕本篇作于乾隆三十四年(1769)清明日。是年,仲则游杭州、徽州。本篇传写清明之际飘泊天涯的哀思,境韵与高启《清明呈馆中诸公》相通,具有味清字简,用意不用字的特点。三、四句尤为凄警。

〔2〕新火:旧俗寒食禁火,清明节新点烟火,称新火。杜甫《清明二首》其一:"朝来新火起新烟,湖色春光净客船。"开樽:亦作"开尊",举杯饮酒。

〔3〕"故乡"二句:黄仲则四岁而孤,乾隆二十九年长兄庚龄卒,清明时节,诗人想到故乡处处坟上都有子孙祭奠,而自己飘泊江湖,不能归祭,悲不自胜。陌上,道中。是处,处处。王昌龄《悲哉行》:"百年不容息,是处生意蔓。"

〔4〕柳带:柳枝,以其细长如带,故称。李商隐《小园独酌》:"柳带谁能结,花房未肯开。"缄:扎束。《词林海错》卷二《花寮集》:唐时洛中名妓曾折柳结带赠李商隐以索诗。后人以柳带为情人赠物。石泉:山石中的泉流。典出《东坡志林·梦寐》:"昨夜梦参寥师携一轴诗见过,觉而记其《饮茶诗》两句云:'寒食清明都过了,石泉槐火一时新。'梦中问:'火固新矣,泉何故新?'答曰:'俗以清明淘井。'"这两句以柳带、石泉,

17

抒写不能归里的哀怨。

〔5〕"此间"二句：化自高启《清明呈馆中诸公》："白下有山皆绕郭，清明无客不思家。"白门，南京的别称。

## 检邵叔𥑮先生遗札[1]

死别生离各泫然，吞声恻恻已经年[2]。帆开南浦春刚去，舟到西泠月正圆。二语昔年别先生之武林诗，未成而发，后得书示和章。[3]当日祖筵如梦里，即今展翰又天边[4]。伤心一树梅花发，更有谁移植墓田[5]？庭梅一株，先生尝酌其下，曰："吾老去，移此植墓田足矣。"竟成语谶。

〔1〕乾隆三十四年（1769）作，悼念恩师邵齐焘，感情真挚，催人泪下。邵齐焘（1718—1768），字荀慈，号叔𥑮（mián 棉），昭文（今属江苏常熟）人。乾隆七年（1742）进士，官编修，卒于乾隆三十三年（1768）。有《玉芝堂集》。仲则乾隆三十一年（1766）从邵氏游。邵氏主讲常州龙城书院，仲则与洪亮吉从学，邵氏赞其常州"二俊"（洪亮吉《伤知己赋》）。仲则与邵齐焘感情很深，邵氏《汉镛以长句述余衡山旧游赋示》诗云："读书事业游山兴，一并殷勤付后生。"仲则《哭叔𥑮先生兼怀仲游》其一云："我生受恩处，虞山首屈指。我愧视犹父，视我实犹子。"

〔2〕泫然：流泪貌。吞声：无声地悲泣。恻恻：悲痛貌。杜甫《梦李白二首》其一："死别已吞声，生别长恻恻。"

〔3〕南浦：《楚辞·九歌·河伯》："子交手兮东行，送美人兮南浦。"后以泛指送别之处。江淹《别赋》："送君南浦，伤如之何？"西泠：桥名，

在杭州孤山西北,借指杭州。乾隆三十二年(1767)秋,黄仲则应杭嘉湖道潘恂之邀游杭州,所谓赠别邵齐焘之诗,盖作于将游杭州之际。

〔4〕祖筵:设筵送行。孟浩然《送卢少府使入秦》:"祖筵江上列,离恨别前书。"展翰:展读笔札。翰,鸟羽,古人以羽毛为笔,故以翰代指毛笔。

〔5〕一树梅花:陆游《梅花绝句》:"何方可化身千亿,一树梅花一放翁。"墓田:坟地。

## 花前曲〔1〕(二首选一)

巡檐花满地,倚槛香留枝〔2〕。看花易肠断,攀树最相思〔3〕。

〔1〕这首诗作于乾隆三十四年(1769),尺幅虽短,但所载之情相当沉重,好在诗人运笔婉妙,将情传写得极其自然。
〔2〕巡檐:见《十三夜》注〔3〕。倚槛:倚栏。
〔3〕肠断:形容极度悲痛。元稹《桃花》:"春风助肠断,吹落白衣裳。"攀树:同"攀条"。《古诗十九首·庭中有奇树》:"攀条折其荣,将以遗所思。"

## 焦节妇行〔1〕

雄鸡齐唤霜满天,看郎刀裹肩上肩〔2〕。里胥促发似豺虎〔3〕,语声未毕行尘前。茕茕为君守乡里〔4〕,妾身虽生不如死。床头有儿呱呱声,此时欲死还宜生。翠钿罗襦一时卸[5],转托邻翁向街卖。郎行慎勿忧家中,妾身可碎妾不嫁。生当努力青海头,死当瞑目黄泉下[6]。等闲一度十九秋,儿成学贾事远游[7]。妾存已似枝上露,郎在亦白天边头[8]。五更城头吹觱篥,黑云如轮月如漆[9]。荧荧一点青钉寒,蟋蟀在户鬼在室[10]。忽然四面来血腥,举头瞥见神魂惊。一人手提髑髅立[11],遍体血污难分明。汝近前来妾不惧,果是郎归定何据。一风暗来飘血衣,去日曾穿此衣去。郎归妾已知,但怪来何迟。床头一灯灭,梁上长绳垂。昔闻瀚海风沙一万里[12],郎兮几时飞度此?妾死尚欲随郎行,看郎白骨沙场里。

[1] 本篇铺叙焦节妇殉夫之事。所谓生不如死,是节妇人生的真实写照。丈夫征戍一去十九年,生存希望渺茫,焦氏苦节抚子成立,决心追随丈夫而去。死在她眼里并不可怕,她所向往的正是夫妻的比翼双飞。诗咏节妇殉情,夫妇的深情在此得到升华,绝非庸俗地宣扬节妇之德的作品可比。清人朱庭珍《筱园诗话》卷二评论此诗造诣甚深,可见仲则诗"笔锋锐不可当","变幻莫测,具大神通"。潘瑛《国朝诗萃初集》卷七称此篇"摹写如生,得龙门叙事之妙"。

[2] 刀裹:兵器和行李。肩上肩:肩上背。黄志述《两当轩集考异》:"上'肩'字训如《说文》'骻'也,下'肩'字训如《书·盘庚》'传任'也。"

[3] 里胥:里长,里吏。

[4] 茕(qióng 穷)茕:孤零貌。

[5] 翠钿:古时女子佩戴的翠玉首饰。罗襦:绸制短衣。

〔6〕青海头:指边远荒漠之地。青海,古名西海,北魏时始名青海。黄泉下:死后埋葬之地。

〔7〕等闲:寻常。学贾:从事商贾业。

〔8〕"妾存"二句:是说等候丈夫十九年未归,已似枝上露水,旦夕将尽。枝上露,喻衰老。亦白天边头,意近唐人《回纥》:"久成人将老,须臾变作白头翁。"

〔9〕觱篥(bì lì 必力):古代的一种管乐器,以竹为管,管口插有芦制哨子,有九孔,又称笳管。黑云如轮:黑云低垂,大如车盖,古人视此为将有大变故的征兆。张岱《夜航船》:"汉灵帝时,有黑气堕温德殿中,大如车盖。"

〔10〕荧荧:微弱的火光。青釭(gāng 刚):青灯。蟋蟀在户:《诗经·豳风·七月》:"五月斯螽动股,六月莎鸡振羽,七月在野,八月在宇,九月在户,十月蟋蟀入我床下。"

〔11〕髑(dú 独)髅:死人的头。

〔12〕翰海:沙漠。岑参《白雪歌送武判官归京》:"瀚海阑干百丈冰,愁云惨淡万里凝。"


# 道旁废园[1]

何人行乐处,零落见陂池[2]。草竟长于我,花还开向谁[3]?盛时来已晚,过客见同悲。问讯樵苏者[4],模糊半不知。

〔1〕作于乾隆三十四年(1769),借废园咏兴衰之理,蕴藉含蓄,寄意幽微。法式善《梧门诗话》卷一称此首"草竟长于我,花开还向谁"二句与《偶成》"危坐忽消烛,孤吟欲振楼"之句,洪亮吉极赏之,皆弱冠之

作,"的是伤心人语"。

〔2〕行乐:游戏娱乐。陂(bēi杯)池:池塘。

〔3〕"草竟"二句:是说荒草高于人,花开依旧,但又为谁人而开?

〔4〕樵苏:打柴割草。

## 遇伍三[1]

君问十年事,凄然欲断魂。一无如我意,侭可对君言[2]。刖屡足犹在,鞭多舌幸存[3]。相期著书好,归去掩蓬门[4]。

〔1〕作于乾隆三十四年(1769)。乾隆盛世,对寒士而言仍是一个歌哭无常的时代,本篇中的嘲谑具有苦味的色彩,折射着现实的残酷。伍三:伍既庭,名宇澄,阳湖(今常州)人,有《饮渌轩随笔》。与仲则交厚,仲则《醉歌行别伍三》诗云:"漏声将残客行少,有客仓皇窜荒草。十年仗剑都亭行,鼓刀贱者知姓名。仰天酒尽各万里,蓦地相逢服华紫。悲来唏吁,浮云四徂。挥手且去,各为长图。"

〔2〕侭(jǐn紧)可:悉可。

〔3〕"刖屡"二句:意思是饱受世事磨难,一身尚存,馀气犹在。刖屡:用楚人和氏得玉璞,先后献楚厉王、武王,以为诈,被刖足故事,见《韩非子·和氏》。舌幸存,用张仪典事。《史记·张仪列传》:张仪尝从楚相饮,楚相亡璧,其门下疑张仪盗璧,执之掠笞。张仪归,其妻诮之,张仪问:"视吾舌尚在不?"妻子答云:"舌在也。"张仪云:"足矣!"

〔4〕蓬门:用蓬草编成的门,借指贫苦人家。杜甫《客至》:"花径不曾缘客扫,蓬门今始为君开。"

# 遇故人[1]

终日相对或兀兀[2],别去乃积千万言。谁知此地复携手[3],仍无一语如从前。世人但解别离苦,今日相逢泪如雨。风尘满面霜满头,教人那得有一语。

〔1〕 仲则多有绘写人生的平易之作,平中见奇。本篇洗去铅华,不平牢骚和伤愁别恨俱融入平实的语句,而且多有看上去可笑的字面,仔细品味则是真情实境,笑中含泪,人生的辛酸一泻无馀,给人留下很深的印象。
〔2〕 兀兀:沉默的样子。
〔3〕 携手:指相聚。


# 醉醒[1]

梦里微闻薝蔔香[2],觉时一枕绿云凉。夜来忘却掩扉卧,落月二峰阴上床。

〔1〕 仲则能诗善画,这首小诗以高超的白描手法,绘出一幅夜月图,清幽萧远。洪亮吉《北江诗话》卷二:"静者心多妙。体物之工,亦惟静者能之。"此诗可谓静得体物之工,灵动而具妙趣。
〔2〕 薝蔔(zhān bo 沾卜):梵语音译,指郁金香花。王维《六祖能禅

师碑铭》:"花惟薝蔔,不嗅馀香。"《尔雅翼·释草》:"或曰:薝蔔者金色,花小而香,西方甚多,非卮也。"卢纶《送静居法师》:"薝蔔名花飘不断,醍醐法味洒何浓。"以薝蔔为栀子之说,参见胡鸣玉《订讹杂录》卷二,此不从之。

## 客中闻雁[1]

山明落日水明沙,寂寞秋城感物华[2]。独上高楼惨无语,忽闻孤雁竟思家[3]。和霜欲起千村杵,带月如听绝漠笳[4]。我亦稻粱愁岁暮,年年星鬓为伊加[5]。

[1] 本篇作于乾隆三十四年(1769),借鸿雁为谋稻粱南北飞逐,自伤天涯飘泊。清人汪端光、张问陶酷爱此诗,汪端光《读亡友黄仲则客中闻雁诗,怅触久之,感赋一首,即索船山和韵》诗云:"绝徼荒厓好自休,未应辛苦到神州。身家那有无穷累,眠食翻多不解愁。海国菰蒲连夜雨,江乡云水隔年秋。只今南下书空断,字字飘零杜若洲。"张问陶《重阳前一日,涧县以读亡友黄仲则客中闻雁诗感赋一首见示,分步原韵呈涧县》诗云:"飘摇南北尽风沙,一片秋霜感岁华。节候自更长作客,去来无定若为家。乡书凄断数行字,兵气苍凉何处笳?辛苦衔芦避矰缴,稻粱谋拙饭难加。"

[2] 物华:自然景物。白居易《酬南洛阳早春见赠》:"物华春意尚迟回,赖有东风昼夜催。"

[3] 独上高楼:用王粲典事。王粲,字仲宣,建安七子之一,作《登楼赋》抒写怀乡之情和壮志难酬的感慨,有云:"登兹楼以四望兮,聊暇

日以销忧。……夜参半而不寐兮,怅盘桓以反侧。"方干《忆故山》:"独上高楼望,蓬身且未宁。"赵怀玉《和黄大景仁》有"楼头书剑悲王粲"之句。惨无语:凄然无语。

〔4〕杵:指捣衣声。绝漠:大漠。笳:胡笳,古代北方民族的一种乐器。杜甫《后出塞》:"悲笳数声动,壮士惨不骄。"

〔5〕稻粱:稻粱谷物,借指生计。韩愈《鸣雁》:"嗷嗷鸣雁鸣且飞,穷秋南去春北归","风霜酸苦稻粱微,羽毛摧落身不肥"。星鬓:花白的鬓发。伊:指孤雁。

## 衡山高和赵味辛送余之湖南即以留别〔1〕

衡山高,湘水深,我为此别难为心〔2〕。君知我行不得意,为我翻作衡山吟〔3〕。衡山吟,声渐苦,凄断湘弦冷湘浦〔4〕。女萝山鬼风萧萧,七泽欲冻鼋鼍噑〔5〕。下见苍梧万里之大野,上有祝融碍日之高标〔6〕。鱼龙广乐不复作,雁飞欲堕哀嗷嗷〔7〕。渔父拏舟入烟水,屈原行吟意未已〔8〕。千古骚人且如此,我辈升沉偶然耳〔9〕。衡山之吟吟且停,此曲凄绝难为听。我亦不吊湘夫人,我亦不悲楚灵均〔10〕。只将此曲操入水云去,自写牢落招羁魂〔11〕。前途但恨少君共,谁与醉倒金庭春〔12〕。春来沉芷倘堪折〔13〕,手把一枝归赠君。

〔1〕乾隆三十四年(1769),仲则侘傺无聊,借山水消忧,游杭州、徽州等地,意欲游湘楚。黄逸之《黄仲则年谱》:"先是抱病客杭州时,杭友仇丽亭辈,以湖湘道远,且怜其病,劝勿往,先生词以谢之:'一事与君说,

君莫苦羁留。百年过隙驹耳,行矣复何求?且奈残羹冷炙,还受晓风残月,博得十年游。若待嫁娶毕,白发待人不?'"是年冬始成行,客湖南按察使王太岳署中。泛彭蠡,历洞庭,其诗益奇。赵怀玉《衡山高送黄生》诗云:"黄生黄生尔亦豪,家无瓿石能轻抛。风尘扰扰面目不为寒饿改,直视世间一切青紫如铺醨啜糟。"本篇和此所作,自抒块垒,如江河堤决,纵横千里,不受声调所累。赵怀玉,字忆孙,号味辛,武进人。乾隆四十五年(1780)南巡召试,赐举人,授内阁中书。出为青州海防同知,署登州、兖州知府。有《亦有生斋集》、《云溪乐府》。

〔2〕"衡山"三句:化用赵怀玉《衡山高送黄生》:"衡山高,湘水深,为君翻作衡山吟。"衡山,五岳之一,有南岳独秀之誉。衡山高,语出杜甫《朱凤行》:"君不见潇湘之山衡山高,山巅朱凤声嗷嗷。侧身长顾求其群,翅垂口噤心甚劳。"湘水,湘江,源出广西兴安,在零陵西与潇水会,合称潇湘,经湘潭、长沙,流入洞庭湖。湘水深,陈羽《湘妃怨》:"二妃怨处云沉沉,二妃哭处湘水深。"此用其词。难为心,心中难舍。吴修刻《两当轩诗集》作"伤我心"。

〔3〕衡山吟:指赵怀玉《衡山高送黄生》,见本篇注〔1〕。

〔4〕湘弦:即湘瑟,相传是湘妃所弹之瑟。韩愈《送灵师》:"四座咸寂默,杳如奏湘弦。"湘浦:湘江水滨。吴融《新雁》:"湘浦波春始北归,玉关摇落又南飞。"

〔5〕"女萝"二句:上句化用赵怀玉《衡山高送黄生》"女萝山鬼风萧萧";下句化用杜甫《醉歌行赠公安颜少府请顾八题壁》"是日霜风冻七泽"及《追酬故高蜀州人日见寄》"潇湘水国傍鼋鼍"句意。女萝,即松萝。《诗经·小雅·頍弁》:"茑与女萝,施于松柏。"山鬼,山中的女神。《楚辞·九歌·山鬼》:"若有人兮山之阿,被薜荔兮带女萝。"七泽,相传古时楚有七大水泽,后泛称楚地湖泊。司马相如《子虚赋》:"臣闻楚有七泽,尝见其一,未睹其馀也。臣之所见,盖特其小小者耳,名曰云梦。"

鼋鼍(yuán tuó 员陀),大鳖和猪婆龙。元稹《赛神》:"鼋鼍在龙穴,妖气常郁温。"

〔6〕苍梧:周代时百粤之地,后为楚地,汉武帝置苍梧郡,在今广西梧州一带。苍梧山,又曰九疑,在今湖南宁远,古时亦属苍梧之地,相传舜南巡,卒于苍梧。大野:广袤的原野。祝融:祝融峰,衡山最高峰。杜甫《望岳》:"祝融五峰尊,峰峰次低昂。"碍日:形容祝融峰之高。高标:高耸之标。

〔7〕鱼龙:鱼龙百戏,古代百戏中变化鱼和龙的杂耍。《汉书·西域传赞》:"作巴俞都卢、海中砀极、漫衍鱼龙、角抵之戏以观视之。"颜师古注:"鱼龙者,为含利之兽,先戏于庭极,毕,乃入殿前激水,化成比目鱼,跳跃漱水,作雾障日。毕,化成黄龙八丈,出水敖戏于庭,炫耀日光。"广乐:盛大之乐,多指仙乐。朱建新《黄仲则诗》:"广乐,赵简子疾,不知人。既寤,曰:我之帝所,甚乐,与百神游钧天,广乐九奏,万舞,其声动心。见《史记》。"嗷(áo 熬)嗷:哀鸣声。

〔8〕"渔父"二句:典出《楚辞·渔父》:屈原行吟泽畔,颜色憔悴,渔父见而问之,屈原曰:"举世皆浊而我独清,众人皆醉而我独醒,是以见放。"渔父曰:"何不餔其糟而歠其醨,何故深思高举,自令见放为?"屈原曰:"宁赴湘流,葬于江鱼之腹中,安能以皓皓之白,而蒙世俗之尘埃乎?"渔父鼓枻而去,歌曰:"沧浪之水清兮,可以濯吾缨;沧浪之水浊兮,可以濯吾足。"拏(ná 拿)舟,撑船。拏,牵引。

〔9〕骚人:屈原作《离骚》,后人因称屈原及《楚辞》的作者为骚人,亦泛指文人词客,此指屈原。升沉:显达与沉沦。

〔10〕湘夫人:传说中帝尧二女娥皇、女英为舜妃,舜死后,二妃投湘水死,为湘水之神,称作湘夫人。楚灵均:即屈原,战国时楚人,愤时忧国,投汨罗江而死。《离骚》:"皇览揆余初度兮,肇锡余以嘉名。名余曰正则兮,字余曰灵均。"

〔11〕操:琴曲。应劭《风俗通义·琴》:"其遇闭塞忧愁而作者,命其曲曰操。操者,言遇灾遭害,困厄穷迫,虽怨恨失意,犹守礼义,不惧不慑,乐道而不失其操者也。"此用作动词,指谱奏。水云:戎昱《湘南曲》:"虞帝南游不复还,翠蛾幽怨水云间。"倪谦《倪文僖集》卷四《溪山琴意图》:"瑶琴宜鼓水云操。"牢落:孤寂失意。羁魂:旅人心魂,借指不宁的心魂。招羁魂:《楚辞》有《招魂》篇,或谓宋玉为屈原招魂之作,或谓屈原为楚怀王招魂之作,篇中陈说四方之不可居留,赞歌故乡,劝说魂魄归来,有云:"魂兮归来!反故居些。"

〔12〕金庭春:指美酒。绍定《吴郡志》:"太湖洞庭东山、西山真柑著闻于世,安定郡王以酿酒,名洞庭春色。苏轼作有《洞庭春色赋》。"洞庭湖亦有美酒。

〔13〕沅芷:沅江中的香草,象征高洁。沅,沅江。芷,白芷,一种香草。《楚辞·九歌·湘夫人》:"沅有芷兮澧有兰。"王逸注:"言沅水之中有盛茂之芷,澧水之内有芬芳之兰,异于众草。"

# 月下杂感[1](二首选一)

## 其一

明月几时有?人间何事无[2]。倾城顾形影,壮士抚头颅[3]。方寸谁堪比,深宵我共孤[4]。感君行乐处,分照及蓬庐[5]。

〔1〕作于乾隆三十四年(1769)冬。这首月下感怀诗绘述清醒的人生,传写贫士的酸辛,诗境哀怨清奇,如王昶《蒲褐山房诗话》所评"哀猿之叫月,独雁之啼霜"。黄培芳《香石诗话》卷二评前四句云:"于月之下人,独拈此两种,写得倍觉动人。""感君"二句,超然独造,笔力极高。

〔2〕"明月"二句:感叹人生世事不可言说,化用苏轼《水调歌头》:"明月几时有,把酒问青天。"

〔3〕倾城:形容女子的美貌,语出《前汉书·外戚列传》:李延年为汉武帝起舞,歌曰:"北方有佳人,绝世而独立。一顾倾人城,再顾倾人国。"顾形影:顾影自怜,形容孤独失意。抚头颅:犹言搔首,形容壮志难酬。

〔4〕"方寸"二句:是说此心孤独不寐,惟有明月可比。方寸,人的内心。

〔5〕行乐:见《道旁废园》注〔2〕。蓬庐:简陋的房屋。

## 江行避潮戏成〔1〕

回沙刚得一舟停,转眼潮来天地腥〔2〕。一样芦中作穷士,却教人避子胥灵〔3〕。

〔1〕作于乾隆三十四年(1769)冬,短小轻灵,且不免调侃,颇有袁枚性灵诗的味道,只是诗中独多身世凄凉之感。

〔2〕腥:江潮的腥气。陈陶《宿岛径夷山舍》:"山深石床冷,海近腥气来。"

〔3〕芦中作穷士:典出《吴越春秋·王僚使公子光传第三》:伍子胥

避楚王迫害,奔吴过昭关,追者在后,几得不脱。有渔翁欲助其渡江,适旁有人窥之,因歌曰:"日月昭昭乎寖已驰,与子期乎芦之漪。"子胥即藏身芦中。渔翁载之过江,见其面有饥色,曰:"子俟我此树下,为子取饷。"渔翁去后,子胥生疑,潜身深苇中。渔翁持饭来,不见子胥,因歌曰:"芦中人,芦中人,岂非穷士乎?"子胥乃出见。子胥灵:即子胥潮,见《观潮行》注〔11〕。

## 甬江舟中看山甚佳〔1〕

甬江江头发清晓〔2〕,四顾无如我舟早。红树千行雁一声,两岸秋山入绵渺〔3〕。看山镇日开孤篷,转帆面面随樵风〔4〕。帆欹风急作鸥叫,顷刻已过千山重〔5〕。一峰对面一峰隔,每见一峰浮一白〔6〕。酒酣倒喝行云来,似有山灵谢颜色〔7〕。明朝还到海东头,青天一发见琉球〔8〕。此时回忆看山处,又似蹄涔薛棹游〔9〕。

〔1〕甬江:在宁波鄞县东北,一名鄞江,有二源,北源曰姚江,南源曰奉化江。乾隆三十四年(1769)冬,仲则出游,至宁波,写下此诗。其《诗集自叙》云:邵齐焘卒后,"益无有知之者,乃为浪游。由武林而四明观海,溯钱塘,登黄山,复经豫章,泛湘水,登衡岳,观日出,浮洞庭,由大江以归"。山水诗是诗人精神的外化,本篇性灵飞扬,富有个性,仿佛是一幅出自高手的画卷,极洗练而又极准确地勾画了诗人的自我形象。

〔2〕清晓:天刚亮时。

〔3〕红树:经霜叶红之树,如枫树等。绵渺:遥远。

〔4〕镇日:终日。樵风:顺风。《后汉书·郑弘传》李贤注引孔灵符《会稽记》:汉太尉郑弘采薪,得一遗箭,顷有人寻箭,郑弘还之,问何所欲,郑弘识其为神人,曰:"常患若邪溪载薪为难,愿旦南风,暮北风。"果如所愿。后因以樵风指顺风。宋之问《游禹穴回出若耶》:"归舟何虑晚,日暮使樵风。"

〔5〕欹:倾斜。鸱(chī 吃):猫头鹰一类的鸟,又名怪鸱。千山重:即千重山。

〔6〕浮一白:饮一杯,典出刘向《说苑·善说》:"魏文侯与大夫饮酒,使公乘不仁为觞政,曰:'饮不釂者,浮以大白。'"浮,罚酒。白,罚酒用的酒杯。

〔7〕倒喝行云:即响遏行云。倒喝,大呼。行云,典出《列子·汤问》:薛谭学讴于秦青,未穷其技,自谓尽之,遂辞归,秦青饯于郊衢,"抚节悲歌,声振林木,响遏行云",薛谭乃求返,终身不敢言归。谢颜色:自叹不如。

〔8〕青天一发:青天远望,轮廓如发丝一样,形容极其遥远。琉球:在日本海西南部,群岛呈弧形。

〔9〕"此时"二句:是说等到将来远游之后,就会发现此时的快游不过是河伯未见大海。蹄涔,兽蹄迹中的积水,典出《淮南子·氾论训》:"夫牛蹄之涔,不能生鳣鲔。"高诱注:"涔,雨水也,满牛蹄迹中,言其小也。"薛棹,黄志述《两当轩集考异》:"傅长虞《小语赋》:'析薛足以为櫂。'案:《玉篇》:'薛,莎也。'"或谓薛棹语本唐人薛能《清河泛舟》,恐未确。

# 和仇丽亭[1] 八月，从新安归经武林，与丽亭匆匆话别。十月，复从山阴来，丽亭出仲秋见赠诗五章，次韵答之。[2]（五首选二）

## 其二

鸿爪游踪首重回，经年褦襶逐尘埃[3]。青山笑客不归去，为报饥寒驱又来[4]。

〔1〕仇丽亭：仇养正（1739—1794），原名永清，字蒙士，一字丽亭，号一鸥，仁和（浙江杭州）人。乾隆四十二年（1777）举人，官桐庐教谕。有《未学斋集》十卷。乾隆三十四年（1769）十月，仲则过杭州晤仇丽亭，赋诗五首。此选二首，从中可见盛世寒士的心境。仇养正作《送黄仲则楚游》诗，有云："黄生行矣，雨雪风霜。我欲留之不可得，作诗壮君之行色"，"楚天忆我莫回首，愿君早寄湘潭诗"。

〔2〕新安：隋初置歙州，寻改新安郡，后人以新安指徽州。武林：杭州的别称，以武林山得名。

〔3〕鸿爪：鸿鸟在雪泥上留下的爪印，典出苏轼《和子由渑池怀旧》："人生到处知何似，应似飞鸿踏雪泥。泥上偶然留指爪，鸿飞那复计东西。"褦襶（nài dài 耐带）：避暑用的斗笠。张岱《夜航船》："褦襶，即今暑月所戴凉帽也，内以笠为之，外以青缯缀其檐而蔽日者也。"此疑一

语双关,并用吴下方言,指不能事而笨拙。

〔4〕为报:代为传报。王绩《在京思故园见乡人问》:"羁心只欲问,为报不须猜。"

## 其四

多君怜我坐诗穷,襆被萧条囊橐空〔1〕。手指孤云向君说,卷舒久已任秋风〔2〕。

〔1〕多君:犹言感君。坐:由于。坐诗穷:谓诗能穷人,诗人多遭际坎坷,生活贫困。襆(fú 伏)被:以包袱裹束衣被。囊橐(tuò 唾):行李。

〔2〕孤云:胡忆肖《黄景仁诗词选》:"孤云,一片云,常用以喻贫士。陶渊明《咏贫士》诗:'万族各有托,孤云独无依。'李善注曰:'孤云,喻贫士也。'"盖此亦一语双关。卷舒:卷起与展开,引申指人生的进退。

## 夜泊闻雁〔1〕

独夜沙头泊〔2〕,依人雁几行。匆匆玉关至,随我度衡阳〔3〕。汝到衡阳落,关山我更长〔4〕。凄然对江水,霜月不胜凉。

〔1〕乾隆三十四年(1769)冬游湖南道中作,写一片伤旅之情,构思巧妙。仲则诗多化用前人诗句,自结新意,所谓点铁成金、夺胎换骨,正是此诗的特点。清人吴嵩梁《石溪舫诗话》卷一云:"吾尝论海内诗人,能从古人出而不为古人所囿者,藏园而外,必推仲则第一。"

33

〔2〕沙头:沙洲边,沙滩边。

〔3〕玉关:玉门关。李白《子夜吴歌》:"秋风吹不尽,总是玉关情。"衡阳:在湖南南部。杜甫《归雁二首》其二:"万里衡阳雁,今年又北归。"李群玉《将之吴越留别坐中文酒诸侣》:"回随衡阳雁,南入洞庭天。"

〔4〕"汝到"两句:意近刘长卿《感怀》:"自笑不如湘浦雁,飞来即是北归时。"耿㧑《岳祠送薛近贬官》:"遥思桂浦人空去,远过衡阳雁不随。"衡阳落,衡山南峰有回雁峰,相传雁来去以此为界。关山,关隘山岭。《木兰诗》:"万里赴戎机,关山度若飞。"

# 湘江夜泊〔1〕

三十六湾水〔2〕,行人唤奈何。楚天和梦远,湘月照愁多。霜意侵芳若,风声到女萝〔3〕。烟中有渔父,隐隐扣舷歌〔4〕。

〔1〕乾隆三十四年(1769)冬,仲则过湘江,吊屈原、贾谊,作《浮湘赋》以寄怀,本篇同时所作,写心摹景,绘传哀愁,境界萧远。湘江:湘水,见《衡山高和赵昧辛送余之湖南即以留别》注〔2〕。

〔2〕三十六湾:在湘阴县南,水道曲折,人称三十六湾水。《明一统志》卷六十三:"三十六湾水,在湘乡县南。"并引许浑诗:"夜深吹笛移船去,三十六湾秋月明。"《全唐诗》谓许浑诗,《全芳备祖集》署郑克己作,又或称姜夔之诗。

〔3〕芳若:芳香的杜若。杜若,香草名。《楚辞·九歌·山鬼》:"山中人兮芳杜若。"女萝:松萝,见《衡山高和赵昧辛送余之湖南即以留别》注〔5〕。

〔4〕扣舷:以手击打船舷,用作歌吟的节拍,典出《楚辞·渔父》,见

《衡山高和赵味辛送余之湖南即以留别》注〔8〕。

# 僧舍上元〔1〕

独夜僧楼强自凭,传柑时节冱寒凝〔2〕。怕听歌板听禅板,厌看春灯看佛灯〔3〕。好景笑人常寂寂,春愁泥我渐腾腾〔4〕。今年准拟捐花事,坐断萧斋一榻绳〔5〕。

〔1〕上元:上元节,在农历正月十五。本篇乾隆三十五年(1770)春在湖南作。仲则徜徉江湖,人世欢娱百象对他造成很大的心理冲击,诗人希望远离尘嚣,寻觅心灵净土。僧舍冷寂孤清,却不失为寒士的精神乐园。这首诗具有愤世、避世的味道,诗人的孤怀澄衷亦尽展现出来。

〔2〕独夜:独处之夜。凭:凭栏。传柑时节:上元节。《渊鉴类函》卷十七:唐故事,上元以黄柑遗近臣,谓之传柑。后称上元节为传柑节。苏轼《上元侍饮楼上三首呈同列》其三:"归来一点残灯在,犹有传柑遗细君。"注云:"侍饮楼上,则贵戚争以黄柑遗近臣,谓之传柑,盖尚矣。"冱(hù 互)寒:极其寒冷。

〔3〕歌板:即拍板,一种乐器,歌唱时用以打拍子。禅板:寺院的钟磬声。春灯:元宵节花灯。《唐两京新记》:正月十五日夜,敕金吾弛禁,前后各一日看灯,光若白昼。佛灯:供于佛前的灯火。

〔4〕寂寂:孤单冷寂。泥(nì 腻)我:这里指因春愁而嗜酒。韩偓《有忆》:"愁肠泥酒人千里,泪眼倚楼天四垂。"腾腾:犹言昏昏,多用来形容倦态、睡态或醉态。白居易《不如来饮酒》:"不如来饮酒,任性醉腾腾。"

〔5〕捐:舍弃。花事:游春看花。杨万里《买菊》:"如今小寓咸阳市,有口何曾问花事。"萧斋:即萧寺。一榻绳:指绳床,一种用绳编成的简易的床。张籍《题清彻上人院》:"过斋长不出,坐卧一绳床。"

# 感旧杂诗[1]（四首选一）

## 其四

非关惜别为怜才,几度红笺手自裁[2]。湖海有心随颖士,风情近日逼方回[3]。多时掩幔留香住,依旧窥人有燕来[4]。自古同心终不解,罗浮冢树至今哀[5]。

〔1〕作于乾隆三十五年(1770)春。本篇写恋情,真挚而深沉,红笺、风情、留香、窥人之词给人以温馨美好的感觉。周劭《清诗的春夏》说仲则这类诗"都是叙述他个人的恋爱故事,有着真挚的感情和真实的事迹,所以不同于那些刻意虚构编造、专以词藻为工的香奁体,读之令人回肠荡气"。

〔2〕红笺:红色的笺纸,多用以题写诗词,作书寄答。

〔3〕"湖海"二句:用萧颖士、贺铸典事,呼应开句的"非关惜别为怜才"。萧颖士,字茂挺,唐开元间举进士第一,名重天下,时号萧夫子。孙涛《全唐诗话续编》:"颖士有奴,役十年,笞楚惨毒,或劝其去,怒曰:'非不能去,爱其才耳。'""风情"句,化用贺铸《凤栖梧》:"乍可问名赊识面,十年多病风情浅。"贺铸,字方回,北宋词人,晚年退居苏州,卒葬宜

兴。其《青玉案》有"梅子黄时雨"之句,人称"贺梅子"。黄庭坚《寄贺方回》:"解作江南断肠句,只今唯有贺方回。"

〔4〕幔:帷幕。窥人:钱起《仲春宴王补阙城东小池》:"犹嫌巢鹤窥人远,不厌丛花对客多。"

〔5〕罗浮冢树:典出柳宗元《龙城录》:隋人赵师雄迁罗浮,日暮停车休憩松林边,一淡妆素服女子出迎,芳香袭人,遂至酒家同饮。少顷,有一绿衣童来,笑歌戏舞。翌日师雄起视,乃在大梅花树下,上有翠羽啾鸣,参横月落,但惆怅而已。

## 寄丽亭[1]（三首选一）

### 其二

君问长沙地,荒凉尔未经。迎神犹故曲,赋鵩尚空庭[2]。魑魅天南产,文章地下灵[3]。忧生兼吊古,那不鬓星星[4]。

〔1〕乾隆三十四年（1769）十月,仲则途经杭州,赋诗留别仇养正（字丽亭）。养正《送黄仲则楚游》诗云:"君去莫吊屈大夫,君去莫悲贾长沙。二人身后姓氏不落寞,而我怀古徒咨嗟。君去亦莫踢翻鹦鹉洲,君去亦莫搥碎黄鹤楼。千秋万岁留此一抔土,后人登啸足以舒烦忧。"潇湘之行,仲则不胜感慨,第二年春写下此诗远寄友人。诗人忧生吊古,心绪凝重,惟有将心事向友人倾诉,始能稍缓苦痛。明人徐渭诗云:"九曲渭也居何流,戴发星星一比丘。"乃历经人生磨难之语,仲则年始二十二岁就发出此叹,不免令人惊诧。这里所吟唱的,正是"文章憎命达"的一

曲历史悲歌。

〔2〕迎神:迎接神灵,祈福祛灾,多配有鼓乐歌辞。故曲:即古曲,此指《九歌》。王逸《楚辞章句》卷二:"昔楚国南郢之邑,沅湘之间,其俗信鬼而好祠。其祠,必作歌乐鼓舞以乐诸神。屈原放逐,窜伏其域,怀忧苦毒,愁思沸郁,出见俗人祭祀之礼、歌舞之乐,其辞鄙陋,因为作《九歌》之曲。"黄仲则相信此说。赋鹏(fú伏):贾谊谪居长沙,作《鹏鸟赋》,序云:"谊为长沙王傅。三年,有鹏鸟飞入谊舍,止于坐隅。鹏似鸮,不祥鸟也。谊既以谪居长沙,长沙卑湿,谊自伤悼,以为寿不得长,乃为赋以自广。"鹏,俗称猫头鹰。

〔3〕魑魅:传说中山泽的鬼怪。杜甫《天末怀李白》:"文章憎命达,魑魅喜人过。"地下:阴间。"文章"句,用典,《三十国春秋》:天台令苏韶卒后,从弟苏节见其乘马白日而行,因问幽冥事,苏韶曰:"颜回、卜商,今见为修文郎。死之与生,略无有异。"杜甫《哭李常侍峄二首》其一:"一代风流尽,修文地下深。"

〔4〕忧生:忧感人生。吊古:凭吊怀古。鬓星星:鬓发花白,形容愁思。

# 耒阳杜子美墓〔1〕

得饱死何憾,孤坟尚水滨〔2〕。埋才当乱世,并力作诗人。遗骨风尘外,空江杜若春〔3〕。由来骚怨地,只合伴灵均〔4〕。

〔1〕"楚人调涩无佳韵,好谱《离骚》入管弦"(袁宏道《又赠朗哉,仍用前韵》)。仲则鼓柁潇湘间,很快对楚调产生一种偏爱,诗风因之一变,多悲凉"楚音"。乾隆三十五年(1770)春,专程至耒阳凭吊杜甫墓,

本篇作于此际,借对杜甫、屈原的凭吊抒写胸臆,愤怨之情溢于言表。清人吴锡麒《与刘松岚书论黄仲则诗》论仲则诗,以为"原本风骚,清窈之思,激哀于林樾"。严迪昌《清诗史》评云:"杜甫的才志埋没,只得去'并力作诗人',是因为生当'乱世',屈原的被沉埋,也是由于'江山惨淡'。那末,身处'十全王朝'的鼎隆之世的黄仲则,何以正当风华正茂之龄,却也'一无如我意',仅能'枉抛心力作诗人'?"耒阳:今湖南耒阳,耒水流经其东。或谓杜甫墓不在耒阳,仲则失考。

〔2〕"得饱"二句:大历五年(770),杜甫在耒阳困于风雨,饥寒交迫,绝粮数日。耒阳令送来酒和牛肉,相传杜甫醉饱而死,其事未确。

〔3〕"遗骨"二句:是说杜甫一死万事休,从此远离纷嚣尘世,诗人已去,江上杜若犹然散发着芳香。风尘,比喻纷乱的社会或漂泊江湖的境况。杜诗多用"风尘"二字以写乱世与艰辛,如《野望》:"海内风尘诸弟隔,天涯涕泪一身遥。"空江,指耒水。杜若,见《湘江夜泊》注〔3〕。

〔4〕"由来"二句:将杜甫与屈原并论。骚怨地,即湘楚。屈原放逐而作《离骚》,后人称湘楚为骚怨地。灵均,屈原字。孙星衍《黄二景仁游黄山归,索赠长句》:"胸中垒块谁共论,扣舷大啸呼灵均。"


# 洞庭行赠别王大归包山[1]太湖亦名洞庭,而太湖之包山暨洞庭之君山,皆有洞庭之名。[2]

洞庭一泻八百里,浮云贴天天浸水[3]。君山一点碍眼青,却似今日酒酣别君之块垒[4]。问君来何为?欲浮湘沉窥九疑[5]。问君去,何以为?怯蛟龙,畏山鬼[6]。送君洞庭水,言归洞庭山[7]。洞庭之山具区里,八九云梦吞其间[8]。山

39

名水名一而已，吴楚间关几千里[9]。谁知地道巴陵中，金庭玉柱遥相通[10]。吾侪俗骨不能到，但看长风巨浪心忡忡[11]。楚人肯道七泽小，吴侬但夸具区好[12]。橙黄橘绿鲈脍鲜[13]，我怪君行犹未早。与君同时客殊方[14]，看君独归心自伤。蛮烟瘴雨土卑湿，留我寄命于兹乡[15]。但得相逢似人喜[16]，此日天涯可知矣。安能郁郁久居此，明日扁舟亦东耳[17]。前途待我烟波中，急棹来追子皮子[18]。

〔1〕王大：王蔚如，吴县人。包山：亦写作"苞山"，在太湖中，即洞庭西山。乾隆三十五年(1770)春，仲则游洞庭湖，赋诗赠别王蔚如。此诗才思横溢，以气驭笔，"变化腾挚，不拘一格"(张维屏《听松庐诗话》)，山水的奇美、友朋的高逸性情及伤别之感，融结而成一篇气韵思致俱佳之作。

〔2〕太湖：又称笠泽，方圆数百里，湖中七十二峰，景色殊绝。君山：在洞庭湖，又称湘山。《水经注·湘水》："是山，湘君之所游处，故曰君山矣。"

〔3〕"洞庭"二句：写洞庭湖水势浩大，水天相接，意近孟浩然《望洞庭湖，赠张丞相》："八月湖水平，涵虚混太清。"洞庭湖，方圆数百里，号称八百里洞庭。

〔4〕"君山"二句：写与友人相知惜别之情。眼青，即青眼，眼睛正视，黑眼珠在中间，典出《晋书·阮籍传》：阮籍母丧，嵇喜来吊，作白眼，嵇喜弟嵇康挟琴赍酒来，阮籍大悦，乃见青眼。

〔5〕浮：浮舟。湘沅：湘江与沅江。九疑：亦写作"九嶷"，又称苍梧山，见《衡山高和赵味辛送余之湖南即以留别》注〔5〕。

〔6〕蛟龙：传说中蛟龙居深渊，蛟能发洪水，龙能兴风雨。《离骚》：

"麾蛟龙使梁津兮,诏西皇使涉予。"山鬼:见《衡山高和赵味辛送余之湖南即以留别》注〔6〕。

〔7〕洞庭水:洞庭湖。洞庭山:包山。

〔8〕"洞庭"二句:意近高启《太湖》:"稍觉云梦隘。"具区,太湖的又称。云梦,云梦泽。司马相如《子虚赋》:"云梦者,方九百里。"

〔9〕间关:道路险阻。

〔10〕"谁知"二句:郭璞《江赋》:"爰有包山洞庭,巴陵地道,潜逵傍通,幽岫窈窕。"李善注引郭璞《山海经注》:"洞庭地穴,在长沙巴陵。吴县南太湖中有苞山,山下有洞庭穴道,潜行水底,云无所不通,号为地脉。"又,《吴地记》:包山下有洞穴,潜行水底,无所不通,号为地脉,即十大洞天之第九林屋洞。巴陵,今湖南岳阳。金庭玉柱,传说天上神仙所居之处。

〔11〕吾侪:吾辈。忡忡:忧愁貌。

〔12〕七泽小:典出司马相如《子虚赋》:"臣闻楚有七泽,尝见其一,未睹其馀也。臣之所见,盖特其小小者耳,名曰云梦。"吴侬:吴人,见《观潮行》注〔9〕。

〔13〕"橙黄"句:用典,《世说新语·识鉴》载晋人张翰事云:"张季鹰辟齐王东曹掾,在洛见秋风起,因思吴中菰菜羹、鲈鱼脍,曰:'人生贵得适意尔,何能羁宦数千里以要名爵!'遂命驾便归。"橙黄橘绿:朱建新《黄仲则诗》:"苏轼诗:'一年好景君须记,最是橙黄橘绿时。'"橙:洞庭黄柑。绍定《吴郡志》卷三十:黄柑出洞庭东、西山,"芳香超胜,为天下第一"。白居易《轻肥》:"果擘洞庭橘,鲙切天池鳞。"胪脍:即胪鲙,鲈鱼切成细丝,拌以金橙,号金齑玉鲙。高启《姑苏台》:"香传罗帕进黄柑,缕切鸾刀供玉鲙。"

〔14〕殊方:远方,异域。

〔15〕蛮烟瘴雨:南方有瘴气的烟雨。卑湿:地势低下潮湿。《史

记·屈原贾生列传》:"长沙卑湿,(贾谊)自以为寿不得长,伤悼之,乃为赋以自广。"此用其意。寄命:即寄身。

〔16〕似人:朱建新《黄仲则诗》:"似人,《庄子》:'不闻乎越之流人乎?去国数日,见所知而喜。去国旬月,见所尝见于国中者而喜。及期年也,见似人者而喜矣。不亦去人滋久,思人滋深乎?'"鲍溶《春日言怀》:"心悲兄弟远,愿见相似人。"

〔17〕"安能"二句:朱建新《黄仲则诗》:"郁郁,亦东,《史记》:'吾亦欲东耳,安能郁郁久居此乎!'"

〔18〕烟波:水波苍茫。急棹(zhào 照):乘船急行。子皮子:范蠡,《史记·货殖列传》:越灭吴后,范蠡扁舟浮于江湖,至齐国,变姓名"鸱夷子皮"。

# 把 酒[1]

把酒意如何,深宵幽感多。春心怜径草,生意抚庭柯[2]。名岂身能待,愁将岁共过。由来著书愿,禁得几蹉跎[3]。

〔1〕仲则"并力作诗人",而未放弃勤勉问学,在诗酒与著书之间,每有顾此失彼的感慨。每日诗酒消忧,著书之愿难以实现,因此不免迷惘,"把酒"的诗题正体现了这种复杂的心绪。本篇作于乾隆三十五年(1770)春。

〔2〕春心:春景所引起的感怀。径草:路草。孟浩然《春中喜王九相寻》:"林花扫更落,径草踏还生。""生意"句,典出《晋书·殷仲文传》:"仲文因月朔与众至大司马府,府中有老槐树,顾之良久而叹曰:'此树婆娑,无复生意。'"

〔3〕蹉跎:虚度光阴。李白《长歌行》:"富贵与神仙,蹉跎成两失。"

# 夜与方仲履饮[1]

细酌向明月,含情问柳条。春人俱欲去,直是可怜宵。

〔1〕本篇作于乾隆三十五年(1770)春,借咏春归,巧妙烘托与友人离别的悲思。方仲履,桐城人。仲则《桐城怀方仲履昆季》:"曾在官廨识机云,感我风情似薄醺","镇日龙眠山翠里,独吟秋树不逢君。"

# 春夜杂咏[1]并序(十四首选二)

寓斋幽阒,于月为宜,深宵无寐,触绪成咏,既感身客,复伤春暮。章句稍积,偶自编次之,不复点窜,聊破岑寂云尔[2]。

## 其一

开尊绿阴下,晚景渐飘忽[3]。薄霭收斜晖[4],馀光让初月。望望碧天远,稍稍愁思发。停尊无一言,伫看新弦没[5]。初三夜独饮。

〔1〕乾隆三十五年(1770)三月,仲则客于湖南按察使王太岳幕中,

赋《春夜杂咏》十四首,清思秀句,神韵摇曳,此选二首。第一首格调轻舒,三、四句富有新意,后四句传神,用词精妙、生动。第二首思致和用字更奇一些,写景寄情,同具化工之妙。王太岳(1722—1785),字基平,号介子,定兴(河北定兴)人,乾隆七年(1742)进士,累迁云南布政使,左迁司业。仲则入王太岳幕,甚相得。左辅《黄县丞状》载云:"王故名士,负其才,及见心折,每有所作,必持质黄秀才定可否。"

〔2〕幽阒(qù 去):静寂。点窜:删改。岑寂:孤寂冷清。

〔3〕开尊:举杯饮酒。尊,古代的酒器。飘忽:形容移动迅疾,此指傍晚景色变化很快。

〔4〕薄霭:薄暮。

〔5〕停尊:停杯。新弦:新弦月,此指初三夜的新月。

## 其九

背手巡空垣,皓魄忽堆素[1]。合睫晖馀凝,低头影相步[2]。惊禽时一翻,檐花落无数[3]。微微辨游丝,袅袅入深树[4]。十一夜。

〔1〕空垣:空墙。皓魄:明月。素:白色的生绢,此指素光,皎洁的月光。

〔2〕相步:犹言相随。

〔3〕惊禽:惊鸟。檐花:瓦松花一类生于瓦缝檐隙间的小花。

〔4〕游丝:蜘蛛类小虫吐化的丝,飘荡在空中。袅袅:飘动貌。

## 登衡山看日出用韩韵[1]

峨峨衡岳配朱鸟,帝与作镇炎荒中[2]。五峰插天祝融最,突兀谁与争其雄[3]。吐吞熛焰屏幽魅[4],亿千万纪功无穷。绝顶曾闻见海日,半岭已觉来天风。千盘及冢夜将半,呼吸果与玄关通[5]。高台岌嶪碍星斗,扪天捥石身登空[6]。海水半发白堪掬[7],明霞几点碎不融。人言此时日将出,仿佛水底离珠宫[8]。须臾一线吐复落,奉然万丈车轮红[9]。九荒八极荡无翳,照我一寸披丹衷[10]。归瞻神宗仰肃爽,僧衣道客行鞠躬[11]。悄然坐对愁四集[12],名山有约谁能同?明明神君鉴鄙意,此身不向儿女终[13]。他年五岳倘阅遍,一息尚在叨神功[14]。猿呼鹤警寺钟歇,俯视下界方曈昽[15]。径欲身骑二龙去,御气直到扶桑东[16]。

〔1〕唐人韩愈《谒衡岳庙遂宿岳寺题门楼》诗云:"夜投佛寺上高阁,星月掩映云曈昽。猿鸣钟动不知曙,杲杲寒日生于东。"乾隆三十五年(1770)春夏之际,仲则登衡山祝融峰观日台看日出,步韩韵赋诗。在历代观日出的诗中,这是一首上乘之作,尤其是后半章,一气喷洒而出,万象吞吐,风涌泉流。"九荒"二句,堪称荡涤尘俗的一泓清泉。庄敏《读两当轩集》评云:"扶桑万丈朝暾红,霞彩变幻随长风。公诗奇丽宛相肖,乍展卷已开心胸。"此诗用韩愈诗韵,亦非没有来由。洪亮吉早年所作《玉尘集》卷下载云:"黄仲则诗宗法少陵、昌黎,亦时时染指《昌

谷集》。"

〔2〕峨峨:高峻貌。朱鸟:亦称"朱雀",四象之一,由二十八宿中南方七宿,即井宿、鬼宿、柳宿、星宿、张宿、翼宿、轸宿,相联呈鸟形,朱色象火,南方属火,故名。刘禹锡《望衡山》:"前当祝融居,上拂朱鸟翮。"帝:炎帝,传说中主管夏令和南方的神。《淮南子·天文训》:"南方,火也,其帝炎帝。"作镇:镇守一方。《南岳志》:炎帝居南方祝融之巅。炎荒:傅玄《述夏赋》:"朱鸟感于炎荒。"

〔3〕五峰:衡山祝融、天柱、芙紫、紫盖、石禀五峰。祝融为最高峰,传说是火神祝融游息之地。突兀:高耸貌。

〔4〕熛焰(biāo yán 标炎):即火焰。焰,同"焰"。屏:屏斥,除去。

〔5〕千盘:形容山路崎岖。及冢:到达山顶。玄关:入道之门。

〔6〕高台:衡山观日台,在祝融峰上,仲则观日出即在此。岌嶪(jí yè 吉页):高峻貌。扪(mén 门)天:摸天,指攀登观日台。捏(niē 捏)石:抓牢石头,形容攀登艰难。捏,同"捏"。

〔7〕海水:喻指云海。

〔8〕珠宫:即龙宫。

〔9〕砉(xū 需)然:象声词,形容破裂声。车轮:日轮,见《观潮行》注〔7〕。

〔10〕九荒:九州极远之处。八极。八殥、八纮之外极远之处。九荒八极,即九州八极,《淮南子·坠形训》:"天地之间,九州八极","八纮之外,乃有八极。"翳(yì 义):遮蔽。丹衷:赤诚之心。张岱《夜航船》:"又心曰丹府,心神曰丹元。"

〔11〕神宗:吴修刻《两当轩诗集》作"神宇",指神庙,即祝融殿,明万历间建开元祠祀火神祝融,清乾隆间改建为殿。肃爽:天高气爽,借以形容人格,表达敬仰之意,这里表达对神的敬仰。僧衣道客:僧人道士。

〔12〕愁四集:用典,张衡《四愁诗》其一:"我所思兮在太山,欲往从

之梁父艰。"其二："我所思兮在桂林,欲往从之湘水深。"其三："我所思兮在汉阳,欲往从之陇阪长。"其四："我所思兮在雁门,欲往从之雪雰雰。"

〔13〕明明：明察貌。神君：神灵。鉴：照察。鄙意：谦词,称自己的意见。不向儿女终：指遨游名山,不老死家中。

〔14〕五岳：我国五大名山的总称,多指东岳泰山、南岳衡山、西岳华山、北岳恒山、中岳嵩山。阅遍：即遍游。一息尚在：一息尚存。《论语·泰伯》："死而后已,不亦远乎？"朱熹注："一息尚存,此志不容少懈,可谓远矣。"叨：叨念。神功：神灵之功。

〔15〕曈昽(tóng lóng 同龙)：日初出渐明貌。

〔16〕"径欲"二句：《庄子·逍遥游》："乘云气,御飞龙,而游乎四海之外。"此用其意。径欲,直欲。御气,乘云气。二龙,传说中祝融骑二龙。《山海经·海外南经》："南方祝融,兽身人面,乘两龙。"扶桑：古代神话中海外的大树,传说是日初出之处。《淮南子·天文训》："日出于旸谷,浴于咸池,拂于扶桑,是谓晨明。登于扶桑,爰始将行,是谓朏明。"

# 江上夜望〔1〕

推篷失孤鹤,双桨倚兰皋〔2〕。云净江空处,无人月自高。

〔1〕乾隆三十五年(1770)夏自湖南归返途中作,俨如一幅舟夜空江图,洗练、简净,境界清远孤峭,如王昶《哭黄仲则六十六韵》所云"峭刻出新样"。

〔2〕失孤鹤：孤鹤惊飞。兰皋：长满兰草的涯岸。《离骚》："步余马于兰皋兮。"王逸注："泽曲曰皋。"

# 黄鹤楼用崔韵[1]

昔读司勋好题句[2],十年清梦绕兹楼。到日仙尘俱寂寂,坐来云我共悠悠[3]。西风一雁水边郭,落日数帆烟外舟[4]。欲把登临倚长笛,滔滔江汉不胜愁[5]。

〔1〕黄鹤楼:在今湖北武昌,传说古时有仙人在此乘黄鹤而去。唐人崔颢《黄鹤楼》诗横绝千古,后人叹为妙绝,不敢轻易下笔。乾隆三十五年(1770),仲则自湖南归,登楼写下此诗,称得上唐代以后咏黄鹤楼的佳作。梁章钜《浪迹丛谈》卷一:"次名作之韵尤难,然亦视其人之才力何如耳。在京师时,尝与吴兰雪(吴嵩梁)谈诗,兰雪极笑黄仲则《黄鹤楼》诗必次崔颢韵为胆大气粗,且'悠'韵如何押得妥?虽以仲则之才,我断其必不能佳耳。适架上有《两当轩诗钞》,余因检示之,兰雪读至'坐来云我共悠悠',乃拍案叫绝曰:不料'云'字下但添一'我'字,便压倒此韵,信乎天才不可及矣!"舒位亦叹赏此诗,《题黄仲则悔存诗钞后》其二:"巴陵杜老武昌崔,不独青山太白才(仲则以《太白楼诗》得名,而其集中尚有《岳阳楼用杜韵》、《黄鹤楼用崔韵》,两篇并工,此三楼均俯临大江)。放胆文章少年去,销魂时候大江来。"

〔2〕司勋:官名,隋置司勋侍郎,属吏部,唐时改为郎中,此指崔颢,汴州(河南开封)人,开元进士,曾任司勋员外郎。好题句:崔颢《黄鹤楼》诗。

〔3〕仙尘:仙踪与凡尘。俱寂寂:崔颢《黄鹤楼》:"昔人已乘黄鹤去,此地空馀黄鹤楼。"李白《望黄鹤楼》:"颇闻列仙人,于此学飞术。一

朝向蓬海,千载空石室。"共悠悠:崔颢《黄鹤楼》:"黄鹤一去不复返,白云千载空悠悠。"

〔4〕"落日"句:化用李白《黄鹤楼送孟浩然之广陵》:"孤帆远影碧空尽,惟见长江天际流。"

〔5〕"欲把"二句:化用李白《与史郎中钦听黄鹤楼上吹笛》:"黄鹤楼中吹玉笛,江城五月落梅花。"江汉,指长江、汉水。

## 汉江晓发〔1〕

露白蒹苍候,江清汉广间〔2〕。五更乘晓月,一路看秋山。鸥梦先人觉,云心比客闲〔3〕。乾坤此空阔,放棹未知还〔4〕。

〔1〕汉江:源出陕西,流贯湖北,在汉阳入长江,此指汉江口。本篇与《黄鹤楼用崔韵》同时所作,如野鹤清唳,冷隽刻画,近于孟郊。

〔2〕"露白"二句:上句点明晓发的时间,下句点明出发的地点。"露白"句,化自《诗经·秦风·蒹葭》:"蒹葭苍苍,白露为霜。"汉广间,汉江为长江的重要支流,河口之广,仅二百尺,溯流而上至宜城,其间有广至千馀尺者。

〔3〕"鸥梦"二句:鸥梦,多喻隐逸的志趣,鸥眠易惊,故云"先人觉"。云心,多形容自由闲适的心情。白居易《初夏闲吟兼呈韦宾客》:"雪鬓随身老,云心著处安。"云无心而出岫,自由飘荡,故云"比客闲"。

〔4〕乾坤:天地。放棹:放舟,行船。

## 晚泊九江寻琵琶亭故址[1]

晨发黄州郭,夕宿浔阳渡[2]。沙平岸阔不见人,瞥过千重万重树[3]。浔阳渡口风萧萧,江州城外鱼龙骄[4]。匡庐作云半江黑[5],倒吸白浪如山高。是时日落霞荧暗,溢浦瑟瑟生寒涛[6]。一舟冲浪去杳杳,独雁带雨来迢迢[7]。角声振木木叶脱,秋声渐高秋思发[8]。无言揽袖起彷徨,却倚兰桡望天末[9]。吴头楚尾烟冥冥[10],独立百感来无情。江风吹面酒亦醒,掣笛吼作狂龙声[11]。短衣踉跄步沙濑,草间寻得琵琶亭。崩堤毁岸人迹绝,狐狸跳啸鼍鼍鸣[12]。昔闻乐天此间夜送客,琵琶声停江浸月[13]。拟向江山作主人,却因商妇悲迁谪[14]。我亦天涯有泪人,对此茫茫惨无泽[15]。吁嗟乎!泪亦不必落,愁亦不必愁。君不见,茫茫九派东向流[16],千古万古无时休,我家乃在东海头。西风满意吹数日,一笑可上吴淞舟[17]。莼鲈虾菜万事足,安用江湖叹敝裘[18]。

〔1〕九江:今江西九江,在长江南岸。唐元和十年(815),白居易贬江州司马,翌年秋送客溢浦口,遇琵琶歌女,有感于琵琶女天涯沦落与自身坎坷遭遇,赋《琵琶行》,后人为建琵琶亭。乾隆三十五年(1770),仲则自湖南归,过九江寻琵琶亭故址,感慨"同是天涯沦落人",写下此诗。杨铸《琵琶亭题仲则诗后》:"破壁遍寻才子笔,荒亭能悔浪游心。泪流

不待闻弦索,别惨翻教艳古今。"王昶《湖海诗传》卷三十四选录此诗。

〔2〕黄州:今湖北黄冈。郭:外城。浔阳:九江,古称浔阳。

〔3〕瞥过:犹言过目。

〔4〕萧萧:形容风声。江州:九江的别称。鱼龙:见《后观潮行》注〔13〕。

〔5〕匡庐:庐山,在九江南,东临鄱阳湖,北滨长江,雄奇秀丽,相传殷周之际有匡俗兄弟结庐于此,故称。作云:形成云气。

〔6〕葭菼(jiā tǎn 家坦):芦与荻。菼,初生的荻。《诗经·卫风·硕人》:"葭菼揭揭。"湓(pén 盆)浦:又称湓水,或湓江,今名龙开河,源出江西瑞昌西南,在九江流入长江。白居易《琵琶行》:"住近湓江地低湿,黄芦苦竹绕宅生。"瑟瑟:寒凉貌。白居易《琵琶行》:"浔阳江头夜送客,枫叶荻花秋瑟瑟。"

〔7〕杳杳:渺茫。《楚辞·九章·怀沙》:"眴兮杳杳,孔静幽默。"迢迢:遥远貌。《古诗十九首·迢迢牵牛星》:"迢迢牵牛星,皎皎河汉女。"

〔8〕角声:画角之声,古时吹角以为昏明之节。秋声:秋天自然界的声音。

〔9〕兰桡:兰舟,小舟。天末:天的尽头,指极远的地方。杜甫《天末怀李白》:"凉风起天末,君子意如何。"

〔10〕吴头楚尾:指江西北部,春秋时为吴、楚两国交界地,故名。黄庭坚《谒金门》:"山又水,行尽吴头楚尾。"冥冥:苍茫。《楚辞·九叹·远逝》:"水波远以冥冥兮,眇不睹其东西。"

〔11〕狂龙声:黄志述《两当轩集考异》:"狂龙,刘、赵、许作'翔鸾'。案:马季长《长笛赋》:'龙吟水中不见已,截竹吹之声相似。'"

〔12〕狐狸跳啸:写荒凉之景。高适《古大梁行》:"遗墟但见狐狸迹,古地空馀草木根。"鼍鼍鸣:鼍鼍鸣叫,古人称天欲雨则鼍鸣。高启《太湖》:"雨来鼍报鸣,风起鸥惊迈。"鼍鼍,见《衡山高和赵味辛送余之

湖南即以留别》注〔5〕。

〔13〕"昔闻"二句:化用白居易《琵琶行》:"浔阳江头夜送客,枫叶荻花秋瑟瑟。主人下马客在船,举酒欲饮无管弦。……忽闻水上琵琶声,主人忘归客不发。……曲终收拨当心画,四弦一声如裂帛。东船西舫悄无言,唯见江心秋月白。"乐天,白居易之字。

〔14〕商妇:商人妇,指琵琶女。白居易《琵琶行》:"门前冷落鞍马稀,老大嫁作商人妇。"迁谪:贬谪。白居易上书请捕刺杀宰相武元衡的凶手,执政恶其越职言事,贬江州司马。"却因"句:白居易《琵琶行》:"同是天涯沦落人,相逢何必曾相识","座中泣下谁最多,江州司马青衫湿。"

〔15〕天涯有泪人:天涯沦落人,白居易《琵琶行》:"同是天涯沦落人。"仲则有"同是天涯客,相逢首重搔"之句,见《玉尘集》卷下。惨无泽:形容神色惨然。

〔16〕九派:长江流至九江,分成九道支流,故名。皇甫冉《送李录事赴饶州》:"山从建业千峰出,江到浔阳九派分。"

〔17〕吴淞:吴淞江,即吴江,太湖最大的支流。

〔18〕莼鲈:莼羹鲈脍,用张翰之典,见《洞庭行赠别王大归包山》注〔13〕。虾菜:泛指鱼类菜肴。杜甫《赠韦七赞善》:"洞庭春色悲公子,虾菜忘归范蠡船。"敝裘:破旧的皮衣,典出《战国策·秦策一》:苏秦游说秦王不得志,"黑貂之裘弊,黄金百斤尽,资用乏绝"。归洛阳,形容憔悴,妻不下织机,嫂不为炊,父母不与言,苏秦叹曰:"妻不以我为夫,嫂不以我为叔,父母不以我为子,是皆秦之罪也!"岑参《送严维下第还江东》:"敝裘沾暮雪,归棹带流澌。"


# 重九夜偶成〔1〕

悲秋容易到重阳,节物相催黯自伤。有酒有花翻寂寞,不风不雨倍凄凉[2]。依依水郭人如雁,恋恋寒衣月似霜。差喜衰亲话真切[3],一灯滋味异他乡。

〔1〕乾隆三十五年(1770),仲则游湘楚归,七月偕洪亮吉就江宁乡试。亮吉报罢,取两晋南北朝史事为拟古乐府一百二十首,仲则则益心灰意冷,重阳节写下此诗。"有酒有花翻寂寞"之句,亦是凄凉"楚音"。仲则多以哀笔写乐景,抒写身世悲凉,朱珪《念奴娇·题黄仲则词后》叹云:"为甚逢乐生悲,言欢长叹,对景情呜咽。侩父伧才都不解,更有阿谁堪说?"

〔2〕"有酒"二句:与刘辰翁《减字木兰花·甲午九日午山作》"风雨重阳,无蝶无花更断肠"词异而意通。

〔3〕差:差可,尚可。衰亲:指仲则生母屠氏,之埮继配。

## 骤寒作[1]

秦岁首后七日夜,五更不周风发狂[2]。殷山万窍拉枯木,压地径寸堆酸霜[3]。千门猬缩尽嗟息,声薄冷圭成白光[4]。去冬途中敝黑貂,今秋江上典鹴鸘[5]。多年衣絮冻欲折[6],气候有尔自不防。富人一岁独苦暑,婆人四时惟畏凉[7]。渐愁空墙日色暮,豫恐北牖寒宵长[8]。谁将彤云变狐白,无声被遍茅檐客[9]。

〔1〕本篇作于乾隆三十五年(1770)初冬,紧紧围绕"骤寒"二字展开,以近于平易的写实,绘描寒士的窘境。诗中大量使用俚语、俗语,这

53

些语言极现成,极自然,又不失奇警,可谓"众人共有之意,入之此手而独超;众人同有之情,出之此笔而独隽"(张维屏《听松庐文钞》)。

〔2〕秦岁首后:即秦正,当于农历十月。不周:不周风,立冬之风。张岱《夜航船》:"八风,八节之风,立春条风……立冬不周风。"

〔3〕殷山:震动山谷。殷,震动。万窍:语出《庄子·齐物论》:"大块噫气,其名为风,是唯无作,作则万窍怒号。"拉枯木:形容风势猛烈。酸霜:即严霜。

〔4〕猬缩:喻指畏缩不出。皮日休《吴中苦雨,因书一百韵寄鲁望》:"如何乡里辈,见之乃猬缩。"嗟息:叹息。声薄冷圭:形容风声直冲云霄。薄,逼近。圭,古代测日影的圭表,借指日光。冷圭,陆龟蒙《子夜四时歌·冬歌》:"南光走冷圭,北籁号空木。"成白光:形容风大天寒,日光不暖。

〔5〕敝黑貂:即敝裘,见《晚泊九江寻琵琶亭故址》注〔18〕。鹔鹴(sù shuāng 肃双):鹔鹴裘,相传司马相如所穿的裘衣,由鹔鹴鸟羽制成,一说用鹔鹴飞鼠之皮制成。《西京杂记》卷二:"司马相如初与卓文君还成都,居贫愁懑,以所着鹔鹴裘就市人阳昌贳酒,与文君为欢。"

〔6〕冻欲折:形容衣絮冰冷。杜甫《茅屋为秋风所破歌》:"布衾多年冷似铁,骄儿恶卧踏里裂。"此用其意。

〔7〕窭(jù 巨)人:穷苦人。

〔8〕豫恐:事先担心。北牖:朝北的窗子,此指卧于北窗之下。寒宵:寒夜。

〔9〕"谁将"二句:是说谁能将天上阴云变为狐裘,无声无息,遍披天下寒士。此即杜甫"大庇天下寒士俱欢颜"之意。彤云:下雪前密布的云。狐白:指狐白裘。《晏子春秋》内篇卷一《景公衣狐白裘,不知天寒,晏子谏第二十》:"公曰:'怪哉!雨雪三日而天不寒。'晏子对曰:'天不寒乎?'公笑。晏子曰:'婴闻古之贤君,饱而知人之饥,温而知人之

寒,逸而知人之劳。今君不知也。'公曰:'善!寡人闻命矣。'乃令出裘发粟与饥寒。"陆游《暖阁》:"裘软胜狐白,炉温等鸽青。"

# 冬夜左二招饮[1]

清霜压东郊,寒籁号北牖[2]。出门无所适,动诣素心友[3]。发瓮倾冻醅,脍鲜斫巨口[4]。辉辉明烛光,肝胆此可剖[5]。脱身风尘中,所剩持螯手[6]。谁知岁寒夜,复此共杯酒。元龙气未除,竹马期敢负[7]。百年尽今夕,那暇图不朽[8]。作达信有涯,生天独甘后[9]。及时且斟酌,不薄乃云厚[10]。渐畏人影乱,即欢变回首[11]。一身堕地来,恨事常八九。饮罢夜气高,落落数星斗[12]。

〔1〕乾隆三十五年(1770)冬,仲则在里中与左辅聚饮赋诗。诗人"一身湖海气",鄙夷功名利禄,所谓一肚皮不合时宜,人生恨事十常八九,正是清中叶寒士的一种典型的心态。左二:左辅(1751—1833),字仲甫,号维衍,又号杏庄、云在,阳湖(今常州)人。乾隆五十八年(1793)进士,累仕湖南巡抚。著有《念宛文稿》九卷、《诗集》十卷、《词钞》一卷、《词曲》一卷、《书牍》五卷、《官书》八卷。

〔2〕压:覆盖。郊:邑外为郊。寒籁:凄凉的声音。唐彦谦《红叶》:"晚风生旅馆,寒籁近僧房。"北牖:朝北的窗子。

〔3〕动:常常。素心友:相知的友人。素心,心地纯洁,世情淡泊。陶渊明《移居》:"闻多素心人,乐与数晨夕。"

〔4〕发瓮:打开酒瓮。冻醅(pēi胚):同"冻醴",指冷酒。脍:细细

地切鱼或肉。斫:削,切。巨口:指鱼。《尔雅翼》卷二十九《释鱼》:"鳜鱼巨口而细鳞。"《六书故》卷二十:"鲈,洛乎切,巨口细鳞。"这两句典出苏轼《后赤壁赋》:"是岁十月之望,步自雪堂,将归于临皋,二客从余过黄泥之坂。……行歌相答,已而叹曰:'有客无酒,有酒无肴,月白风清,如此良夜何!'客曰:'今者薄暮,举网得鱼,巨口细鳞,状如松江之鲈,顾安所得酒乎?'归而谋诸妇。妇曰:'我有斗酒,藏之久矣,以待子不时之须。'于是携酒与鱼,复游于赤壁之下。"

〔5〕辉辉:明亮貌。肝胆:喻真诚之心。

〔6〕风尘:指飘泊江湖。持螯手:典出《晋书·毕卓传》:晋人毕卓尝谓人曰:"得酒满数百斛船,四时甘味置两头,右手持酒杯,左手持蟹螯,拍浮酒船中,便足了一生矣。"螯,蟹螯。

〔7〕元龙:陈登,字元龙,三国时人。气未除:豪气未除,典出《三国志·魏书·陈登传》:许汜与刘备、刘表共论天下人曰:"陈元龙湖海之士,豪气不除。"刘备问:"君言豪,宁有事邪?"许汜曰:"昔遭乱过下邳,见元龙。元龙无客主之意,久不相与语,自上大床卧,使客卧下床。""竹马"句:黄仲则与左辅幼时交好,故云。竹马,当马骑的竹竿,儿童的一种玩具。李白《长干行》:"郎骑竹马来,绕床弄青梅。"

〔8〕"百年"二句:意近李白《梁园吟》:"人生达命岂暇愁,且饮美酒登高楼。"又,《襄阳歌》:"百年三万六千日,一日须倾三百杯。"百年,即一生,此指一生之乐。

〔9〕作达:仿效放达之行,典出《世说新语·任诞》:"阮浑长成,风气韵度似父,亦欲作达。步兵(阮籍)曰:'仲容(阮咸)已预之,卿不得复尔。'"有涯:语出《庄子·养生主》:"吾生也有涯,而知也无涯。"生天:佛教语,谓行十善者死后转生天道。这里暗用谢灵运之语,《宋书·谢灵运传》:"尝谓颙曰:'得道应须慧业文人,生天当在灵运前,成佛必在灵运后。'"

〔10〕"及时"二句:意近白居易《对镜吟》:"我今幸得见头白,禄俸不薄官不卑。眼前有酒心无苦,只合欢娱不合悲。"斟酌,即饮酒。不薄,陆游《初秋即事》:"造物于人元不薄,未须抵掌叹囊空。"

〔11〕人影乱:形容酒醉之感。即欢:追求欢娱。回首:追忆往事。

〔12〕夜气:夜间清凉之气。落落:稀疏零落貌,意含孤傲。

## 寒夜检邵叔宀师遗笔,因忆别时距今真三载为千秋矣,不觉悲感俱集[1]

三年谁与共心丧[2],旧物摩挲泪几行。夜冷有风开绛帷,水深无梦到尘梁[3]。残煤半落加餐字,细楷曾传养病方[4]。料得夜台闻太息,此时忆我定彷徨[5]。

〔1〕邵齐焘的去世,给仲则造成很大的心理冲击,知我者已归山阿,此心何托?乾隆三十五年(1770)冬写下此诗,追忆恩师。严迪昌《清诗史》评云:"五、六两句不止是如坐春风的回顾,当年师恩的体贴入微,一片关切之心跃动纸上,恩逾深,情逾哀也。"尾联想象恩师地下忆及弟子亦是长声叹息,可谓结句如撞钟。

〔2〕心丧:古时谓师丧,门人弟子身无丧服而心存哀悼。《史记·孔子世家》:"孔子葬鲁城北泗上,弟子皆服三年。三年心丧毕,相诀而去,则哭,各复尽哀,或复留。"

〔3〕绛帷:即绛帷,对师门讲席的敬称。《后汉书·马融传》:汉人马融教授诸生,"常坐高堂,施绛纱帐"。尘梁:陶渊明《杂诗》其三:"春燕应节起,高飞拂尘梁。"

〔4〕残煤：即残墨，指邵齐焘遗笔。落：字迹脱落。加餐字：语本《饮马长城窟行》："上言加餐饭，下言长相忆。"细楷：小楷。养病方：指邵齐焘劝学之事，见《杂感》注〔1〕。仲则《微病简诸故人》："苦吟未必因吟瘦，留病真成养病方。"

〔5〕夜台：长夜台，指坟墓，坟墓一闭，无复见明，故云。李白《哭宣城善酿纪叟》："夜台无晓日，沽酒与何人。"太息：深深的叹息。

## 二十三夜偕稚存、广心、杏庄饮大醉作歌[1]

安得长江变春酒[2]，使我生死相依之。不然亦遣青天作平地，醉踏不用长鲸骑[3]。夜梦仙人手提绿玉杖，招我饮我流霞卮[4]。一挥堕醒在枕席，神清骨轻气作丝[5]。日来不免走地上，龌龊俯仰同羁雌[6]。寒阴噤户不能出，幸有数子来招携[7]。迅猋搇我沙拍面，此际烂醉真相宜[8]。旗亭哄饮酉达子，万斛泻尽红玻璃[9]。孟公肯顾尚书约，李白笑杀襄阳儿[10]。出门霜华被四野，步入黑樾随高低[11]。须臾荒荒上残月，照见怪木啼饥鸱[12]。徘徊坐卧北邙地，欲觅鬼唱秋坟诗[13]。东方渐白寺钟响，远林一发高天垂[14]。下穷重泉上碧落，人间此乐谁当知[15]？此时独立忽大笑，正似梦里一吸琼浆时[16]。

〔1〕乾隆三十五年（1770）冬，仲则里中与洪亮吉、马鸿运、左辅共饮，大醉作歌。在那个压抑的时代，仲则的"独立忽大笑"自非放怀的大

笑,一个"忽"字,就已告诉世人,大笑与痛哭并无二致。酣畅奇肆的字句中挟杂有复杂的意味,境韵已入偏仄、幽冷。清人朱绶《题黄县丞两当轩诗集》诗云:"三千年史入胸鬲,触拨古今聊一演","君诗乃是志士音,不远中行近狂狷"。稚存:洪亮吉(1746—1809),初名莲,字华峰,改名礼吉,再改亮吉,字稚存,号北江,一号对岩,阳湖(今常州)人。乾隆五十五年(1790)进士,授编修。嘉庆间以上书指斥时事,戍伊犁,寻赦还,自号更生居士。精于舆地经史之学,擅长诗歌、骈文。著有《洪北江集》、《春秋左传诂》等书。杏庄:左辅,见《冬夜左二招饮》注〔1〕。广心:马鸿运,字广心,武进人,诸生。洪亮吉《城东酒垆记》:"城东酒垆者,余弱冠之时与亡友黄君景仁、马君鸿运,及今知南陵县左君辅、文学蒋君青曜诸人谯游之所也","此数子者,又复逸气溢坐,高谭接云。平子作达,则一市纵观;阮生狂歌,则四筵耸听"。左辅《马广心小传》:"时余与黄仲则、洪稚存数相过从,广心因亦与狎。稚存、仲则皆好饮,余与广心不善饮而好饮。稚存、仲则冬月客归,时相招携入肆沽,沽即纵饮,饮辄醉,醉则相扶送归,尝往来于严更急柝,酸风冷月中,仲则、稚存诗所谓'城东酒徒'是也。"

〔2〕春酒:冬酿春熟之酒,也指春酿秋冬始熟之酒。《诗经·豳风·七月》:"为此春酒,以介眉寿。"

〔3〕长鲸骑:骑长鲸。扬雄《羽猎赋》:"乘巨鳞,骑京鱼。"后人以骑鲸指隐遁或游仙。李贺《神仙曲》:"清明笑语闻空虚,斗乘巨浪骑鲸鱼。"陆游《长歌行》:"人生不作安期生,醉入东海骑长鲸。"

〔4〕绿玉杖:神仙所用的手杖。李白《庐山谣,寄卢侍御虚舟》:"手持绿玉杖,朝别黄鹤楼。五岳寻仙不辞远,一生好入名山游。"流霞卮:神仙所用的流霞杯。流霞,传说仙人所饮之物,借指仙酒、美酒。卮,酒杯。王充《论衡·道虚篇》:"(项曼都曰)口饥欲食,仙人辄饮我以流霞一杯,每饮一杯,数月不饥。"李白《白毫子歌》:"余配白毫子,独酌流霞杯。"

〔5〕"一挥"二句:意思是梦与神人交游,醒来神清气爽。堕醒,堕地梦醒。

〔6〕地上:凡世。龌龊:肮脏,委琐不堪。俯仰:低头和抬头,喻指受人支配。羁雌:失偶的雌鸟,喻指失去依靠的柔弱者。枚乘《七发》:"暮则羁雌迷鸟宿焉。"

〔7〕寒阴:寒气。噤户:不敢出门。数子:数人。

〔8〕迅猋(biāo 标):暴风,烈风。媵(yìng 硬):陪从。烂醉:大醉。

〔9〕旗亭:酒楼。哄饮:聚众饮酒。旗亭哄饮,用唐人王昌龄、高适、王之涣旗亭画壁故事,事见唐薛用弱《集异记》。酉:酉时,相当于现在的下午五时至七时。子:子时,相当于现在的晚十一时至凌晨一时。万斛(hú 壶):极言量多,古时以十斗为一斛,南宋末年改为五斗。红玻璃:指美酒。

〔10〕孟公:陈遵,字孟公,汉代人。尚书:官名,汉武帝时,掌文书奏章,地位显要,汉成帝时设尚书五人,始分曹办事。尚书约:典出《汉书·游侠传》:陈遵嗜酒好客,每大宴宾客,"辄关门,取客车辖投井中,虽有急,终不得去"。有部刺史奏事相过,值其宴饮,欲归不得,往见陈遵母,"叩头自白当对尚书有期会状,母乃令从后阁出去"。应璩《与满公琰书》:"孟公不顾尚书之期。""李白"句:李白《襄阳歌》:"襄阳小儿齐拍手,拦街争唱白铜鞮。傍人借问笑何事?笑杀山公醉似泥。"襄阳儿,指"笑杀山公"的"襄阳小儿"。此用晋人山简典事。山简,字季伦,性嗜酒,守襄阳,常游习家池,饮辄大醉,《世说新语·任诞》:"人为之歌曰:'山公时一醉,径造高阳池。日莫倒载归,茗芋无所知。复能乘骏马,倒著白接䍦。'"

〔11〕霜华:指霜。被:覆盖。黑樾(yuè 越):黑暗和阴影,借指黑夜。樾,树荫。随高低:天色漆黑,行路不辨高低,且绘写醉态。

〔12〕须臾:顷刻。怪木:怪树,多指松柏。饥鸱:饥饿的怪鸱。鸱,

猫头鹰之属。

〔13〕北邙:北邙山,在河南洛阳东北,汉魏至唐代多有王侯公卿葬于此。后以北邙泛指墓地。陶渊明《拟古》其四:"一旦百岁后,相与还北邙。"觅:寻觅。"欲觅"句:化用李贺《秋来》:"秋坟鬼唱鲍家诗,恨血千年土中碧。"

〔14〕远林一发:远处树林的轮廓看起来就像青黑的发丝一样。高天垂:形容天色与林色连在一起。

〔15〕"下穷"二句:化用白居易《长恨歌》:"上穷碧落下黄泉,两处茫茫皆不见。"穷,探历。重泉,即九泉,死者的归所。碧落,天空。

〔16〕琼浆:仙人所饮之物。杜甫《寄韩谏议》:"星宫之君醉琼浆,羽人稀少不在旁。"


# 一笑〔1〕

一笑加餐饭,如予无事贫〔2〕。蹉跎养亲日,珍重著书身〔3〕。云影睡中过,山容雪后真〔4〕。小篱梅放未?筇屦趁兹辰〔5〕。

〔1〕仲则多有"一笑"为题之诗。唐宋诗人很少以"一笑"为诗题,但诗中用"一笑"一词者不乏其人,尤其是黄庭坚,善以"一笑"表现倔强性格和人生苦涩。仲则以"一笑"为题,是抒写旷达,还是无奈?二者似兼而有之。本篇作于乾隆三十五年(1770)冬。

〔2〕加餐饭:《古诗十九首·行行重行行》:"弃捐勿复道,努力加餐饭。"黄庭坚《戏赠彦深》:"春寒茅屋交相风,倚墙扣虱读书策","群儿笑

鬵不若人,我独爱鬵无事贫。"此用其词。

〔3〕蹉跎:见《把酒》注〔3〕。著书身:以著书为立业之身。

〔4〕"山容"句:雪后山色一片皎洁,没有污浊尘杂,故云。山容,山的姿容。

〔5〕笻(qióng 琼):手杖,笻竹可为杖,故称。屐:木屐,底有二齿,以行泥地或登山。

# 别老母[1]

搴帏拜母河梁去[2],白发愁看泪眼枯。惨惨柴门风雪夜[3],此时有子不如无。

〔1〕乾隆三十六年(1771)春,仲则复出游,至嘉兴,再游安徽,客太平知府沈业富署中。《别老母》《别内》《幼女》《老仆》俱作于临行之际,出言吐语,情在笔先,语未竟而情已不可堪。本篇没有雕琢的语言,跳动在其间的是诗人无处安措的心灵,"此时有子不如无"的情感积郁,臻至惨境,感慨凄凉,"呕出一腔心血"(朱珪《念奴娇·题黄仲则词后》)。瞿秋白在《饿乡纪程》中说:"不由得想起我与父亲远别,重逢的时节也不知道在何年何月,家道又如此,真正叫人想起我们常州诗人黄仲则的名句来:'惨惨柴门风雪夜,此时有子不如无。'"仲则生母屠氏,之埰继室,生于康熙六十年(1721),没于乾隆五十三年(1788)。守节时年三十三。黄怀孝《节孝屠孺人传》:"仰事俯育,孺人一身任之。高淳公官故贫,不能给,孺人昼夜纺织,与两兄共一灯,机声、书声常达旦也。"

〔2〕搴(qiān 千)帏:揭起帷幕。搴,揭起。帏与慈连用,作"慈帏。"清人张青选有"入帽拜大母"之句。河梁:旧题李陵《与苏武三首》其三:

"携手上河梁,游子暮何之?"后世因以河梁借指送别之地。

〔3〕惨惨:昏暗貌。柴门:柴木做的门,借指贫寒之家。柴门风雪夜:刘长卿《逢雪宿芙蓉山主人》:"柴门闻犬吠,风雪夜归人。"此化用其词。

# 别内〔1〕

几回契阔喜生还,人老凄风苦雨间〔2〕。今夜别君无一语,但看堂上有衰颜〔3〕。

〔1〕作于乾隆三十六年(1771)春临出行之际。"饥寒惯驱人,日月不暂息。"(赵怀玉《得黄秀才景仁书,和寄怀韵》)仲则临别之夕,承担家庭重负的妻子默然无语,倍加憔悴。仲则刚满二十三岁,妻子赵氏年龄相近,生活的艰难给这对贫寒夫妻以太沉重的压力,使其青春之气不复存在,"人老凄风苦雨间"自非虚夸之语,"生还"、"人老",描绘出了夫妻之间波澜的情思。仲则妻赵氏,乾隆三十一年(1766)来归,乾隆五十一年(1786)没。生一子二女。

〔2〕契阔:久别。凄风苦雨:比喻处境凄凉悲惨,语出《左传·昭公四年》:"春无凄风,秋无苦雨。"凄风,寒风。苦雨,久下不停的雨。

〔3〕衰颜:指母亲容颜憔悴。

# 二道口舟次夜起〔1〕

覆浦轻云薄似纱,暗潮汩汩荡舟斜。舟虽暂系仍为客,梦为无聊懒到家。五夜惊风眠岸荻,一滩明月走江沙[2]。微躯总被无田累,来往烟波阅岁华[3]。

〔1〕作于乾隆三十六年(1771)春,抒写慵懒的旅思和不宁的心魂。
〔2〕"五夜"二句:写五更风起,吹低岸荻,明月映照,江沙如流。五夜,五更。
〔3〕微躯:微贱之躯,用作谦词。无田累:无田耕稼,为生奔走,而受漂泊之累。岁华:时光,年华。

## 舟夜寒甚排闷为此[1]

春江异风候,今昔变炎凉[2]。袍少故人脱,绵馀慈母装[3]。寒醒五更酒,浓压一篷霜。此际惟珍重,谁怜在异乡。

〔1〕乾隆三十六年(1771)春作。沐雨栉风,诗人揽入笔端的,除寒星篷霜外,就是无限的羁旅苦绪了。
〔2〕风候:气候。
〔3〕"袍少"句:语本《史记·范雎蔡泽列传》:"须贾意哀之,留与坐饮食,曰:'范叔一寒如此哉!'乃取其一绨袍以赐之。"脱:脱赠。"绵馀"句:用孟郊《游子吟》诗意。装:缝制。

## 当涂旅夜遣怀[1]

去年霜落白蘋洲,千山万山木叶愁,布帆吹我游潭州[2]。今

64

年春江鸭头色,吴波不动楚天碧,辞家作客来采石[3]。采石矶边雪浪飞,谢公池畔春云归[4]。江山如此葬李白,我若不饮遭君嗤[5]。黄金欲尽花枝老,镜里二毛空袅袅[6]。旅歌歌短不能长,月出女墙啼怪鸟[7]。

〔1〕乾隆三十六年(1771)春作于当涂。诗人放歌江上,由于心境凄苦,故"歌短不能长",如刘大观《岁暮过常州,题黄仲则墓》所云:"贫不骄人才自大,诗能匠物鬼应愁。"

〔2〕白蘋洲:长满白色蘋花的沙洲。温庭筠《忆江南》:"肠断白蘋洲。"木叶愁:刘长卿《巡去岳阳却归鄂州使院,留别郑洵侍御,侍御先曾谪居此州》:"帝子椒浆奠,骚人木叶愁。惟怜万里外,离别洞庭头。"木叶,树叶。《九歌·湘夫人》:"嫋嫋兮秋风,洞庭波兮木叶下。"游潭州:乾隆三十五年,仲则曾游湘楚。潭州,今湖南长沙。

〔3〕鸭头色:即鸭头绿,喻水色。李白《襄阳歌》:"遥看汉水鸭头绿,恰似蒲萄初酦醅。"吴波:温庭筠《湖阴曲》:"吴波不动楚山晚,花压阑干春昼长。"楚天:楚地的天空。当涂在吴头楚尾之地,故用"吴波"、"楚天"二词。采石:采石矶,又名牛渚矶,在今安徽马鞍山,位于长江东岸,上有太白楼等古迹。

〔4〕谢公池:乾隆《江南通志》卷三十五《舆地志》:"谢朓宅,在当涂县青山,一名青山馆,旁有谢公池。"谢公,指谢朓,字玄晖,陈郡阳夏(今河南太康)人,与谢灵运同族,称小谢,曾任宣城太守,累迁尚书吏部郎。李白《宣州谢朓楼饯别校书叔云》:"蓬莱文章建安骨,中间小谢又清发。"谢朓曾筑室当涂东南的青山,青山因亦称谢公山。

〔5〕葬李白:李白晚年贫病交加,投奔当涂县令李阳冰,不久即卒。李白原葬当涂龙山,唐元和间迁葬于青山。"我若"句:化用李白《将进

酒》:"人生得意须尽欢,莫使金樽空对月。……五花马,千金裘,呼儿将出换美酒,与尔同销万古愁。"

〔6〕黄金欲尽:李白《将进酒》:"天生我材必有用,千金散尽还复来。"二毛:花白的头发。袅袅:飘动貌。

〔7〕女墙:城墙上呈凹凸形的矮墙。怪鸟:多指猫头鹰一类的鸟。

## 一笑〔1〕

一笑陶然醉,无聊失路人〔2〕。素心云外月,白眼道旁春〔3〕。认屐将毋错,悬蛇恐未真〔4〕。催诗且多料,客计未全贫〔5〕。

〔1〕作于乾隆三十六年(1771)春。此诗亦以"一笑"为题,"苦至无声泪,此笑真足悲"(张岱《看蚕》)。

〔2〕陶然:醉乐貌。失路:喻失意不得志。

〔3〕素心:即素心友,见《冬夜左二招饮》注〔3〕。白眼:用阮籍典事,见《杂感》注〔4〕。

〔4〕认屐:典出《南史·刘凝之传》:刘凝之,字隐安,慕老莱、严光之为人,性极旷达,有失屐者辨认他所穿之鞋,即笑曰:"仆著已败,今家中觅新者备君。"此人后从田中得所失屐,送还,不肯复取。屐,一种木制的鞋子。悬蛇:用杯弓蛇影典事,应劭《风俗通义·世间多有见怪惊怪以自伤者》:应郴以夏至日请杜宣饮酒,时壁上悬有赤弩,照于杯中,其形如蛇。杜宣饮后便觉腹痛,久治不愈。应郴问其变故,思之良久不得解,后见壁悬赤弩,复设酒饮杜宣,杯中有蛇如故,杜宣病始愈。

〔5〕客计:客中生计。

# 送春三首[1]（选一）

## 其三

朝游沧海暮江汉,余怀渺兮发浩叹[2]。水深网断珊瑚沉,佩去怀空彩云散[3]。侧闻天上朝星辰,谁知人间茹冰炭[4]。长夜耿耿魂茕茕[5],忧从中来那能断。烛龙收视若木摧,何时得见闾阖烂[6]。玉虹高驾倘见招,急叱羲轮出平旦[7]。

〔1〕作于乾隆三十六年(1771)暮春。这是一曲寒士的悲歌,借送春抒写寒士心迹,笔调深沉,境界阔大。仲则诗源于真实,必关痛痒,故在清中叶矫然不俗,弥得珍贵。

〔2〕沧海:大海。江汉:泛指江河。渺:高远。浩叹:大声叹息。

〔3〕"水深"二句:上句用铁网珊瑚典事,《新唐书·西域传下》:"海中有珊瑚洲,海人乘大舶,堕铁网水底。……铁发其根,系网舶上,绞而出之。"后世以铁网珊瑚喻网罗人才。下句用彩云易散典事,白居易《简简吟》:"苏家小女名简简,芙蓉花腮柳叶眼。……二月繁霜杀桃李,明年欲嫁今年死。丈人阿母勿悲啼,此女不是凡夫妻。恐是天仙谪人世,只合人间十三岁。大都好物不坚牢,彩云易散琉璃脆。"彩云散,喻好景不长。佩,古时系于衣带的装饰品。

〔4〕侧闻:传闻。朝星辰:古人以三月三日为龙神朝星辰日。明人李一楫《月令采奇》卷一:"初三日,北极玄天真武大帝诞。开皇元年三

67

月三日,玄帝产于母左胁。当生时,瑞星覆国,天花散漫,异香纷然,充满王国,土地皆变金玉。"茹冰炭:遭受苦难。冰炭,冰块炭火。韩愈《听颖师弹琴》:"颖乎尔诚能,无以冰炭置我肠。"

〔5〕"长夜"句:化用《楚辞·远游》:"夜耿耿而不寐兮,魂茕茕而至曙。"耿耿,心事重重貌。茕茕,孤零貌。

〔6〕烛龙:古代传说中的神名,张目能照耀天下。朱建新《黄仲则诗》:"烛龙,《山海经》:钟山之神,名曰烛阴,即烛龙也。是龙身长千里。天不足西北,无阴阳,故有龙衔烛以照天门。"《楚辞·天问》:"日安不到,烛龙何照?"收视:收敛目光。若木摧:胡忆肖《黄景仁诗词选》:"若木,古代神话传说中的树名,生在昆仑山极西处,为日落的地方。"阊阖:传说中的天门。《楚辞·离骚》:"吾令帝阍开关兮,倚阊阖而望予。"烂:灿烂光明。

〔7〕玉虬:虬龙。见招:被招。羲轮:太阳。平旦:清晨。


# 杂诗[1]

谋欢知几日[2],戚戚复何为。交浅讵能怨,情倾为所知[3]。看山宜石骨,听树识风枝[4]。好敛长虹气,浮云不满吹[5]。

〔1〕乾隆三十六年(1771)春作,抒写依人篱下的复杂感受。时在太平知府沈业富幕中。沈业富(1732—1807),字既堂,号方谷,高邮人。乾隆十九年(1754)进士,授编修,出任安徽太平知府,累仕河东盐运使。所至兴学爱士,在官十六年,以母老乞终养。著有《味灯斋诗文集》。仲则入沈业富幕,教授其子在庭。在庭,字枫墀,乾隆四十八年(1783)举人,官内阁中书。

〔2〕谋欢:追求欢娱。知几日:形容人生短暂。吴修刻《两当轩诗集》题作《谋欢》,"知"字作"能"。

〔3〕情倾:倾心。所知:知己。

〔4〕石骨:坚硬的岩石,喻气节。风枝:风中的树枝,此特指不随风而动的树枝,亦喻气节。

〔5〕"好敛"二句:这两句为愤世语。好敛,收敛。长虹气,豪壮之气。《战国策·魏策四》:"聂政之刺韩傀也,白虹贯日。"不满吹,指吹不尽。吴宽《梨树尽枯,下复发数花,更识感叹》:"数花明处夕阳迟,屋角春风不满吹。"


# 春暮呈容甫[1]

先生吟太苦,终日闭荆关[2]。我亦诗穷者[3],邀君数往还。对床听夜雨,分枕梦青山[4]。一任春江上,流红万点殷[5]。

〔1〕容甫:汪中(1745—1794),字思复,一字容甫,江都(今扬州)人。七岁而孤,家夙贫,母邹氏通书史,教之。乾隆四十二年(1777)拔贡。少喜作诗,兼工骈文,晚年专治经术。有《述学》、《广陵通考》诸书。本篇作于乾隆三十六年(1771),时客沈业富幕府。去岁,仲则始与汪中订文字交,相见则在今年春。二人身世、性格、才华相近,共推知音。仲则《和容甫》其二:"众中独我亲,亦知我心伤。两小皆失怙,哀乐颇相当。贫贱易为感,况复齐孤芳。"汪中《赠黄仲则六首》其三:"早孤感同病,心期乐疏旷","相对一赏音,信宿已兴谤"。其四:"高才世不容,孤立尚相疑","劳生无百年,多难使人悲"。

〔2〕荆关:柴门。谢庄《山夜忧》:"回舻拓绳户,收棹掩荆关。"

69

〔3〕诗穷:见《和仇丽亭(五首选二)》其二注〔1〕。

〔4〕"对床"句:白居易《雨中招张司业宿》:"能来同宿否,听雨对床眠。"对床,对床而卧,喻友朋相聚。青山,在当涂东南,又称谢公山。李白《题东溪公幽居》:"宅近青山同谢朓,门垂碧柳似陶潜。"此用其意。

〔5〕流红:漂流在水中的落花。殷(yān 烟):深红色。

## 偕容甫登绛雪亭[1]

汪生汪生适何来,头蓬气结颜如灰[2]。囊无一钱买君醉[3],聊复与尔登高台。惊人鹰隼飙空去,俯见长云阖且开[4]。江流匹练界遥碧,风劲烟蒌莽寒色[5]。危亭倒瞰势逾迥,平墟指空望疑直[6]。凭高眺远吾两人,心孤兴极牢忧并[7]。自来登临感游目,况有磊砢难为平[8]。麟麐雉凤世莫别,萧蒿蕙茝谁能名[9]?颠狂骂座日侘傺,畴识名山属吾辈[10]。著书充栋腹常饥,他年沟壑谁相贷[11]。一时歌哭天梦梦,咫尺真愁鬼神会[12]。汪生已矣不复言,即前有景休怀煎[13]。愿从化作横江鹤,来往天门采石间[14]。

〔1〕容甫:汪中,见《春暮呈容甫》注〔1〕。绛雪亭:在安徽当涂郡圃中。乾隆三十六年(1771),仲则偕汪中登眺绛雪亭赋诗。二人唱和酬赠之诗,大都是寒士孤傲落拓的长歌当哭,如汪中《经旧苑吊马守贞文》所云:"江上之歌,怜以同病;秋风鸣鸟,闻者生哀。事有伤心,不嫌非偶。"汪中盛推仲则诗才,《与秦丈西岩书》云:"其人年二十有一,所作诗千有余篇,雄才逸气,与李太白、高青丘争胜毫厘,实非今世上所有。某

虽负气,于诗自愧弗如也。"

〔2〕头蓬:头发凌乱。《诗经·卫风·伯兮》:"自伯之东,首如飞蓬。"气结:形容心情抑郁。曹植《送应氏》:"气结不能言。"

〔3〕买君醉:买酒痛饮。李白《梁园吟》:"沉吟此事泪满衣,黄金买醉未能归。"

〔4〕鹰隼:鹰和隼,泛指猛禽。飏(yáng扬)空:空中飞扬。长云:连绵不断的云。阖且开:开阖变化。

〔5〕匹练:白绢,比喻江流。谢朓《晚登三山还望京邑》:"馀霞散成绮,澄江静如练。"界遥碧:即接天。遥碧,遥远的碧空。莽寒色:寒色苍茫。

〔6〕危亭:耸立高处的亭阁。倒瞰:向下俯视。平墟:平旷的原野。

〔7〕牢忧:忧愁郁闷。并(bīng冰):聚集。

〔8〕游目:放眼纵观。磊砢(luǒ裸):郁结不平之气。

〔9〕"麟麇"二句:是说世人美丑莫辨。麟麇(jūn君),麒麟和獐子。雉凤:雉鸡和凤凰。萧蒿,萧艾和蒿子,两种恶草名,多喻品质不好的人。蕙茝(chǎi柴,读第三声),蕙和茝,两种香草名,多喻贤者。

〔10〕骂座:借酒使性负气。典出《史记·魏其武安侯列传》所载灌夫"为人刚直使酒,不好面谀",乘酒骂座之事。侘傺(chà chì 岔赤):失意的样子。《楚辞·九章·涉江》:"怀信侘傺,忽乎吾将行兮。"名山:指名山事业,即著述,语出《史记·太史公自序》:"藏之名山。"仲则《赠程厚孙,时为厚孙作书与汪容甫定交》:"名山属公等,吾行荷锄锸。"

〔11〕"著书"二句:是说著书虽富而腹中常饥,他年野死,又有谁会相助呢?著书充栋,形容著述之富。沟壑,引申为野死。杜甫《醉时七歌》:"焉知饿死填沟壑?"贷,施助抚恤。谁相贷,用枯鱼之肆典事,《庄子·外物》:庄周家贫,贷粟于监河侯,监河侯曰:"诺,我将得邑金,将贷子三百金,可乎?"庄周以鲋鱼作譬曰:"(鲋鱼)对曰:'我东海之波臣也,

君岂有升斗之水而活我哉?'周曰:'诺,我将南游吴越之王,激西江之水而迎子,可乎?'鲋鱼忿然作色曰:'吾失我常与,我无所处。吾得斗升之水然活耳,君乃言此,曾不如早索我于枯鱼之肆矣。'"

〔12〕梦(méng 萌)梦:昏乱不明貌。《诗经·小雅·正月》:"民今方殆,视天梦梦。"咫尺:形容距离很近。鬼神会:神鬼来会。

〔13〕怀煎:满怀忧虑。

〔14〕横江:横江浦,在安徽和县东南,与采石矶隔江相对。横江鹤:语本苏轼《后赤壁赋》:"适有孤鹤,横江东来。"郑元祐《杨铁崖新居书画船亭》:"赋成犹梦横江鹤,书罢应笼泛渚鹅。"天门:天门山,在当涂西南,东名博望山,西名梁山,两山夹江对峙,形如门户,故称天门。采石:采石矶,见《当涂旅夜遣怀》注〔3〕。

# 三十夜怀梦殊[1](二首选一)

## 其一

削迹少欢思,中宵影自娱[2]。劳生常鹿鹿,即事每乌乌[3]。到枕江声近,闻钟夜气孤[4]。因怀旧游伴,犹忆故人无?

〔1〕梦殊:洪亮吉,见《二十三夜偕稚存、广心、杏庄饮大醉作歌》注〔1〕。本篇作于乾隆三十六年(1771),怀念好友洪亮吉,情深意长,风格隽永。

〔2〕削迹:匿迹,借指隐居。欢思:欢情。影自娱:形影相吊。语本黄庭坚《再和寄子瞻,闻得湖州》:"佳人在江湖,照影自娱玩。"

〔3〕劳生:人生辛苦劳累,语出《庄子·大宗师》:"夫大块载我以形,劳我以生,佚我以老,息我以死。"鹿鹿:奔劳貌。乌乌:歌呼声。《汉书·杨恽传》:"酒后耳热,仰天拊缶,而呼乌乌。"

〔4〕夜气:夜间清凉之气。孤:冷清。

## 短 歌〔1〕

清江㳽㳽,白石粲粲〔2〕。小星荧荧,大星烂烂〔3〕。豢龙不如鳅虾,笯凤不如凫雁〔4〕。贱修不如贵夭,饥聚不如饱散〔5〕。

〔1〕乾隆三十六年(1771)作。本篇抒写寒士浪游的心迹和桀骜的个性,前四句起兴,后四句用比。诗人仰天悲歌豢龙不如虾鳅、笯凤不如凫雁,寒士挣扎于社会下层,这是怎样令人痛心的时代!高启《悲歌》诗云:"富老不如贫少,美游不如恶归。浮云随风,零落四野。仰天悲歌,泣数行下。"可为此诗注脚。

〔2〕㳽(mí 迷)㳽:水深满貌。粲粲:洁白鲜明貌。"白石"句:化自《乐府诗集》卷八十三《商歌二首》之二:"沧浪之水白石粲,中有鲤鱼长尺半。敝布单衣裁至骭,清朝饭牛至夜半。"

〔3〕荧荧:闪烁。烂烂:洁白耀眼。

〔4〕豢龙:《左传·昭公二十九年》:"古者畜龙,故国有豢龙氏。"豢,养。鳅(qiū 秋):同"鳅"。笯(nú 奴)凤:语本《楚辞·九章·怀沙》:"凤皇在笯兮,鸡鹜翔舞。"笯,笼落。凫雁:野鸭和大雁。

〔5〕"贱修"二句:反用高启《悲歌》:"富老不如贫少,美游不如恶

归。"而意则一也。贱修,贫贱而长寿。贵夭,富贵而寿夭。饥聚,贫饥而聚首。饱散,饱腹而离散。

## 太白墓[1]

束发读君诗,今来展君墓[2]。清风江上洒然来,我欲因之寄微慕[3]。呜呼!有才如君不免死,我固知君死非死。长星落地三千年,此是昆明劫灰耳[4]。高冠岌岌佩陆离,纵横击剑胸中奇[5]。陶熔屈宋入大雅,挥洒日月成瑰词[6]。当时有君无著处,即今遗躅犹相思[7]。醒时兀兀醉千首[8],应是鸿濛借君手。乾坤无事入怀抱,只有求仙与饮酒[9]。一生低首惟宣城,墓门正对青山青[10]。风流辉映今犹昔,更有灞桥驴背客。贾岛墓亦在侧[11]。展此间地下真可观,怪底江山总生色[12]。江山终古月明里,醉魄沉沉呼不起[13]。锦袍画舫寂无人[14],隐隐歌声绕江水。残膏剩粉洒六合,犹作人间万馀子[15]。与君同时杜拾遗,窆石却在潇湘湄[16]。我昔南行曾访之,衡云惨惨通九疑[17]。即论身后归骨地,俨与诗境同分驰[18]。终嫌此老太愤激,我所师者非公谁[19]?人生百年要行乐,一日千杯苦不足[20]。笑看樵牧语斜阳[21],死当埋我兹山麓。

〔1〕太白墓:李白墓,在青山。李白原葬当涂龙山,唐元和间迁葬青山。本篇作于乾隆三十六年(1771),"龙吟虎啸"(张维屏《听松庐文

钞》)。仲则又有《贺新郎·太白墓,和稚存韵》上片云:"何事催人老?是几处、残山剩水,闲凭闲吊。此是青莲埋骨地,宅近谢家之脁。总一样、文人宿草。只为先生名在上,问青天、有句何能好?打一幅,思君稿。"诗词并妙,在历代怀吊李白之作中,称得上佳构。或据"我所师者非公谁"之句,论定仲则诗法李白。其实,仲则转益多师,意在求真,取法并非专在一家。汪佑南《山泾草堂诗话》卷二评云:"黄仲则《两当轩集》诗希踪太白,予读之,颇有杜、韩气息,而似太白者转少。惟《太白墓》一首极力摹拟,有'我所师者非公谁'句,此亦一时之倾倒语耳,非真有意学太白也。"吴嵩梁《读黄仲则诗书后》云:"天下几人学太白,黄子仲则今仙才。其才挺脱实天授,独以元气为往来。"

〔2〕束发:古时男子成童时束发为髻,用以指代成童。展:拜谒。墓:指太白墓。

〔3〕洒然:清凉爽快貌。微慕:敬慕的谦辞。

〔4〕长星:古时彗星名,有长形光芒,这里指太白星,借指李白。李阳冰《草堂集序》:"惊姜之夕,长庚入梦,故生而名白,以太白字之。"昆明劫灰:《高僧传》卷一《汉洛阳白马寺竺法兰》:汉武帝穿昆明池底,得黑灰,法兰云:"世界终尽,劫火洞烧,此灰是也。"汉武帝穿昆明池底故事,早见于《幽明录》。劫灰,遭刀兵水火等毁坏后的残馀。

〔5〕"高冠"二句:写李白的磊落不群和豪宕之气。上句化自《离骚》:"高余冠之岌岌兮,长余佩之陆离。"高冠,高大的帽子。岌岌,高耸貌。陆离,美好分散之貌。纵横击剑,李白擅长击剑,其《与韩荆州书》:"十五好剑术,遍干诸侯。三十成文章,历抵卿相。虽长不满七尺,而心雄万夫。"

〔6〕陶熔:陶化熔炼。屈宋:屈原和宋玉,以辞赋并称。大雅:《诗经》中的雅诗,分《大雅》《小雅》。《毛诗序》:"雅者,正也,言王政所由废兴也。政有大小,故有小雅焉,有大雅焉。"李白《古风》:"大雅久不

作,吾衰竟谁陈",“正声何微茫,哀怨起骚人。"挥洒:喻指写文辞。

〔7〕著处:放置之处,借指安身之地。遗躅(zhuó浊):犹言遗迹。

〔8〕兀兀:昏沉貌。刘叉《独饮》:“所以山中人,兀兀但饮酒。"醉千首:杜甫《饮中八仙歌》:“李白一斗诗百篇,长安市上酒家眠。"

〔9〕乾坤:天地。无事入怀抱:不屑世事,超尘绝俗。求仙:访仙问道。

〔10〕低首:折服,倾倒。宣城:谢朓,曾任宣城太守。墓门:墓道之门。《诗经·陈风·墓门》:“墓门有棘。"青山:谢朓曾筑室于此,李白一生追慕谢朓,后人因迁李白墓至此。

〔11〕灞桥:在陕西西安东。驴背客:贾岛。《唐摭言》卷十一:贾岛尝跨驴长安道中,忽吟曰:“落叶满长安。"欲求下联,杳不可得,“因之唐突大京兆刘栖楚,被系一夕而释之"。贾岛墓:或称贾岛墓在安徽当涂南。乾隆《江南通志》卷四十一:“主簿贾岛墓,在府城南二里省庄圩。唐郑谷有诗云:'五字与八韵,俱为时所先。幽魂应自慰,李白墓相连。'"郑谷诗题为《吊水部贾员外嵩》。所谓贾岛墓在当涂青山的说法,盖为传闻。贾岛墓在遂州长江县(今四川蓬溪西),郑谷作有《长江县经贾岛墓》。

〔12〕怪底:难怪。

〔13〕醉魄:李白好酒,相传李白泛舟采石,大醉后入水中捉月,溺水而死。沉沉:寂静无声。

〔14〕锦袍:锦制的衣袍。《旧唐书·李白传》:“时侍御史崔宗之谪官金陵,与白诗酒唱和。尝月夜乘舟,自采石达金陵,白衣宫锦袍,于舟中顾瞻笑傲,傍若无人。"画舫:装饰华美的船。

〔15〕“残膏"二句:是说李白诗篇滋育了后代无数的诗人。残膏剩粉,即残膏剩馥,比喻前人所遗,典出《新唐书·杜甫传》:“他人不足,甫乃厌馀,残膏剩馥,沾丐后人多矣。"六合,人世间。

〔16〕杜拾遗:杜甫,曾任左拾遗。拾遗,唐代谏官名。窆(biǎn 贬)石:古时用以引棺木下葬之石,多用以来代指坟墓。潇湘浭:潇湘之滨,世人相传杜甫墓在湘江支流耒水边。杜荀鹤《经青山吊李翰林》:"谁移耒阳冢,来此作吟邻?"

〔17〕"我昔"句:乾隆三十五年(1770)春,黄仲则曾至耒水吊杜甫墓,赋《耒阳杜子美墓》。九疑,见《衡山高和赵味辛送余之湖南即以留别》注〔6〕。

〔18〕"即论"二句:归骨地,葬身之地。这两句是说李白与杜甫葬身之地,与其各自的诗境相合,杜甫诗多感时悯乱,其墓在骚怨之地;李白诗豪放飘逸,其墓在山水秀丽的青山。

〔19〕此老:指杜甫。公:指李白。

〔20〕"人生"二句:化用李白《将进酒》:"人生得意须尽欢,莫使金樽空对月。"《襄阳歌》:"百年三万六千日,一日须倾三百杯。"

〔21〕樵牧:樵夫和牧童。


# 夜坐写怀〔1〕

白日长吁静夜歌,飞扬慷慨欲如何?四休愿只饱休足,三上吟偏枕上多〔2〕。相对无猜唯酒盏,等闲难着是渔蓑〔3〕。作诗辛苦谁传此,一卷空宵手自摩。

〔1〕"东野穷愁死不休,高天厚地一诗囚"(元好问《论诗三十首》其十八),亦可作为仲则人生的写照。诗人辗转逆境之中,除诗外,心灵别无依泊处,如《送春三首》其二所云:"此身卑贱无一能,矫吭但欲为新声。"本篇作于乾隆三十六年(1771),感慨"作诗辛苦谁传此"。汪佑南

《山泾草堂诗话》引述此诗评云:"其近体亦刻意苦吟,足以耐人寻味者,不愧名家。"

〔2〕四休:宋代太医孙昉,字景初,号四休居士。黄庭坚《四休居士诗》序曰:"山谷问其说,四休笑曰:'粗茶淡饭饱即休,补破遮寒暖即休,三平二满过即休,不贪不妒老即休。'山谷曰:'此安乐法也。'"又,《四休居士诗》其三:"借问四休何所好,不令一点上眉头。"三上:典出欧阳修《归田录》卷二:"余平生所作文章多在三上,乃马上、枕上、厕上也。"

〔3〕等闲:寻常。渔蓑:渔人所披的蓑衣。

## 梦孤山[1]

昔慕林和靖[2],平生亦爱梅。绕庐三百树,一一手亲栽。霜冷月孤落,山空我独来。耳边犹鹤唳[3],残梦已飘回。

〔1〕孤山:在杭州西湖畔。北宋诗人林逋,字君复,钱塘(今杭州)人,性恬淡,不喜仕进,隐居孤山,种梅养鹤,人称梅妻鹤子,卒谥和靖。后人慕其高风,好诵其咏梅之句。乾隆三十六年(1771),仲则"梦想西湖处士家"(刘因《观梅有感》),写下此诗,情趣高洁,不事刻画,飘逸隽永。

〔2〕林和靖:林逋。

〔3〕鹤唳:鹤鸣,林逋隐于孤山,与梅、鹤相伴。

## 夜坐述怀呈思复[1]

密筱崇兰露气昏,草堂促膝倒深樽[2]。灯前各掩思亲泪,地下偏多知己恩。似水才名难疗渴,投闲芳序易消魂[3]。沧洲散发他年事,迟尔清江白石村[4]。

[1] 思复:汪中,见《春暮呈容甫》注[1]。本篇作于乾隆三十六年(1771)。

[2] 密筱(xiǎo小):密生的竹。刘得仁《夏夜会同人》:"日汲泉来漱,微开密筱风。"崇兰:丛生的兰草。《楚辞·招魂》:"光风转蕙,氾崇兰些。"王勃《秋夜长》:"北风受节雁南翔,崇兰委质时菊芳。"深樽:深杯。

[3] "似水"二句:上句暗用司马相如涤器市中故事,下句隐用祢衡作《鹦鹉赋》并序之典。投闲:处于清闲之地。韩愈《进学解》:"动而得谤,名亦随之。投闲置散,乃分之宜。"唐彦谦《游南明山》:"投闲息万机,三生有宿契。"芳序:美好的时光。这里当指祢衡《鹦鹉赋》并序。

[4] 沧洲:滨水处,多用以指隐士居处。孟浩然《宿天台桐柏观》:"缅寻沧洲趣,近爱赤城好。"散发:指山野隐居,逍遥自在。张协《咏史》:"抽簪解朝衣,散发归海隅。"迟尔:等待对方。白石:《诗经·唐风·扬之水》:"白石凿凿。"唐彦谦《越城待旦》:"清溪白石村村有,五尺乌犍托此生。"

# 杂诗[1](二首选一)

## 其二

流俗徇耳食,真赏难可遇[2]。闻声或相思,日进反不御[3]。

叩门况拙辞,望气已无豫[4]。遂使怀奇人[5],进退失所据。骏马嘶交衢,三日无一顾[6]。归来服盐车,努力待迟暮[7]。

〔1〕乾隆三十六年(1771)作。诗咏干谒,简质婉妙。士人多怕迟暮不遇,仲则甘落人后,"归来服盐车,努力待迟暮"。

〔2〕徇:依从。耳食:不加审察,轻信传言。真赏:知音。可遇:称心而遇。

〔3〕"闻声"二句:典出《鬼谷子·内揵》:"君臣上下之事,有远而亲,近而疏,就之不用,去之反求,日进前不御,遥闻声而相思。"相思,思慕。御,通"讶",迎接。

〔4〕"叩门"句:朱建新《黄仲则诗》:"陶渊明诗:'饥来驱我去,不知竟何之。行行至斯里,叩门拙言辞。'"望气:古代的一种占卜术,观察云气或气色来预测吉凶。

〔5〕怀奇人:指畸才奇士。

〔6〕"骏马"句:典出《战国策·燕策二》:苏代为燕说齐,先说淳于髡曰:"人有卖骏马者,比三旦立市,人莫之知。往见伯乐曰……伯乐乃还而视之,去而顾之,一旦而马价十倍。"骏马,喻贤士。交衢,道路交错要冲之处。

〔7〕服盐车:典出《战国策·楚策四》:良骥拉盐车上太行山,"蹄申膝折,尾湛胕溃,漉汁洒地,白汗交流,中阪迁延,负辕不能上"。伯乐遇之,下车而哭,"骥于是俯而喷,仰而鸣,声达于天,若出金石声者",盖以伯乐为知己也。元稹《贻蜀五首·病马诗寄上李尚书》:"遥看云路心空在,久服盐车力渐烦。"李白《天马歌》:"盐车上峻坂,倒行逆施畏日晚。"迟暮:黄昏,喻晚年。

# 寄王东田丈[1]

丈人昔日真好奇,步行荷戟随征西[2]。只身斫垒沙滚滚[3],随手杀贼风凄凄。功成乞身不受赏,万里携得平戎诗[4]。功名世上岂公意,意气平生真我师。兰陵城边醉君酒,落魄闲踪无不有[5]。半酣跨出五花骢,顾盼依然射生手[6]。有时对客脱衣舞,肘后创瘢长尺许[7]。笑携铁笛作龙吟,闷拨檀槽学羌语[8]。感恩怀旧更欷歔[9],老去雄心变凄苦。昨夜西风断玉关,伤心广利未生还[10]。将军残客田畴在[11],恸哭秋原落照间。请缨昔诧《从军乐》,仗剑今歌《行路难》[12]。天青落落华不注,飘若浮云且东去[13]。石田茆屋待公归,七十二君封禅处[14]。别去音书阻大河,梦中常见涕洟多[15]。南城耻逐博徒饮,深夜还遭醉尉呵[16]。我亦年时苦萧瑟,剩有空囊未投笔[17]。忧来更上仲宣楼,一剑期将知己酬[18]。径欲短衣骑马至,风毛雨血北冈头[19]。

〔1〕本篇作于乾隆三十六年(1771),叙写王东田晚年事迹,近于一篇传论,而笔墨生动传神。

〔2〕丈人:古时对长辈的尊称。好奇:喜好新奇,引申指特立独行。荷戟:指携带兵器。戟,古时一种可勾可刺的兵器,泛指兵器。

〔3〕斫垒:劫营,攻坚。

〔4〕乞身:辞归。平戎:古时征伐少数民族,或平息少数民族战乱,称作平戎。

〔5〕兰陵:在今山东峄县一带,晋置兰陵郡。古时兰陵多美酒,故云"兰陵城边醉君酒"。又,唐武德三年,以故兰陵县地置武进县。然此兰陵当非指常州。

〔6〕五花骢:即五花马。唐人喜将骏马鬃毛修剪成瓣以为饰,分成五瓣者,称五花马,一说是指马之毛色作五花纹者。李白《将进酒》:"五花马,千金裘,呼儿将出换美酒,与尔同销万古愁。"顾盼:左右顾视。《宋书·范晔传》:"跃马顾盼,自以为一世之雄。"射生手:精于骑射的武士。《新唐书·兵志》:唐至德二载,"又择便骑射者,置衙前射生手千人,亦曰供奉射生官,又曰殿前射生,分左右厢,总号曰左右英武军"。

〔7〕舞:舞剑。创瘢:伤疤。

〔8〕铁笛:铁制的笛管。龙吟:形容声音响亮。檀槽:檀木弦乐器上架弦的槽格,借指琵琶等乐器。学羌语:以琵琶从西域传入,故云。

〔9〕欷歔:叹息流泪。

〔10〕玉关:玉门关。广利:汉代将军李广利,汉武帝宠姬李夫人之兄。《汉书·李广利传》:太初元年,以李广利为将军,至贰师城取宝马,因号贰师将军,后率师出匈奴,兵败投降,为单于所杀。

〔11〕残客:犹言旧部。田畴:字子泰,三国时人,好读书,善击剑。《三国志·魏书·田畴传》:幽州牧刘虞厚礼请田畴,固辞不受。刘虞为公孙瓒所害,田畴谒祭刘虞墓,公孙瓒闻之大怒,拘之军下,或游说曰:"田畴义士,君弗能礼,而又囚之,恐失众心。"田畴遂得归,率宗族等数百人入徐无山中,百姓多归之。曹操北征乌丸,令田畴将其众为向导,大胜,论功封侯,邑五百户。

〔12〕请缨:投军杀敌。缨,绳索。典出《汉书·终军传》:汉武帝派遣终军出使南越,说服南越王归顺,终军自请"愿受长缨,必羁南越王而

致之阙下"。《从军乐》:王粲作有《从军乐五首》。又,《从军行》,乐府名,属《相和歌辞》,多写边塞景况和士兵生活。《行路难》:乐府名,属《杂曲歌辞》,多写世路艰难和离情别意。李白《行路难三首》其一:"停杯投箸不能食,拔剑四顾心茫然","长风破浪会有时,直挂云帆济沧海。"此用其意。

〔13〕落落:孤立高耸的样子。华不(fū 肤)注:在山东济南,一峰如锥,高耸碧空。张岱《夜航船》之"华不注"条:"言此山孤秀,如花跗之注于水也。"

〔14〕"石田"句:语本杜甫《醉时歌》:"先生早赋归去来,石田茅屋荒苍苔。"石田,贫瘠的田地。茆屋,茅屋。七十二君:相传上古到泰山封禅者有七十二君。《史记·封禅书》:"自古受命帝王,曷尝不封禅?盖有无其应而用事者矣,未有睹符瑞见而不臻乎泰山者也。……管仲曰:'古者封泰山禅梁父者七十二家,而夷吾所记者十有二焉。'"封禅,古代帝王至泰山祭告天地。

〔15〕大河:黄河。涕洟(yí 夷):涕泪俱下。

〔16〕"南城"二句:上句用高阳酒徒典事,《史记·郦生陆贾列传》:郦食其,陈留高阳(今河南杞县西南)人,少时嗜酒,好读书,家贫落魄,常混迹酒肆,自称高阳酒徒。闻刘邦多大略,愿往从游。刘邦不喜儒士,不欲见,郦食其使人告之:"走! 复入言沛公,吾高阳酒徒也,非儒人也。"因得见。刘邦用其策,遂下陈留。博徒:赌徒。白居易《悲哉行》:"朝从博徒饮,暮有倡楼期。"下句用李广典事,《史记·李将军列传》:李广尝夜出饮酒,归经霸陵亭,霸陵尉酒醉,不放行,李广随从说:"故李将军。"尉说:"今将军尚不得夜行,何乃故也!"止李广宿亭下。

〔17〕投笔:指弃文从武。

〔18〕"忧来"二句:上句用王粲典事,见《客中闻雁》注〔3〕。下句用季札典事,《史记·吴太伯世家》:吴国公子季札出使,道访徐君,徐君

83

好季札之剑而不言,季札心知之,因出使之故未赠。使归,徐君已死,季札乃解剑系于冢树而去。

〔19〕风毛雨血:语出班固《西都赋》:"六师发逐,百兽骇殚。……风毛雨血,洒野蔽天。"原指狩猎时禽兽毛血纷飞之状,借指奋勇杀敌之状。

## 夜坐怀维衍、桐巢[1]

剑白灯青夕馆幽,深杯细倒月孤流[2]。看花如雾非关夜[3],听树当风只欲秋。吴下酒徒犹骂座,秦川公子尚登楼[4]。天涯几辈同飘泊,起看晨星黯未收[5]。

〔1〕维衍:左辅,见《冬夜左二招饮》注〔1〕。桐巢:王桐巢,又字半舫。仲则有《满江红·赠王桐巢》词。钱载《王贞女行》题下注:"从父明经桐巢属赋。"本篇作于乾隆三十六年(1771)夏,是一首怀人的佳作,前四句写景细幽,用字亦新活;后四句收纵自如,写意甚妙。

〔2〕月孤流:月下斟酒,故云。

〔3〕"看花"句:化用杜甫《小寒食舟中作》"老年花似雾中看"之句。

〔4〕吴下酒徒:指左辅。仲则与左辅、洪亮吉、马鸿运常聚饮武进城东酒垆,取高阳酒徒之意,号称"城东酒徒"。吴下,常州、苏州一带旧称吴下。秦川公子:指王桐巢。用王粲故事。谢灵运《拟魏太子邺中集诗序》:"王粲家本秦川贵公子孙,遭乱流寓,自伤情多。"杜甫《地隅》:"丧乱秦公子,悲凉楚大夫。"秦川,秦岭以北平原地带,因春秋战国时属秦国

之地而得名。骂座:见《偕容甫登绛雪亭》注〔10〕。登楼:化用王粲《登楼赋》之意,见《客中闻雁》注〔3〕。

〔5〕晨星:一语双关,既指早晨之星,又指故人寥落。张岱《夜航船》:"晨星,刘禹锡曰:'落落如晨星之相望。'谓故人寥落,如早晨之星,甚稀少也。"

## 十一夜[1]

依旧高斋月,沉吟久不归[2]。幽居惜光景,病眼爱芳菲[3]。穿树流星疾,当风去鸟稀[4]。遥知故山树,手植渐成围[5]。

〔1〕乾隆三十六年(1771)六月作,是一首咏怀的逸品,含蓄地抒写了思乡之情。《两当轩集》多有此类佳作,风格超逸隽妙,自然清新。

〔2〕高斋:雅斋,多用作对他人斋室的敬称。沉吟:低声吟味。

〔3〕幽居:隐居。芳菲:花草。

〔4〕去鸟:即飞鸟。李白《春日独酌二首》其二:"长空去鸟没,落日孤云还。"

〔5〕故山:喻家乡。刘沧《春日旅游》:"花开忽忆故山树,月上自登临水楼。"成围:树已合抱。许棠《送元遂上人归吴中》:"吴中知久别,庵树想成围。"以上四句,用陶渊明《饮酒二十首》其四"栖栖失群鸟,日暮犹独飞","因值孤生松,敛翮遥来归"之意。

## 立秋后二日[1]

倦客思秋秋苦悲,薄罗几日卷凉飔[2]。鱼龙故国西风夜,瓜果深闺落月时[3]。老马识途添病骨,穷猿投树择深枝[4]。伤心略似萋萋草,霜霰将来尔未知[5]。

〔1〕乾隆三十六年(1771)立秋后二日作。这首七律对仗精工,风格凄婉,尾联别出意表,写秋悲不落俗套,具有不少新意。

〔2〕倦客:厌倦旅居的游子。薄罗:轻薄的罗衫。凉飔(sī 思):凉风。

〔3〕鱼龙夜:即秋日。杜甫《秦州杂诗》其一:"水落鱼龙夜,山空鸟鼠秋。"杜修可引《水经注》注云:"鱼龙以秋日为夜。龙秋分而降,蛰寝于渊,故以秋日为夜也。"故国:故乡。"鱼龙"句:化用杜甫《秋兴八首》其四:"鱼龙寂寞秋江冷,故国平居有所思。"瓜果:民间旧俗,七夕夜,女子竞设瓜果,乞巧中庭。仲则此诗作于立秋后二日,距七夕不远,故咏及此。

〔4〕老马识途:典出《韩非子·说林上》:管仲、隰朋从齐桓公伐孤竹,春往冬返,迷失于道,管仲曰:"老马之智可用也。"乃放老马而随之,遂得道。病骨:多病瘦损的身体。穷猿投树:即穷猿投林,比喻人在困境中急于寻觅栖身之处,典出《世说新语·言语》:李充常叹不遇,殷浩知其贫,问:"君能屈志百里不?"李充答曰:"北门之叹,久已上闻。穷猿奔林,岂暇择木!"

〔5〕萋萋:形容草木茂盛。白居易《早冬》:"霜轻未杀萋萋草,日暖初干漠漠沙。"霰:一种小冰粒。

## 夜起[1]

缺月黝将尽[2],远挂寒林色。照此五夜心[3],凄凉亦云极。

崇兰愁素辰,幽螿啼破壁[4]。星河淡思曙,风露凄犹夕[5]。永叹达钟鸣,褰衣竟何适[6]?

〔1〕本篇作于乾隆三十六年(1771)秋,辞旨隐晦,描写了寒士的没落。

〔2〕缺月:不圆之月。陆龟蒙《齐梁怨别》:"寥寥缺月看将落,檐外霜华染罗幕。"黝(yǒu 有):细长貌。

〔3〕五夜:五更。

〔4〕崇兰:丛兰。《楚辞·招魂》:"光风转蕙,氾崇兰些。"五臣云:"崇,高也。"素辰:秋辰。幽螿(jiāng 江):即寒螿,蟋蟀一类的秋虫。

〔5〕星河:银河。曙:曙河,拂晓的银河。犹夕:犹如昨夕。

〔6〕永叹:长久叹息。钟鸣:晨钟敲响。褰(qiān 千)衣:即褰裳,指行走。柳宗元《夏夜苦热登西楼》:"登楼独褰衣。"何适:到何处去。

## 金陵杂感[1]

平淮初涨水如油,钟阜嵯峨倚上游[2]。花月即今犹似梦[3],江山从古不宜秋。乌啼旧内头全白,客到新亭泪已流[4]。那更平生感华屋,一时长恸过西州[5]。

〔1〕乾隆三十六年(1771)秋,仲则应乡试至南京,写下这首金陵咏古诗。援引非一端,旁见杂出,无意于讽规褒讥,而旨在咏叹流连,得其意之所在。全诗意近刘禹锡《金陵怀古》:"兴废由人事,山川空地形。后庭花一曲,幽怨不堪听。"仲则尚有《绮罗香·金陵怀古》一词,与诗可

称联璧,词云:"何处狮儿,半空飞下,横惹江东多事。霜骡金戈,开出千年佳丽。渡永嘉杂沓名流,实钟阜绵延王气。到如今,一半兴亡,南飞乌鹊尚能记。　莫问临春结绮,共澄心百尺,一样南内。回首新亭,消得几行清泪?叹曲里锦样家山,禁几回北兵飞至。只添他来往词人,多少沧桑意!"

〔2〕平淮:指秦淮河。水如油:形容河水青碧。薛涛《乡思》:"峨嵋山下水如油,怜我心同不系舟。"钟阜:即钟山,在南京,一名蒋山。嵯峨:山高峻貌。《金陵图经》:"钟阜龙盘,石城虎踞。"

〔3〕花月:美好的景色,喻繁华盛事。

〔4〕乌啼:白门乌啼。南京城内外多种杨柳,古乐府常咏及之,如《杨叛儿》:"暂出白门前,杨柳可藏乌。"李白《杨叛儿》:"何许最关人?乌啼白门柳。"旧内:张铉《至大金陵新志》卷一:"府治在南唐宫城,今之旧内,高宗绍兴三年以府治建行宫,遂改转运司廨为建康府治。"头全白:乌白头,喻不可能之事发生,典出《燕丹子》卷上:燕太子丹质于秦,因秦王遇之无礼,不得意,欲求归。秦王不许,曰:"令乌白头,马生角,乃可许耳。"燕太子丹仰天叹息,乌即头白,马为生角,秦王遣之归。新亭:在今南京市南,一名中兴亭。三国吴时建,东晋初,名士常游宴于此。泪已流:用新亭对泣典事,《世说新语·言语》:晋室南渡,"过江诸人,每至美日,辄相邀新亭,藉卉饮宴,周侯中坐而叹曰:'风景不殊,正自有山河之异!'皆相视流泪"。

〔5〕"那更"二句:用西州恸哭典事,《晋书·谢安传》:谢安病重,乘舆至西州门,不久死去。其甥羊昙"辍乐弥年,行不由西州路"。后因大醉,不觉到西州门,悲感不已,以马鞭敲门,咏曹植《箜篌引》:"生存华屋处,零落归山丘"之句,恸哭而去。华屋,华丽的宫室屋宇。长恸,长哭。西州,古城名,东晋置,乃扬州刺史治所,故址在今南京。

# 中元僧舍[1]

初见秋月圆,卧病客心折[2]。经鱼沸夜潮,风马戛檐铁[3]。
强步临前溪,光景渺凄绝[4]。瀼露树头明,红灯草根灭[5]。
人鬼半天涯,凄魂敛商节[6]。辞家今半年,感此涕如雪[7]。
三叹归幽斋,寒螀伴呜咽[8]。

〔1〕作于乾隆三十六年(1771)中元节,时卧病南京僧舍。中元节,农历七月十五,佛教徒作盂兰盆会追祭亡灵,民俗亦祭祀亡故亲人。仲则感节伤神,故多黯然伤魂语。贾谊谪居长沙,以其地卑湿,自以为年寿不永,作《鹏鸟赋》以自广。仲则此诗亦是抑郁自伤,难得解脱。

〔2〕客心:游子的心绪。折:摧折。

〔3〕经鱼:木鱼,用于礼佛或诵经,此指木鱼声。沸:形容声音喧闹。风马:檐马,挂在檐间的铁马,此指风马声。戛(jiá 荚):敲击。檐铁:即檐马。

〔4〕"强步"二句:写来到溪前看河灯。张岱《夜航船》:"七月十五水官生日,放河灯。"强步,勉力步行。渺凄绝,幽渺凄冷。

〔5〕瀼(ráng 瓤):瀼瀼,形容露水多。红灯:指河灯。

〔6〕"人鬼"二句:时当中元节,故有此二句。人鬼,死者的灵魂。敛,聚集。商节,秋令时节。

〔7〕涕如雪:形容极其悲伤。李白《寄远》其十二:"乱愁心,涕如雪。寒灯厌梦魂欲绝,觉来相思生白发。"

〔8〕三叹:形容慨叹之深。寒螀:秋天的鸣虫。呜咽:形容声音低沉

凄切。

## 金陵待稚存不至，适容甫招饮[1]

去年人来白下时，清秋襆被相追随[2]。青溪溪头一轮月[3]，照尔日日添新诗。偶然持论有岨峿，事后回首皆相思[4]。今年秋比去年早，今年月比去年好。我来待君君不来，问水寻山都草草。幸有汪子相过从，慰我离索倾深钟[5]。尊前话旧半悲乐，痛饮不觉酣西风[6]。聊将生别新知意，吟入六朝烟寺中[7]。

〔1〕乾隆三十六年（1771）秋，仲则客寓南京，候洪亮吉不至，汪中招饮，写下此诗。仲则与亮吉为少年好友，相推知音。亮吉《国子监生武英殿书签官候选县丞黄君行状》载云："君性不广与人交，落落难合，以是始之慕与交者，后皆稍稍避君，君亦不置意，独与亮吉交十八年。亮吉屡以事规君，君虽不之善，而亦不之绝。临终以老亲弱子拳拳见属，君之意殆以亮吉为可友乎？"二人谈诗论学，有所不同，本篇五、六句所写皆是实录。但二人情谊，有增无减。洪亮吉《黄大景仁过访作》感云："男儿终自恋知己，手把君诗纵复横。"

〔2〕"去年"二句：见《重九夜偶成》注〔1〕。白下，南京的别称。

〔3〕青溪：在南京，三国吴时所凿，起于钟山西南，流入秦淮河，又名九曲青溪。

〔4〕岨峿（jǔ yǔ 举雨）：山交错不平貌，引申为抵触不合。相思：思慕。

〔5〕汪子:汪中,见《春暮呈容甫》注〔1〕。离索:离散独处。

〔6〕尊前:酒前。西风:秋风。

〔7〕六朝:指三国吴、东晋、宋、齐、梁、陈六朝,俱建都建康。罗邺《春望梁石头城》:"六朝无限悲愁事,欲下荒城回首频。"烟寺:寺院。杜牧《江南春绝句》:"南朝四百八十寺,多少楼台烟雨中。"

## 雨花台〔1〕

行尽长干道,崇台得壮观〔2〕。秋天多雨势〔3〕,江上更风寒。王气全消歇,山形尚郁盘〔4〕。松楸弥望处,寂寞葬千官〔5〕。

〔1〕雨花台:在南京,登台可遥望大江,俯瞰金陵。景定《建康志》卷二十二《城阙志》:"雨花台,在城南三里,据冈阜最高处,俯瞰城闉。考证:旧传梁武帝时,有云光法师讲经于此,感天雨赐花,故名。"本篇乾隆三十六年(1771)秋在南京作,字句、立意俱奇。开句写雨花台,三、四句笔锋陡转,写秋雨江寒,烘托凄凉的气氛,接句"王气全消歇",承此而来。第六句,笔锋再转,指出王气虽然消歇,山形气势犹在,从而形成一波三折的艺术。结句"寂寞葬千官"自是警人。洪亮吉《北江诗话》卷二:"诗人爱用六朝,然能出新意者亦少。"本篇当属能出新意者。

〔2〕长干道:南京里巷名,城中古有长干里,在秦淮河以南,雨花台以北。《建康实录》:南京山陇之间,古称"干",城南五里有山冈,其间平地,庶民杂居,有大长干、小长干、东长干。崇台:高台,指雨花台。

〔3〕雨势:姚合《送雍陶游蜀》:"木梢穿栈出,雨势隔江来。"

〔4〕王气:象征帝王运数的祥瑞之气,古时称南京有王气。《渊鉴类函》卷二十八:秦始皇闻望气者说"金陵有天子气",乃埋金玉杂宝于

钟山,凿秦淮,以断其脉。郁盘:郁葱盘折,典出王充《论衡·吉验篇》:"王莽时,苏伯阿能望气,'使过春陵,城郭郁郁葱葱。及光武到河北,与伯阿见,问曰:'卿前过春陵,何用知其气佳也?'伯阿对曰:'见其郁郁葱葱耳。'盖天命当兴,圣王当出,前后气验,照察明著"。

〔5〕"松楸"二句:意近许浑《金陵怀古》:"松楸远近千官冢,禾黍高低六代宫。"松楸,松树和楸树,墓地多植,因以代指墓地。千官,古者天子千官。《荀子·正论》:"古者天子千官,诸侯百官。"南京为六朝古都,故云"葬千官"。

## 秋兴[1]并序(二首选一)

昔潘黄门以三十二见二毛,为赋《秋兴》。余则二十有三耳,临风揽鉴,已复种种,早凋如此,其何以堪!且念人之以白头盖棺者,十不得一,而余已先见此也。有慨于怀,率尔成咏,藻词莫托,感均期一,和之云尔[2]。

### 其二

严飙一何疾,劲草心不忧[3]。白发本至公,不上松期头[4]。蓬壶一水隔,大药知难求[5]。奈何处一世,俯仰同累囚[6]。未识生人乐,行将成土丘[7]。回风荡四壁,日影何翛翛[8]。恨随孤蓬发,思逐纤尘流[9]。嗟余未闻道,何能齐短修[10]。征衰非一端[11],泪下不可收。

〔1〕乾隆三十六年(1771)秋作于南京。仲则时年二十三岁,忧生感怀,乃至有"未识生人乐,行将成土丘"之句,颓废至极,引人深思。

〔2〕潘黄门:西晋潘岳,字安仁,曾任给事黄门侍郎。二毛:花白的头发。揽鉴:照镜子。种种:头发短少貌。其何以堪:典出《世说新语·言语》:桓温北征,经金城,见前时所种柳树皆已十围,慨然曰:"木犹如此,人何以堪!"攀枝执条,泫然流泪。

〔3〕严飙(biāo 标):狂风。劲草:喻指坚韧。《后汉书·王霸传》:光武帝对王霸说:"颍川从我者皆逝,而子独留。努力!疾风知劲草。"

〔4〕至公:极公正。松期:赤松子和安期生,传说中成仙得道者。赤松子的传说有多种。一是指赤松,王充《论衡·无形篇》:"称赤松、王乔好道为仙,度世不死,是又虚也。"二是相传为得道成仙的皇初平,见《神仙传》卷二。安期生,相传秦、汉间人,曾从河上丈人习黄老之说,卖药东海边,见刘向《列仙传》。

〔5〕蓬壶:即蓬莱,古代传说中的海中仙山。李白《秋夕书怀》:"始探蓬壶事,旋觉天地轻。"大药:不死之药。《史记·秦始皇本纪》:秦始皇曾派人入海寻访仙山,以求长生之药。

〔6〕俯仰:言一举一动。累囚:被拘囚的人。

〔7〕生人乐:人生之乐。《列子·天瑞篇》:"仲则曰:'赐!汝知之矣。人胥知生之乐,未知生之苦;知老之惫,未知老之佚;知死之恶,未知死之息也。'"韩愈《忽忽》:"忽忽乎余未知生之为乐也。"土丘:坟墓。

〔8〕回风:旋转之风,亦称飘风。《楚辞·九章·悲回风》:"悲回风之摇蕙兮,心冤结而内伤。"翛(xiāo 消):犹萧凉。

〔9〕孤蓬:孤飞的蓬草。纤尘:微尘。

〔10〕嗟余:自叹。闻道:悟道,典出《论语·里仁》:"朝闻道,夕死可矣。"短修:寿命的长短。齐短修:即齐彭殇,语出《庄子·齐物论》:"天下莫大于秋毫之末,而太山为小;莫寿乎殇子,而彭祖为夭。"

〔11〕征衰:衰弱的征兆。

## 偕稚存登鸡鸣山[1]

前代游观所,离宫面面开[2]。草知盘马地,云识放鹰台[3]。城郭丛花现,江流匹练回[4]。回看孝陵树[5],怀古使心哀。

〔1〕鸡鸣山:在南京,旧名鸡笼山,登至山顶,可眺望钟山明孝陵。乾隆三十六年(1771)秋,时在南京。时在南京。仲则与洪亮吉登鸡鸣山,赋诗怀古。诗中咏及明孝陵,感慨朝代兴废,措意甚深。
〔2〕游观:纵目观赏。离宫:正宫之外的宫室,供帝王出巡时居住。面面:即处处。
〔3〕盘马:跨马盘旋,借指游猎。韩愈《雉带箭》:"将军欲以巧服人,盘马弯弓惜不发。"放鹰:放出猎鹰,亦指游猎。白居易《放鹰》:"十月鹰出笼,草枯雉兔肥。下韝随指顾,百掷无一遗。"
〔4〕城郭:外城和内城,泛指城市。匹练:白素,喻指长江。
〔5〕孝陵:明太祖朱元璋陵,在钟山南麓。

## 旅夜[1]

天高野旷肃孤清,落木萧萧旅梦惊[2]。病马依人同失路,冷蝉似我只吞声[3]。荒城月出夜逾悄,小阁灯残水忽明[4]。一卧沧江时节改,深杯柏叶为谁倾[5]?

〔1〕作于乾隆三十六年(1771)秋,时在南京。善于譬喻,诗境凄冷,意近仲则《貂裘换酒·秋蝉》:"疏柳几行临水驿,把吟躯、听瘦斜阳外。巴山磬,清相赛。……疴瘵林中休作恶,风露馀生堪贷。珍重吸、枝头沆瀣。"法式善《梧门诗话》卷一:"黄仲则景仁初以《太白楼》诗噪名南北,朱竹君先生极赏其《旅夜》一首。"

〔2〕落木萧萧:杜甫《登高》:"无边落木萧萧下,不尽长江滚滚来。"黄庭坚《云溪石》:"诸山落木萧萧夜,醉梦江湖一叶中。"

〔3〕病马:用老马识途的典故,见《立秋后二日》注〔4〕。失路:喻失意。冷蝉:寒蝉。吞声:见《检邵叔宀先生遗札》注〔2〕。杜甫《醉歌行》:"乃知贫贱别更苦,吞声踯躅涕泪零。"

〔4〕"小阁"句:化用杜甫《月》:"残夜水明楼。"

〔5〕一卧沧江:化用杜甫《秋兴八首》其五:"一卧沧江惊岁晚,几回青琐点朝班。"沧江,江流。柏叶:柏叶酒,古人以柏叶浸酒,相传饮之可以避邪长寿,元旦前后共饮。杜甫《人日两篇》其二:"樽前柏叶休随酒,胜里金花巧耐寒。"

# 稚存归索家书〔1〕

只有平安字〔2〕,因君一语传。马头无历日,好记雁来天〔3〕。

〔1〕乾隆三十六年(1771)九月报罢,洪亮吉归里,临行索仲则家书,仲则心中凄恻,赋诗语不能多,小诗深蕴哀情和乡思。

〔2〕平安:古人在家书上往往封题"平安"二字。高启《得家书》:"未读书中语,忧怀已觉宽。灯前看封箧,题字有平安。"

〔3〕无历日：陆游《鸟啼》："野人无历日，鸟啼知四时。"历日，日历。雁来天：雁归之时，即秋天，这里含有雁归人不归的伤感。

## 子夜歌[1]

思君月正圆，望望月仍缺。多恐再圆时，不是今宵月[2]。

万里流沙远[3]，真愁见面难。闺中无挟弹，那得雁书看[4]。

〔1〕这两首诗是寄给妻子赵氏的，作于乾隆三十六年（1771）秋，哀婉情韵，真情饶具。子夜歌：《旧唐书·乐志》："《子夜》，晋曲也。晋有女子夜造此声，声过哀苦，晋日常有鬼歌之。"《乐府古题要解》卷上："《子夜》，右旧史云：晋有女子曰子夜，所作声至哀。晋武帝太元中，琅琊王轲家有鬼歌之。后人依四时行乐之词，谓之《子夜四时歌》，吴声也。"

〔2〕"多恐"二句：意思是月再圆时，已非今宵，今夜思念将归何处？

〔3〕万里流沙：杜甫《东楼》："万里流沙道，西征过北门。"此用其词。

〔4〕挟弹：挟带弹弓射猎。李白《少年子》："青云少年子，挟弹章台左。"雁书：即书信。此二句典出《汉书·李广苏建传》：汉武帝时，苏武使匈奴不得归。汉昭帝即位，求苏武归，匈奴诡言苏武已死。后汉使至匈奴，常惠教使者谓单于"言天子射上林中，得雁，足有系帛书，言武等在某泽中"，苏武始得归汉。

# 金陵别邵大仲游[1]

三千馀里五年遥,两地同为断梗飘[2]。纵有逢迎皆气尽,不当离别亦魂消[3]。经过燕市仍吴市,相送皋桥又板桥[4]。愁绝驮铃催去急,白门烟柳晚萧萧[5]。

〔1〕乾隆三十六年(1771)秋冬之际,仲则自南京复至太平府。本篇作于离开南京之际。黄培芳《香石诗话》卷一称仲则七上有超然独造者,此诗"筋摇脉动,到之极矣"。邵大仲游:邵圣艺,字仲游,贡生,昭文人。邵齐焘兄齐烈之子。仲则《哭叔宀先生,兼怀仲游》诗云:"謇帏识诸郎,入坐皆兰苣。君也交更深,经年共膏晷。"仲则卒后,仲游赋《题两当轩诗后》,其一:"泉下若知故人意,傥来魂梦慰相思。"其二:"不堪重读怀人句,掩卷神伤倍黯然。"

〔2〕三千馀里:多用以形容路途漫长。卢思道《从军行》:"天涯一去无穷已,蓟门迢递三千里。"五年遥:乾隆三十二年(1767),仲则与邵仲游分别,今年秋再晤南京。断梗飘:喻人生飘泊不定。

〔3〕"纵有"二句:是说飘泊江湖,纵有迎合,也为之气短,黯然神伤,不必离别时才有。逢迎,王维《与卢象集朱家》:"主人能爱客,终日有逢迎。"气尽,豪气尽除。反用陈元龙豪气未除故事。魂消,黯然神伤。江淹《别赋》:"黯然销魂者,唯别而已矣。"

〔4〕燕市:用燕市狗屠典事,《史记·刺客列传》:荆轲,其先齐人,徙于卫国,卫人称之庆卿,复往燕国,燕人称之荆卿。荆轲嗜酒,日与狗屠及高渐离饮于燕市。酒酣,高渐离击筑,荆轲歌于市中,"相乐也,已而

相泣,旁若无人者"。吴市:用吹箫吴市典事,《史记·范雎蔡泽列传》:伍子胥出昭关,至于陵水,"膝行蒲伏,稽首肉袒,鼓腹吹篪,乞食于吴市"。皋桥:在苏州阊门内。《后汉书·逸民传》:汉代皋伯通居于皋桥,高士梁鸿飘泊吴中,借寓伯通庑下,为人赁舂。板桥:在南京秦淮河边。

〔5〕白门烟柳:见《金陵杂感》注〔4〕。白门,南京的别称。

## 不寐[1]

不寐披衣坐,千林曙色封。山衔将落月,风约欲疏钟。虚白水明阁[2],高寒鹤唳松。回头看城堞[3],鸦散晓云重。

〔1〕此诗写拂晓时的清幽之景,妙心而出,颇具味清字简之致。
〔2〕虚白:虚室生白,指清静无欲,则道心自生。语出《庄子·人间世》:"虚室生白,吉祥止止。"郭象注:"室比喻心,心能空虚,则纯白独生也。"水明阁:杜甫《月》:"残夜水明楼。"此用其意。
〔3〕城堞:古代城上的矮墙,也称女墙。

## 新月[1]

乍见是将落,愁心不可论。阴阴当镜阁,惨惨挂关门[2]。光弱如新病,天长有断魂[3]。相看两幽绝[4],一角远山痕。

〔1〕乾隆三十六年(1771)秋冬之际作。新月是美好的事物,但稍

现即逝,给人留下无限的惆怅。本篇咏新月"乍见是将落",意近高启《新月》"黄昏难久看,初生是将落",运以瘦笔抒写幽思,境臻惨淡。

〔2〕阴阴:幽暗貌。惨惨:萧冷貌。

〔3〕"光弱"二句:是说月光柔弱,如新病初愈,含哀带愁。天长,即长天,谓长空。断魂,谓月魂残缺。月魂,指月亮。

〔4〕相看:李白《独坐敬亭山》:"相看两不厌,只有敬亭山。"此用其词。幽绝:幽清凄绝。

## 客夜忆城东旧游寄怀左二[1]

人生百年如过客[2],那得欢游不回忆。眼看胡粤皆殊乡,那得知己常对床[3]。我念城东好风月,同游左子复清发[4]。被酒每逐残星归,哦诗动及晨钟歇[5]。君家屋后林麓美,佛院阴森隔烟水。时携铁杖来叩门,惊起山僧及童子。醉骑长松叱欲飞[6],片片秋云堕如纸。云阶月地杳莫攀[7],即今惟有梦中还。楼头书剑飘零日,曲里家山怅望间[8]。始知聚散枝头鸟,有限欢娱不常保。羡君色笑承亲帏[9],乐事天伦无一少。我行日夜江之滨,素衣缁尽心生尘[10]。山川风景总堪赋,偏觉故园丘壑真。遥知文酒足清谦[11],可念同游漂泊人?

〔1〕乾隆三十六年(1771)秋冬间作。本篇前半章极力铺叙与里中友人共游乐事,美不胜收。后半章对写飘零之苦,人生失意,感慨"偏觉故园丘壑真",思乡怀友之情,尽现纸端。城东旧游:谓洪亮吉、左辅、马

99

鸿运等人。仲则与诸子常聚饮里中城东酒垆,号称"城东酒徒"。左二:左辅,见《冬夜左二招饮》注〔1〕。

〔2〕"人生"句:化用《古诗十九首·青青陵上柏》:"人生天地间,忽如远行客。"

〔3〕胡粤:即胡越,胡地在北,越地在南,胡粤连用,比喻疏远隔绝。殊乡:异乡。对床:喻友朋相聚。

〔4〕城东:武进城东。左子:左辅。清发:清明焕发。李白《宣州谢朓楼饯别校书叔云》:"蓬莱文章建安骨,中间小谢又清发。"

〔5〕被酒:酒醉。哦诗:吟诗。

〔6〕"醉骑"句:长松如卧龙,故云"叱欲飞"。高启《偃松行》:"何当一叱使飞起,载我万里游天池。"

〔7〕云阶月地:指天上。杜牧《七夕》:"云阶月地一相过,未抵经年别恨多。"

〔8〕楼头书剑:指四处漂泊,用王粲登楼之典。赵怀玉《和黄大景仁》:"楼头书剑悲王粲,天上星辰应伍乔。"曲里家山:南唐后主李煜通音律,自制《念家山曲破》。家山,故乡。李贺《崇义里滞雨》:"家山远千里,云脚天东头。"

〔9〕色笑:和颜悦色,语出《诗经·鲁颂·泮水》:"载色载笑,匪怒伊教。"郑玄笺:"和颜色而笑语,非有所怒,于是有所教化也。"又,《论语·为政》:"子夏问孝。子曰:'色难。'"承亲帏:侍奉父母。亲帏,用以代指父母。

〔10〕素衣缁尽:陆机《为顾彦先赠妇》其一:"京洛多风尘,素衣化为缁。"素衣,白色丝绢中衣。缁,黑色。心生尘:即渴心生尘,喻思念殷切,用作思友之典。卢仝《访含曦上人》:"辘轳无人井百尺,渴心归去生尘埃。"

〔11〕文酒:饮酒赋诗。清谦:清雅的宴集。

## 山寺偶题[1]

得得千山引去程,精蓝小住一牵情[2]。十年怀刺侯门下[3],不及山僧有送迎。

〔1〕作于乾隆三十六年(1771)秋冬间,咏寒士干谒的悲哀与世态的炎凉,短小而凝重。后二句尤为惊警,佛门本是空门,山僧有情而世间却无,这是一个多么有趣的讽刺!
〔2〕得得:形容行走声,又指自得貌。精蓝:佛寺,僧舍。
〔3〕"十年"句:典出《后汉书·祢衡传》:祢衡,字正平,平原般(今山东临邑东北)人,少有才辩,尚气刚傲,初至颖川,"乃阴怀一刺,既而无所之适,至于刺字漫灭"。怀刺,怀藏名片,指投谒。侯门,显贵之家。

## 太白楼和稚存[1]

骑鲸客去今有楼,酒魂诗魂楼上头[2]。栏杆平落一江水,伫可与君消古忧。君将掉头入东海,我亦散发凌沧洲[3]。问何以故居不适?才人自来多失职[4]。凡今谁是青莲才,当时诘屈几穷哉[5]。暮投宗族得死所,孤坟三尺埋蒿莱[6]。吁嗟我辈今何为,亦知千古同一坏[7]。酒酣月出风起鋆,浩浩吹得长襟开[8]。

〔1〕太白楼:在采石矶,始建于唐代元和年间,与岳阳楼、黄鹤楼、滕王阁相齐名。稚存:洪亮吉,见《二十三夜偕稚存、广心、杏庄饮大醉作歌》注〔1〕。此诗作于乾隆三十六年(1771)冬。未几,仲则入安徽学使朱筠之幕。十二月八日洪亮吉亦入幕。朱筠叹赏二人之才,致书钱大昕、程晋芳,称"如龙泉、太阿,皆万人敌"(洪亮吉《伤知己赋》)。十二月二十六日,朱筠携仲则、洪亮吉、邵晋涵、张凤翔、章学诚等人游采石矶,登太白楼(朱筠《游采石记》)。仲则此诗借咏太白楼,唱出"才人自来多失职"的心曲,诗如"哀丝豪竹"(张维屏《听松庐文钞》)。

〔2〕骑鲸客:指李白。骑鲸,见《二十三夜偕稚存、广心、杏庄饮大醉作歌》注〔3〕。酒魂:李白好酒,自称酒中仙。诗魂:李白被称作诗仙。楼:太白楼。

〔3〕"我亦"句:见《夜坐述怀呈思复》注〔4〕。

〔4〕"问何"二句:化用白居易《李白墓》:"但是诗人多薄命,就中沦落不过君。"失职,失所。

〔5〕"凡今"二句:是说李白之才世所罕见,然却人生潦倒。凡今,即如今。青莲,李白号青莲居士。诘屈,曲折,形容人生多挫折。

〔6〕暮投:晚年投奔。宗族:同宗同族的人,指李阳冰,时任当涂令。得死所:李白晚年在李阳冰家中养病,多次登临采石矶,相传醉酒后跃入江中捉月而死。蒿莱:野草,杂草。李白《酬张卿夜宿南陵见赠》:"与君各未遇,长策委蒿莱。"

〔7〕千古同一坏:人总有一死,千古皆然。坏,土丘。

〔8〕浩浩:风势强劲貌。

# 筠河先生偕宴太白楼,醉中作歌[1]

红霞一片海上来,照我楼上华筵开[2]。倾觞绿酒忽复尽,楼中谪仙安在哉[3]！谪仙之楼楼百尺，笥河夫子文章伯[4]。风流仿佛楼中人，千一百年来此客[5]。是日江上同云开，天门淡扫双蛾眉[6]。江从慈母矶边转，潮到然犀亭下回[7]。青山对面客起舞，彼此青莲一抔土[8]。若论七尺归蓬蒿[9]，此楼作客山是主。若论醉月来江滨，此楼作主山作宾[10]。长星动摇若无色[11]，未必常作人间魂。身后苍凉尽如此，俯仰悲歌亦徒尔。杯底空馀今古愁，眼前忽尽东南美[12]。高会题诗最上头，姓名未死重山丘[13]。请将诗卷掷江水，定不与江东向流。

〔1〕笥（sì 寺）河：朱筠（1727—1781），字美叔，一字竹君，号笥河，大兴（今北京）人。乾隆十九年（1754）进士，累仕侍读学士。有《笥河诗集》《笥河文集》。乾隆三十七年（1772）三月上巳，朱筠率幕宾集会采石太白楼，赋诗者十数人，仲则诗成，一时推为擅场。洪亮吉《国子监生武英殿书签官候选县丞黄君行状》载云："君年最少，著白袷，立日影中，顷刻数百言。遍视坐客，坐客咸辍笔。时八府士子以词赋就试当涂，闻学使者高会，毕集楼下，至是咸从奚童乞白袷少年诗竞写，一日纸贵焉。"本篇神游八荒，真气淋漓，具有李白诗歌"佳处在不著纸"之妙。顾广圻《百字令·题吴思亭太白楼诗卷》评云："锦袍乌帽，尚英灵、来往青天牛渚。恰值斯人，傅彩笔、重向楼头题句。意气凌霞，风流溢世，自写心期处。三唐如在，他家无此机杼。　一霎纸贵争看，书评文价，绝调均千古。把卷知君翻叹息，前辈多惊尘土。刻意双钩，薰香什袭，可计精神住。凄然增慨，几时还吊孙楚（谓引首孙渊翁篆书）。"
〔2〕"红霞"二句：张维屏《听松庐诗话》评云"超笔"。
〔3〕倾觞：畅饮。绿酒：美酒，醇酒。陶渊明《诸人共游周家墓柏

下》:"清歌散新声,绿酒开芳颜。"谪仙:李白。李白《对酒忆贺监二首》其一:"四明有狂客,风流贺季真。长安一相见,呼我谪仙人。"

〔4〕楼百尺:形容楼高。笥河夫子:朱筠,见本篇注〔1〕。文章伯:文章宗伯,斯文主盟。

〔5〕楼中人:指李白。千一百年:千百年来。

〔6〕同云:云成一色,天将雨雪。《诗经·小雅·信南山》:"上天同云,雨雪雰雰。"李峤《雪》:"瑞雪惊千里,同云暗九霄。"天门:天门山,见《偕容甫登绛雪亭》注〔14〕。李白《望天门山》:"天门中断楚江开,碧水东流至此回。"淡扫双蛾眉:轻淡地画眉,形容妇女自然淡雅的化妆,此喻天门山景色清新。双蛾眉,像蚕蛾触须弯而长的眉毛,喻指天门东博望山与西梁山。

〔7〕慈母矶:在安徽马鞍山西北,濒临长江。然犀亭:在采石矶悬崖上,面对长江,四面临空。《晋书·温峤传》:温峤过牛渚,水深不可测,世传其下多怪物,温峤遂燃犀角照之,见水族覆火,奇形异状。后人敷衍这一传说,建燃犀亭。

〔8〕青山:见《当涂旅夜遣怀》注〔4〕。一抔(póu掊)土:指坟墓。朱建新《黄仲则诗》:"《汉书·张释之传》:'假令愚民取长陵一抔土。'"

〔9〕七尺:指身躯。归蓬蒿:指死去。

〔10〕"若论"二句:后人在采石矶建太白楼,山水因人而闻名,故云"此楼作主山作宾"。醉月,对月酣饮。

〔11〕长星:见《太白墓》注〔4〕。

〔12〕东南美:朱建新《黄仲则诗》:"东南美,《晋书·顾和传》:'王导谓和曰:卿圭璋特达,机警有锋,不徒东南之美,实为海南之俊。'王勃《滕王阁序》:'宾主尽东南之美。'诗意本此。"萧颖士《送张翚下第归江东》:"地积东南美,朝遗甲乙科。"

〔13〕重山丘:声名重于山岳。司马迁《报任少卿书》:"人固有一

死,或重于太山,或轻于鸿毛,用之所趋异也。"

## 虞忠肃祠[1]

毡帐如云甲光黑,饮马完颜至江北[2]。六州连弃两淮墟,半壁江东死灰色[3]。雍公仓卒来犒师[4],零星三五残兵随。勤王一呼草间集,督军不来来亦迟[5]。万八千人同一泣,卓然大阵如山立[6]。海陵走死贼臣诛,顺昌以来无此捷[7]。降旗斫倒十丈长,六飞安稳回建康[8]。此时长驱有八可,以笏画地言琅琅[9]。不可与言言不必,肯复中原岂今日[10]？五路烽烟百战平,三巴门户崇朝失[11]。即今青史尚馀悲,即今战处留荒祠[12]。寒芦半没杨林口,白浪犹冲采石矶[13]。江淮制置亦人杰,下流观望何无策[14]。再造居然赖此人,不是儒生敢轻敌[15]。肃爽须眉一代雄,谁令遗骨老蚕丛[16]？招魂纵有归来日,应在吴山第一峰[17]。

〔1〕虞忠肃祠:在牛渚山,南宋采石之战后,百姓为纪念抗金英雄虞允文所建。虞允文,字彬甫,隆州仁寿(今属四川)人。绍兴三十一年(1161),金主完颜亮举兵南下。虞允文犒师采石,率军督战,召集散兵一万八千馀人,大败金兵。宋孝宗时,拜相,封雍国公。卒谥忠肃。允文本一书生,临危挺身而出。宋人赵甡之《中兴遗史》、熊克《中兴小历》、王明清《挥麈三录》于采石大捷皆有质疑。甡之以为"大其功伐"。当时夸大战功,或有不免,然诸论纷杂,门户争讼,致质疑太过,亦或不免。要

之,允文不能愧一代雄杰。本篇作于乾隆三十六年(1771)冬前后,叙事以纪史为主,事俱按实,风格激楚苍凉。张维屏《听松庐诗话》征引本篇诗句,称赞"万八"二句为"重笔","此时"二句为"挺笔","斗大"二句为"健句"。潘瑛《国朝诗萃初集》卷七评云:"笔如铸铁,口若悬河。"

〔2〕"毡帐"二句:绍兴三十一年(1161),金主完颜亮率兵南下,欲一举灭南宋,十一月自横江渡江,想夺取采石。《宋史·刘锜传》:"金主亮调军六十万,自将南来,弥望数十里,不断如银壁,中外大震。"毡帐,古代北方游牧民族的居室,借指金兵军帐。甲光,李贺《雁门太守行》:"黑云压城城欲摧,甲光向日金鳞开。"此用其词。饮马,借指兵临某地,典出《左传·宣公十二年》:"沈尹将中军,子重将左,子反将右,将饮马于河而归。"完颜,金主完颜亮,本名迭古乃。

〔3〕六州连弃:宋军一连有六州放弃失守,具体指和州、庐州、扬州、蒋州、通化军、信阳军。两淮:宋熙宁后将淮南路分为淮南东、西二路,简称淮东、淮西,合称两淮。死灰:火灭后的冷灰,喻指败亡。

〔4〕雍公:虞允文,后封雍国公。仓卒:匆忙急迫。犒师:犒劳军队。

〔5〕"勤王"二句:勤王,起兵救援朝廷。草间,乡野民间。督军,官名,统领军队的大将,指李显忠,宋廷命之接替王权之职。《宋史·虞允文传》:完颜亮将渡江,时虞允文奉命往芜湖迎李显忠,且犒师。虞允文至采石,王权已去,李显忠未至,敌骑充斥。宋军士兵三五星散,虞允文遂立招诸将,勉以忠义,众皆愿死战。

〔6〕"万八"二句:卓然,突然。《宋史·虞允文传》:虞允文命诸将列大阵不动,分戈船前进,士殊死战,遂大捷。

〔7〕海陵走死:《大金国志·海陵王纪》:金主采石兵败,限定金兵三天内渡江,否则全部斩首,引起兵变。金将射杀完颜亮,遣使与宋军议和。海陵,海陵王,指完颜亮。贼臣:指怂恿完颜亮南下的汉人梁汉臣等人。顺昌:今安徽阜阳,此指顺昌之战。南宋绍兴十年(1140),金兵南

逼顺昌,刘锜率军大败金兵,金帅兀术率主力来攻,亦败,后脱围去,这是南宋初期取得的最重要的胜利之一。

〔8〕"降旗"二句:采石之战后,宋高宗曾到金陵巡视,不久仍回临安。斫倒,砍倒。六飞,古代天子之车驾六马,后因用六飞指帝王车驾。建康,今南京。

〔9〕"此时"二句:虞允文力谏乘胜追击,收复江北大片失地。八可,虞允文任川陕宣谕使,与吴璘一起收复陕西数州。朝议主和,宋高宗令吴璘班师,金兵乘机进兵掠地,虞允文入对,言今日有"八可战",以笏画地,陈弃地利害,但未被采纳。笏(hù户),官笏,古代朝臣上朝时拿着的手板。琅琅,形容声音响亮,如金石相击。

〔10〕"不可"二句:是说南宋皇帝无意收复中原,虞允文的进言,枉费心力。

〔11〕"五路"二句:虞允文上疏称若一旦放弃陕西五路新复州县,三巴之地将不能守。路,宋代地方区域划分称路,宋神宗时将全国分为二十三路。五路,指陕西地区。三巴门户,指陕西五路,是入蜀的通道。三巴,东汉末益州牧刘璋分巴郡为永宁、固陵、巴郡三郡,后又改为巴郡、巴东、巴西三郡。崇朝,喻时间短暂。崇,谓终。行不崇朝,亦喻指近。《诗经·卫风·河广》:"谁谓宋远,曾不崇朝。"

〔12〕青史:古人在青竹片上记事,因称史书为青史。

〔13〕杨林口:杨林河口,在安徽和县东。虞允文知完颜亮败后,明日当复来,以舟师截之杨林口。采石矶:见《当涂旅夜遣怀》注〔3〕。

〔14〕"江淮"二句:江淮制置,指刘锜,抗金名将,顺昌之战中大破兀术。采石之战,时任江淮浙西制置使,老病不能任事,未几忧愤而死。黄仲则说他"下流观望",未免不太公允。

〔15〕再造:南宋中兴。敢轻敌:一般称儒生不懂兵事,只会纸上谈兵,藐视敌方。允文既胜,谒刘锜,刘锜执手说"大功乃出一儒生,我辈愧

死矣"。见《宋史·刘锜传》。

〔16〕肃爽:见《登衡山看日出用韩韵》注〔11〕。须眉:男子。蚕丛:相传为蜀王先祖,教人蚕桑。扬雄《蜀王本纪》:"蜀之先称王者,有蚕丛、柏灌、鱼凫、开明。"李白《蜀道难》:"蚕丛及鱼凫,开国何茫然。"后借指蜀地。乾道九年(1173),虞允文任四川宣抚使,在蜀一年病死。

〔17〕招魂:见《衡山高和赵味辛送余之湖南即以留别》注〔11〕。吴山第一峰:吴山,在杭州西湖东南,左临钱塘江,右瞰西湖,风景殊美。金主完颜亮慕吴山之美,举兵南下前曾使人画像策马吴山之巅,题诗其上,有"立马吴山第一峰"之句,见《宋史全文》卷二十二下《宋高宗十七》。

# 辛卯除夕[1]

倏忽流光吹剑过,年年此夕费吟哦[2]。历穷讵有绳堪续,面改难如镜可磨[3]。廿载偏忧来日促,一身但觉负恩多。遥知慈母尊前意,念子今宵定若何?

〔1〕乾隆三十六年(1771)除夕,作于安徽学使朱筠幕中。飘泊一载,仲则感慨一事无成,思念家中老母,诗句沉郁悲痛,一层层地铺写伤心事,如雁唳猿啼,一声更胜一声悲。

〔2〕倏忽:形容时间短暂。流光:光阴岁月。李白《前有一尊酒行二首》其一:"青轩桃李能几何,流光欺人忽蹉跎。"吹剑:吹剑环头上的小孔,有气无声,喻指渺小不足道。典出《庄子·则阳》:"惠子曰:夫吹管也,犹有嗃也;吹剑首者,吷而已矣。"吟哦:吟诗。

〔3〕历穷:一年已尽。历,历日。绳:结绳,上古无文字,结绳纪事。

《周易·系辞下》:"上古结绳而治,后世圣人易之以书契。"郑玄注:"事大大结其绳,事小小结其绳。"镜可磨:古时使用铜镜,重磨后光彩照人。白居易《咏老赠梦得》:"懒照新磨镜,休看小字书。"

## 杂诗[1]

叔季交道薄,所往多干矛[2]。原其所自始,真意固不留。鲍叔称古欢[3],用惠深自售。晏仲称善交[4],敬至情亦浮。昔贤固免此,学之颇其流[5]。何况肉食者[6],此意且未求。后门别寒素,前门揖贵游[7]。前后难俱存,终捐旧朋俦[8]。执谦益馨折,去已千里修[9]。吁嗟世俗交,君子以为羞[10]。

〔1〕乾隆三十七年(1772)春作。仲则性孤傲,与世寡合,朱筠十分器重仲则,于其傲慢,颇多宽容。仲则从游朱筠,也了解到一些官场习气,本篇从交友着墨以描绘世态,揭露世道炎凉。重利轻义,社会陋习积重难返,即使贤达者亦多不能免。仲则幻想超出功利的友情,因此很难融入那个社会,但他不愿作出让步。

〔2〕叔季:叔世、季世,谓国衰将亡之世。《左传·僖公二十四年》:"昔周公吊二叔之不咸。"孔颖达疏:"伯、仲、叔、季,长幼之次也。故通谓国衰为叔世,将亡为季世。"交道:交往之道。干矛:犹言干戈,指矛盾冲突。

〔3〕鲍叔:鲍叔牙,春秋时齐国大夫,以知人著称,与管仲交,知其贤而敬重之。《史记·管晏列传》:管仲尝曰:"吾始困时,尝与鲍叔贾,分

109

财利多自与,鲍叔不以我为贪,知我贫也。吾尝为鲍叔谋事而更穷困,鲍叔不以我为愚,知时有利不利也。吾尝三仕三见逐于君,鲍叔不以我为不肖,知我不遭时也。吾尝三战三走,鲍叔不以我为怯,知我有老母也。公子纠败,召忽死之,吾幽囚受辱,鲍叔不以我为无耻,知我不羞小节而耻功名不显于天下也。生我者父母,知我者鲍子也。"杜甫《送率府程录事还乡》:"千载得鲍叔,末契有所及。"古欢:昔之欢爱,旧好,借指高谊。《古诗十九首·凛凛岁云暮》:"良人惟古欢,枉驾惠前绥。"

〔4〕晏仲:晏婴,春秋时齐国人,历事齐灵公、庄公、景公,以节俭力行著称。《史记·管晏列传》:"越石父贤,在缧绁中。晏子出,遭之途,解左骖赎之,载归。弗谢,入闺。久之,越石父请绝。晏子惧然,摄衣冠谢曰:'婴虽不仁,免子于厄,何子求绝之速也?'石父曰:'不然。吾闻君子诎于不知己而信于知己者。方吾在缧绁中,彼不知我也。夫子既已感寤而赎我,是知己;知己而无礼,固不如在缧绁之中。'晏子于是延入为上客。"

〔5〕"昔贤"二句:是说鲍叔牙交友有涉心机之嫌,晏婴交友有虚浮不真之嫌,学鲍叔牙和晏婴者,难免江河日下。颓其流,喻指风气江河日下。

〔6〕肉食者:指权贵,语出《左传·庄公十年》:"肉食者鄙,未能远谋。"

〔7〕寒素:指清贫之士。李贺《秋来》:"桐风惊心壮士苦,衰灯络纬啼寒素。"贵游:指显贵者。韦应物《长安道》:"春雨依微春尚早,长安贵游爱芳草。"

〔8〕"前后"二句:反用曹植《箜篌引》:"久要不可忘,薄终义所尤。"前后,指前门所迎贵显,后门所辞寒士。捐,弃置。朋俦,朋辈。苏轼《送晁美叔》:"我年二十无朋俦,当时四海一子由。"

〔9〕"执谦"二句:化用曹植《箜篌引》:"谦谦君子德,磬折何所

求?"挒(huī灰)谦:施行谦德,语出《周易·谦卦》:"无不利,挒谦。"磬折:曲躬如磬,表示谦恭。江淹《拜中书郎表》:"故奇士端威,异人磬折。""挒谦"句,兼用《周礼》:"车人之事,半矩谓之宣,有半谓之欘,一欘有半谓之柯,一柯有半谓之磬折。"《周易》"挒谦"之"挒",郑玄读为"宣"。磬,通"磬"。修:遥远。

〔10〕"吁嗟"二句:意近杜甫《贫交行》:"翻手作云覆手雨,纷纷轻薄何须数。君不见管鲍贫时交,此道令人弃如土。"

# 赠万黍维即送归阳羡[1](二首选一)

## 其二

语我家山味可夸,燕来新笋雨前茶[2]。瓣香岁展方回墓,画舫春寻小杜家[3]。北郭买田赊志愿,南山射虎旧生涯[4]。他时风雪如相访,阳羡溪光似若耶[5]。

〔1〕乾隆三十七年(1772)春,仲则赋诗送别万黍维归宜兴,以明快的笔调描写宜兴绮丽的风景,赞歌乡园之美,抒写对隐居的向往之情。这类欢快的笔调,《两当轩集》中并不多见。阳羡:今江苏宜兴,秦代称阳羡,清代隶属常州。万黍维:名应馨,字华庭,宜兴人。与同郡黄仲则齐名。年十五从卢见曾学诗,稍长问业于齐召南,复受知于朱筠。乾隆五十四年(1789)成进士,授仁化知县,调新宁,引疾归,主蜀山书院讲席。有《鸡肋集》等书。万黍维与仲则论诗甚合,盛赞仲则与何刚之诗

是"诗人之诗",《味馀楼剩稿序》云:"仲则天才,轶群绝伦,意气恒不可不一世,独论诗则与余合。余尝谓今之为诗者,济之以考据之学,艳之以藻绘之华,才人、学人之诗屈指难悉,而诗人之诗,则千百中不得什一焉。仲则深甚余言,亦知余此论盖为仲则、数峰发也。"洪亮吉《送阳羡万应馨归里,兼寄赵大怀玉一百韵》同时所作,有云:"因饥聚师门(朱筠河先生),吐珠作才薮","予登峰六六(时将偕学使游黄山),望子在庭庑。"是年四月,朱筠携洪亮吉、黄仲则游黄山。据此,本篇作于是年暮春前后。

〔2〕家山:故乡。燕来新笋:朱建新《黄仲则诗》引陈鼎《竹谱》:"吴下极多此种笋,最早燕子来时即生。"雨前茶:宜兴产茶,闻名海内,茶叶以谷雨前所摘采者为佳。卢仝《走笔谢孟谏议寄新茶》:"天子须尝阳羡茶,百草不敢先开花。"黄庭坚《观化十五首》其十:"马上春风吹梦去,依稀人摘雨前茶。"

〔3〕瓣香:即一瓣香,香的一种,形状似瓜实,僧人向人祝福时所用,喻指崇敬之意。陈师道《观兖文忠公家六一堂图书》:"向来一瓣香,敬为曾南丰。"岁展:岁岁展拜。方回墓:在宜兴筱岭。贺铸,字方回,晚年退居苏州,卒葬宜兴。黄仲则极其推重贺铸之词,故诗多言及之。画舫:装饰华美的游船。小杜家:杜牧故居。小杜,指杜牧,唐宣宗间曾任湖州刺史。湖州与宜兴相邻,杜牧有水榭在宜兴荆溪上。

〔4〕"北郭"二句:写隐居耕田打猎的乐趣。北郭:古代城邑外城的北郊,用北郭先生典事。《韩诗外传》卷九:楚庄王使人赍金百斤聘北郭先生。北郭妻子曰:"夫子以织屦为食,食粥毚履,无忧惕之忧者,何哉?与物无治也。"于是遂不应聘。买田:用苏轼欲买田阳羡的典事。苏轼《菩萨蛮》词云:"买田阳羡吾将老,从来只为溪山好。"赊志愿:即赊愿,指宿愿。南山射虎:杜甫《曲江三章,章五句》其三:"自断此生休问天,杜曲幸有桑麻田,故将移住南山边。短衣匹马随李广,看射猛虎终残年。"此用其意,兼用周处射虎典。《晋书·周处传》:周处,义兴阳羡人,

少时任侠使气,为乡里所患,与南山之虎、长桥之蛟并称"三害"。周处入山射虎,下水搏蛟,乡人以为周处搏蛟而死,皆相庆贺,周处杀蛟而返,乃悔悟,励志好学。南山,荆南山,又名铜官山,在今宜兴南。

〔5〕风雪如相访:典出《世说新语·任诞》:王子猷居山阴,夜大雪,开室命酒酌饮,咏左思《招隐诗》,忽忆戴安道,"时戴在剡,即便夜乘小船就之。经宿方至,造门不前而返。人问其故,王曰:'吾本乘兴而行,兴尽而返,何必见戴!'"若耶:山名,在浙江绍兴南,下有溪,称若耶溪,风景秀美,相传为西施浣纱之地。

## 大雨宿青山僧寺[1] 即谢公宅

寓楼对兹山,了若图障列[2]。谁知一发皱,中有万盘折[3]。冒雨游亦佳,失声唤奇绝。长岚互起落,阴霾肆生灭[4]。荡魄石气腥,迎面云阵裂[5]。岂惟咫尺迷,收视且不瞥。恻然念舆夫,劳彼乐我阅。身甫转麓过,雨已湿衣澈。风涧相喧豗,怖畏不可说[6]。失足万一间,尔我共蹉跌[7]。决然舍之行,藤萝奋攀撷。挺险不知勇,招提到眼瞥。入门一回首,此可咋人舌。得非渤澥翻,或是瓠子决[8]。平铺黄海云,倒倾太华雪[9]。看雨等闲事,此景见真缺。佛楼架山顶,黝黑似缒穴[10]。压惊饭宜饱,燎衣薪用热[11]。同游三五人,煮茗待我啜。雨细听山溜,砰訇变鸣咽[12]。宵梦犹瞿瞿,苍崖恐崩掣[13]。劳魂与清气,息息共吁呐[14]。林鸟忽一啼,晓钟鸣渐阕[15]。披衣推山窗,昨景失如撇。万里见川原,千堆散丘垤[16]。山容沐如倦,畴色绣疑缬[17]。咄嗟转盼间,变态何疾烈[18]。急作登峰行,杂拉步沙屑。前岭献娟媚,后径敛清切。慨思宣城守,茅宇此焉结[19]。啸声寂不闻,琴韵杳以辍。空馀一池存,周环状如玦[20]。萍色连阶苔,雨后共凄洁。沉沉选佛场[21],若为此时设。冥心悟流景,抗怀缅前哲[22]。今昔且殊情,今古讵同辙。谢公青云人[23],尚尔笑其拙。我劳复何为,即景且怡悦。烟中辨长江,一气三屈折。涨声远可闻,练影细堪掇[24]。始知此山高,群峰等枨臬[25]。转思寓楼望,长空见屼嵲[26]。风雨为合离,阴晴判藏泄[27]。所见皆外境,精蕴此深闭。纵有百日留,涉趣讵能竭[28]?归当图卧游,今方与山别[29]。

〔1〕乾隆三十七年(1772)三月,朱筠携黄仲则、洪亮吉、邵晋涵、章学诚、张凤翔游青山。本篇作于三月六日。三月五日夜,诸子所投宿保和庵,乃谢朓舍宅所建(见朱筠《游青山记》),故仲则诗注云:"即谢公宅。"此诗记青山之游,纵横奇宕,气势沉雄,"如飞仙独立于阆风之巅"(张维屏《听松庐文钞》),在黄仲则山水诗中,称得上一篇力作。

〔2〕图障:绘有图画的屏风。

〔3〕皴(cūn 村):中国画的一种技法,山石皴法有披麻皴、雨点皴、大小斧劈皴等。

〔4〕长岚:四处弥漫的烟霭雾气。阴霾:天气昏暗。

〔5〕石气:环绕山石的雾气。云阵:云列如阵。温庭筠《蒋侯神歌》:"吴王赤斧斫云阵,画堂列壁丛霜刃。"

〔6〕喧豗(huī 灰):形容轰响声。李白《蜀道难》:"飞湍瀑流争喧

114

豗,砯崖转石万壑雷。"怖畏:恐惧。

〔7〕尔:指舆夫。蹉跌:失足跌倒。

〔8〕渤澥:黄志述《两当轩集考异》:"澥,赵、许作'海'。《说文》:'渤澥,海之别名。'"瓠子:瓠子河,古水名,自今河南濮阳南分黄河水东出,注入济水。汉元光三年(前132),黄河决入瓠子河。元封二年(前109),始发数万人筑堤,汉武帝亲临,沉白马玉璧于河,筑室其上,名防宣宫。

〔9〕黄海云:黄山云海。王存《九域志》:"新安黄山,有云如海,称黄海,一称云海。"太华雪:华山雪。杨慎《华山阻雪》:"远见三峰雪,平铺万壑云。"太华,即华山,在陕西华阴南,以奇险著称。

〔10〕黝黑:漆黑。缒(zhuì坠)穴:以绳拴人出入洞穴。

〔11〕燎衣:烤干湿衣。

〔12〕山溜:山间细小水流。贯休《湖上作》:"山雷穿苔壁,风钟度雪林。"砰訇(pēng hōng 烹轰):形容大水声。李白《梁甫吟》:"雷公砰訇震天鼓。"呜咽:声幽细貌,形容流水声。元稹《分水岭》:"有时遭孔穴,变作呜咽声。"

〔13〕瞿瞿:惊恐不安貌。崩挐:崩裂坠落。

〔14〕劳魂:动荡不安的灵魂。清气:清明之气。吁呐:呼吸。

〔15〕阕:曲终为阕,此指钟声停歇。

〔16〕川原:河流与原野。丘垤:小山丘。

〔17〕山容:山的姿容。沐如倦:如沐浴后的静休。倦,罢也,引申为休息。黄志述《两当轩集考异》:"倦,赵、许作'发',吴作'棬'。"畤色:原野之色。绣疑缬:如绣有花纹的丝织品。疑,类似,好像。司马光《和仲通追赋陪资政侍郎吴公临虚亭燕集,寄呈陕府祖择之学士》:"林薄带村墟,郊原如绣缬。"

〔18〕咄嗟:瞬时。转盼:犹转眼,喻时间短促。王勃《上刘右相

书》:"顾盼可以荡山岳,咄嗟可以降雷雨。"变态:形态变化。

〔19〕宣城守:谢朓,曾任宣城太守。茅宇:茅屋。此焉结:结茅于此。

〔20〕一池:谢公池,见《当涂旅夜遣怀》注〔4〕。玦(jué 决):玦佩,半环形有缺口的佩玉,此形容谢公池的形状。

〔21〕沉沉:形容寂然无声。选佛场:指佛寺,典出《五灯会元》卷五:唐代天然禅师初习儒,将入长安应举,途逢僧人,谓选官不如"选佛","今江西马大师出世,是选佛之场,仁者可往"。天然遂出家习禅。戴叔伦《题净居寺》:"玉壶山下云居寺,六百年来选佛场。"

〔22〕冥心:泯灭俗念,心境澄净。流景:如流的光阴。权德舆《古离别》:"冉冉叹流景,悠悠限山陂。"抗怀:坚守高尚的情怀。

〔23〕谢公:指谢朓。青云人:超脱尘俗之士。李白《送韩准、裴政、孔巢父还山》:"所以青云人,高歌在岩户。"

〔24〕练影:水波光影。谢朓《晚登三山还望京邑》:"馀霞散成绮,澄江静如练。"李白《金陵城西楼月下吟》:"解道澄江静如练,令人长忆谢玄晖。"掇:把玩,体味。

〔25〕枨臬(chéng niè 城涅):古时门两旁的长木和门中间的竖木。

〔26〕岈嵃(yà 讶):山脉中断貌。《广韵》:"嵃,山中绝貌。"

〔27〕合离:聚合与分离。孙逖《长洲苑》:"合离纷若电,驰逐溢成雷。"判:分出。藏泄:隐藏与外现。

〔28〕涉趣:寻赏风景。钱起《题玉山村叟屋壁》:"涉趣皆流目,将归羡在林。"

〔29〕"归当"二句:是说打算归后绘下青山图,坐卧观游,始惜与青山而别。图卧游,《宋书·宗炳传》:"好山水,爱远游","有疾还江陵,叹曰:'老疾俱至,名山恐难遍睹,唯当澄怀观道,卧以游之。'凡所游履,皆图之于室,谓人曰:'抚琴动操,欲令众山皆响。'"

## 春暮[1]

江南三月雨,零此千花色。啼鹃劝人归,啼莺复留客[2]。归既不得归,留亦安可留?闲云及江水,浩荡相与愁。春风吹百草,草深没行落。草青客南州[3],草枯在何处?人生尽如寄,不如沙上禽[4]。更听隔溪管[5],能伤日暮心。

〔1〕乾隆三十七年(1772)暮春作。仲则在朱筠幕中,深受器重,同时又有好友洪亮吉、邵晋涵等人朝夕共语,但他总摆不脱"人生尽如寄,不如沙上禽"的感觉,如果离去,亦心里矛盾。去留两难,故本篇含吐其词,音调悲楚。

〔2〕"啼鹃"句:用望帝啼鹃故事。"啼莺"句:刘长卿《晦日陪辛大夫宴南亭》:"早莺留客醉,春日为人迟。"白居易《春尽日》:"春归似遣莺留语,好住林园三两声。"

〔3〕南州:即南土,概指南方。《楚辞·远游》:"嘉南州之炎德兮,丽桂树之冬荣。"

〔4〕"人生"二句:化用《古诗十九首·驱车上东门》:"人生忽如寄,寿无金石固。"沙上禽,即沙禽,沙洲或沙滩上的水鸟。孟浩然《登鹿门山》:"沙禽近方识,浦树遥莫辨。"

〔5〕管:箫管。罗邺《春风》:"暗添芳草池塘色,远递高楼箫管情。"

## 武陵吴翠丞降乩题诗,仿其意为此[1]

忆为君家妇,生年十三五[2]。牵裾送君行,行为洛阳贾[3]。

妾颜如槿花,妾心似荼苦[4]。妾梦犹随南浦云,妾身已化西陵土[5]。西陵松柏同心存,同心不移土尚温。昨夜西风动地起,摇动松根惊妾魂。君归不须奠杯酒,有酒持归与欢寿。君归不须洒清泪,洒泪愁浇土花碎[6]。自分天长地久心[7],未应抛掷有如今。身前不识门前路,待要寻君何处寻?

　　[1] 降乩:扶乩时神灵降下旨意。扶乩,又作扶箕。本篇作于乾隆三十七年(1772),仿意吴翠丞降乩题诗,实是一篇可传之千古的爱情诗佳作。吴翠丞,一作吴翠成,生平未详。武陵,即武林,指杭州。杭州武林山,或称之武陵山,宋人吴曾谓当是武林笔误。邵晋涵纂乾隆《杭州府志》辩云:"考'林'、'陵',古字通,未可即以为误也。"仲则《稚存从新安归,而余方自武陵来新安,相失于道,作此寄之》,袁钧《黄仲则景仁自太平来新安,留院中月馀,将有武陵之行,诗以赠别》,武陵皆指杭州。

　　[2] 十三五:十三、十五,指少女妙龄之年。陈羽《古意》:"十三学绣罗衣裳,自怜红袖闻馨香。人言此是嫁时服,含笑不刺双鸳鸯。"李白《长干行》:"十五始展眉,愿同尘与灰。"

　　[3] 牵裾:牵拉衣襟,形容依依惜别。洛阳贾:《史记·货殖列传》:"洛阳东贾齐鲁,南贾梁楚。"庾信《对酒》:"何处觅钱刀,求为洛阳贾。"此用其词。

　　[4] 槿花:木槿花,朝开夕凋。荼(tú 图)苦:喻内心苦楚。荼,一种苦菜。《诗经·邶风·谷风》:"谁谓荼苦,其甘如荠。"

　　[5] 南浦云:王勃《滕王阁》:"画栋朝飞南浦云。"南浦,见《检邵叔宀先生遗札》注[3]。西陵土:蒋剑人《黄仲则诗》:"在浙江萧山县西,渡名。此用钱塘名妓苏小小歌,西陵山下结同心之意。"朱建新《黄仲则

诗》:"苏小歌:'妾乘油壁车,郎骑青骢马。何处结同心?西陵松柏下。'"

〔6〕土花:苔藓,又指器物沉埋泥土中留下的蚀痕,此指后者。李商隐《李夫人》三首其三:"土花漠碧云茫茫,黄河欲尽天苍黄。"李贺《金铜仙人辞汉歌》:"画栏桂树悬秋香,三十六宫土花碧。"

〔7〕"自分"句:朱建新《黄仲则诗》:"白居易《长恨歌》:'天长地久有时尽,此恨绵绵无绝期。'"

## 重至新安杂感[1]（四首选一）

### 其一

旧地重过思不禁,匆匆人事感消沉[2]。昔游城郭都如梦,剩句溪山待更寻[3]。林鸟尚窥前度客,岭云能识再来心。黄须老子应无恙,可许谈诗坐漏深？谓曹以南[4]。

〔1〕作于乾隆三十七年（1772）四月游黄山之际。此次游历,距乾隆三十四年（1769）之游,已有三年。故地重游,欣喜与伤感一齐涌聚,此诗写来别具匠心。

〔2〕人事:人情世事。消沉:消逝。

〔3〕"昔游"二句:见本篇注〔1〕。

〔4〕黄须老子:指曹学诗（1697—1773）,字以南,号震亭,歙县人。乾隆十三年（1748）进士,历官麻城、崇阳知县,丁忧归,授徒终老。工骈

体文。有《经史通》、《易经蠡测》、《香雪文钞》等书。此以曹学诗比曹彰。曹操次子曹彰,黄须,性刚猛。《三国志·曹彰传》:曹彰善射御,膂力过人。代郡乌丸反,曹彰北征,北方悉平。曹操爱重之,持曹彰须曰:"黄须儿竟大奇也。"王维《老将行》:"射杀山中白额虎,肯数邺下黄须儿。"漏深:即夜深。

## 春城[1]

春城久阴雨,欣见白日轮[2]。照我叹羁寂[3],更照东西邻。东家娶新妇,开筵罗众宾[4]。烹臛香彻舍[5],喧笑夜达晨。西家屋颓破,中有新死人。床头老妪哭,哭子声酸辛。共此日光里,哀乐胡不均?无情感过客,侧耳继嘅呻[6]。触欢叹无怿,闻戚幸有身[7]。俄顷众虑集,首念依闾亲[8]。有子常若无,不得相对贫[9]。孤灯耿白发,茹苦何能伸[10]。亦有蓬头妻,抱病卧积薪[11]。自为我家妇,甑釜常生尘[12]。门户持女手,何以能支振[13]。一身尚乞食,所遇犹邅迍[14]。言念忽及此,滂沱涕盈巾。若语东西家,哀乐稍可匀。更欲起相告,事运多相因。啼笑互乘伏,迎送如轮巡[15]。所见尽逆旅,何者堪为真[16]?

〔1〕乾隆三十七年(1772)作。仲则飘零大千世界,感受人生百态,咀嚼人世百味,本篇撷取耳目闻见,对写东家富室娶妇和西家贫室丧子,感叹"共此日光里,哀乐胡不均"。由彼及此,不禁百虑交集。诗句感于

哀乐,语言直朴,措意甚深。生活在社会下层,仲则笔底的流民、嫠妇、寒士众生相,与时人宣扬的盛世,颇是格格不入。

〔2〕白日轮:指太阳。

〔3〕羁寂:旅途孤寂。

〔4〕罗:延招。

〔5〕臛(huò货):肉羹。

〔6〕侧耳:谛听。嘅(kài忾)叹:叹息。

〔7〕"触欢"二句:是说感受别人欢乐,叹自己却无,听到别人悲泣,转而庆幸一身尚存。诗句含有深义,黄仲则也是孤子,由彼及此,无限悲凉。无怿,不悦。有身,一身尚存。

〔8〕俄顷:很短的时间。众虑集:忧感交集。依闾亲:依门盼望子归的母亲。此指寡母屠氏。闾,古代里巷的门。

〔9〕"有子"二句:意近仲则《别老母》"此时有子不如无"之句。

〔10〕耿:明亮,引申指照亮。伸:表白。

〔11〕蓬头妻:谓仲则妻赵氏。蓬头,头发凌乱。《诗经·卫风·伯兮》:"自伯之东,首如飞蓬。"卧积薪:形容生活艰苦。

〔12〕"甑釜"句:典出《后汉书·范冉传》:范冉,字史云,"所止单陋,有时粮粒尽,穷居自若,言貌无改,闾里歌之曰:'甑中生尘范史云,釜中生鱼范莱芜。'"甑(zèng赠)釜,古时的炊具。甑,底部有透蒸汽的小孔,可放在鬲上蒸煮。釜,敛口圜底的灶具。

〔13〕"门户"二句:仲则门户单弱。包世臣为仲则独子乙生撰《黄征君传》:"自君以上五世,无期功强近,难为择后嗣。"持:支撑。女手:女子之手。支振:振作。

〔14〕邅迍(zhān zhūn沾谆):行走困难,引申指困顿坎坷。

〔15〕互乘伏:祸福相生,语出《老子》第五十八章:"祸兮福之所倚,福兮祸之所伏。"轮巡:车轮旋转,喻指福祸相互变化。

〔16〕"所见"二句：承上，感慨世事无常。逆旅，客舍。李白《春夜宴从弟桃花园序》："夫天地者，万物之逆旅也。"

## 啼乌行[1]

白项老乌何所求，咿呜呀呷啼檐头[2]。须臾乃有千百至[3]，黑云一片风飕飕。啼声潮沸杂悲怒，问之旁人得其故。朝来设肉网其一，此间即是张罗处。此时啼乌啼更悲，更有挟弹邻家儿[4]。弦声一响乌四起，一乌伤重拍地飞。我观此状泪不止，彼为呼群身更死。明知无益痛系心，物类相怜有如此。谁欤罗者伊来前，我今售放拌百钱[5]。毛蓬脰缩曳之出[6]，甫一脱手翔飘然。谁知老乌伺墙角，突起追飞羽声肃[7]。邀之使转啼匝檐[8]，尔纵知恩去宜速。人不如乌能种情，所恨缺陷难为平[9]。悲欢离合幸无恙，何日能令死者生？

〔1〕乾隆三十七年（1772）作，借写老乌的钟情，及鸟类的"同物类相怜"之情，以鞭挞人世的冷漠无情，蕴含深义。

〔2〕咿呜呀呷：象声词，状乌啼声。

〔3〕须臾：片刻。

〔4〕挟弹：见《子夜歌》注〔4〕。

〔5〕谁欤：谁是。罗者：捕鸟人。《周礼·夏官·罗氏》："罗氏，掌罗乌鸟。"后人以罗者指捕鸟人。拌：舍弃，耗费。

〔6〕毛蓬：毛发蓬乱。脰（dòu豆）缩：缩着脖子，形容恐惧。脰，

颈项。

〔7〕肃:肃肃,鸟羽扇动的声音。《诗经·唐风·鸨羽》:"肃肃鸨羽,集于苞栩。"

〔8〕匝(zā 咂):环绕一周称一匝。

〔9〕种情:钟情。种,通"钟"。缺陷:不完美之处,这里暗用荀子所言"性恶"之意,《荀子·性恶篇》:"人之性恶,其善者伪也。"

## 墙上蒿[1]

墙上蒿,托身何高高[2]。托身虽高托根孤,主人家有屋上乌[3]。乌饥墙头啄寒虫,啄蒿飘飘堕随风。主人虽爱惜,不能使乌不得食。乌得食,乌高飞,同作寄人活[4],彼此何用相仇为!

〔1〕乾隆三十七年(1772)作。这首寓言诗大抵是暗写亲历遭遇,墙上蒿盖是自喻,屋上乌喻指幕中同僚。仲则性傲岸不偶,多遭诽谤。汪中《赠黄仲则六首》其四云:"高才世不容,孤立尚相疑。众中独见亲,谣诼固其宜。"赵怀玉《得黄秀才景仁书和寄怀韵》云:"众口任悠悠,私衷常恻恻。"由本篇亦可见仲则游幕的景况。

〔2〕蒿:蒿草。托身:寄身。

〔3〕托根:比喻寄身。屋上乌:《埤雅》卷六:"《尚书大传》曰:'爱人者,兼其屋上之乌。'然则恶而知其善,爱而知其恶者,寡矣!"

〔4〕寄人活:寄人篱下谋生。

# 门有车马客[1]

门前车马客[2],借问客何为?忆昔共杯酒,高谊薄云雷。西游灞陵道,东访燕昭台[3]。君乘驾高足,我马方虺隤[4]。讵关时命蹇,升沉各异才[5]。客为主人言,言言使心哀。讵以陌上花,忘兹谷中蕤[6]。发箧出文绮,探怀出青瑰[7]。要脱明月珠[8],手奉黄金杯。慨然起相寿[9],将进仍徘徊。长揖笑相挽,客今胡为哉[10]!木生各有节,士生各有怀[11]。秉素苟不渝,何用相炫财[12]。脱复共存问[13],相好无相猜。

〔1〕《门有车马客》,属《相和歌辞·瑟调曲》。《乐府诗集》卷四十:"《乐府解题》曰:'曹植等《门有车马客行》,皆言问讯其客,或得故旧乡里,或驾自京师,备叙市朝迁谢、亲友凋丧之意也。'按:曹植又有《门有万里客》,亦与此同。"本篇写昔年江湖友人取得富贵后高车华服前来相访,施以馈赠,因而叹云"秉素苟不渝,何用相炫财"!仲则并非是快意恩仇之辈,其重节操,淡泊名利,故诗句如叶燮《原诗》所云"皆应声而出,其心如日月,其诗如日月之光,随其光之所至,即日月见焉"。

〔2〕车马客:贵客。虞世南《门有车马客》:"赭汗千金马,绣轴五香车。"

〔3〕灞陵道:在陕西西安东,汉文帝葬于灞陵,高士梁鸿曾与妻子孟光隐于灞陵山中。罗隐《红叶》:"游子灞陵道,美人长信宫。"燕昭台:即黄金台,在易水东南。《太平御览》卷一七七:"燕昭王置千金于台上,

以延天下士,谓之黄金台。"黄仲则写此诗时,尚未游西安,亦未曾北游。

〔4〕高足:骏马。《古诗十九首·今日良宴会》:"何不策高足,先据要路津?"虺隤(huī tuí 灰颓):疲劳生病。《诗经·周南·卷耳》:"陟彼崔嵬,我马虺隤。"

〔5〕讵关:岂关。时命:命运。蹇:蹇劣,不顺利。升沉:显达与沉沦。异才:因才而异。

〔6〕陌上花:路上的花,观者众多。苏轼《陌上花三首》其二:"陌上山花无数开,路人争看翠辇来。"其三:"生前富贵草头露,身后风流陌上花。"谷中蓷(tuī 推):生于空谷的益母草,少人问津,语出《诗经·王风·中谷有蓷》:"中谷有蓷,暵其干矣。"蓷,益母草。

〔7〕发篋:打开箱子。文绮:华美的丝织品。青瑰:美玉。

〔8〕明月珠:夜光珠。

〔9〕相寿:互相祝福健康长寿。

〔10〕长揖:拱手高举,自上而下地向人行礼。胡为:何为。

〔11〕木生:木植之生。有节:《吕氏春秋·举难》:"尺之木必有节目。"士生:黄庭坚《次韵孙子实寄少游》:"士生要弘毅,天地为盖轸。"有怀:犹言有志。

〔12〕秉素:坚守节操。不渝:不改变。

〔13〕脱复:倘或再次。脱,倘或。存问:问候探望。

# 冬夜[1]

空堂夜深冷,欲扫庭中霜。扫霜难扫月,留取伴明光。

〔1〕乾隆三十七年(1772)作,思致清远,风格幽峭。

## 山铿[1]

自离小溪来[2],趋途又廿里。未觉我行疾,因悦山水美。山非极高水非深,无一直处方耐寻。人家半透白云坞,岚翠间染桃花林[3]。是时春残夏将续,百舌声枯雨鸠逐[4]。不知身入浓阴间,但觉逢人鬓须绿[5]。画图此景见亦然,那得便徙全家居。桑麻底用思杜曲,鸡犬或恐犹秦馀[6]。传闻此乡人,十有九作贾。溪山如此不思归,觅得钱刀亦何补[7]?沙边少妇来浣衣,稚子自守林间扉。小桥道我入村去[8],饱饭再逐溪云飞。

〔1〕乾隆三十七年(1772)作,时往游黄山。本篇写景赏心悦目,一洗苦愁之调,给人清新爽快的美感。清人延君寿《老生常谈》称仲则学东坡"亦有神肖处",《山铿》一诗即是"能在语言之外脱胎换骨,浅者仓促无能领会"。吴文溥《南野堂笔记》评《山铿》等诗"超超玄著,俊句欲仙"。

〔2〕小溪:在安徽歙县南,唐代称光溪。

〔3〕人家:民宅。半透:隐约可见。白云坞:张岱《夜航船》:"广严院咸泽禅师逍遥自足,僧曰:如何是广严家风? 师曰:一坞白云,三间茅屋。"坞,山坳。岚翠:烟霭翠色。间染:交织点染。

〔4〕百舌:百舌鸟,又名乌鸫,鸣声圆润。声枯:声歇。雨鸠:俗谓鸠鸣为雨候。陆游《临江仙·离果州作》:"鸠雨催成新绿,燕泥收尽残红。"高启《闻鸠》:"凭仗莫呼山雨至,归人马滑畏深泥。"

〔5〕鬓须绿:形容精神焕发、容颜美好。苏洞《正月五日谒放翁,留饮欢甚》:"春风鬓须绿,文字凌屈宋。"

〔6〕"桑麻"二句:上句化用杜甫《曲江三章,章五句》其三:"自断此生休问天,杜曲幸有桑麻田,故将移住南山边。"陆游《病中杂咏十首》其六:"身似头陀不出家,杜陵归老有桑麻。"下句典出陶渊明《桃花源记》:武陵渔人误入桃花源,见黄发垂髫,怡然自乐,"自云先世避秦时乱,率妻子邑人来此绝境,不复出焉,遂与外人间隔"。秦馀,秦代的遗存。张衡《西京赋》:"觊往昔之遗馆,获林光于秦馀。"

〔7〕钱刀:金钱。刀,古代一种刀形钱币。韩翃《东城水亭宴李侍御副使》:"东门留客处,沽酒用钱刀。"

〔8〕道:引导,使通过。

## 慈光寺前明郑贵妃赐袈裟歌[1]

山僧篝火登佛楼,发箧示我前朝物[2]。水田一袭镂彩成[3],光焰至今犹未歇。岭猿睥睨山禽惊,想见一骑中官擎[4]。当时佞佛成闱教,九莲衍得椒房名[5]。昭华宠占六宫冠,十方建寺谁能争[6]?是日君心眷如意,宛转星前誓神器[7]。久看幻海漫阴氛,可奈廷臣与家事[8]。神庙移归玉合空,百劫难添蠹馀字[9]。从可添丝绣佛龛,谁教结习犹眈眈[10]。渐报蛾群起河北,尚闻芦税赐淮南[11]。转眼身肥不能走,贼前请命嗟何有[12]!可怜佛远呼不闻,有福祈来付杯酒。洛阳宫殿安在哉!珠襦玉匣飞成灰[13]。犹馀此物镇初地,空山阅得沧桑来[14]。君不见,南朝三百六十寺,至今——荒烟里[15]。又不见,萧梁同泰何崔巍,朝闻舍身夕被围[16]。铜驼荆棘寻常见,何论区区一衲衣[17]。

〔1〕慈光寺:在黄山,始建于明嘉靖间,万历三十八年(1610)钦赐"护国慈国寺"。郑贵妃:明神宗之妃,大兴(今北京)人,万历初入宫,生皇三子朱常洵,母子深受明神宗宠爱。《明史·郑贵妃传》:廷臣疑郑贵妃有立常洵为太子之谋,而争论立储之事,指斥宫闱,明神宗置之不问,"由是门户之祸大起"。乾隆三十七年(1772)四月,仲则与洪亮吉等人游黄山慈光寺,写下此诗,借咏物反思历史,力透纸背,"渐报"以下八句讽刺入木三分。

〔2〕篝火:用竹笼罩着的灯火。佛楼:寺院的楼屋。发箧:打开箱子。前朝物:指郑贵妃所赐袈裟。

〔3〕"水田"二句:洪亮吉《慈光寺观明郑贵妃所制袈裟》:"沧桑一百年,遗物犹久存。黄封郑重贮匣底,尚诩此出深宫恩。"水田,水田衣,袈裟的别名,亦称百衲衣。钱大昕《十驾斋养新录·水田衣》:"释子以袈裟为水田衣。"镂彩,镂金错彩,形容色彩华丽。

〔4〕睥睨:窥视。中官:宦官。擎:高举。

〔5〕"当时"二句:写明神宗母孝定李太后及郑贵妃佞佛。佞佛,迷信佛教。阃(kǔn捆)教,后妃或妻妾的训诫,此指后妃的训诫。九莲:九莲座,明神宗母李太后好佛,宫中画像作九莲座。《明史·悼灵王慈焕传》:崇祯帝第五子慈焕,五岁时病重,忽云:"九莲菩萨言:帝待外戚薄,将尽殇诸子。"遂卒。"九莲菩萨者,神宗母孝定李太后也。太后好佛,宫中像作九莲座,故云"。衍,流布。椒房,后妃居住的宫室。张岱《夜航船》:"帝少昊母星娥处于璇宫,以椒涂壁,取其温和,以辟恶气。一曰取椒实繁衍之义。"白居易《昭君怨》:"明妃风貌最娉婷,合在椒房应四星。"

〔6〕昭华:古代皇宫内女官名,《三国志·魏书·后妃传》:"明帝增淑妃、昭华、修仪。"此指郑贵妃。六宫冠:白居易《长恨歌》:"回眸一笑百媚生,六宫粉黛无颜色。"此用其意。六宫,此指后妃。十方:佛教指东南西北及四维上下,借指海内。杜甫《太平寺泉眼》:"取供十方僧,香美胜牛乳。"

〔7〕"是日"句:用刘邦欲废太子刘盈,另立宠姬戚夫人子赵王如意之事。《史记·吕太后本纪》:"及高祖为汉王,得定陶戚姬,爱幸,生赵隐王如意。孝惠为人仁弱,高祖以为不类我,常欲废太子,立戚姬子如意……赖大臣争之,及留侯策,太子得毋废。"此借以影射万历帝宠郑贵妃而欲立其子福王之事。神器:象征国家权力之物,如玺、鼎等。窦常《项亭怀古》:"汉家神器在,须废拔山功。"

〔8〕幻海:佛教语,虚幻的苦海,比喻尘世。阴氛:不祥的云气,多喻灾凶、祸乱。家事:指宫内之事,具体是指立储之争,参见本篇注〔1〕。《明史·王锡爵传》:王锡爵上言论万历帝立储之事云:"若册立,乃陛下家事。"

〔9〕神庙:帝王宗庙。玉合:玉盒,玉匣。"难添"句:黄志述《两当轩集考异》:"难添,'添',赵、许作'消'。案:《明史·贵妃郑氏传》:大内有大高元殿,妃要帝谒神设密誓,立其子为太子,因御书一纸,缄玉合中,赐妃为符契。后廷臣争之强,遂立皇长子为太子。帝遣人取玉合,封识宛然,发合,虫蚀书尽矣。故曰难添。"

〔10〕"从可"二句:批评郑贵妃佞佛,是说纵使可以添丝绣佛龛,却不应沉迷佛教。从可,纵然可以。佛龛,供奉佛像的小阁子。结习,佛教称烦恼,多指积久难除的习惯。眈眈,形容注视的样子。

〔11〕蛾群:即蛾贼,古代对农民军的蔑称。河北:黄河以北的地区。芦税:芦田之税。吴伟业《答土抚台开刘河书》:"芦税之为民害,在两邑甚大也。"淮南:淮河以南、长江以北的地区,特指安徽中部。

〔12〕贼:指李自成农民军。请命:乞求保全生命。

〔13〕以上六句:用福王朱常洵故事,以讽刺郑贵妃与明神宗。朱常洵万历二十九年(1601)封福王,万历四十一年(1613)就藩河南洛阳前,明神宗下诏拨庄田务足四万顷之数。崇祯十四年(1641),李自成攻破洛阳,福王及其子缒城逃走,发藩邸及巨室米数万石、金钱数十万以赈饥民。福王不久被执,"泥首乞命,自成责数其失,遂遇害。贼置酒大会,以王为俎,杂鹿肉食之,号福禄酒"。见《明史纪事本末》卷七十八《李自成之乱》。洪亮吉《慈光寺观明郑贵妃所制袈裟》:"建业山川不出云,洛阳宫殿今如梦。"珠襦,古代帝后及贵族的殓服。玉匣,汉代帝王葬饰,亦以赐大臣,以示优礼,此指葬饰。

〔14〕初地:寺院,此指慈光寺。王维《登辨觉寺》:"竹径从初地,莲峰出化城。"空山:指黄山。阅得:经历。沧桑:大海变成桑田,桑田变成大海,喻世事变化很大,典出《神仙传·王远》:"麻姑自说云:'接侍以来,已见东海三为桑田。'"

〔15〕"南朝"二句:南朝大兴佛寺,杜牧《江南春》:"南朝四百八十寺,多少楼台烟雨中。"三百六十寺,言寺院多也。苏轼《怀西湖寄晁美叔同年》:"三百六十寺,幽寻遂穷年。"唐桂芳《泊庐山下》二首其二:"庐山三百六十寺,上有高僧绝世氛。"

〔16〕萧梁:南朝梁代皇帝姓萧,史称梁代为萧梁。同泰:同泰寺,在南京鸡笼山东麓,原是三国东吴的后苑,南朝梁时改建为同泰寺,规模宏大。舍身:梁武帝萧衍笃信佛教,多次舍身同泰寺,由群臣用重金赎回。夕被围:侯景叛乱,围宫城,梁武帝饿死于台城,同泰寺亦被毁。

〔17〕铜驼荆棘:山河残破,人事衰颓,典出《晋书·索靖传》:索靖知天下将乱,指洛阳宫门铜驼,叹曰:"会见汝在荆棘中耳!"铜驼,多置于宫门寝殿前。区区:微不足道。衲衣:僧衣,指郑贵妃所赐袈裟。

# 天都峰[1]

昔游厌培塿[2],离地苦不高。抱此十年志,乃与兹峰遭。天风卷游袂,群峭争来朝[3]。地轴昔倾折,屹立支崇标[4]。一障东南山,不遣随海涛[5]。阴阳拆支脉,散衍如牛毛[6]。匡庐及天目[7],得一皆自豪。开凿此最后,灵秘常中韬[8]。藏景达休彩,夜夜烛斗杓[9]。谁遣浮丘徒,挈袖来游遨[10]?精气盗已尽[11],所剩粕与糟。真宰一上诉,许与人气交[12]。兹峰独峻绝,一力当青霄。太古积霞气,郁作青精苗[13]。世人不能采,采之寿松乔[14]。嗟嗟含生俦,膏火纷煎熬[15]。孤心入卑视,八表何寥寥[16]。

〔1〕乾隆三十七年(1772)四月登游天都峰所作,硬语盘空,风格秀拔。天都峰:在黄山东部,雄伟壮丽,与莲花峰、光明顶并为黄山三大主峰。

〔2〕培塿(pǒu lǒu 掊篓):小土丘。杜甫《可叹》:"高山之外皆培塿。"

〔3〕游袂:游子袂,游人袂。袂,衣服的襟袖。群峭:陡峭的群峰。李白《寻雍尊师隐居》:"群峭碧摩天,逍遥不记年。"争来朝:争来朝拜,写天都峰之高和登临的快感。

〔4〕地轴:传说中大地的轴。张华《博物志》卷一:"地有三千六百轴,犬牙相举。"倾折:倾倒折断,典出《淮南子·天文训》:"昔者共工与颛顼争为帝,怒而触不周之山,天柱折,地维绝。"崇标:高顶。郦道元

《水经注·灞水》:"挺在层峦之上,孤石云举,临崖危峻,可高百馀仞。牧守所经,命选练之士弯张弧矢,无能届其崇标者。"

〔5〕"东南"二句:东南一带山峰清丽有馀,雄健不足,天都峰峭拔高耸,似为东南诸山作屏障。钱谦益《游黄山记》其一:"其峰曰天都,天所都也,亦曰三天子都。东南西北皆有障,数千里内之山,扈者、岧者、峘者、崈者、峣者、崅者、蜀者,皆黄山之负扆几格也。"不遣,即不使。

〔6〕阴阳:山的南面称阳,北面称阴。拆:拆分。"阴阳"句,一作"阳支与阴脉"。散衍:散开延展。牛毛:喻繁密细多。

〔7〕匡庐:庐山。白居易《草堂记》:"匡庐奇秀,甲天下山。"天目:天目山,在今浙江临安,分为东、西天目山两支,景色秀奇,乃浙西名胜。

〔8〕开凿:挖掘道路。天都峰极其险峭,旧无上山之路。灵秘:神奇莫测的奥秘。李峤《为百寮贺瑞石表》:"吐川之灵秘,开神之韫匮。"中韬:蕴藏于中。韬,隐藏。

〔9〕藏景:曹植《神龟赋》:"藏景曜于重泉。"景,光也。景曜,景星有光曜。休彩,绚烂的光彩。烛:照亮。斗杓:即斗柄,北斗星的第五至第七星。刘禹锡《七夕二首》其二:"初喜渡河汉,频惊转斗杓。"

〔10〕"谁遣"二句:秦代至唐代天宝间,黄山称作黟山。相传容成子、浮丘公受黄帝之命炼丹于此,得道升天,见《周书异记》。今黄山有浮丘、容成、炼丹、望仙诸峰。浮丘峰,在云门峰东南。浮丘徒,浮丘公辈。浮丘公,古代传说中的仙人。谢灵运《登临海峤,初发疆中作,与从弟惠连见羊何共和之一首》:"傥遇浮丘公,长绝子徽音。"游遨,嬉游。

〔11〕精气:阴阳精灵之气,古谓天地万物皆秉之以生。

〔12〕真宰:宇宙的主宰。人气:借指凡世。

〔13〕太古:上古,远古。李白《古风》:"玄风变太古,道丧无时还。"青精:一名墨饭草,相传服之延年,道家用以制成青精饭。杜甫《赠李白》:"岂无青精饭,使我颜色好。"

〔14〕寿松乔:即松乔之寿。赤松子与王子乔,古代传说中的仙人,并称松乔。赤松子,见《秋兴并序(二首选一)》注〔4〕。王子乔,刘向《列仙传·王子乔》:王子乔,周灵王太子晋也。好吹笙作凤凰鸣。游伊洛间,道士浮丘公接上嵩高山。三十馀年后,求之于山上,见桓良曰:告我家,七月七日待我于缑氏山巅。至时,果乘鹤驻山头,望之不可到。举手谢时人,数日而去。

〔15〕嗟嗟:叹词,表示感慨。含生:一切有生命者,多指人。《梁书·武帝纪》:"《玺书》曰:'夫生者,天地之大德;人者,含生之通称。'"《胡笳十八拍》:"禀气含生兮莫过我最苦。"俦:同辈。膏火:灯火。膏,点灯的油。"膏火"句,用膏火自煎的典故,《庄子·人间世》:"山木自寇也,膏火自煎也。"何逊《为衡山侯与妇书》:"心如膏火,独夜自煎。"

〔16〕卑视:蔑视。八表:八方之外,指极远的地方。权德舆《奉和圣制丰年多庆九日示怀作》:"声名畅八表,宴喜陶九功。"


## 铺 海[1]

海因云得名,云在海亦在。云空海更空,转瞬已迁改。甫看肤寸倏满天,幻境万万还千千[2]。须臾千万合为一,呼仙即仙佛即佛[3]。迷娄宝界三神山,缥缈虚无现旋没[4]。返照一缕冲波开,彩翠细镂金银台[5]。初疑百万玉鲸斗,阑入一道长虹来[6]。玄玄默默坐相对,真宰茫茫竟何在?轻风吹合复吹开,白衣苍狗须臾态[7]。我欲云门峰,化为并州刀[8]。持登天都最高顶,乱剪白云铺絮袍[9]。无声无响空中抛,被遍寒士无寒号[10]。英英苍苍出山骨,何用漫空作奇谲[11]。

〔1〕铺海:黄山云海,以幻化无穷,一白无际著称。乾隆三十七年(1772)四月,仲则在黄山文殊院前观云海,赋诗绘写云海幻境,"我欲"以下四句,直是神来的妙笔,令人神往。洪亮吉《玉尘集》卷上:"自黄海归,故日益进,同辈皆敛手下之。"

〔2〕甫:方才,刚刚。肤寸:见《登千佛岩遇雨》注〔5〕。高启《施君眠云堂》:"小生肤寸间,大覆遍九州。"万万还千千:形容数量极多。

〔3〕"须臾"二句:写云海瞬息万变,形态万千。须臾,顷刻。

〔4〕迷娄:黄志述《两当轩集考异》:"迷娄,未详。赵、吴、许作'迷离'。"今按:迷娄,即迷空。《说文》:"娄,空也。"段玉裁注:"凡中空曰娄。"作"迷离",未若"迷娄"当。前注疑指迷楼,未确,今改之。宝界:佛教语,即净土,指无劫浊、见浊、烦恼浊、众生浊、命浊等垢染的清净世界。三神山:指蓬莱、瀛洲、方丈,此借指黄山三大主峰天都峰、莲花峰、光明顶。现旋没:忽隐忽现。

〔5〕返照:夕照。杜甫《返照》:"返照入江翻石壁,归云拥树失山村。"冲波开:喻光线穿过云海。彩翠:鲜艳翠绿之色。金银台:传说仙人所居的楼台。李白《梦游天姥吟留别》:"青冥浩荡不见底,日月照耀金银台。"

〔6〕玉鲸斗:形容云海翻涌。阑入:闯入。

〔7〕"白衣"句:化用杜甫《可叹》:"天上浮云如白衣,斯须改变如苍狗。"

〔8〕云门峰:在黄山,与云际峰、浮丘峰相邻,峰壁分开如门,耸入天际,云气穿流其间,故称。并州刀:亦称"并州剪",古时并州剪刀,以锋利著称,这里比喻云门峰,两峰对峙似一把剪刀。

〔9〕絮袍:用棉絮做的衣袍。

〔10〕"无声"二句：化用杜甫《茅屋为秋风所破歌》："安得广厦千万间，大庇天下寒士俱欢颜，风雨不动安如山。"

〔11〕英英：轻盈明亮貌。《诗经·小雅·白华》："英英白云，露彼菅茅。"皎然《答道素上人别》："碧水何渺渺，白云亦英英。"苍苍：犹茫茫，众多貌。山骨：《说文》："冈，山骨也。"韩愈等人《石鼎联句》开篇刘师服句云："巧匠斫山骨，刳中事煎烹。"方世举笺注："山骨，《博物志》：'地以名山为辅佐，石为之骨。'"袁宏道《祝雨》："洗山山骨新，洗花花色故。"黄志述《两当轩集考异》："山骨，'骨'，赵、许作'谷'。韩昌黎诗：'巧匠斫山骨。'"漫空：浮泛不切实际。

## 黄山寻益然和尚塔不得，偕邵二云作[1]

眼界彻上下[2]，忠义不可逃。大觉上上乘[3]，立脚宜坚牢。明季益然师，大节丘山高[4]。夙业秉奇慧，四大穷秋毫[5]。偶然俯尘世，怨水流滔滔[6]。置身君父间，穷数百六遭[7]。二十举孝廉，抚事心忉忉[8]。愤此蛾子蠢，发箧穷《豹韬》[9]。永嘉渡仓卒，内艰纷如氂[10]。奇祸知不远，手少尺柄操[11]。倾家结流亡，破胆同煎熬[12]。杭睦越峤户，浙水为长濠[13]。一一聚米筹，夜卧常枕弢[14]。建业一失守，奋呼骤霜飚[15]。思文入汀漳，遥应鸣金鼙[16]。草间拜郎爵，转战折戟蝥[17]。一举事不成，天命堪哀嗸[18]。扬帆度浙海，草草挥旌旄[19]。军中授司马，慷慨君思叨[20]。左支复右绌，丝尽不可缲[21]。填海有精卫，负陆无巨鳌[22]。胶舟再沦覆,只影窜棘蒿[23]。全身入西竺[24],从此离尘嚣。诛茅吴山颠,樾黑峰峋嶙[25]。疮瘢洗涧瀑,剑术教猿猱[26]。夜诵感石裂,泉声应嘈嘈[27]。接食鸟入手,食罢仍翔翱。灵异难亶述,一二传无谣[28]。从子故乡来,短衣缚衹裯[29]。迎之返黄海,卓锡观云涛[30]。中途与相约,归可语尔曹[31]。五日当过我,相待留浊醪[32]。如期众毕集,语意悲且豪。长歌以当哭,歌旨拟楚骚。歌罢起如室,众意皆惊怪[33]。排闼入相视,趺坐衣垂绦[34]。呼之已圆寂,是日风怒饕[35]。挂壁何所有,血汗留战袍。始知西来旨,成佛不放刀[36]。朴实得头地,可与群魔鏖[37]。低眉与怒目,一理事不劳[38]。感激壮士心[39],闻者皆悲号。曾传瘞塔所[40],即在兹山皋。万索不可得,但见狐鼠嗥。嗟嗟长虹气,深闭林槱槮[41]。空山一俯仰,荐尔无溪毛[42]。

〔1〕益然和尚:汪沐日,字扶光,歙县人。崇祯六年(1633)举人。顺治二年(1645),清兵南渡,唐王立于闽,沐日授金衢副使。唐王兵败,沐日遂于闽为僧,名弘济,号益然。晚归黄山,自知死日,集故友为诗而逝。著有《易解》、《庄通》等书。邵二云:邵晋涵(1743—1796),字与桐,一字二云,余姚人。乾隆三十六年(1771)进士。四库馆开,特旨改庶吉士,充纂修官,累仕侍讲学士。博学通经,尤长礼史,著有《宋南都事略》、《孟子述义》、《尔雅正义》、《南江文钞》、《南江诗钞》等书。乾隆三十七年(1772)四月,仲则游览黄山胜景,踏寻前代旧迹,与洪亮吉、邵晋涵一同访明遗民益然禅师塔,洪亮吉赋《同邵进士晋涵寻益然大师塔不得》,仲则写下此诗,铺叙益然和尚一生事迹和抗清的志节,不独情文兼

到,亦可补史之阙,谓之诗史可也。

〔2〕眼界:目力所及的范围,引申指识见的广度。王维《青龙寺昙壁上人兄院集》:"眼界今无染,心空安可迷。"

〔3〕大觉:佛教语,指正觉。上上乘:喻指最高的境界。上上,最上等。乘,佛教比喻能运载众生到达解脱彼岸之法,如小乘、大乘等。慧远《大乘起信论义疏》:"所言乘者,运载为义。"

〔4〕明季:即明末。师:禅师,对僧人的尊称。丘山:山岳。

〔5〕"夙业"二句:是说益然禅师夙秉奇慧,洞观世界。夙业,前世之业。秉,具有。四大,佛教以地、水、火、风为四大,四大和合而结成人身。穷,探源。秋毫,鸟兽在秋天新长出来的细毛,喻细微之物。

〔6〕俯:俯仰。怨水:以水喻怨愁多。蒲禹卿《谏蜀后主东巡表》:"纵过嗟山,须通怨水。"

〔7〕君父:帝王天子,这里指崇祯帝。穷数:历尽。百六:古时以为厄运。袁宏《三国名臣序赞》:"百六道丧,干戈迭用。"吕延济注:"四千六百一十七岁为一元,一百六岁曰阳九之厄。"

〔8〕举孝廉:考中举人。孝廉,明清两代对举人称呼。抚事:感念时事。忉(dāo刀)忉:忧劳貌。《诗经·齐风·甫田》:"无思远人,劳心忉忉。"毛传:"忉忉,忧劳也。"

〔9〕蛾(yǐ蚁)子:即蛾群,指明末农民军。发箧:打开箱子。穷:穷尽。《豹韬》:古代兵书《六韬》篇名之一,借指兵书。杜甫《喜闻官军已临贼境二十韵》:"元帅归龙种,司空握豹韬。"

〔10〕永嘉:晋怀帝司马炽的年号。永嘉年间,刘渊、刘聪等相继称帝,攻破洛阳、长安等地,俘虏晋怀帝、愍帝,西晋灭亡,史称"五胡乱华"。渡:永嘉南渡,建武年间,晋元帝率臣民南渡,史称永嘉南渡,此借指崇祯亡国,南明政权建立。仓卒:匆忙急迫。内艰:犹言内患,指马士英、阮大铖等人掌控南明政权,内乱纷织。氂(máo毛):细小的物体。

〔11〕尺柄:比喻很小的权力。柄,权柄。

〔12〕倾家:拿出全部家产。流亡:流亡之士,此指抗清义士。破胆:吴均《胡无人行》:"铁骑追骁虏,金羁讨黠羌","男儿不惜死,破胆与君尝"。《史记·越王勾践世家》:越王勾践为吴王所败,苦身忧思,置胆于坐,饮食尝之,以不忘兵败之辱。

〔13〕"杭睦"二句:写益然和尚出家前在浙江一带抵抗清兵南下。杭睦,即杭越,杭州和越州的并称。越,越州,在今浙江绍兴一带,古越国之地。峤户,屏障和门户。峤,尖而高的山。户,门户。浙水,浙江。濠,濠沟。

〔14〕聚米筹:指划形势,运筹决策,典出《后汉书·马援传》:"(马援)因说隗嚣将帅有土崩之势,兵进有必破之状。又于帝前聚米为山谷,指画形势,开示众军所从道径往来,分析曲折,昭然可晓。"常枕鞬:枕弓袋而卧,即枕戈寝甲,形容报国心切。鞬,弓袋。

〔15〕建业:今南京。霜飚(táo 陶):霜风。飚,大风。

〔16〕"思文"二句:陈鼎《益然和尚传》:"乙酉,江南定。唐王建国于闽,起为金衢副使。"思文,借指唐王,典出《诗经·周颂·思文》:"思文后稷,克配彼天。立我烝民,莫匪尔极。"汀漳,汀州、漳州一带。金鼛(gāo 羔),金鼓。鼛,古代用于役事的大鼓。《周礼·地官·鼓人》:"以鼛鼓鼓役事。"郑玄注:"鼛鼓长丈二尺。"

〔17〕草间:草野,民间。郎爵:郎官,唐代六部置郎官,后世因之。戟嫨(áo 熬):戟锋。

〔18〕天命:天意。哀嗸(áo 熬):哀号。嗸,同"嗷"。

〔19〕浙海:浙江沿海一带。挥旌旄:指挥军队。旌旄,军中用以指挥的旗子。

〔20〕"军中"以上数句:李聿求《鲁之春秋》卷九:"唐王时,官职方主事,监国擢兵部侍郎,从亡至舟山。"黄宗羲《吴山益然大师塔铭》:"南

渡授职方主事,历唐及鲁,至少司马。"司马,官名,掌军旅之事,明清时期,兵部尚书别称大司马,侍郎称少司马。思叨,思念。

〔21〕"左支"二句:上句典出《史记·周本纪》:养由基曰:"客安能教我射乎?"客曰:"非吾能教子支左诎右也。夫去柳叶百步而射之,百发而百中之,不以善息,少焉气衰力倦,弓拨矢钩,一发不中者,百发尽息。"左支右绌,喻处境窘促,穷于应付。丝尽,春蚕吐丝已尽,喻精殚力竭。缫(sāo骚),煮茧抽丝。

〔22〕"填海"二句:是说反清复明的斗争,如精卫填海一样,坚持不懈,但大地陆沉,局势已难挽回。精卫,传说中的鸟名。填海,典出《山海经·北山经》:炎帝少女游于东海,溺而不返,"故为精卫,常衔西山之木石,以堙于东海"。顾炎武《精卫》:"我愿平东海,身沉心不改。大海无平期,我心无绝时。"巨鳌:海中的大鳌,传说能负山。《玉篇·黾部》:"鳌,传曰:有神灵之鳌,背负蓬莱之山在海中。"

〔23〕胶舟:以胶黏合之舟,喻处境危殆。皇甫谧《帝王世纪》卷五:周昭王南征,"及济于汉,船人恶之,乃胶船进王。王御船至中流,胶液解,王及祭公惧没水而崩。"沦覆:沦灭覆亡。只影:只形单影,孤身一人。窜:逃窜。棘蒿:草野。

〔24〕全身:保全性命与名节。西竺:指佛教。

〔25〕"诛茅"以上四句:黄宗羲《益然大师塔铭》:"国亡,祝发于闽之吴山,以古航为剃度师。"诛茅,芟除茅草,借指结庐以居。吴山,在福建浦城县。顺治《浦城县志》卷五《寺观》:"吴山庵,唐至德间,潘禅师始结茅。清顺治七年,知县李葆贞捐俸买山,延益然和尚在静。"樾黑,林荫阴暗。嘹嶆(láo cáo 劳曹),山峰连绵貌。

〔26〕疮瘢:即创瘢。涧瀑:溪涧和瀑布。猨猱:猿猴。

〔27〕石裂:山石震裂,形容声音高亢。嘈嘈:形容声音错杂。

〔28〕"灵异"以上八句:黄宗羲《益然大师塔铭》:"吴山途畏峰涩,

人群罕至,鸟向师掌中取食,虎遇师垂首如家畜。江汉石习理司理建宁,筑天看阁于浦城,将以迎师,野鸟数千,嗰嘲阁前,驱之不去。江方怪之,师至,曰:'此吾吴山伴侣也。'饭之而散。"亶(dǎn 胆)述,尽述。亶,通"殚",完全。无谄(tāo 涛),无疑。谄,可疑。

〔29〕从子:侄子。短衣:平民的衣着,形制短小。祗裯(dī dāo 滴刀):汗襦。《方言》卷四:"自关而西或谓之祗裯。"

〔30〕黄海:黄山云海,借指黄山。卓锡:僧人居留,典出《高僧传》:梁武帝时,宝志爱舒州潜山奇绝,时有白鹤道人亦欲往之。梁武帝命二人各以物识其地,得者居之。道人以鹤止处为记,宝志以卓锡处为记。鹤先飞去,忽闻空中锡飞声,锡立于山麓,而鹤止他处,遂各以所识筑室。后世称行僧为飞锡,住僧为卓锡,又曰挂锡。卓,植立。锡,锡杖。

〔31〕尔曹:尔辈。

〔32〕浊醪:浊酒。

〔33〕如:往,到。惊慅(sāo 骚):惊惧不安。

〔34〕排闼(tà 踏):推开门。闼,小门。跗(fū 肤)坐:佛教徒盘腿端坐。

〔35〕"呼之"以上十六句:黄宗羲《益然大师塔铭》:"己未,新安人以师老矣,劝归故乡,欲以黄山处之。途次广陵,值天中节,师语故人:'诸公于五之日送我。'及期,黄九烟、杨廓庵……来,师曰:'老僧于今日作别,诸公各赋一诗,限死字韵。'来者愕然,公得无戏语乎?师挥毫曰:'五月五日三闾死,今之古之只此耳。……'因谓来者曰:'来日当思老僧也。'客去,语侍者曰:'六月之望,有僧自黄山迎我,当以源流柱杖付之。'书其卷曰连云。不知何所指也。夜半,问夜何其,对者以亥正,遂起坐而逝。厥明,送者皆集。"圆寂,佛教称熄灭生死轮回后的境界,指坐化。怒饕(táo 陶),怒号。

〔36〕西来旨:佛旨。成佛:佛教语,永离生死烦恼,成就无上正等正

觉。不放刀:不放下屠刀,亦可立地成佛,这里是称赞益然和尚虽入空门,而不忘忠义。放刀,佛教称放下屠刀,立地成佛。

〔37〕朴实:质朴笃实。头地:高出别人的地位。鏖(áo 熬):苦战。

〔38〕低眉:抑郁貌。努目:犹怒目。不劳:不觉得辛苦。

〔39〕感激:感动激发。

〔40〕"曾传"二句:黄宗羲《益然大师塔铭》:"连云与汪扶晨奉遗殖塔于青鸾峰下。"瘗(yì 意)塔,埋葬之塔。瘗,埋葬。塔,佛塔,僧人葬身之所。

〔41〕嗟嗟:表示感叹。长虹气:见《杂诗》注〔5〕。桻椮:树木高耸貌。

〔42〕俯仰:低头和抬头,引申指崇敬。荐:祭奠。溪毛:溪边野菜,典出《左传·隐公三年》:"苟有明信,涧溪沼沚之毛……可荐于鬼神,可羞于王公。"杜预注:"溪,亦涧也。毛,草也。"


# 写怀[1]

望古心长入世疏,鲁戈难返岁云徂[2]。好名尚有无穷世,力学真愁不尽书[3]。华思半经消月露,绮怀微懒注虫鱼[4]。如何辛苦为诗后,转盼前人总不如[5]。

〔1〕乾隆三十七年(1772)夏作。仲则追慕古人,以诗歌为人生依托,总是不满足于取得的成就,本篇展现了诗人的胸襟和执着的诗歌追求。

〔2〕望古:追慕古代高士。入世疏:疏于世事。鲁戈难返:岁月一去

不回。鲁戈,典出《淮南子·览冥训》:"鲁阳公与韩构难,战酣日暮,援戈而挥之,日为之反三舍。"岁云徂:岁月流逝。杜甫《今夕行》:"今夕何夕岁云徂。"

〔3〕好名:追求声名。力学:致力于学。

〔4〕"华思"二句:是说自己耽于风花雪月,诗称不上大雅,懒于注虫鱼,更谈不上大学问了。华思:美好之思。消:消磨。月露:月露风云,喻指华美的文辞,典出《隋书·李谔传》:"连篇累牍,不出月露之形;积案盈箱,唯是风云之状。"绮怀:风月情怀。注虫鱼:指训诂考据之学。虫鱼,孔子称读《诗经》可以多识草木鸟兽虫鱼之名,汉代古文经学家注释儒家经典,注重典章制度及名物的训释考据,后人以虫鱼泛指名物和典章制度。韩愈《读皇甫湜公安园池诗书其后》:"《尔雅》注虫鱼,定非磊落人。"

〔5〕"如何"二句:与"望古心长入世疏"相呼应,是说自己专力作诗人,又为何总不如古人呢?转盼,即顾盼,回望。

# 发一宿庵[1]

曾闻绝顶接天梯,几叠烟岚望已迷。得意总忘山远近[2],但行休问路东西。飘萧洞气成飞雨,冥漠丹根护紫泥[3]。常自笑人岩畔月,有山如此不幽栖[4]。

〔1〕一宿庵:在安徽九华山桥庵之下,取名于佛教所说的"一宿觉"。按明人朱万春撰碑记,栖霞达上人自摄山参九华,行既倦,常一宿于此,因构庵,以便四方僧众来会。见嘉庆《无为州志》卷三十五。按

《景德传灯录》,永嘉玄觉禅师谒六祖慧能,顿时得悟,以"少留一宿,时谓一宿觉矣"。九华山,佛教四大名山之一,风景清幽秀丽。乾隆三十七年(1772)夏,仲则与朱筠、洪亮吉等人游黄山、齐云山后,复登九华山,止于一宿庵,由一宿庵至中峰,仲则赋《发一宿庵》、《游九华山放歌》、《夜宿中峰和洪稚存》等诗,洪亮吉赋《游九华止一宿庵》、《自一宿庵至中峰》等诗,俱是洒宕胸臆,笔力超脱之作。

〔2〕得意:领会旨趣,典出《庄子·外物》:"言者所以在意,得意而忘言。"

〔3〕飘萧:飞扬貌。洞:九华山神仙洞,洞中有石钟乳,给人神秘莫测之感。冥漠:玄妙莫测。丹根:丹木之根。《山海经·西山经》:"(峚山)其上多丹木,员叶而赤茎,黄华而赤实,其味如饴,食之不饥。"陶渊明《读山海经》其四:"丹木生何许,乃在峚山阳。"紫泥:典出《洞冥记》卷一:东方朔幼时失踪,累月方归,后复去,经年乃归,邻母见而大惊,叩问何往,东方朔曰:"儿至紫泥海,有紫水污衣,仍过虞渊湔浣,朝发中返,何云经年乎?"

〔4〕幽栖:隐居。

## 夜起[1]

忧本难忘忿讵蠲?宝刀闲拍未成眠[2]。君平与世原交弃,叔夜于仙已绝缘[3]。入梦敢忘舟在壑?浮名拚换酒如泉[4]。祖郎自爱中宵舞,不为闻鸡要著鞭[5]。

〔1〕作于乾隆三十七年(1772)。严迪昌《清诗史》评云:"两当轩主

人在表现那个时代的进退失据、'百法欠妥帖'的知识分子迷惘困惑、忧愤悲慨的心境时,其具体而微,曲尽其情在当时没有匹敌的。"

〔2〕蠲(juān捐):消除,免除。宝刀闲拍:喻才不得用。陈维崧《黄河清慢·清江浦渡黄河》:"长啸忧时,自把宝刀闲拍。"

〔3〕君平:汉代高士严遵,字君平,隐居不仕。《汉书·王贡两龚鲍传》:严君平卖卜成都,"得百钱足自养,则闭肆下帘而授《老子》"。交弃:相互遗弃。李白《古风》其十三:"君平既弃世,世亦弃君平。"此用其词。叔夜:嵇康之字,《晋书·嵇康传》:嵇康有奇才,拜中散大夫,性放任,越名教而任自然,后为司马昭所杀。"叔夜"句:用典,《太平广记》卷九引《神仙传》:王烈入山采药,遇山崩裂,有青泥流出如髓。嵇康往视之,断山已合。王烈叹说:"叔夜未合得道故也。"

〔4〕"入梦"二句:是说不敢忘记遁世的追求,尚游戏世间,浪得浮名,不过是多换些酒而已。舟在壑,藏舟山谷,指深自隐匿,典出《庄子·大宗师》:"夫藏舟于壑,藏山于泽,谓之固矣。然而夜半有力者负之而走,昧者不知也。""浮名"句,意近柳永《鹤冲天》:"忍把浮名,换了浅斟低唱?"拚换,舍换。酒如泉,王嘉《拾遗记》卷九:姚馥嗜酒,"每醉,历月不醒"。晋武帝欲擢为朝歌邑宰,辞之,改任酒泉太守,"地有清泉,其味若酒"。杜甫《城西陂泛舟》:"不有小舟能荡桨,百壶那送酒如泉?"

〔5〕"祖郎"二句:是说深夜不眠,中宵起舞,并非为建功立业,请世人不要误解。祖郎,指祖逖,东晋名将,力主北伐。后任豫州刺史,率部渡江,收复豫州一些地区,因得不到朝廷的支持,忧愤而死。中宵舞,中夜舞剑,典出《晋书·祖逖传》:祖逖与刘琨"情好绸缪,共被同寝。中夜闻荒鸡鸣,蹴琨觉曰:'此非恶声也。'因起舞"。著鞭,即先鞭,占先,典出《晋书·刘琨传》:刘琨与祖逖为友,闻祖逖被用,遂与亲故书曰:"吾枕戈待旦,志枭逆虏,常恐祖生先吾著鞭。"

# 宣城杂诗[1]（四首选二）

## 其三

溪山信纷郁，文藻昔已满[2]。皆云内史贤，结邀青霞伴[3]。双旌夹五马，玉箫兼象管[4]。随风眷清游，流韵谐咸琯[5]。如何逮我来，音尘杳凄断。青草一尺长，下没功曹馆[6]。秋蝶烟际飞，宵萤雨馀散[7]。感此行路歌，促节不能缓[8]。

〔1〕乾隆三十七年（1772）六月，仲则卧病宣城，入秋由青弋江历青阳渡江至皖城，抵六安。《宣城杂诗》四首作于卧病宣城之际，此选二首。前一首沉郁，后一首清丽，"一酹宛溪水，再咏宣城花"，风致不减谢朓。谢朓、李白在宣城俱留下不少佳作。这两首诗追怀古人，咏叹我生何晚，抒写时代的孤独感，即反映了这种心态。袁枚不赞同士人"安于古，悖于时"，《答黄生》云："来书自称生平安于古，悖于时，矜矜自喜，仆以此为妄语也。……于此可以见学古之不足为奇，而悖时之不可为训也。尝谓嵇叔夜以箕踞待来访之客，谢康乐出入必使三人执衣裾，四人安坐席，似此骄矜之状，不杀何为？愿足下思圣人之所以处世，而勿效名士之覆辙焉。"以为当审时察今，不可矜傲而脱离世情，但仲则这类寒士终做不到袁枚那样的"适世"，这也是其与袁枚的不同之处。

〔2〕信：确实。纷郁：盛多貌。陆畅《山出云》："灵山蓄云彩，纷郁出清晨。"文藻：文采。

〔3〕内史:指谢朓。青霞伴:志趣高远之士。青霞,江淹《恨赋》:"郁青霞之奇意。"李善注:"青霞奇意,志意高也。"

〔4〕双旌:泛指官员出行的仪仗。五马:汉时太守乘坐的车用五匹马驾辕,因借指太守的车驾。《遁斋闲览》:汉时朝臣出使以驷马,为太守增一马,故称"五马"。刘长卿《瓜洲驿重送梁郎中赴吉州》:"明朝借问南来客,五马双旌何处逢。"玉箫:玉制的箫,后用作箫的美称。象管:笛子。

〔5〕清游:清雅的游赏。咸:尧乐有《咸池》,泛指古乐。琯(guǎn管):玉管,古乐器,用玉制成,六孔,如笛。

〔6〕功曹:官名,这里指谢朓,曾任南齐随王萧子隆镇西功曹。李商隐《江上忆严五广休》:"逢着澄江不敢咏,镇西留与谢功曹。"

〔7〕宵萤:夜萤。

〔8〕促节:急促的节奏,形容不平的心境。

## 其四

飞楼涌叠嶂,迥麓明回沙〔1〕。一酌宛溪水,再咏宣城花〔2〕。镇重有亭堠,堞古无钲笳〔3〕。栖泊偶有叹,旷览能无夸。苦爱敬亭色,淹旬未思家〔4〕。寄言二三子,岁晚方脂车〔5〕。

〔1〕飞楼:高楼,指谢朓北楼。谢朓任宣城太守,在府治北陵阳山顶营造居室,取名高斋,料理政务之馀,忘情山水。唐代,高斋旧址新建一楼,因其在府治之北,取名北楼,登楼可眺望句溪、宛溪。后世屡经重修,先后改名叠嶂楼、古北楼等。李白《秋登宣城谢朓北楼》:"谁念北楼上,临风怀谢公。"叠嶂:层叠的山峰,谢朓北楼又称叠嶂楼。迥麓:远麓。回

沙:岸沙,岸沙随回波而成纹形,故云。

〔2〕酌:饮。宛溪:源出安徽宣城东南,东北流为九曲河,折而西,潆洄绕城东为宛溪,至宣城东北与句溪合,北流合青弋江,出芜湖入长江。宣城花:吴处厚《青箱杂记》:"苏为酷嗜吟咏","在宣城亦有诗十首,皆以宣城为目,内《宣城花》一首尤为清丽,曰:'宣城花叠幛,楼前簇绮霞。若非翠露陶潜柳,即是红藏小谢家。'"又李白《宣城见杜鹃花》:"蜀国曾闻子规鸟,宣城还见杜鹃花。一叫一回肠一断,三春三月忆三巴。"

〔3〕镇重:城镇占有重要地位。亭堠(hòu 后):古代边境或重镇上用以监视军情的岗亭、土堡。高适《塞上》:"亭堠列万里,汉兵犹备胡。"堞古:城墙具有悠久的历史。堞,城堞。钲(zhēng 征):古代的一种乐器,形似钟而狭长,有柄,击之发声,行军时用以节止步伐。笳:胡笳,见《客中闻雁》注〔4〕。

〔4〕"苦爱"二句:化用李白《独坐敬亭山》:"相看两不厌,只有敬亭山。"敬亭山,在宣城北,一名昭亭山,风景清丽,山上有敬亭,相传是谢朓吟咏处,李白漫游宣城,赋《独坐敬亭山》。淹旬,即满旬,经过十天。

〔5〕二三子:指洪亮吉等友人。脂车:油涂车轴,以利运转,此指驾车归返。

# 重至当涂怀稚存[1](二首选一)

## 其二

相对常为嘍啼行,更经离索想生平[2]。六棺未葬悲元振,稚存归营葬事。一刺空磨叹祢衡[3]。忍使桑榆乖色养,误将书剑换浮名[4]。乾坤只许闲鸥鹭[5],与话烟波浩荡情。

[1] 乾隆三十七年(1772)冬,仲则与洪亮吉随朱筠试士,十一月,洪亮吉以归营葬事先行。仲则重至当涂,写下此诗,未几亦归里,岁暮抵家。稚存:洪亮吉。关于洪亮吉营葬之事,朱筠《国子监生洪君权厝碣铭》云:"余至太平之初,阳湖县学生洪礼吉来从余游。……明年春三月,礼吉乞馀姚邵进士晋涵为其尊甫君状,请余铭。……(亮吉曰)吾父即暝,盖不获反敛于家,又以贫不克葬,权厝于郊外之天宁寺,至今二十二年。"(《笥河文集》卷十四)吕培《洪北江先生年谱》:"(乾隆三十七年)十一月,以两世六棺未举,归奉先生祖父母及午峰府君,叔父云上、君佐两先生,叔母赵孺人柩,葬于城北前桥新茔。是冬,以所负多,访蒋编修士铨、汪孝廉端光于扬州。编修解橐金助之,乃得归,已迫除夜矣。"

[2] 嚄唶(huò zé 或泽):大呼大叫。《史记·魏公子列传》:"晋鄙嚄唶宿将,往恐不听,必当杀之。"张守节正义引《声类》:"嚄,大笑。唶,大呼。"离索:离散独处。

[3] "六棺"二句:上句典出《新唐书·郭元振传》:郭震,字元振,少有大志,性豪爽,年十六与薛稷、赵彦昭同为太学生,"家尝送资钱四十万,会有缞服者叩门,自言'五世未葬,愿假以治丧'。元振举与之,无少吝,一不质名氏"。下句用祢衡投刺的典事,见《山寺偶题》注[3]。刺,名刺。

[4] 桑榆:喻垂老之年。曹植《赠白马王彪》六首其四:"年在桑榆间,影响不能追。"李善注:"日在桑榆,以喻人之将老。"乖:有悖。色养:和颜悦色地奉养父母,典出《论语·为政》:"子游问孝。子曰:'今之孝者,是谓能养。'……子夏问孝,子曰:'色难。'"书剑:即书剑飘零。

[5] 乾坤:天地。闲鸥鹭:闲鸥野鹭,喻退隐闲散之人。白居易《闲居自题》:"波闲戏鱼鳖,风静下鸥鹭。寂无城市喧,渺有江湖趣。"

# 大造〔1〕

大造视群生〔2〕,各如抱中儿。非因果哀乐〔3〕,亦自为笑啼。阿保纵解意〔4〕,那得无啼时。当饥幸一饱,心已不在饥。谁知登崇山,足土固不离。豪士或见此,秋气旋乘之〔5〕。触物感斯集,不知何事悲。悾恫百年尽,俯首归汙泥〔6〕。精气生已泄,那有魂相随。矫枉而过正,亦受前贤嗤。我慕鲁仲连,阅世同儿嬉〔7〕。见首不见尾〔8〕,焉能赞一辞。

〔1〕这首诗作于乾隆三十七年(1772),妙于议论,富含哲理。
〔2〕大造:天地自然。群生:众生。
〔3〕因:佛教有因果说,谓因必有果,果必有因。
〔4〕阿保:保姆。
〔5〕秋气:秋日凄清肃杀之气。潘岳《秋兴赋》:"善乎宋玉之言曰:'悲哉!秋之为气也。萧瑟兮草木摇落而变衰,憭慄兮若在远行,登山临水送将归。'"
〔6〕悾恫(kōng tōng 空通):浑茫。张昱《自贻》:"近年颇觉志悾恫,不复行云入梦中。"百年:一生。俯首:低头,比喻顺从。汙泥:泥土,借指腐朽。
〔7〕鲁仲连:战国时齐人,多计谋,好排纷解难,不慕荣利。《战国策·赵策三》:平原君欲封鲁仲连,仲连终不肯受,平原君乃置酒以千金为寿,仲连笑曰:"所贵于天下之士者,为人排患释难,解纷乱而无所取也。即有所取者,是商贾之人也,仲连不忍为也。"遂辞平原君,终身不复

见。李白《古风》:"齐有倜傥生,鲁连特高妙。"阅世:经历时世。刘禹锡《宿诚禅师山房题赠》二首其二:"视身如传舍,阅世任东流。"儿嬉:犹儿戏。

〔8〕见首不见尾:卓发之《花宫过客传》:"史籍所载英雄末路,往往不知所终,此如神龙,见首不见尾也。"形容变化奇诡,踪迹难寻。

## 烈士行〔1〕

谐乐无疾奏,清宴无急觞〔2〕。若论壮士志,渱洞为中肠〔3〕。剖掷当君前,中有一寸霜〔4〕。击衣呼豫让,向风刎田光〔5〕。交者不利身,差胜轻薄行。微躯不自惜,破胆与谁尝〔6〕?

〔1〕本篇乾隆三十七年(1772)作,咏史写心,感怀当世,叹知音难觅,人生无归处。

〔2〕谐乐:和谐的音乐。疾奏:疾快的节奏。急觞:举杯快饮。

〔3〕渱(hòng 讧)洞:水势汹涌,这里形容性格豪放。渱,流转貌。杜甫《自京赴奉先县咏怀五百字》:"忧端齐终南,渱洞不可掇。"中肠:内心。杜甫《赠卫八处士》其二:"少壮能几时,鬓发各已苍。访旧半为鬼,惊呼热中肠。"

〔4〕一寸霜:喻心志高洁。陆机《文赋》:"心懔懔以怀霜,志眇眇而临云。"李善注:"怀霜、临云,言高洁也。"

〔5〕"击衣"二句:上句用豫让击衣的典事,《史记·刺客列传》:豫让,春秋末晋国人,事智伯,深受尊重。赵襄子杀智伯,豫让立志复仇,数次行刺未果,自杀前要求赵襄子允许他以剑击衣,"于是襄子大义之,乃

使使持衣与豫让。豫让拔剑三跃而击之,曰:'吾可以下报智伯矣!'遂伏剑自杀。死之日,赵国志士闻之皆为涕泣"。吴兆骞《赠孔曳》:"击衣不得心自哀,置铅无成目空矐。"下句用田光典事。《史记·刺客列传》:燕国处士田光善荆轲,向燕太子丹荐之西入秦,归而语荆轲:"吾闻之:长者为行,不使人疑之。今太子告光曰:'所言者,国之大事也。愿先生勿泄。'是太子疑光也。夫为行而使人疑之,非节侠也。"自杀以激荆轲,荆轲遂见太子,言田光已死,太子流涕。

〔6〕"微躯"二句:感叹知音难觅,才志难申。微躯,见《二道口舟次夜起》注〔3〕。

## 答和维衍二首[1](选一)

### 其一

连旬忆君得君问,书意不尽继以诗。迩来吾子才大进,但怪胡尔愤激为[2]?冬烘一言进左右[3],吾辈穷薄命所司。风云月露苦刻镂,元气未必无亏遗[4]。从来才人感秋气,如豆合黄素染缁[5]。赋才如此穷尚尔,此意未薄宜深思。比闻亦作湖海计,此我覆辙当鉴之[6]。乡间嬛薄百无恋,讵忘亲鬓霜丝丝[7]。吹箫乞子行处有[8],幸者得饱否尚饥。年时我实深味此,若复劝驾吾谁欺[9]。虽然穷蹙岂了事,言之泪下如绠縻[10]。

〔1〕这是一首江湖寒士的悲歌,抒写牢骚不平。仲则本就是狂狷之士,却因左辅的愤激而进言相劝,由此构成一种有趣的自嘲。诗人泪语哽噎,自是写不下去了,故诗戛然而止。本篇作于乾隆三十七年(1772),由《答和维衍二首》其二"宣州十日解鞍卧,又听万绿喧青蜩"以推,当在游宣城之后。维衍:左辅,见《冬夜左二招饮》注〔1〕。

〔2〕迩来:近来。吾子:敬称对方。胡尔:何以。

〔3〕冬烘:形容迂腐浅陋,此用作自谦之词。《唐摭言》卷八:唐人郑薰主试,误认颜标为颜真卿后人,取为状元,时人嘲弄说:"主司头脑太冬烘,错认颜标作鲁公。"

〔4〕风云月露:吟弄风月,文辞华美,典出《隋书·李谔传》,见《写怀》注〔4〕。刻镂:雕刻,这里指雕琢文辞。元气:人的精气。

〔5〕秋气:见《大造》注〔5〕。如豆合黄:语出《文心雕龙·附会》:"如胶之粘木,豆之合黄矣。"豆合黄,谓磨豆成浆,制作豆腐一类的食品,非如今人穿凿之解。素染缁:见《客夜忆城东旧游寄怀左二》注〔10〕。

〔6〕比闻:近来听说。覆辙:比喻失败的做法。《后汉书·窦武传》:"今不虑前事之失,复循覆车之轨。"湖海计:隐身江湖的打算。皮日休《钓车》:"得乐湖海志,不厌华辀小。"鉴之:引为鉴戒。

〔7〕"乡间"二句:是说故乡风气薄劣,百无一恋,但又怎能不顾父母年迈?乡间,故里。嬽薄,风气劣薄。丝丝,犹言一丝一丝。

〔8〕吹箫乞子:用吹箫乞食典事,见《金陵别邵大仲游》注〔4〕。

〔9〕劝驾:劝说做某事,典出《汉书·高帝纪》:"贤士大夫有肯从我游者,吾能尊显之。布告天下,使明知朕意。……御史中执法下郡守,其有意称明德者,必身劝,为之驾。"以上八句劝说友人不要飘零江湖。

〔10〕穷蹙:窘迫困顿。了事:《晋书·傅咸传》:"生子痴,了官事,官事未易了也。了事正作痴,复为快耳!"泪下如绠縻(gěng mí 哽迷):

化用王粲《咏史诗》二首其一:"临穴呼苍天,涕下如绠縻。"绠,汲水用的绳子。縻,牛缰绳。泪下如绠縻,形容泪流不止,如从井中取水的井绳,又如牛涎水不断绝的缰绳。

## 药渣鱼[1] 即琴高鱼

琴溪春水唾凝片,小鱼针头刺波面[2]。溪旁居人网及时,不用丝绳需尺绢[3]。盛来入盎水不分[4],两目黑星微可辨。水鲜且可助茗具,别张旗鼓供舌战。泾县人谓之茶鱼[5]。王馀白小精不如,可怜千头未盈咽[6]。相传琴高跨鲤升,药鼎倾渣入波变[7]。先天本借金石精[8],馀生乃比糟粕贱。后时不得相随仙,云中鸡犬徒相羡[9]。微名累尔及铛鼎[10],所喜流传艺林遍。桃花水过蒲蒋深,及早消形付波练[11]。

〔1〕药渣鱼:琴高鱼。据《列仙传》:周时赵人琴高,善鼓琴,曾入涿水取龙子,跨鲤飞升,其炼丹所馀药渣倾在水中,化为药渣鱼,味甚鲜美。诗中提及的琴溪,即琴高溪,在安徽泾县东北,其源头为汀、漕二溪,在琴高山合流后称琴溪,经赤滩注入青弋江。乾隆三十七年(1772)六月,仲则卧病宣城,入秋由青弋江至皖城,诗当作于此际。这是一首别致的咏物诗,颇具自况的味道。咏物诗之妙,一在体物之妙,一在寄托远情,本篇二者兼具,称得上清代咏物诗的妙品。

〔2〕琴溪:琴高溪,见本篇注〔1〕。唾:鱼唾。针头:琴高鱼极小,鱼嘴露出水面,就像针头一样。

〔3〕尺绢:大小盈尺的素绢。

153

〔4〕盎:一种盛水的容器。水不分:难以分辨是鱼还是水。

〔5〕舌战:犹言茗战,斗茶。泾县:今安徽泾县。

〔6〕王馀:王馀鱼。张华《博物志》:吴王食鲙,馀者弃于江中,化为鱼,故名。白小:指银鱼,与王馀鱼俱以味美著称,银鱼以太湖出产者最著名。可怜:可惜。盈咽:犹言满口。

〔7〕琴高跨鲤:见本篇注〔1〕。升:飞升。药鼎:炼丹药的鼎炉。

〔8〕先天:与生俱来。金石:炼丹所用的金石药物。

〔9〕"后时"二句:是说琴高鱼未能飞升,所以徒能羡慕随仙人飞升的鸡犬了。云中鸡犬,传说汉代淮南王刘安修炼成仙,家中鸡犬舐食剩丹,也飞升入云中。王充《论衡·道虚篇》:"淮南王刘安坐反而死,天下并闻,当时并见,儒书尚有言其得道仙去,鸡犬升天者。"

〔10〕铛鼎:古代一种有足的锅。

〔11〕蒲蒋:蒲草和茭白。消形:遁迹。波练:即练波,白绢似的水波。


# 姜贞毅墓[1]

前代黄门冢土累,敬亭云净想须眉[2]。恫馀栾布悬头下,归后苏卿告庙时[3]。君父之间心有诺,沧桑而后尔何辞[4]?昨从念祖堂边过[5],故老流传尚有悲。

回首桥陵涕泪浑,艰难于此敛羁魂[6]。起家忠义田横岛,蒿目兴亡伍相门[7]。地下铁衣新鬼戍,生前抔土故君恩[8]。松楸几点斜阳入,绝似朝衫棒血痕[9]。

〔1〕乾隆三十七年（1772）作，时游宣城。姜贞毅墓：姜埰墓，在宣城北敬亭山。姜埰（1608—1673），字如农，自号敬亭山人、宣州老兵，山东莱阳人。崇祯四年（1631）进士，官至礼科给事中，以建言受廷杖，谪戍宣城卫。入清为孤节遗民，隐居吴门以终，卒葬宣城。有《敬亭集》十一卷。卓尔堪《明遗民诗》卷一："（姜埰）以劲柄臣忤旨，廷杖系诏狱，备受楚毒，九死弗移。谪戍宣城，中途遇改元赦。奉母居吴门，临殁语两子安节、实节曰：'死必埋敬亭，吾戍所也。戍者，吾君所命，吾未闻后命而君亡，吾犹罪人也，敢以异代背死君哉？'于是葬于宣城。著有《正气集》纪殉难诸君子，《敬亭集》志戍所。吴中士君子立祠虎丘祀之，私谥贞毅。"

〔2〕前代：指明代。黄门：官名，秦置，汉因之，因给事黄门，故名。此指姜埰，曾任礼科给事中。冢土：墓土。敬亭云净：李白《独坐敬亭山》："众鸟高飞尽，孤云独去闲。"《过崔八丈水亭》："檐飞宛溪水，窗落敬亭云。"须眉：男子。

〔3〕"劲馀"二句：上句用栾布典事，《史记·季布栾布列传》：栾布以军功封侯，后为燕相。彭越为平民时，与栾布游，后彭越为梁王，以谋反之罪，枭首悬示，诏曰："有敢收视者，辄捕之。"栾布哭之被逮，刘邦骂曰："若与彭越反邪？吾禁人勿收，若独祠而哭之，与越反明矣。趣亨之。"栾布力辩，获免。司马迁评云："栾布哭彭越，趣汤如归者，彼诚知所处，不自重其死。虽往古烈士，何以加哉！"下句用苏武典事，《汉书·李广苏建传》：苏武出使匈奴十九年始得归，须发尽白，汉昭帝诏令苏武带三牲祭拜汉武帝祠，征拜苏武为典属国。苏卿，指苏武，字子卿。告庙，祭告宗庙。

〔4〕君父：指崇祯帝。沧桑：指明朝亡灭。

〔5〕念祖堂：在苏州艺圃内。艺圃，明末曾为文震孟园林，名药圃。

崇祯亡国后,姜垓流寓苏州,寄居于此,改名颐圃。康熙十一年(1672),在园中架屋五楹,署曰念祖堂。黄宗羲作有《念祖堂记》。

〔6〕桥陵:黄帝陵,在陕西延安,唐睿宗李旦陵在陕西蒲城丰山,亦称桥陵,后世以桥陵泛指帝王陵墓,这里指明朝帝王陵墓。羁魂:羁旅之魂。李贺《伤心行》:"古壁生凝尘,羁魂梦中语。"

〔7〕"起家"二句:上句用田横及其宾客典事,《史记·田儋列传》:田横原为齐贵族,秦末自立齐王。汉朝建立,田横率部属五百人逃亡海岛,汉高祖召之,田横不欲臣服,途中自杀,其部属闻之,悉于岛上自杀。起家,兴立家业,此指起义自立。后句用伍子胥典事,见《观潮行》注〔12〕。蒿目,极目远望。伍相,伍子胥。伍相门,即胥门,相传伍子胥死后,吴王悬其头于胥门。

〔8〕铁衣:铁甲铠衣。戍:戍守。姜垓流戍宣城,故用"铁衣"、"戍"之词,见本篇注〔1〕。抔土,即一抔土,指坟墓。故君:指崇祯帝。

〔9〕松楸:见《雨花台》注〔5〕。朝衫:朝衣。棒血痕:姜垓明末以进谏受廷杖,几至于死。棒,明代廷杖用的刑具。

# 七月八日夜雨偶成〔1〕

今年洗车雨,应作洗尘看〔2〕。岂是分襟泪,犹怜隔岁欢〔3〕。星光添黯惨,汉影助迷漫〔4〕。不寐怀儿女,幽堂一夜寒〔5〕。

〔1〕本篇作于乾隆三十七年(1772),传达了浓浓的思亲之情与生活的悲哀,自然巧妙。

〔2〕洗车雨:古人称七夕前后的雨为洗车雨。杜牧《七夕》:"最恨明朝洗车雨,不教回脚渡天河。"洗尘:洗去尘土,指宴请远道而来的人。

〔3〕分襟:离别。王勃《春夜桑泉别王少府序》:"异县分襟,意切凄怆之路。"隔岁欢:传说牛郎织女一年一度相会,故云。

〔4〕黯惨:昏暗惨淡。汉影:银汉云影。

〔5〕怀儿女:儿女谓仲则长女及子乙生。乾隆三十二年,仲则娶赵氏,明年长女生。三十六年,子乙生生。幽堂:幽清的厅堂。

## 乌栖曲[1]

老乌守巢啼,日暮雏不归。羽翼各自有,知他何处飞!

〔1〕作于乾隆三十七年(1772),运用拟人手法,绘写老乌盼雏归巢的殷切心理,自寓思母之情和身世之感,这样的诗句与"此时有子不如无"一样,极具感染力,在历代《乌栖曲》中别具一格。

## 思旧篇[1]并序

戊子、己丑间,屡客武林,偕同人宴游,吴山酒楼,踪迹居多,酣嬉之乐,彼一时也。别来闻座中吴门蒋思謇夭,而劳濂叔亦卒于官,感而赋此[2]。

五年浪迹辞吴山,山中猿鹤笑我顽。追陪尽属嵇阮侣,别来霜雪凋朱颜[3]。别后飘零断书问,怪事惊传半疑信[4]。劳姐蒋夭须臾间,一作陈尸一行殡[5]。蒋生年纪二十馀,兀兀抱经常守株[6]。要离冢畔一抔土[7],谁信此才堪著书。劳年四十遇尤舛,水部一官名甫显[8]。残膏一烁焰旋收[9],始叹文人得天浅。兰蕙两两遭风吹[10],身后凄凉更可悲。一生伯道伤无嗣,四壁相如尚有妻[11]。青山剩稿半零落,土花剥蚀无人知[12]。嗟我犹惭只鸡奠,脉脉泪痕空被面[13]。虚星耿耿夜台长[14],魂魄何曾梦中见。反思置酒吴山头,淋漓醉墨挥满楼。我时抱病将远游,公等苦为狂奴忧[15]。谁知挥手数年事,而皆反真吾尚留[16]。我留茕只更行役,游地追思徒历历[17]。何日同张竹下琴,不堪更听邻家笛[18]。达观我昔思庄蒙,曾言死胜南面荣[19]。又闻栗里感柏下,为欢急急深杯倾[20]。昔人持论若矛盾,乃今始得观其平。以生哭死死可惜,无此一哭死亦得。后先相送本斯须,相看那得忘忧戚。顾影临风自叹吁,故人风叶共萧疏。若知鬼伯催人急,好觅生存旧酒垆[21]。

〔1〕舒位《乾嘉诗坛点将录》将黄仲则比作梁山英雄武松,赞云:"杀人者,打虎武松也。"所谓"杀人",盖指其诗伤人心魂。本篇作于乾隆三十七年(1772),伤悼亡友蒋思簪、劳宗茂,慨叹才命运多舛,感人至深,最后临风自悼,"鬼伯催人急"之句,尤为凄惨。

〔2〕戊子:乾隆三十三年(1768)。己丑:乾隆三十四年(1769)。武林:杭州。吴山:见《虞忠肃祠》注〔17〕。蒋思簪:苏州人,生平不详。劳濂叔:劳宗茂,字濂叔,一字思木,钱塘(今杭州)人。乾隆三十六年(1771)进士,官工部主事。黄仲则《南浦·寄仇一鸥》有"况酒徒座上,有人宿草,说着寒心"之句,自注云:"谓劳濂叔、蒋思簪。"

〔3〕嵇阮侣:嵇康、阮籍之辈,借指不拘礼法之士,此指蒋思謇、劳瀌叔等人。霜雪:比喻不幸的遭遇。凋朱颜:容颜凋谢,青春不再。白居易《和微之诗二十三首·和栉沐寄道友》:"因循掷白日,积渐凋朱颜。"

〔4〕书问:书信问候。怪事:指友人死讯。半疑信:半疑半信。

〔5〕殂:死亡。夭:早逝。一作陈尸:犹言作古。陈尸,指陈人,古人。行殡:即将殡葬。

〔6〕兀兀:勤劳辛苦貌。守株:用守株待兔典事,见《韩非子·五蠹》,这里是赞许蒋思謇抱素守拙,不肯随波逐流。

〔7〕"要离"二句:典出《后汉书·逸民传》:梁鸿隐居吴门,居皋伯通庑下,为人赁舂。梁鸿卒后,伯通等人葬其要离冢旁,众人皆曰:"要离烈士,而伯鸾清高,可令相近。"要离冢,即要离墓,在苏州阊门。一抔土,指坟墓。要离,吴人,《吴地记》:吴王阖闾请要离刺杀吴王僚之子庆忌,要离因亦自杀,阖闾葬之阊门南大城内。蒋思謇,苏州人,葬于乡里,故云"要离冢畔一抔土"。

〔8〕舛:乖舛,不顺利。水部:官名,古代以水部为工部司官的一般称呼,劳宗茂曾任工部主事。

〔9〕残膏:残馀的灯油。

〔10〕兰蕙:兰与蕙,两种香草名,多喻贤者。褚遂良《安德山池宴集》:"良朋比兰蕙,雕藻迈琼琚。"此喻蒋思謇、劳瀌叔。

〔11〕"一生"二句:上句用邓攸无子典事,《晋书·良吏传》:邓攸,字伯道。永嘉末年在石勒之乱中,邓攸携妻儿及侄子邓绥南逃,自度不能两全,遂弃子存侄,后卒绝嗣。时人义而哀之曰:"天道无知,使邓伯道无儿。"下句用司马相如家徒四壁典事,《汉书·司马相如传》:"(卓)文君夜亡奔相如,相如与驰归成都,家徒四壁立。"

〔12〕剩稿:遗稿。零落:散失流落。土花:金玉器物埋于泥土中,剥蚀留下痕迹。

〔13〕只鸡奠：即薄奠，用车过腹痛典事，曹操《祀故太尉桥玄文》："又承从容约誓之言：'殂逝之后，路有经由，不以斗酒只鸡过相沃酹，车过三步，腹痛勿怪。'虽临时戏笑之言，非至亲之笃好，胡肯为此辞乎？匪谓灵忿，能贻己疾，旧怀惟顾，念之凄怆。"被：同"披"。

〔14〕虚星：星宿名，北方玄武七宿之一，居中间。《尚书·尧典》："宵中，星虚，以殷仲秋。"汉孔氏传："虚，玄武之中星，亦言七星，皆以秋分日见，以正三秋。"耿耿：明亮貌。夜台：见《寒夜检邵叔宀师遗笔》注〔5〕。

〔15〕远游：朱建新《黄仲则诗》："按《年谱》，先生时作楚游。"今按：《楚辞》有《远游》篇。远游，隐言昔日楚游也。狂奴：狂士，诗人自指，典出《后汉书·逸民传》：司徒侯霸与严光素旧，遣使奉书，严光不答，投札与之。侯霸得书，封奏之，汉光武帝笑曰："狂奴故态也。"车驾幸其馆，严光高卧不起，光武帝曰："子陵，我竟不能下汝邪？"于是叹息而去。

〔16〕挥手：道别。反真：人死归于自然。

〔17〕茕只：茕茕孑立。行役：见《登千佛岩遇雨》注〔10〕。历历：清楚，分明。

〔18〕竹下琴：兼用竹林七贤与《广陵散》典事。嵇康、阮籍、山涛、向秀、阮咸、王戎、刘伶七人相友善，同游竹林之中，嵇康善弹琴，常弹琴而聚。嵇康遇害，临刑前奏《广陵散》，《晋书·嵇康传》：嵇康将刑东市，索琴弹之，曰："昔袁孝尼尝从吾学《广陵散》，吾每靳固之，《广陵散》于今绝矣！"邻家笛：即山阳笛，《晋书·向秀传》：嵇康遇害后，向秀经山阳旧庐，闻邻人笛声，追思友人，感作《思旧赋》，后人以山阳笛指悼念旧友。

〔19〕庄蒙：庄子。南面容：南面王乐，典出《庄子·至乐》：庄子夜梦髑髅曰："死，无君于上，无臣于下，亦无四时之事，从然以天地为春秋，

虽南面王乐,不能过也。"庄子曰:"吾使司命复生子形,为子骨肉肌肤,反子父母、妻子、闾里、知识,子欲之乎?"髑髅不乐曰:"吾安能弃南面王乐,而复为人间之劳乎?"

〔20〕"栗里"二句:典出陶渊明《诸人共游周家墓柏下》:"感彼柏下人,安得不为欢。"栗里,在江西九江西南,陶渊明曾隐居于此。柏下,即柏下人,指墓中人,因墓地多植柏,故称。

〔21〕鬼伯:阎王。旧酒垆:用黄公酒垆典事,《世说新语·伤逝》:王戎在嵇康、阮籍卒后,经黄公酒垆下,顾谓后车客曰:"吾昔与嵇叔夜、阮嗣宗共酣饮于此垆,竹林之游,亦预其末。自嵇生夭、阮公亡以来,便为时所羁绁。今日视此虽近,邈若山河。"后世以黄公酒垆指朋友聚饮之所,抒发物是人非的感叹。卢照邻《哭明堂裴主簿》:"黄公酒垆处,青眼竹林前。"

# 杂感四首[1](选二)

## 其一

抑情无计总飞扬,忽忽行迷坐若忘[2]。遁拟凿坏因骨傲,吟还带索为愁长[3]。听猿讵止三声泪,绕指真成百炼钢[4]。自傲一呕休示客,恐将冰炭置人肠[5]。

〔1〕这两首诗作于乾隆三十七年(1772),身世之悲,写情极苦。诗人不肯作寻常语,引用故实,皆领异标新,直欲于前贤之外另辟一奇。清

人严学淦《读黄仲则两当轩诗》叹云:"毕命诗穷念不改,磊落文章奇气在。"

〔2〕抑情:克制性情。坐若忘:即坐忘,典出《庄子·齐物论》:"南郭子綦隐机而坐,仰天而嘘,嗒焉似丧其耦。颜成子游立侍乎前,曰:'何居乎?形固可使如槁木,而心固可使如死灰乎?今之隐机者,非昔之隐机者也。'子綦曰:'偃,不亦善乎,而问之也!今者吾丧我,汝知之乎?'"

〔3〕凿坏:凿墙而遁,指遁隐。坏,屋后之墙。典出《淮南子·齐俗训》:"颜阖,鲁君欲相之而不肯,使人以币先焉,凿培而遁之。"扬雄《解嘲》:"或自盛以橐,或凿坏以遁。"带索:以绳索为带,形容贫士的人生,典出《列子·天瑞》:"孔子游于太山,见荣启期行乎郕之野,鹿裘带索,鼓琴而歌。"陶渊明《饮酒二十首》其二:"九十行带索,饥寒况当年。"

〔4〕"听猿"二句:上句写飘泊的悲哀,化用《巴东古歌》:"巴东三峡巫峡长,猿啼三声泪沾裳。"下句写失意的苦痛,典出刘琨《重赠卢谌》:"何意百炼钢,化为绕指柔。"参见朱建新《黄仲则诗》。

〔5〕呕:通"讴",吟唱。"恐将"句:化用韩愈《听颖师弹琴》:"颖乎尔诚能,无以冰炭置我肠。"

## 其二

岁岁吹箫江上城,西园桃梗托浮生〔1〕。马因识路真疲路,蝉到吞声尚有声〔2〕。长铗依人游未已,短衣射虎气难平〔3〕。剧怜对酒听歌夜,绝似中年以后情〔4〕。

〔1〕吹箫:用吹箫乞食典事,见《金陵别邵大仲游》注〔4〕。桃梗:用桃梗刻成的木偶,典出《战国策·齐策三》:桃梗谓土偶曰:"子,西岸之

土也,挺子以为人,至岁八月,降雨下,淄水至,则汝残矣。"土偶曰:"不然,吾西岸之土也,吾残,则复西岸耳。今子,东国之桃梗也,刻削子以为人,降雨下,淄水至,流子而去,则子漂漂者将何如耳!"浮生:短暂虚幻的人生。

〔2〕马因识路:即老马识途,见《立秋后二日》注〔4〕。吞声:见《检邵叔宀先生遗札》注〔2〕。

〔3〕长铗依人:典出《战国策·齐策四》:冯谖为孟尝君门客,不为所重,三次倚柱弹铗而歌"长铗归来乎"。长铗,长剑。短衣射虎:汉飞将军李广失职家居,射猎南山。杜甫《曲江三章,章五句》其三:"短衣匹马随李广,看射猛虎终残年。"

〔4〕剧怜:极其哀怜。中年以后情:典出《世说新语·言语》:谢安对王羲之说:"中年伤于哀乐,与亲友别,辄作数日恶。"王羲之说:"年在桑榆,自然至此。正赖丝竹陶写,恒恐儿辈觉,损欣乐之趣。"后世以东山丝竹指中年后以声韵之事自我消遣。参见朱建新《黄仲则诗》。

## 睡 醒〔1〕

不知明月生,照窗如白晓〔2〕。霜冷夜衾单,秋池梦空草〔3〕。

〔1〕这首小诗明白如话,情韵隽永,作于乾隆三十七年(1772)。
〔2〕白晓:天刚亮的时候。
〔3〕空草:荒草。李贺《感讽五首》其三:"南山何其悲,鬼雨洒空草。"

# 重泊舟青山下[1]

名山不我拒[2],一再逢诸途。中隔千里道,相见仍如初。伊昔登绝巘,欲揽江天图[3]。丰堂冠山筑,支羽群灵趋[4]。下盼吴楚交,云脚垂模糊[5]。危楼一信宿,往境不可摹[6]。昨来五两轻[7],吹送兹山隅。停桨岸莎积[8],系缆崖石枯。有径不能上,伫望延须臾[9]。风日既暄美,云木交清疏[10]。文人六朝后,彩笔流其腴[11]。江山阔远间,古意相与俱。涉境异今昔,会理亦迥殊[12]。焉得携谢守,永卜山中居[13]。

〔1〕乾隆三十七年(1772)三月,仲则与朱筠等人游青山。本篇同年作。前一次游青山,诗人感受其诡奇变化,所赋《大雨宿青山僧寺》具有险奇之妙,此次泊舟青山下,远观伫望,感受的是它的清美。两诗即景成趣,相较而言,前诗属于壮美,后诗属于优美。

〔2〕不我拒:不拒我。

〔3〕"伊昔"二句:指乾隆三十七年(1772)三月与朱筠等人游青山。伊昔,从前。绝巘(yǎn 演),绝顶。巘,险峻的山峰或山崖。

〔4〕丰堂:高大的厅堂。《洛阳伽蓝记》卷二《城东》:"并丰堂崛起,高门洞开。"冠山:比喻大。《艺文类聚》卷九十七引《符子》:"东海有鳌焉,冠蓬莱而游于沧海。……群蚁曰:'彼之冠山,何异乎我之戴粒也?'"群灵:众神。

〔5〕下盼:下望。吴楚交:犹言楚头吴尾,青山在吴楚交界之处。吴

楚,吴地和荆楚。云脚:低垂的云。白居易《钱塘湖春行》:"孤山寺北贾亭西,水面初平云脚低。"

〔6〕危楼:高楼。信宿:连宿两夜,指乾隆三十七年(1772)游青山夜宿谢公宅之事。搴:追攀。

〔7〕五两:古时以鸡毛五两或八两系于高竿上,借以观测风向、风力。郭璞《江赋》:"觇五两之动静。"李善注:"兵书曰:凡候风法,以鸡羽重八两,建五丈旗,取羽系其巅,立军营中。"

〔8〕莎(suō梭):莎草,多生于湿地或河边沙地,茎直立,叶细长,夏季开穗状小花,赤褐色。

〔9〕伫望:久立远望。

〔10〕暄美:天气暖和,景色明丽。清疏:清朗。

〔11〕六朝:见《金陵待稚存不至,适容甫招饮》注〔7〕。彩笔:五彩之笔,喻指文学才华,典出《南史·江淹传》:江淹梦中得五彩之笔,自此文思如涌,后尝宿于冶亭,梦一人自称郭璞,谓江淹曰:"吾有笔在卿处多年,可以见还。"江淹取五色笔还之,此后之诗绝无美句,时人称江郎才尽。腴:美辞。

〔12〕涉境:即涉趣,寻赏风景。会理:体会道理。孟浩然《陪姚使君题惠上人房》:"会理知无我,观空厌有形。"迥殊:截然不同。

〔13〕谢守:谢朓,见《当涂旅夜遣怀》注〔4〕。卜:卜居,择地居住。

# 安庆客舍[1]

月斜东壁影虚奁,枕簟清秋梦正酣[2]。一样梦醒听络纬[3],今宵江北昨江南。

〔1〕乾隆三十七年(1772)作于安庆。前两句写清秋之梦,后两句写梦醒听络纬夜鸣,想起昨夜尚在江南,今夜却在江北,借地点的变化,巧妙地来写游子的心绪,具有清新之致,风韵不减唐人。

〔2〕虚龛:供奉神佛的石室或小阁子,泛指墙上小室。枕簟:簟草编的枕席。

〔3〕络纬:又名莎鸡,俗称纺织娘。李贺《秋来》:"桐风惊心壮士苦,衰灯络纬啼寒素。"

## 余忠宣祠[1]

至正国步何仓皇,将军许国躯堂堂[2]。生为孝宽易易耳,一死直是张睢阳[3]。妖星十丈横轸翼,两淮东西已归贼[4]。龙舒重镇实弹丸,贼畏将军至倾国[5]。裹疮前后数十战,渐见全城气皆墨[6]。蜂屯蚁聚当平明,巷战杀贼挥短兵[7]。贼酋大呼宜得生,生当官汝付汝城[8]。将军戟手指贼语[9],死为厉鬼当杀汝。青萍三尺水一泓[10],去此一步无死所。将军已死殉合门,纷纷部曲呼其群[11],曰余将军死死君[12],我辈何忍辜将军,从而死者千馀人。此千人者驱可战,宁死相从不生叛。生得死力死得心,将军才大空古今。用之乃副宣慰使,国是披猖可知矣[13]。斗大城犹守六年,百战身经中三矢[14]。真人濠濮提剑来,扫清六合浮云开[15]。崇祠遣祭议隆谥,碧血静掩蓬蒿堆[16]。灵风何事尚含怒?应为阶前老臣素[17]。呜呼元亡尚有人,尽如将军元可存,呜呼安得如将军!

〔1〕余忠宣祠:在安庆。余忠宣,指余阙(1303—1358),字廷心,唐兀氏,世家河西武威,父官庐州,遂为庐州人,至顺四年(1333)进士。至正十三年(1353),江淮兵起,任淮西宣慰副使,分兵守安庆,擢江淮行省参政。至正十七年(1537),陈友谅合兵来攻安庆。明年正月城陷,余阙死,谥忠宣。时论推其忠节可与唐人张巡、许远并称。余阙留心经术,兼长诗文,著有《青阳集》九卷。乾隆三十七年(1772),仲则游安庆,写下此诗。诗人博通诸史,对宋末、元末、明末史事尤感兴趣,写下不少咏史怀古之作。本篇铺叙余阙坚守安庆,城陷身死的事迹,赞歌余阙爱国的情操,反思元朝灭亡的历史,一唱三叹,而有馀哀。诗句引用确切,裁对精工,不专作议论,如薛雪《一瓢诗话》所云"咏史以不著议论为工"。潘瑛《国朝诗萃初集》卷七评云:"转折顿挫,笔力万钧,生气拂拂,从十指出。"吴嵩梁《读黄仲则诗书后》评云:"余忠宣墓独凭吊,诗成掷笔何雄哉!一句一转一意换,五花八门生面开。我读此诗首至地,谓君飞将谁能摧。"

〔2〕至正:元惠宗妥欢帖睦尔年号。国步:国运。《诗经·大雅·桑柔》:"于乎有哀,国步斯频。"仓皇:匆忙慌张,这里形容国家形势危急。许国:以身报效国家。堂堂:形容庄严壮伟。

〔3〕孝宽:仁孝宽厚。易易:容易简单。张睢阳:张巡,安史之乱中,坚守睢阳,城陷不屈而死。文天祥《正气歌》:"为张睢阳齿,为颜常山舌。"高启《谒双庙》:"临危肯捐躯,如公未多数。"

〔4〕妖星:古人所说的预兆灾祸之星,如彗星等。《初学记》卷一:"《汉书音义》云:'瑞星曰景星,亦曰德星。妖星曰孛星、彗星、长星,亦曰搀枪。'"郎瑛《七修类稿》卷四:"瑞星曰景星,妖星曰彗星,流星曰飞星,有吉有凶者也。"此喻指陈友谅,本渔家子,徐寿辉起兵,陈友谅往从

167

之,后自称平章政事,至正十八年(1358),率兵攻陷安庆。十丈:形容气焰嚣张。轸(zhěn枕)翼:轸宿和翼宿。陆龟蒙《读襄阳耆旧传,因作五百言寄皮袭美》:"高当轸翼分,化作英髦囿。"两淮:见《虞忠肃祠》注〔3〕。

〔5〕龙舒:在今安徽安庆,汉置龙舒县。弹丸:弹丸之地,比喻地方狭小。倾国:倾尽全力。

〔6〕气皆墨:黑气笼罩,古人以黑气为将有大变故的预兆。

〔7〕蜂屯蚁聚:形容成群的人聚集在一处。平明:天刚亮的时候。挥短兵:短兵相接。短兵,指刀剑等短武器。

〔8〕贼酋:贼首。得生:生擒。官:赏赐官职。

〔9〕戟手:手臂微屈,以食指和中指指斥人,因手形像戟,故称。

〔10〕青萍三尺:指剑。青萍,古宝剑名。

〔11〕合门:全家。部曲:部属,部下。张元幹《叶少蕴生朝》:"小试擒纵孰敢撄,部曲爱戴如父兄。"

〔12〕死君:为君主而死,指报国尽忠而死。

〔13〕"用之"二句:上句赞歌余阙,下句感叹元末国运,是说连余阙这样的人都死了,国家的衰颓由此可知。用之,以此。副,称得上。宣慰使,官名,元置宣慰使司管理军民事务,分道掌管郡县,长官称作宣慰使,这是指余阙,曾任淮西宣慰副使。国是,国家大计。披猖,溃败。

〔14〕斗大:形容城小。矢:箭。

〔15〕"真人"二句:意近高启《答余新郑》:"吾皇亲手拥高箒,洒扫六合氛尘清。"真人,朱元璋。濠濮,今安徽凤阳一带,朱元璋是凤阳人。提剑,指起兵,典出《史记·高祖本纪》:"吾以布衣提三尺剑取天下,此非天命乎?"六合,天下。浮云开,拨开浮云,重见天日。

〔16〕崇祠:祠堂,用作敬称。遣祭:遣使祭奠。明初,朱元璋敕礼部建祠安庆,祀余阙。碧血:为正义或忠孝而流的血,典出《庄子·外物》:

"苌弘死于蜀,藏其血,三年而化为碧。"

〔17〕灵风:阴惨之风。老臣素:指危素,字太朴,金溪人。元末累迁翰林学士承旨。降明,授侍讲学士,迁侍读学士。谈迁《国榷》载朱元璋御东阁侧室,危素行帘外,履声橐橐,问何人,对曰:"老臣素。"朱元璋曰:"朕谓文天祥也,乃尔乎?"于是王著等希旨劾其亡国之臣,不宜用。诏往和州守余阙庙。明清人多鄙危素,有失公允,仲则亦然。

# 皖城[1]

古驿同安白浪边,东南形势海关连[2]。风云旧护龙潜地,壁垒全增马渡年[3]。斜日堠兵多被酒,清时洲渚半成田[4]。回头城郭晴如画,十里牵江是爨烟[5]。

〔1〕皖城:在今安徽安庆,位于长江中游,是历来兵家必争之地。本篇与《余忠宣祠》同时所作,《余忠宣祠》赞歌余阙的忠贞捐躯,此诗则庆幸战烟早已消退。诗虽是写景,咏史之意不言而喻,如清人朱绶《题黄县丞两当轩诗集》所云:"三千年史入胸鬲,触拨古今聊一演。"

〔2〕同安:同安驿,在安庆府城康济门外大江之浒,毁于宸濠之兵,后改创于正观门外西南。白浪边:江边。形势:地势。

〔3〕"风云"句:仲则初稿自注:"宋宁宗潜邸。"龙潜地:龙潜,喻帝王尚未即位。语本《周易·乾卦》:"潜龙勿用,阳气潜藏。"壁垒:古时军营的围墙,泛指防御工事。马渡年:兵荒马乱之年。这里指宋室南渡之际。

〔4〕堠:亭堠。被酒:酒醉。洲渚:水中小块陆地。

〔5〕牵江:黄志述《两当轩集考异》:"牵江,'牵',赵、许作'平',非。杜子美诗:'百丈牵江色。'"爨(cuàn窜)烟:炊烟。李商隐《行次西郊作一百韵》:"山东望河北,爨烟犹相联。"

## 归燕曲[1]

玉露零阶叶飘井,巢燕差池去无影[2]。别路三千紫塞长,秋风一夜乌衣冷[3]。可怜欲别更徘徊,暮气繁华眼倦开[4]。易主楼台常似梦,依人心事总如灰[5]。珠帘十二斜阳下,凄凉几阅流红卸[6]。昔日抛花散绮筵,此时掠草辞歌榭[7]。海国回头雾百重,可应魂恋旧房栊[8]。玉京臂冷红丝断,神女钗归锦合空[9]。亦有江南未归客,年年社日曾相识[10]。故家子弟半飘零[11],芦花满地头俱白。朱雀航边伴侣稀,郁金堂上故巢非[12]。抛残一样新团扇,辛苦三春旧舞衣[13]。感恩几辈同关盼[14],忍待明年更相见。一任泥抛落月梁[15],那堪门掩无人院。伯劳东去雁南来[16],百遍相呼誓不回。天空自有低飞处,不是同心莫浪猜[17]。

〔1〕本篇作于乾隆三十七年(1772),出以比兴,婉而多讽,气骨自奇。归燕,实是诗人自况。诗中用典虽多,但无堆砌之嫌,而且善于用字,极其允洽。王昶《湖海诗传》卷三十四录此。

〔2〕零阶:滴湿台阶。差(cī疵)池:参差不齐貌。《诗经·邶风·燕燕》:"燕燕于飞,差池其羽。"李峤《燕》:"差池沐时雨,颉颃舞春风。"

〔3〕紫塞:北方边塞。朱建新《黄仲则诗》:"《古今注》:秦筑长城,土色皆紫。汉塞亦然。一曰雁门草皆紫色,故名紫塞。"乌衣:谓燕,燕背羽黑,故云。此指乌衣巷,东晋王氏子弟多居乌衣巷。刘禹锡《乌衣巷》:"朱雀桥边野草花,乌衣巷口夕阳斜。旧时王谢堂前燕,飞入寻常百姓家。"

〔4〕暮气繁华:形容繁华殆尽。暮气,黄昏时的烟霭,喻指衰颓之气。

〔5〕"易主"二句:用典,《云溪友议》:唐元和十三年,士人下第多为诗刺主司,独章孝标作《归燕诗》以上侍郎庾承宣,诗云:"旧垒危巢泥已落,今年故向社前归。连云大厦无栖处,更望谁家门户飞。"

〔6〕珠帘:珍珠缀成的帘子,泛指帘幕。十二:古人多以十二形容数量多,如十二阑干等。流红:漂流在水中的落花。

〔7〕绮筵:华丽丰盛的筵席。歌榭:歌楼舞榭。

〔8〕"海国"二句:佚名《鱼游春水·秦楼东风里》:"秦楼东风里,燕子还来寻旧垒。"周邦彦《瑞龙吟·春景》:"愔愔坊陌人家,定巢燕子,归来旧处。"房栊(lóng 龙):泛指房屋。栊,窗户或窗棂。

〔9〕"玉京"二句:上句用南朝姚玉京典事。《事文类聚后集》卷四十五"燕女坟"条:姚玉京本娼家女,嫁襄州小吏卫敬瑜,丈夫溺水而死。玉京守志养公婆,尝有双燕筑巢梁间,一为猛鸟所获,另一孤飞悲鸣。秋天,燕落于玉京臂上,如欲告别。玉京以红缕系足,曰:"新春复来,为吾侣也。"明年果至,因赠诗云:"昔时无偶去,今年还独归。故人恩义重,不忍更双飞。"自是秋归春来,凡六七年。玉京病卒,明年燕来,哀鸣不已,至玉京坟,亦死。下句用玉燕钗典事,《洞冥记》卷二:汉武帝以神女所留玉钗赐赵婕妤。汉昭帝元凤中,宫人犹见此钗,"黄谏欲之,明日示之,既发匣,有白燕飞升天"。后宫人学作此钗,因名玉燕钗。

〔10〕社日:古代春秋两次祭社神的日子,一说春分后戊日为春社,

秋分后戊日为秋社,一说在立春、立秋后的第五个戊日。燕子是候鸟,春社时来,秋社时去,故又称社燕。晏殊《破阵子》词云:"燕子来时新社,梨花落后清明。"

〔11〕故家子弟:世家大族子弟。芦花:芦絮。

〔12〕朱雀航:又称"朱雀桁",南京朱雀门外连船而成的浮桥,横跨秦淮河。三国吴时称南津桥,晋时改名朱雀桁。温庭筠《江南曲》:"妾住金陵步,门前朱雀航。"郁金堂:《玉台新咏》卷九《歌辞二首》其二有"卢家兰室桂为梁,中有郁金苏合香"之句,描绘卢家妇莫愁的居室,后因以郁金堂称女子的雅室。沈佺期《古意》:"卢家少妇郁金堂,海燕双栖玳瑁梁。"

〔13〕"抛残"二句:上句用典,班婕妤被谗失宠,《乐府诗集》录其《怨歌行》,有云:"裁为合欢扇,团圆似明月","弃捐箧笥中,恩情中道绝。"抛残,即抛弃,秋凉后扇子就放置不用了,喻指女子遭到遗弃。下句化用唐人《长信宫》:"君恩已尽欲何归,犹有残香在舞衣。自恨身轻不如燕,春来长绕御帘飞。"三春,农历正月为孟春,二月为仲春,三月为季春,合称三春。舞衣,比喻燕子的羽毛。

〔14〕关盼:关盼盼,唐代徐州名妓。《唐诗纪事·张建封妓》:唐贞元中,张建封纳关盼盼为妾。建封死后,盼盼独居燕子小楼十馀年。白居易作《燕子楼》三首并序,盼盼见诗,怏怏不食而卒。

〔15〕"一任"句:化用薛道衡《昔昔盐》:"暗牖悬蛛网,空梁落燕泥。"

〔16〕伯劳东去:语出《乐府诗集》卷六十八《东飞伯劳歌》:"东飞伯劳西飞燕,黄姑织女时相见。"后人以伯劳、燕子分飞,喻指夫妻或情人别离。雁南来:即雁南燕北,比喻各自一方,不能相见。

〔17〕"天空"二句:反用《史记·陈涉世家》:"嗟乎,燕雀安知鸿鹄之志哉!"意思是甘作燕雀低处飞,只有同心人才能理解,至于有志高飞

者就不必再费力猜解了。浪猜,胡乱猜测。以上四句,隐用李商隐《安定城楼》:"永忆江湖归白发,欲回天地入扁舟。不知腐鼠成滋味,猜意鹓雏竟未休。"

## 主客行[1]

杯来何迟,杯来何迟! 主人见之,主人笑相告:匪杯之迟[2],而饮之速。客起语主人:主人切勿生怒嗔[3]。人生处世上,奄忽如浮尘[4]。东家郎,西家女,晨考钟,夕伐鼓[5]。吾楚歌,若楚舞[6]。人如龙,骑如虎[7]。朝红颜,暮黄土[8]。朝红尘,暮白雨[9]。人生至此,云胡不伤[10]?今夕何夕[11],登君之堂。登君之堂饮君酒[12],愿君子孙,累累印,若若绶[13]! 客行千觞主人寿。

[1] 本篇作于乾隆三十七年(1772),以主客问答的形式,抒写韶华易逝的感慨,大有清狂之气。诗句极酣畅处,正是从平熟中来,此亦是仲则的擅长。

[2] 杯来:辛弃疾《沁园春·杯汝来前》:"杯汝来前,老子今朝,点检形骸。……杯再拜,道麾之即去,招亦须来。"匪:假借为"非",表示否定。

[3] 怒嗔:恼怒。

[4] 奄忽:匆匆。浮尘:喻指人生短暂。

[5] "晨考钟"二句:写快乐豪华的生活。考钟,击钟。伐鼓,敲鼓。钟、鼓,古代的礼乐器,借指富贵人家的音乐。《诗经·唐风·山有枢》:

"子有钟鼓,弗鼓弗考。"侯方域《陈将军二鹤记》:"是日也,考钟伐鼓,陈清商之乐,大谯其客于堂上,享其士于堂下。"

〔6〕"吾楚"二句:典出《史记·留侯世家》:"戚夫人泣,上曰:'为我楚舞,我为若楚歌。'"李昂《赋戚夫人楚舞歌》:"君楚歌兮妾楚舞,脉脉相看两心苦。曲未终兮袂更扬,君流涕兮妾断肠。"

〔7〕人如龙:即人龙,人中豪杰。骑:坐骑。

〔8〕红颜:青春焕发的容貌。黄土:指死后化为黄土。

〔9〕红尘:飞扬的车尘,喻指繁华富贵。白雨:暴雨,喻指凄凉衰败的景况。杜甫《寄柏学士林居》:"青山万里静散地,白雨一洗空垂萝。"

〔10〕云胡:为什么。

〔11〕今夕何夕:杜甫《今夕行》:"今夕何夕岁云徂,更长烛明不可孤。"此用其词。

〔12〕"登君"句:范德机《登君堂,酌君酒,为张氏顺堂赋》:"登君堂,酌君酒,愿君有亲千岁寿。"

〔13〕"累累"二句:典出《汉书·石显传》:"民歌之曰:'牢邪石邪,五鹿客邪!印何累累,绶若若邪!'言其兼官据势也。"累累,重积貌。印,官印。若若,长貌。绶,绶带。印绶,借指官爵。累累若若,形容得位者众多,权势大。

## 宿练潭用王文成韵[1] 地因文成过此,
有"澄潭净如练"之句得名。

落日衔孤峰,馀彩散遐甸[2]。袅袅川上霞,潆洄映潭练[3]。
环溪有十室[4],初灯影成片。明沙积夜光,菰米足秋荐[5]。
我来坐空馆,流玩乐幽偏[6]。呼灯照尘壁,怀曩倏惊羡[7]。

当年荒僻区,曾识巨人面〔8〕。爱此澄潭佳,清咏百锤炼〔9〕。大名宇宙垂,馀力吟弄擅〔10〕。落落鸿雪踪,搜剔待来彦〔11〕。勋业夫何常,成者天下见。辗转深宵中,泪下零如霰〔12〕。

〔1〕练潭:在桐城县南六十里。据康熙《桐城县志》卷一,练潭河西受怀、潜二水,南达枞阳入江。明代知县陈勉建练潭馆。王文成:王守仁,字伯安,号阳明,馀姚人,谥文成。创阳明心学一派,又以事功著称,诗歌乃其馀事。乾隆三十七年(1772),仲则过练潭,咏王守仁"澄潭净如练"之句,赋诗景怀先贤,"念天地之悠悠,独怆然而涕下"。王守仁诗句,未见于《王文成公全书》,嘉靖《安庆府志》录之,题作《练潭馆》,共二首。第二首前二句作:"春山出孤月,寒潭净于练。"

〔2〕馀彩:即馀霞,谢朓《晚登三山还望京邑》:"馀霞散成绮,澄江静如练。"此用其意。遐甸:远郊。

〔3〕袅袅:缭绕貌。潆洄:回旋貌。潭练:潭波如练。

〔4〕十室:十户,指许多人家。李颀《不调归东川别业》:"十室对河岸,渔樵只在兹。"

〔5〕菰(gū 孤)米:菰实,菰生水中,秋天结实,可食。杜甫《秋兴八首》其七:"波漂菰米沉云黑,露冷莲房坠粉红。"秋荐:秋天荐食。

〔6〕空馆:空寂的客舍。流玩:流连玩赏。皮日休《追和虎丘寺清远道士诗》:"兹岑信灵异,吾怀惬流玩。"幽偏:幽僻之处。

〔7〕怀曩(nǎng 攮):怀念往昔。曩,以往;从前。惊羡:惊叹羡慕。

〔8〕巨人:指王阳明。

〔9〕清咏:清雅的吟咏,指王阳明"澄潭净如练"之诗。百锤炼:精心锤炼文字。皮日休《刘枣强碑》:"百锻为字,千炼成句。"王守仁《练潭

馆》二首其一:"不须盘错三年试,自信炉锤百练深。"

〔10〕大名宇宙垂:名垂世间。馀力:以文字为馀事,王阳明以事功和良知之学著称,诗歌乃其馀事。吟弄:吟咏。擅:擅长。

〔11〕落落:潇洒貌。鸿雪踪:雪泥鸿迹,见《和仇丽亭(五首选二)》"其二"注〔3〕。搜剔:搜寻。

〔12〕"泪下"句:孙逖《丹阳行》:"暮来山水登临遍,览古愁吟泪如霰。"王守仁《练潭馆》二首其二有"远客正怀归,感之涕欲溅"之句。

## 早发〔1〕

十里背高城,犹闻击柝声〔2〕。马嘶回鸟梦,人语先鸡鸣〔3〕。树拥千堆黑,沙浮一道明。殷勤望残月,愁绝此宵征〔4〕。

〔1〕作于乾隆三十七年(1772),时随安徽学使朱筠试士徽州、六安等地。

〔2〕背高城:离开城郭。背,离开。击柝(tuò 唾):敲着梆子巡夜打更。柝,巡夜打更用的梆子。

〔3〕以上四句写出行之早。鸟梦,刘得仁《宿僧院》:"树摇幽鸟梦,萤入定僧衣。"

〔4〕殷勤:频繁。宵征:夜行。《诗经·召南·小星》:"肃肃宵征,夙夜在公。"李白《自金陵溯流过白璧山玩月达天门,寄句容王主簿》:"幽人停宵征,贾客忘早发。"

# 即目〔1〕

遥程无计可停轩〔2〕,暮景苍苍野色繁。破庙半将茅补屋,秋坟多插纸为幡〔3〕。似曾见影人投碛,略不闻声鸟下原。今夕定知何处宿？暝天漠漠对忘言。

〔1〕本篇与《早发》同时所作。《早发》围绕"早发"二字写苦情,此诗集笔专咏"暮行",记叙旅途的凄苦,二诗相映成趣,多清瘦苦语。本篇写景尤其怪特、苍凉,诗中还写到民生凋残之象,触目惊心,令人不禁对乾隆"盛世"别生感慨。《抱翠楼诗话》盛推"破庙"二句。

〔2〕停轩:即停车,投宿休息。

〔3〕幡(fān 翻):纸幡,古人以纸为旗幡,以招魂魄,称之招魂幡。高启《征妇怨》:"纸幡剪得招魂去,只向当时送行处。"

# 即事〔1〕

野店黄茅宿雨收〔2〕,夕阳帽影两悠悠。瓦盆酒熟香初透,土壁虫寒语渐休。小草于人有同命,远山对我各惊秋〔3〕。奋飞常恨身无翼,何事林乌亦白头〔4〕。

〔1〕本篇清切有味,与《早发》、《即目》大抵同时所作。仲则《送冯鱼山庶常归钦州》:"西江诗派一口吸,却疑涪翁之后身。我无笔力愧衰

叶,得君并世气乃伸。"仲则系出黄庭坚,以"涪翁之后身"自任,本篇即是瘦硬奇崛,与黄庭坚诗风相近。此外,不避口熟,题作《即事》,与《即目》一样,既有调侃,又有写实。这样的诗,《两当轩集》中不在少数,自有其存在的价值,不当以滑稽口熟而废之。

〔2〕野店:乡村旅舍。黄茅:茅草。宿雨:夜雨。

〔3〕"小草"句:典出《世说新语·排调》:谢安隐于东山,后应征出山依大司马桓温,有人送桓温药草,其中有名"远志"者,桓温取以问谢安:"此药又名小草,何一物而有二称?"时郝隆在座,答曰:"此甚易解,处则为远志,出则为小草。"谢安闻之深有愧色。参见朱建新《黄仲则诗》。赵孟頫《罪出》:"在山为远志,出山为小草。""远山"句:《赵飞燕外传》:"女弟合德入宫,为薄眉,号远山黛。"《西京杂记》卷二:"文君姣好,眉色如望远山。"黄庭坚《以梅馈晁深道,戏赠二首》其一:"相如病渴应须此,莫与文君蹙远山。"

〔4〕"奋飞"二句:是说想插翅而飞,不再受旅途之苦,忽然看到白首的林乌,心里不免凄凉了,林乌何尝不是辛苦而"白头"?

# 空馆[1]

寂寞谁家院,凭来客梦家[2]。吟声振高阁,落得瓦松花[3]。

〔1〕乾隆三十七年(1772)作。小诗咏空馆,前两句感慨不知何人家院,却由客人来此梦家,后两句再以高吟震落檐花作巧妙的衬托,含蓄隽永,寄意亦深。

〔2〕凭来:任由。客:诗人自指。

〔3〕瓦松花:生在屋瓦上或岩罅中,叶厚,细长而尖,望之如松,故

名,又称昨叶荷草。

## 春风怨[1]

《云翘》舞彻椒花筵,东风昨夜来无边[2]。吹成大地可怜色[3],都道看春宜少年。此时多少繁华地,此时无限临春思。绛绡弟子平阳家,绿帻厨人馆陶第[4]。桂馆铜铺四望通,浓装冶服出当风[5]。题来芍药千花妒,顾罢胭脂一部空[6]。沉沉万户歌钟动,春风未醒红颜梦[7]。照镜都夸城北徐,窥臣总道墙东宋[8]。亦有空闺黯自伤,登楼终日尚凝妆[9]。图中粉腻千行泪,锦上文回一寸肠[10]。关山荡子空回首,辛苦边头亦何有[11]?岁岁常悲死别离,年年不见春杨柳。江南思客更伤神,望远愁遮日暮尘。啼莺枉自思公子,香草何曾见美人[12]。莺飞草长谁为主[13]?渺渺春江作歌苦。一夜飘残吴苑花,五更卷散巫峰雨[14]。可怜东风作意吹[15],可怜春去不胜悲。人间无数闲哀乐,若问春风总得知。

〔1〕本篇作于乾隆三十七年(1772),才情宕逸,情韵摇曳。清人延君寿《老生常谈》称仲则歌行佳者可得五六十篇,"本朝此体,几无二手"。

〔2〕《云翘》:乐舞名。《后汉书·祭祀志》:"歌朱明,八佾舞《云翘》、《育命》之舞。"椒花筵:旧俗新年饮椒花酒,称合家欢聚的酒筵为椒

花筵。《荆楚岁时记》:"俗有岁首用椒酒,椒花芬香,故采花以贡樽。正月饮酒,先小者,以小者得岁,先酒贺之。老者失岁,故后与酒。"

〔3〕可怜色:可爱的景色。王维《晚春闺思》:"新妆可怜色,落日卷罗帷。"

〔4〕绛绡:红色的绢绡。绡,生丝织成的薄纱细绢。郭璞《游仙诗》:"振发晞翠霞,解褐被绛绡。"平阳家:汉时曹寿封平阳侯,娶汉武帝姊阳信长公主,汉武帝夜间改装出行,尝冒称平阳侯,宠幸侯家歌女卫子夫,后立为皇后。王昌龄《殿前曲》:"平阳歌舞新承宠,帘外春寒赐锦袍。"柳永《金蕉叶》:"厌厌夜饮平阳第。添银烛、旋呼佳丽。巧笑难禁,艳歌无间声相继。"绿帻(zé 择):绿色的头巾,古代供膳的仆役所服。绿帻厨人:指董偃。《汉书·东方朔传》:董偃"绿帻傅韝,随主前,伏殿下"。馆陶第:即馆陶园,又称长门园。汉武帝之姑馆陶公主寡居,近幸董偃,欲使董偃见汉武帝,遂献长门园,后世称之馆陶园。罗隐《贵游》:"馆陶园外雨初晴,绣毂香车入凤城。"

〔5〕桂馆:汉代宫馆名,汉武帝造以迎神。《汉书·郊祀志》:"于是上令长安则作飞廉、桂馆,甘泉则作益寿、延寿馆,使卿持节设具而候神人。"铜铺:铜制铺首。李贺《宫娃歌》:"啼蛄吊月钩栏下,屈膝铜铺锁阿甄。"冶服:华丽的衣服。

〔6〕题来:《太真外传》:唐开元中,禁中种木芍药,即牡丹,明皇移植沉香亭前,与杨玉环赏花,命李龟年宣赐李白,立进《清平调》三首。芍药:《诗经·郑风·溱洧》:"维士与女,伊其相谑,赠之以勺药。"姜绍书《韵石斋笔谈》卷下《宪圣皇后翰藻》:"宋宪圣慈烈皇后,吴姓,高宗之配,工于词翰……《题芍药》云:'秾李夭桃扫地无,眼明惊见玉盘盂。扬州省识春风面,看尽群花总不如。'"顾罢:《三国志·吴书·周瑜传》:"瑜少精意于音乐,虽三爵之后,其有阙误,瑜必知之,知之必顾。故时人谣曰:'曲有误,周郎顾。'"冯取洽《沁园春·赠锦江歌者何琮》:"纵柳郎

填就,周郎顾罢,欠伊品藻,律也难调。"胭脂:胭脂花,即紫茉莉,胚乳粉质,可作化妆粉用。一部空:技压一部。部,乐部。

〔7〕沉沉:悠远飘动貌。歌钟:歌乐声。红颜:貌美的女子。

〔8〕城北徐:典出《战国策·齐策一》:邹忌体貌伟丽,朝服衣冠,窥镜,谓其妻曰:"我孰与城北徐公美?"及徐公来,邹忌自以为不如,窥镜自视,又弗如远甚。墙东宋:典出宋玉《登徒子好色赋》:"东家之子嫣然一笑,惑阳城,迷下蔡。然此女登墙窥臣三年,至今未许也。"

〔9〕凝妆:精心妆扮。王昌龄《闺怨》:"闺中少妇不知愁,春日凝妆上翠楼。"

〔10〕图中粉腻:"图",一本作"衾"字,未若"图"字佳。用王昭君典事,《西京杂记》卷二:汉元帝后宫既多,乃使画工绘像,按图召幸。王昭君不肯贿赂画工,遂不得见。汉与匈奴和亲,遣王昭君。汉元帝召见,容貌为后宫第一,且善于应对,举止闲雅,元帝悔之莫及。杜甫《咏怀古迹五首》其三:"画图省识春风面,环珮空归月夜魂。"王安石《明妃曲二首》其一:"明妃初出汉宫时,泪湿春风鬓脚垂。"锦上文回:织锦回文,典出《晋书·列女传》:苏蕙,字若兰,善文辞,丈夫窦滔远仕,被徙流沙,苏蕙思之,织锦为回文诗以赠,"宛转循环以读之,词甚凄婉,凡八百四十字"。李峤《锦》:"机迥回文巧,绅兼束发新。"李白《代赠远》:"织锦作短书,肠随回文结。"

〔11〕关山:《夜泊闻雁》注〔4〕。荡子:指辞家远出、羁旅忘返的男子。《古诗十九首·青青河畔草》:"荡子行不归,空床难独守。"赵嘏《关山别荡子》:"那堪闻荡子,迢递涉关山。肠为马嘶断,衣从泪滴斑。"边头:边疆。王建《送人游塞》:"城下路分处,边头人去时。"

〔12〕啼莺:萧统《十二月启·姑洗三月》:"啼莺出谷,争传求友之音。"思公子:《楚辞·九歌·湘夫人》:"思公子兮未敢言。"又,《山鬼》:"思公子兮徒离忧。""香草"句:《楚辞·九歌·湘君》:"采芳洲兮杜若,

将以遗兮下女。"杜若,香草名。下女,谓湘夫人。美人,《离骚》:"恐美人之迟暮。"

〔13〕莺飞草长:丘迟《与陈伯之书》:"暮春三月,江南草长,杂花生树,群莺乱飞。"此用其词。"渺渺"句:李白作《横江词六首》,其词甚苦。其六云:"惊波一起三山动,公无渡河归去来。"渺渺春江:方回《望大江》:"春草茫茫阔,春江渺渺流。断魂欲谁诉,极目使人愁。"

〔14〕飘残:飘零凋残。吴苑:见《感旧(四首选一)》注〔3〕。巫峰雨:典出宋玉《高唐赋》:楚王游高唐,梦见一妇人愿荐枕席,王因幸之。妇人临去辞曰:"妾在巫山之阳,高丘之阻,旦为朝云,暮为行雨,朝朝暮暮,阳台之下。"巫峰,巫山。

〔15〕作意:着意,加意。

# 英布墓[1]

奋迹骊山事已虚,一生刑王意何如[2]?去留楚汉兴亡际,倔强韩彭斧锧馀[3]。下计已教归掌握,间行生悔为驱除[4]。淮南尚有遗封在[5],寂寞谁为吊废墟?

〔1〕英布墓:汉淮南王英布之墓,一说在安徽六安英山,《史记正义》称英布墓在鄱阳县北百二十五里。清代英山属六安州。英布,六县(今六安)人。秦时为布衣,受秦法被黥,故又称黥布。罚往骊山始皇陵服役,聚众起事,归附项梁,与项羽屡破秦军,能以少胜多,威震海内。项王封英布九江王,刘邦使人劝说英布归顺,封其淮南王。汉朝建立,吕后诛杀功臣韩信、彭越,英布自危,起兵反抗。刘邦率军征讨,英布被杀。

乾隆三十七年(1772)秋,仲则曾至六安。是年冬,又随朱筠校士六安等地。本篇当作于是年秋冬间。

〔2〕"奋迹"二句:《汉书·韩彭英卢吴传》:英布"少时客相之,当刑而王。及壮,坐法黥,布欣然笑曰:'人相我当刑而王,几是乎?'人有闻者,共戏笑之。布以论输骊山,骊山之徒数十万人,布皆与其徒长豪杰交通,乃率其曹耦,亡之江中为群盗"。奋迹,奋力而起。骊山,在陕西临潼东南,秦始皇营墓其下。

〔3〕"去留"二句:写英布投奔刘邦之事和起兵反抗之事,见本篇注〔1〕。韩,指淮阴侯韩信;彭,指梁王彭越,与英布并称汉初三大名将。斧锧(zhì质),古代用于斩首的刑具。

〔4〕下计:下策,典出《史记·黥布列传》:英布反,刘邦问策于薛公,对曰:"使布出于上计,山东非汉之有也;出于中计,胜负之数未可知也;出于下计,陛下安枕而卧矣。"刘邦问:"何谓下计?"对曰:"东取吴,西取下蔡,归重于越,身归长沙,陛下安枕而卧,汉无事矣。"刘邦:"是计将安出?"薛公曰"出下计","布故骊山之徒也,自致万乘之主,此皆为身,不顾后为百姓万世虑者也,故曰出下计"。刘邦发兵击英布,英布果出下计,如薛公所言,后兵败被杀。间行,黄志述《两当轩集考异》:"间行,赵、许作'行间'。本传:'间行与随何归汉。'"驱除,即扫除,指英布帮助刘邦统一天下。

〔5〕淮南:见《慈光寺前明郑贵妃赐袈裟歌》注〔11〕。遗封:封地的遗迹,刘邦曾封英布淮南王。


## 独酌感怀[1]

昔读《游侠传》,不耻轻薄名[2]。樗蒲与六博[3],世事浮云轻。逢人独意气,出语好聪明。自谓六合宽,掉臂随游行[4]。颓戛乃积久,忧疢来纵横[5]。万事悔少作,念之伤人情。浅识关洛彦,薄假吴楚声[6]。玄黄不与析,悔吝谁为呈[7]? 颠狂眷侪辈,稍稍乖前盟[8]。各欲自为计,夙昔非其诚。飘然舍之去,气结心怦怦。曲糵腐肠物[9],吾乃托以生。暴弃岂自甘,舍此亦无成。崦嵫没西景,回薄无留精[10]。天地方肃杀,冰雪将峥嵘[11]。有酒傥不饮,明日谁逢迎?

〔1〕作于乾隆三十七年(1772)。仲则"长身伉俍,读书击剑,有古侠士风。性好游"(洪亮吉《玉尘集》卷上),既而为世路所沮,意气黯然。此诗中充满无奈颓废的情绪。

〔2〕游侠传:指《史记·游侠列传》,记载朱家、剧孟等人游侠事迹,赞扬游侠"其行虽不轨于正义,然其言必信,其行必果,已诺必诚,不爱其躯,赴士之阨困,既已存亡死生矣,而不矜其能,羞伐其德,盖亦有足多者焉"。不耻:不以为耻。轻薄:轻佻放纵。

〔3〕樗蒲(chū pú 出菩):古代的一种赌博游戏,像后代的掷骰子。六博:亦作"六簙",古代一种掷彩下棋的游戏。《楚辞·招魂》:"菎蔽象棋,有六簙些。"王逸注:"投六箸,行六棋,故为六簙也。"

〔4〕六合:天地间。掉臂:不顾而去,借指无所忌惮,自由任心。

〔5〕颓戛(ào 傲):戛兀,孤傲不羁。忧疢(zhěn 枕):忧病。疢,病。纵横:言杂乱且多。

〔6〕关洛彦:北方关中、洛阳一带自古多豪侠之士,故云。关洛,关中和洛阳一带。彦,豪俊之士。薄假:略微借助。吴楚声:南方吴楚之地多文人才士,故云。吴楚,春秋时吴国、楚国之地,在今长江中下游一带。

〔7〕玄黄:《周易·坤卦》:"夫玄黄者,天地之杂也。天玄而地黄。"借指天地之道。析:辨明。悔吝:《周易·系辞》:"悔吝者,忧虞之象也。"此指灾祸。杜甫《寄题江外草堂》:"顾惟鲁钝姿,岂识悔吝先。"

〔8〕侪辈:朋辈。乖:背离。

〔9〕曲糵(niè涅):酒。腐肠物:指酒,又称腐肠贼。

〔10〕"崦嵫"二句:是说时光流逝,岁月无情。崦嵫,山名,在甘肃天水西境,古人称之日落处。《离骚》:"吾令羲和弭节兮,望崦嵫而勿迫。"王逸注:"崦嵫,日所入山也。"西景:夕阳,喻暮年。王绩《晚年叙志示翟处士正师》:"东隅诚已谢,西景惧难收。"回薄:循环流转,不知穷尽。潘岳《秋兴赋》:"四时忽其代序兮,万物纷以回薄。"

〔11〕肃杀:形容草木凋零。峥嵘:犹凛冽。罗隐《雪霁》:"南山雪乍晴,寒气转峥嵘。"


## 鼠[1]

无心看黠鼠,窜窃满虚帏[2]。尔自多阴相[3],人非有杀机。呼群声谷谷,隔烛影斐斐[4]。纵尔分馀粟,何曾便苦饥[5]。

〔1〕这首诗作于乾隆三十七年(1772),笔调幽冷,是一首感叹世道人心的佳作。刘大观《书黄仲则诗后》:"神仙鬼怪及虫鱼,嬉笑怒骂兼唏嘘。但用柔毫一挥洒,便有穷形尽相者。"

〔2〕黠鼠:狡猾之鼠。虚帏:空帷。

〔3〕阴相:阴邪狡诈之相。

〔4〕"呼群"二句:写群鼠横行无忌。谷谷,象声词,此状鼠叫声。段成式《酉阳杂俎续集》卷二《支诺皋中》:"有鼠数百,谷谷作声,大于常

鼠,与人相触,驱逐不去。"。斐(fēi)斐:往来不停的样子。斐,丑貌。

〔5〕"纵尔"二句:典出《诗经·魏风·硕鼠》:"硕鼠硕鼠,无食我黍。三岁贯女,莫我肯顾。"

## 寒鸦[1]

朔风吹城白日低,登楼四望怀惨凄[2]。排空战寂万枯树[3],树树上着寒鸦啼。寒鸦初来半天黑,同云作阵风附翼[4]。飘萧散落林冈头,倪迂画点米颠笔[5]。此鸟亦如雁随阳,哀声前后感词客[6]。有枝相借群依依,无巢可投转恻恻[7]。三两稍集空楹端[8],告我日暮天且寒。无衣无褐欲卒岁,顿袖相对空长叹[9]。旧巢同辈苦相傲,占得五更金井阑[10]。

〔1〕乾隆三十七年(1772)作,以寒鸦自况,寄写寒士心绪。世人喜爱歌咏凤凰、鸿鹄,寄托高远之志,仲则诗多吟咏"卑微"的寒鸦,写心抒愤,纵观中国诗史,尚是不多见的。

〔2〕朔风:北风,寒风。阮籍《咏怀》其十六:"朔风厉严寒,阴气下微霜。"白日低:指日暮。岑参《虢州郡斋南池幽兴,因与阎二侍御道别》:"相看红旗下,饮酒白日低。"登楼:用王粲故事,见《客中闻雁》注〔3〕。

〔3〕排空:凌空,形容枯树貌。战寂:写枯树丛林空寂之景。黄志述《两当轩集考异》:"战寂,史氏云:战寂是风定树则寂若枯也。"

〔4〕同云:见《筼河先生偕宴太白楼,醉中作歌》注〔6〕。风附翼:羽

翼带风声。

〔5〕飘萧：零落貌。张籍《雨中寄元宗简》："竹影冷疏涩，榆叶暗飘萧。"倪迂：元代画家倪瓒，字元镇，号云林居士，无锡人。性好洁而有迂僻，人称"倪迂"。擅长书画，与黄公望、吴镇、王蒙并称。画山石创"折带皴"之法，境界幽清。米颠：宋代画家米芾，字元章，性奇倔，人称"米颠"。独辟"米家云山"画法，以浓墨、焦墨点簇层山，世称"米点"。

〔6〕雁随阳：雁为候鸟，随季节北迁南徙，故称。词客：文人骚客。

〔7〕恻恻：凄凉哀伤貌。

〔8〕檐（yán 言）：同"檐"，屋檐。顿袖：拂袖，垂袖。仲则《客夜》："离忧损年少，顿袖一长嗟。"《沧州晚泊》："清风楼下唤停船，顿袖篷窗思惘然。"

〔9〕"无衣"句：化自《诗经·豳风·七月》："七月流火，九月授衣。一之日觱发，二之日栗烈。无衣无褐，何以卒岁？"

〔10〕金井阑：井栏。金井，井栏上有雕饰的井，一说是指石井。费昶《行路难》其一："唯闻哑哑城上乌，玉栏金井牵辘轳。"


## 濠梁[1]

谁道《南华》是僻书，眼前遗躅唤停车[2]。传闻庄惠临流处[3]，寂寞濠梁过雨馀。梦久已忘身是蝶，水清安识我非鱼[4]。平生学道无坚意，此景依然一起予[5]。

〔1〕濠梁：在安徽凤阳濠水上。《庄子·秋水》：庄子与惠子游于濠梁，庄子曰："鲦鱼出游从容，是鱼乐也。"惠子曰："子非鱼，安知鱼之

乐？"庄子曰："子非我，安知我不知鱼之乐？"司马彪注云："濠，水名也。石绝水曰梁。"古人在钟离县西南七里处建观鱼台。《太平寰宇记》卷一百二十八："惠庄观鱼，即此台也。"本篇乾隆三十七年（1772）冬在凤阳作。

〔2〕《南华》：《南华经》，《庄子》的别称。僻书：冷僻的书籍，典出《唐诗纪事·温庭筠》：令狐绹曾以旧事访于温庭筠，庭筠对曰："事出《南华》，非僻书也。或冀相公燮理之暇，时宜览古。"令狐绹怒，奏庭筠有才无行，卒不登第。庭筠有诗曰："因知此恨人多积，悔读《南华》第二篇。"遗躅：遗迹，指濠梁，见本篇注〔1〕。

〔3〕庄惠：庄子和惠子。庄子，名周。惠子，名施，曾任梁惠王相。临流处：指庄惠观鱼处。

〔4〕"梦久"二句：上句典出《庄子·齐物论》："昔者庄周梦为胡蝶，栩栩然胡蝶也，自喻适志与，不知周也。俄然觉，则蘧蘧然周也。不知周之梦为胡蝶与？胡蝶之梦为周与？"下句用庄惠观鱼典事，见本篇注〔1〕。

〔5〕起予：启发自己，典出《论语·八佾》："子夏问曰：'巧笑倩兮，美目盼兮，素以为绚兮。何谓也？'子曰：'绘事后素。'曰：'礼后乎？'子曰：'起予者商也！始可与言《诗》已矣。'"

## 龙兴寺[1]

上头栋宇阅兴衰，事去英灵失护持。云气何年接芒砀，山门犹自枕钟离[2]。圣朝宽大仍遗构，胜国苍凉只断碑[3]。欲叩恒河沙数劫，人间除是法王知[4]。

〔1〕龙兴寺:在安徽凤阳,原名皇觉寺,朱元璋早年入寺为僧,洪武年间重建,改名龙兴寺。崇祯间,农民军攻占凤阳,龙兴寺被焚。本篇作于乾隆三十七年(1772)冬过凤阳之际。诗中咏史,涉及一个明清鼎革的敏感话题。诗人说龙兴寺遗构尚在是由于清朝的"宽大",其实,即使龙兴寺废址存在,明朝已亡,此地亦是"空馀"龙兴寺了。历史的变迁,谁又能洞悉内里,明示劫数?诗人给出一个有趣的答案:"人间除是法王知。"

〔2〕云气:典出《史记·高祖本纪》:秦始皇常曰:"东南有天子气。"于是东游以厌镇之。刘邦隐于芒砀山泽之间,"吕后与人俱求,常得之。高祖怪问之。吕后曰:'季所居上常有云气,故从往常得季。'"刘邦心喜。沛中子弟闻之,多有欲归附者。芒砀:芒山和砀山的合称,在今安徽砀山东南。山门:寺院的外门。钟离:古钟离国,故城在今凤阳临淮东,南倚凤阳山,北临淮河,位于南北分疆之处,是两淮攻守必由之路,朱元璋即起兵于这一带。

〔3〕圣朝:古时尊称本朝为圣朝,这里指清朝。遗构:前代留下的建筑,指龙兴寺。胜国:已亡之国,用以指前朝,这里指明朝。

〔4〕恒河沙数:形容数量很多,像恒河的沙粒一样,无法计算。劫:劫数,佛教所说的注定的灾难。法王:佛教对释迦牟尼的尊称。

# 壬辰除夕[1]

无多骨肉话依依,珍重相看灯烛辉。饮为病游千里减,瘦因吟过万山归。老亲白发欣簪胜,稚子红炉笑作围[2]。屏却百忧成一喜[3],去年孤泪此时挥。

〔1〕乾隆三十七年(1772)冬,仲则从安徽学使朱筠幕中归,岁暮抵家。自去年春出游,到今年冬与家人欢聚,已整整两年,故诗中洋溢着难以言尽的喜悦。诗人似乎可以摒却百忧,总归一喜了,但他转念想起去年飘零垂泪的日子,一种辛酸涌聚心头。

〔2〕簪:插,戴。杜甫《春望》:"白头搔更短,浑欲不胜簪。"胜:古代妇女的首饰,汉代称华胜,多以剪彩为之。红炉:烧得很旺的火炉。

〔3〕屏却:除去,排遣。

# 悲来行[1]

我闻墨子泣练丝,为其可黄可以黑[2]。又闻杨朱泣歧路,为其可南可以北[3]。嗟哉古人真用心[4],此意不复传于今。今人七情失所托[5],哀且未成何论乐。穷途日暮皆倒行,更达漏尽钟鸣声[6]。浮云上天雨堕地,一升一沉何足计。周环六梦罗预间,有我无非可悲事[7]。悲来举目皆行尸,安得古人相抱持[8]。天空海阔数行泪,洒向人间总不知。

〔1〕乾隆三十八年(1773)春,仲则与家人短暂相聚后,复返朱筠幕中,诗作于此际。诗人"一身堕地来,恨事常八九",本篇写人生恨事,馀哀不尽。蒋士铨《题施生晋诗本,兼柬黄生景仁》云:"才大士多嗟不遇,情深人每善言愁。"

〔2〕"我闻"二句:典出《墨子·所染》:"子墨子言见染丝者而叹曰:'染于苍则苍,染于黄则黄,所入者变,其色亦变,五入必,而已则为五色矣。故染不可不慎也!'"《淮南子·说林训》:"墨子见练丝而泣之,为其

可以黄,可以黑。"后人以墨子泣丝比喻环境对人的影响很大。墨子,名翟,墨家学派创始人。

〔3〕"又闻"二句:典出《淮南子·说林训》:"杨子见逵路而哭之,为其可以南,可以北。"后人用杨朱泣歧表达对世道崎岖或担心误入歧途的感伤忧虑。以上四句化用阮籍《咏怀》其二十:"杨朱泣歧路,墨子悲丝染。"李白《古风》其五十九:"恻恻泣路歧,哀哀悲素丝。路歧有南北,素丝易变移。"

〔4〕嗟哉:叹词,表示感叹。

〔5〕七情:人的七种情绪,一说是喜、怒、哀、惧、爱、恶、欲,一说是喜、怒、忧、思、悲、恐、惊。

〔6〕穷途:路的尽头,比喻处境困窘,暗用阮籍典事,《晋书·阮籍传》:阮籍往往率意独驾,"不由径路,车迹所穷,辄痛哭而返"。王勃《滕王阁序》:"阮籍猖狂,岂效穷途之哭!"胡忆肖《黄景仁诗词选》:"穷途日暮:春秋时伍子胥为父报仇,引吴伐楚,掘楚平王墓,鞭尸三百。申包胥责备他,子胥回答说:'吾日暮途远,吾故倒行而逆施之。'"漏尽钟鸣:漏壶已尽,晨钟鸣起,指夜深或天将破晓。

〔7〕周环:往复循环。六梦:古人将梦分作六类,即正梦、噩梦、思梦、寤梦、喜梦、惧梦,以占其吉凶。见《周礼·春官·占梦》。曹寅《广陵同人多和不寐诗,再叠前韵》:"六梦纷纭倦考雠,灯窗自视息休休。"罗预间:很短的时间。罗预,佛教语,指时间单位,二十弹指为一罗预,二十罗预为一须臾,一日一夜有三千须臾。有我:指不能万法皆空。

〔8〕行尸:徒具形骸,虽生犹死。《拾遗记》卷六:任末临终诫曰:"夫人好学,虽死若存;不学者,虽存谓之行尸走肉耳!"抱持:抱住,不愿分离。

# 横江春词[1]（四首选二）

## 其二

不羡成都濯锦新，鸭头一色皱鱼鳞[2]。逢人都道风波恶，如此横江思煞人[3]。

〔1〕横江：横江浦，在安徽和县东南长江北岸，与采石矶隔江相对。二诗含蓄传写思乡之绪，作于乾隆三十八年（1773）春，时由里中复返朱筠幕中。李白作《横江词六首》，其调甚苦。仲则这组诗共四首，潘瑛《国朝诗萃初集》卷七评云："四绝神似太白。"

〔2〕濯锦：锦江流过四川成都城南，古人相传濯锦于江中，色彩鲜明，故锦江又名濯锦江。鸭头一色：即鸭头色，见《当涂旅夜遣怀》注〔3〕。

〔3〕"逢人"二句：化用李白《横江词六首》其二："横江欲渡风波恶，一水牵愁万里长。"写风平浪静时横江之美。

## 其四

家住横江古渡头，年年江上望归舟。郎若归时今日好，常时那见水平流[1]。

〔1〕"郎若"二句:借女子之口写归思,化用李白《横江词六首》其一:"人言横江好,侬道横江恶。一风三日吹倒山,白浪高于瓦官阁。"

## 对月感怀[1]

对酒欣相共,钩帘不放遮。低徊问清影,辛苦照谁家[2]?秋士霜前草,春人镜里花[3]。看来俱有尽,终古一长嗟[4]。

〔1〕作于乾隆三十八年(1773)春。本篇对月感怀,苦思清韵,沉痛处与杜甫相通,冷峭处与黄庭坚相通。

〔2〕低徊:徘徊。清影:月光。曹植《公䜩诗》:"明月澄清影,列宿正参差。""辛苦"句,意近宋无名氏《月儿弯弯照九州》:"月儿弯弯照九州,几家欢乐几家愁。"

〔3〕秋士:怀秋多感、迟暮不遇之士。《淮南子·缪称训》:"春女思,秋士悲。"霜前草:陆游《夜抵葭萌惠照寺寓榻小阁》:"雨后风云犹惨澹,霜前草木已萧条。"春人:怀春多感之人。镜里花:辛弃疾《念奴娇·书东流村壁》:"料得明朝,尊前重见,镜里花难折。也应惊问,近来多少华发!"

〔4〕"终古"句:杜甫《祠南夕望》:"湖南清绝地,万古一长嗟。"长嗟,长叹。

## 山阁晓起[1]

一榻重岚里,酣眠即道心[2]。涧幽琴响枕,云厚絮添衾。不识夜长短,那知山古今。来宵尘驿梦[3],何处更相寻?

〔1〕乾隆三十八年(1773)春,仲则随朱筠历庐州、泗州等地。本篇作于此行中,写山宿晓起的感受,表现超逸之思和不能与山水长相守的哀怨,皆称心而出。

〔2〕重岚:浓重的烟霭雾气。皮日休《太湖诗·桃花坞》:"微风吹重岚,碧埃轻勃勃。"道心:悟道之心。

〔3〕尘驿:驿馆,由于车马往来,扬起飞尘,故称。

## 红心驿[1]

茅檐三尺五里长,牛马矢杂泥筑墙[2]。墙头时出野花朵,辛苦细趁行人香。红尘欲暗日卓午,绿柳尚绾时青阳[3]。急须小憩饥尚可,不妨梦罢炊黄粱[4]。

〔1〕这首诗乾隆三十八年(1773)春,意取尖新。红心驿:在临淮县。明初建,设有驿丞。乾隆五十九年(1794)以临淮县并入凤阳县,裁驿丞,改归县辖。

〔2〕五里长:古代的邮传多靠驿站,汉代设邮驿,一般通设"五里一邮"。牛马矢:牛马屎。

〔3〕红尘:车马扬起的飞尘。卓午:正午。绾(wǎn 晚):指结柳带,见《客中清明》注〔4〕。青阳:春天。《尔雅》:"春曰青阳,夏曰朱明。"

〔4〕"急须"二句:典出沈既济《枕中记》:卢生于邯郸旅舍遇道士吕翁,自叹穷困,吕翁取囊中枕授之,卢生枕之入梦,享尽富贵荣华。及醒

来,主人家所蒸黄粱饭尚未熟,因问:"岂其梦寐耶?"吕翁笑曰:"人世之事亦犹是矣。"黄粱,小米。

## 偕稚存望洪泽湖有感[1]

涛声入耳心所向,与君同家楚江上[2]。比年渴走尘埃间,见此洪流亦神王[3]。湖宽一面青嶂开,立久万仞高寒来[4]。水风吹衣日落去,石气荡魄云飘回。远天黯惨湖变色,雁飞不度鸣何哀。沉沦九鼎自太古,苍茫那见蜃珠吐[5]。浪静似响鲛人机,风便欲递冯夷鼓[6]。此时倒影动楼阁,咫尺已畏风雷作。前驱青兕淮神过,长波砑岩大鱼跃[7]。得观如此将毋归,回头半湖森雨脚[8]。大陆浮沉且未休,吾侪身世将安托[9]!歌声如哭何处歌,沿山半州纯浸波。庚辰奚仲不在世[10],呜呼奈汝歌者何!

〔1〕洪泽湖:在江苏洪泽西南。稚存:洪亮吉。乾隆三十八年(1773)春,仲则与洪亮吉过洪泽湖,写下此诗。前半章写观望湖景,气韵生动,"大陆"以下六句笔势一转,感赋身世,可谓写景千变万化,写情宛转关生。清人吴嵩梁《读黄仲则诗书后》叹云:"其才挺脱实天授,独以元气为往来。有时造意入微妙,游丝袅空影迟徊。有时挥毫极雄宕,神龙出海随风雷。序事矫变不可测,抒情宛转难为怀。"

〔2〕心所向:心神向往。君:洪亮吉。楚江:楚地的江河,这里指白云溪,黄仲则与洪亮吉少时家居常州白云溪畔,隔溪相望。洪亮吉《独居怀黄二》:"与君同家溪水头,午日箫鼓喧中流。"

〔3〕比年:连年。渴走:奔走,《列子·汤问》:夸父追日,"逐之于隅谷之际,渴欲得饮。赴饮河渭,河渭不足,将走北饮大泽。未至,道渴而死"。尘埃:喻尘世。神王(wàng 望):神采焕发。《庄子·养生主》:"泽雉十步一啄,百步一饮,不蕲畜于樊中。神虽王,不善也。"

〔4〕青嶂:如屏障的青山,比喻绿色的湖面。万仞:形容极高,古时以八尺为仞。

〔5〕沉沦九鼎:《史记·封禅书》:"或曰宋太丘社亡,而鼎没于泗水彭城下。"《文献通考·物异考》:"周亡,秦昭王取九鼎,其一飞入泗水,馀八入于秦中。"沉沦,沉没。九鼎,相传夏禹铸九鼎,象征九州。太古:远古。蠙(pín 贫)珠:蚌珠。《尚书·禹贡》:"淮夷蠙珠暨鱼。"蠙,蚌之别名。

〔6〕鲛人:传说中的人鱼。鲛人机:《搜神记》卷十二:"南海之外有鲛人,水居如鱼,不废织绩。其眼泣,则能出珠。"杜甫《雨四首》其四:"神女花钿落,鲛人织杼悲。"冯夷:传说中的河伯。《庄子·大宗师》:"冯夷得之,以游大川。"冯夷鼓:语出曹植《洛神赋》:"于是屏翳收风,川后静波,冯夷鸣鼓,女娲清歌。"

〔7〕青兕:青兕牛,犀牛类兽名。《楚辞·招魂》:"君王亲发兮惮青兕。"洪兴祖补注:"《尔雅》:兕,似牛。注云:一角,青色,重千斤。"淮神:淮涡神,传说中的淮水之神。《太平广记》卷四六七"李汤"条:大禹获淮涡水神,名无支祁,"善应对言语,辨江淮之浅深,原隰之远近。形若猿猴,缩鼻高额,青躯白首,金目雪牙,颈伸百尺,力逾九象,搏击腾踔疾奔,轻利倏忽,闻视不可久"。砯(pīng 乒)岩:水击岩石。

〔8〕雨脚:密集的雨点。

〔9〕吾侪:吾辈。

〔10〕庚辰:传说中助大禹治水之神,《太平广记》卷四六七"李汤"条:大禹治水获淮涡水神,"禹授之章律,不能制;授之鸟木由,不能制;授

之庚辰,能制。……庚辰以战逐去。颈锁大索,鼻穿金铃,徙淮阴之龟山之足下,俾淮水永安流注海也。庚辰之后,皆图此形者,免淮涛风雨之难"。奚仲:《山海经·海内经》:"番禺生奚仲,奚仲生吉光,吉光是始以木为车。"《墨子》、《荀子》则称"奚仲作车"。舟车问世,乃利交通。

## 过全椒哭凯龙川先生[1]并序

戊子乡试,公同考入闱。景仁受知于公,荐而未售。庚寅,公再入闱,中疾作,同事诸公皆危之。公曰:"此辈辛苦,吾以身殉不惜也。"披阅不辍,竟卒。景仁频年奔走,终未得一展拜,尽弟子之礼,隐隐之中,上负知己。今过所治,不觉怆然为此诗也[2]。

卧龙山势盘嶙峋,驱车欲过车摧轮[3]。前途叱御且休发,腹痛为感生平恩[4]。甘棠到眼尽遗爱,摩挲恻怆伤心魂[5]。生无一面死未哭,此恸不比西州门[6]。三年枉自设虚位[7],那尽生存感恩谊。此日青山叠叠愁,当年红烛条条泪[8]。辜负看花住马心,不才自分甘抛弃[9]。苦为方干抵死争,谁知争命原无计[10]。此曹心力镇相怜,反自抛残辛苦地[11]。两度战场餐血腥,先生手持千佛经[12]。飘然上赴玉楼去[13],为道此间多不平。遂令感诵溢吾党,岂独贱子缘私情[14]。暴腮点额无所愤[15],从此江东亦将隐。斥鷃何来负翼风,蛣蜣只附伤心本[16]。丹旐多时返故乡,楚

197

云燕月两茫茫[17]。可知德政崇碑下[18],尚有门生吊夕阳。

〔1〕全椒:今安徽全椒。凯龙川:凯音布,字龙川,汉军正黄旗人,举人,历官天长、全椒知县。乾隆三十三年(1768),凯音布为江宁乡试同考官,力荐仲则未果。乾隆三十五年(1770),凯音布再任同考官,病中披阅不辍,竟以劳瘁卒。乾隆三十八年(1773)闰三月,仲则过全椒,赋诗悼之,赞歌凯龙川的师德和正直,也唱出了清中叶举子的一曲悲歌。杨钟羲读此深有感慨,《雪桥诗话》征引此诗及诗序。

〔2〕戊子:乾隆三十三年(1768)。乡试:举人科的考试,明清通例三年一次,考中者称举人,可参加会试。同考:同考官,乡试、会试中协同主考阅卷的官员,因分房阅卷,故又称房官。入闱:科举考试时考生或考官进入考场,此指考官进入考场。未售:应试落第。庚寅:乾隆三十五年(1770)。展拜:拜谒。

〔3〕卧龙:形容山势连绵起伏,又暗喻隐居的贤才。嶙峋:形容山峰突兀高耸、峻峭重叠。摧轮:车轮折毁,指车不能行。李白《忆旧游寄谯郡元参军》:"五月相呼渡太行,摧轮不道羊肠苦。"

〔4〕叱驭:命车出发或停车。腹痛:用车过腹痛典事,见《思旧篇并序》注〔13〕。

〔5〕甘棠:棠梨,典出《诗经·召南·甘棠》:"蔽芾甘棠,勿翦勿败,召伯所憩。"《史记·燕召公世家》:周武王灭纣,封召公于北燕。召公巡行乡邑,有棠树,决狱政事其下,无失职者。召公卒,百姓思之,怀棠树不敢伐,歌咏之,作《甘棠》之诗。恻怆:哀伤。

〔6〕西州门:在今南京,用羊昙典事,见《金陵杂感》注〔5〕。苏轼《游东西岩》:"恸哭西州门,往驾那复还。空馀行乐处,古木昏苍烟。"

〔7〕虚位:虚设灵位,凯龙川死,黄仲则未亲来吊唁,仅设位以哭,故云。

〔8〕"当年"句：红烛泪，喻愁情。温庭筠《更漏子》："玉炉香，红烛泪，偏照画堂相思。"

〔9〕"辜负"二句：是说自甘抛弃，辜负了凯龙川盼望自己科举中第的期望。看花，唐时有进士及第者在长安城中看花的风俗，孟郊《登科后》："春风得意马蹄疾，一日看尽长安花。"不才，不成材，用作自谦之称。自分，即自料。

〔10〕"苦为"二句：是说凯龙川任同考时，力荐自己，但于时命无补。方干，字雄飞。《唐诗纪事·方干》：方干貌丑唇缺，连应十馀举，俱不售，归隐镜湖，后遇医补唇，而年已老矣。方干殁后十馀年，宰臣张文蔚奏名儒不第者五人，请赐官，以慰其魂，方干为其一。争命，与命运抗争。无计，无法可施。

〔11〕"此曹"二句：用凯龙川之语，见本篇诗序。此曹，即此辈。辛苦地，指科举人生。

〔12〕战场：喻科场。千佛经：《千佛名经》，唐人借指登科名榜，以登科喻成佛。封演《封氏见闻记》卷三《贡举》："余初擢第，太学诸人共书余姓名于旧纪末。进士张绲，汉阳王柬之曾孙也，时初落第，两手捧《登记记》顶戴之，曰：'此《千佛名经》也。'其企羡如此。"元好问《送李同年德之归洛西》二首其一："千佛名经有几人，栖迟零落转情亲。"

〔13〕玉楼：传说天帝或仙人的居所。上赴玉楼：典出李商隐《李贺小传》：李贺将死，忽白日见一绯衣人驾赤虬来，笑曰："帝成白玉楼，立召君为记。天上差乐，不苦也。"李贺独泣，未几气绝。后人以玉楼赴召作去世的委婉说法。

〔14〕溢：流溢，指到处流传。吾党：吾辈。贱子：自谦之称。

〔15〕暴腮点额：比喻科举不第，典出刘欣期《交州记》：交趾郡封溪有龙门，"水深百寻，大鱼登此门化成龙。不得过，曝鳃点额，血流此水，恒如丹池"。方回《寄题赵高士委顺山房》："红尘回首即蓬莱，辛苦龙门

枉曝鳃。"

〔16〕"斥鷃"二句：上句典出《庄子·逍遥游》：鹏展翅而飞，翼若垂天之云，将徙于南冥，斥鷃笑之曰："彼且奚适也？我腾跃而上，不过数仞而下，翱翔蓬蒿之间，此亦飞之至也，而彼且奚适也？"斥鷃，鷃雀。斥，小泽。负翼风，大鹏展翼扶摇而上所借助之风。下句典出《庄子·至乐》："乌足之根为蛴螬，其叶为胡蝶。"黄仲则反用其意，表白一生将沉沦于下层。蛴螬，金龟子的幼虫，居于土中，以植物根茎为食。梅尧臣《永济仓书事》："古梁生菌耳，朽堵出蛴螬。"本，植物的根。

〔17〕"丹旐"二句：凯龙川是北方人，卒于全椒，全椒古属楚地，故云"楚云燕月两茫茫"。丹旐(zhào 兆)，犹丹旌，旧时出丧所用的红色铭旌，以导引灵柩。

〔18〕德政崇碑：即德政碑，旧时颂扬官吏政绩所立的碑石。《南史·萧恭传》："恭至州，政绩有声，百姓请于城南立碑颂德，诏许焉，名为德政碑。"

## 楼上对月[1]

飘飘白袷当回风，三五月照高楼空[2]。一城露瓦高下白[3]，几处已灭窗灯红。病怯临窗倦凭几[4]，苦被钟声促人起。楼头皓魄已天中，郭外青山如梦里[5]。濛濛薄雾苍苍烟，山意亦如人可怜。一丝清气共来往，星辰自动高高天。风景依稀似前度，此间恍是高寒处[6]。夜深谁念朗吟人，愿化辽东鹤飞去[7]。

〔1〕作于乾隆三十八年(1773)春夏之际。这首咏月诗造境清空,用语亦奇,妙处尤在清气流宕,如张维屏《听松庐文钞》所云"乾坤清气,独往独来,此仲则之所以不可及也"。张维屏叹赏"一丝"二句是"清空"之句。延君寿《老生常谈》盛推"濛濛薄雾苍苍烟"以下四句,评云"此真能直闯太白堂奥,东坡而后,罕有其匹","此皆非有意学太白也,天才相近,故能偶然即似耳"。

〔2〕白祫(jiá 荚):白夹衣。黄仲则有白祫少年之誉。回风:回旋的飘风。三五:阴历十五。蒋剑人《黄仲则诗》:"《礼》:三五而盈,三五而阙。"

〔3〕露瓦:结满霜露的瓦。高下:高高低低。

〔4〕"病怯"句:意近柳如是《初秋八首》其三:"人似许玄登望怯,客如平子学愁偏。"凭几:靠在几上。几,一种矮小的桌子。

〔5〕皓魄:明月。郭外:城外。

〔6〕高寒处:借指天上。苏轼《水调歌头》:"我欲乘风归去,又恐琼楼玉宇,高处不胜寒。"

〔7〕朗吟人:指袁宏,典出《世说新语·文学》:袁宏少贫,尝为人佣载运租。谢尚时镇牛渚,夜行闻江上商船中咏诗声,甚有情致,所咏五言又其所未闻,叹美不能已,"即遣委曲讯问,乃是袁自咏其所作咏史诗,因此相要,大相赏得"。黄仲则此诗作于当涂,使用此典,极具妙意。朗吟,高声吟诵。辽东鹤:《洞仙传》:丁令威,辽东人,少随师学得仙道,尝化鹤而归,立于城门华表柱上,言曰:"我是丁令威,去家千载今来归。城郭如旧人民非,何不学仙离冢累。""愿化"句:是说愿化鹤飞去,不再垂恋凡世。

# 久雨寄示顾文子<sup>[1]</sup>

梅雨经旬未放阳<sup>[2]</sup>,舍南舍北尽汪洋。只疑天意骄河伯,可念人穷到子桑[3]。巨蝮公然争卧榻,轰雷多半杂崩墙。故人邻巷无消息,问讯明朝驾一航[4]。

〔1〕顾文子(1738—1781):名九苞,兴化人。乾隆四十六年(1781)进士。与仲则交厚,《登翠螺山和仲则韵》诗云:"吾侪自有向平约,醉拓苔石当风题。"仲则此诗作于乾隆三十八年(1773)夏,写水灾的感受,慨叹民生之苦,沉痛至极。

〔2〕放阳:放晴。

〔3〕"只疑"二句:上句典出《庄子·秋水》:"秋水时至,百川灌河,泾流之大,两涘渚崖之间,不辨牛马。于是焉河伯欣然自喜,以天下之美为尽在己。"河伯,见《偕稚存望洪泽湖有感》注〔6〕。下句典出《庄子·大宗师》:子舆与子桑为友,霖雨十日,子舆曰:"子桑殆病矣!"裹饭食而往,至子桑之门,闻其若歌若哭,鼓琴曰:"父耶,母耶!天乎,人乎!"问其故,曰:"吾思夫使我至此极者,而弗得也。父母岂欲吾贫哉?天无私覆,地无私载,天地岂私贫我哉?求其为之者而不得也。然而至此极者,命也夫!"韩愈《赠崔立之》:"昔年十日雨,子桑苦寒饥。哀歌坐空室,不怨但自悲。"

〔4〕一航:犹言一舟。

## 失题[1]

我家乃在东海东,蜃楼见惯心空空[2]。十年吊影深山里,每顾山猕亦心喜[3]。生耶灭耶何足嗔,一嚬一笑谁为真[4]?伟哉造物焉用我,不幻烟云幻此身[5]。

〔1〕乾隆三十八年(1773)作。本篇思考生与灭、哭与笑,谁幻谁真?所谓"失题",即是忧忘。杨铸《湖上读黄仲则两当诗感题》云:"如啼似笑影相语,蹇厄风尘疑自取","飘零李白愁难释,千一百年生此客"。

〔2〕东海东:遥远的东海边。徐陵《内园逐凉》:"昔有北山北,今余东海东。"蜃楼:蜃气变幻成的楼阁,喻人世的虚幻。

〔3〕吊影:形影相吊,形容孤独。山猇(xiāo 消):即山魈,猿属,性凶猛,状貌丑陋,古代传说以为山怪。葛洪《抱朴子·登涉》:"山精形如小儿,独足向后,夜喜犯人,名曰魈。"

〔4〕嗔:怨恨。一颦(pín 频)一笑:典出《韩非子·内储说上》:韩昭侯使人藏破裤,侍者说君亦不仁矣,破裤不赐左右而藏之。韩昭侯曰:"非子之所知也。吾闻明主之爱,一颦一笑,颦有为颦,而笑有为笑。……吾必待有功者,故收藏之未有予也。"颦,皱眉。

〔5〕"伟哉"二句:化用李白《将进酒》:"天生我材必有用。"是说既然天生我才不能用,又何必给了一副人的躯壳,天公竟如此捉弄人!幻,幻化。

## 花津〔1〕

一灯低昂向船久,万兀千摇至津口〔2〕。船头正与沙堤平,拂面毵毵水杨柳〔3〕。风前鱼鼓已报更〔4〕,岸上人家尚沽酒。客来小饮饮即醺,三两依依话村叟。归途忽散草上萤,顾影防惊竹间狗。时清喜无盗贼警,波平未是蛟龙薮〔5〕。江湖自我野兴长,鸥鸟于人宿缘厚[6]。沉吟露下那得眠,独倚篷窗数星斗。

〔1〕这首诗作于乾隆三十八年(1773),风格清新朴野。王昶《湖海诗传》卷三十四选录此诗。花津,在当涂县,有花津南渡、小花津渡之分。

〔2〕仰昂:起伏。万兀千摇:形容不停地摇荡。摇兀,摇荡。

〔3〕毵(sān 三)毵:柳条垂拂纷披貌。施肩吾《春日钱塘杂兴二首》其一:"酒姥溪头桑袅袅,钱塘郭外柳毵毵。"

〔4〕鱼鼓:鱼形木鼓,寺院中击之以报时。

〔5〕蛟龙薮(sǒu 叟):蛟龙聚居之渊。薮,湖泽。

〔6〕"鸥鸟"句:典出《列子·黄帝》:"海上之人有好沤鸟者,每旦之海上从沤鸟游,沤鸟之至者百住而不止。其父曰:'吾闻沤鸟皆从汝游,汝取来,吾玩之。'明日之海上,沤鸟舞而不下也。"后人以鸥鸟忘机,比喻淡泊隐居,不以世事为怀。高启《至吴松江》:"忘机旧鸥鸟,相见莫惊飞。"

# 高淳,先大父官广文处也,景仁生于此,四岁而孤,至七岁始归,今过斯地,不觉怆然[1]

茫如积世渺疑尘,苜蓿荒斋几度新[2]。当日白头犹哭子,而今孤稚渐成人[3]。同骑竹马应无伴,反哺林乌尚有亲[4]。归去恐伤慈母意,莫将风景话酸辛[5]。

〔1〕高淳:今江苏高淳。先大父:黄仲则祖父大乐,字韶音,岁贡生,

官高淳县学训导。广文：据《新唐书·郑虔传》载，玄宗爱郑虔才，为置广文馆，以之为博士。杜甫称郑虔为"广文先生"。明清时指儒学教官。仲则生于高淳，小名高生，父之掞，字端衡，县学生。仲则四岁丧父，七岁时随祖父归武进。本篇作于乾隆三十八年（1773）夏，以含蓄的笔触写重过高淳时的"酸辛"，感人至深。结句写心理活动，"有音外之音，故聆之而愈长也"（张维屏《国朝诗人征略》）。

〔2〕积世：累世。疑尘：疑世隔尘，指因人事或景物变化很大而引起的像隔了一个时代的感觉。苜蓿：豆科植物，原产西域，汉时传入中土，这里用典，《唐摭言》卷十五：薛令之累迁左庶子，时开元东宫官僚清淡，令之诗以自悼云："朝旭上团团，照见先生盘。盘中何所有，苜蓿长阑干。饭涩匙难绾，羹稀箸易宽。无以谋朝夕，何由保岁寒。"皇帝幸临东宫，览之，索笔判曰："啄木嘴距长，凤凰羽毛短。若嫌松桂寒，任逐桑榆暖。"令之遂谢病东归。苜蓿荒斋：黄仲则祖父任高淳训导，训导为冷官，生活贫苦，故云。苜蓿又称怀风草，仲则生于高淳，用此词，又暗含有怀风的意思。

〔3〕白头：指祖父黄大乐，见本篇注〔1〕。孤稚：诗人自指。

〔4〕"同骖"二句：写物是人非，母子相依为命。同骖（cān 餐）：即同车。骖，同驾一车的三匹马。竹马：儿童游戏时当马骑的竹竿，此喻指儿时的朋友。《世说新语·方正》：诸葛靓与晋武帝有旧，武帝见之，曰："卿故复忆竹马之好否？"反哺：相传乌雏长成，衔食反哺老乌。成公绥《乌赋》："雏既壮而能飞兮，乃衔食而反哺。"后世以反哺喻子女报答养育之恩。

〔5〕"归去"二句：是说回家后不敢将过高淳之事告诉母亲，即使谈风景，也会令其倍感酸辛。

# 富阳[1]

晓天曈曈江漠漠,估帆四开估客乐[2]。樟亭饮来酒未消,已在富春城下泊[3]。潮来直浸城根平,城门昼开闻市声。人居此间亦何好,水色山光餐不了。沙头愁煞捕鱼人[4],捕得鱼多卖钱少。

〔1〕富阳:今浙江富阳。乾隆三十八年(1773),仲则过富阳写下此诗。诗中紧扣一个"富",写过富阳时的感受。富春山水甲天下,然而山水挡不了饥饱,此地物产丰富,渔人捕得鱼多却卖得钱少,"富阳"空有一个"富"字。诗句真实地反映了那个时代,亦见诗人犀利的眼光和关心民生的胸襟。正由于写实,没有给"盛世"涂脂抹粉,给人留下很深的印象。

〔2〕"晓天"二句:写丽日江景,商船四开。曈曈,日出明亮貌。漠漠,形容风平浪静。估帆,商船。估客乐:陆游《估客乐》:"自看赋命如纸薄,始知估客人间乐。"乐府相和歌辞、西曲歌都有《估客乐》之题。估客,商贾。

〔3〕樟亭:在今浙江杭州,为观潮胜地。咸淳《临安志》卷五十五《官寺四》:"樟亭驿,晏元献《舆地志》云:在钱塘县旧治之南五里,今为浙江亭。"李白《送王屋山人魏万还王屋》:"挥手杭越间,樟亭望潮还。"富春:今浙江富阳。

〔4〕沙头:沙洲边,沙滩边。

# 过钓台[1]

桐君入我梦,趣我推篷起[2]。一鸟啼岩间,双台峙云里[3]。十载道旁情,惟有狂奴耳[4]。更酌十九泉,饱看桐江水[5]。

〔1〕钓台:又称子陵台,在桐庐富春山,分东、西两台,相传为汉代高士严子陵垂钓处,南宋遗民谢翱等人曾至西台哭祭文天祥。本篇作于乾隆三十八年(1773)。

〔2〕桐君:传说黄帝时的医师,曾采药桐庐东山,结庐桐树下。人问其姓名,则指桐树示意,人称桐君。皇甫冉《田家作》:"药验桐君录,心齐庄子篇。"趣(cù促):催促。

〔3〕双台:见本篇注〔1〕。峙云里:高峙云端。

〔4〕狂奴:见《思旧篇并序》注〔15〕。

〔5〕十九泉:严子陵祠堂东侧有清泉一脉,水味清冽,陆羽《茶经》品天下水味,以此泉居第十九。桐江水:富春江上游,指钱塘江流经桐庐县境内的一段。

# 新安程孝子行[1]并序

孝子名文元,歙之洪坑人。母疾,刲左臂以疗。逾年复疾,孝子将割其右,为姊氏觉,急挚止之。相守侍疾,不与以便,母竟卒。孝子庐于墓三年,岁时辄向墓号恸,至今如常。

嘉兴郑诚斋先生掌紫阳书院时,孝子尝从游,先生详言之。虽迹近愚孝,然其愚不可及矣,爰为作歌[2]。

新安江水何粼粼,我间一岁来问津[3]。问我何数数,爱其地气盘礴人风古淳[4]。山高泽深土膏厚,宜产独行君子先天民[5]。六年往复卒未见,匪不可见难乎真[6]。有程孝子洪坑人,是果以孝亲其亲[7]。行孤迹晦人罕道,嘉禾夫子为我言之频[8]。言其去岁来负笈,见其戌削骨立如束薪[9]。颜色虽黯惨,其中含古春[10]。经年共寝处,曾不轻笑嚬[11]。退乃察其隐,悲泪流盈巾。问之不肯语,却立常逡巡[12]。一风吹衣露其肘,有大如掌疮瘢新。孝子不及掩,穷叩乃得知其因[13]。生年十三五,常如日初寅[14]。嬉戏父母侧,谓此若可终其身。一朝父也天所夺,搥胸恸绝呼苍旻[15]。方知父母年,瞬息皆堪珍。回头顾慈母,夕若不保晨[16]。思父兮断绝,事母兮苦辛。昼行不离侧,夜卧不沾席与茵。积此垂数载,母病床吟呻。孝子卒无计,刲股可疗闻之人[17]。是夕风雨急,黑云垂车轮[18]。抽刀暗室室生白,搤肉多处挥如银[19]。肉乎我母寄汝命,快意一割无由靷[20]。作羹进母霍然起[21],吾肉效矣他何论。背人出疮处,隐隐还鳞鳞,是何灵异无所苦,合处若有神针纫[22]。无何母病忽大渐,彻昼夜侍无欠伸[23]。俄然起四顾,出屋行逡逡[24]。姊氏怪其状,侦至趋随尘[25]。见其持刀袒臂向空祝,侧目视臂刀且抢。急从后至反其臂,责以戕体伤亲神[26]。从兹形影不相失,母亦奄逝当兹辰[27]。孝子长呼姊误我,一毁不复能支振[28]。三年庐墓如一日,近泪赤土无荆榛[29]。林深地旷绝闻见,皓鸟曤雀日久投怀驯[30]。至今岁时省墓辄号恸,恸时四野愁霾屯[31]。我思孝子孝,愚乃成其纯。世人薄天性,剿说摇其唇[32]。毁伤固有戒,杀身亦成仁[33]。百无可冀冀一济,一发尚欲回千钧[34]。此时遑及引文义,何者孝子何忠臣[35]。先生闻言亦颔首,命我纵笔为敷陈[36]。自惭腕弱不能达,赊愿欲贡王为宾[37]。景星祥风出示世,一挽末俗归于醇[38]。不然刻君黄山三十六峰顶,坐使姓氏万古同嶙峋[39]。

[1] 乾隆三十八年(1773),仲则在徽州从郑虎文游,郑氏时主讲紫阳书院,新安程文元亦尝从郑氏学,郑氏遂将程氏至孝事迹告诉仲则,仲则赋诗纪其事。清代叙事诗不乏作者,仲则堪称卓然一家。本篇纪事详赡,笔墨生动,赞歌人间真情,在世态炎凉、社会风气江河日下的清中叶,俨然是给这个病态社会开出的一副良剂。张维屏《听松庐诗话》称赞"一风"二句是"陡接"之笔,"百无"二句是"刻入"之笔。刘大观《书黄仲则诗后》评云:"《悔存》八卷十万字,字字经营出苦思","再读《新安程孝子》,抽刀割肉割不死"。

[2] 刉(kuī亏)左臂以疗:割臂疗亲,古时以为孝行。刉,割取。掣:制止。郑诚斋(1714—1784):名虎文,字炳也,秀水(浙江嘉兴)人。乾隆七年(1742)进士,官至左赞善。辞归,主徽、杭书院十数年。有《吞松阁诗集》二十卷,《文集》二十卷。仲则《喜郑诚斋先生归新安之信》二首其一:"半生恩遇在师门,古谊真逢衣被温。"紫阳书院:紫阳,山名,在安徽歙县城南,宋人朱松曾读书于此,其子朱熹迁居福建崇安后仍题其

读书室紫阳书室,后人在歙县建紫阳书院,明清时期,紫阳书院是徽州著名的书院之一。

〔3〕新安江:浙江的上游渐水,出黟南,东西分流,东行一支达严州,下三浙。渐水在浦口与练溪合流,自此称新安江。《图经》:"自浙江桐庐以上抵歙浦,皆曰新安江。"问津:询问渡口,借指游历。

〔4〕数数:屡次。地气:土地山川所赋的灵气。盘磚:犹言磅礴。人风:土风,民风。

〔5〕土膏:肥沃的土地。独行君子:指特立独行而有操守的士人。《三国志·魏书·管宁传》:"皇初四年,诏公卿举独行君子,司徒华歆荐宁。"先天民:即先民,古代的贤人。

〔6〕匪:假借为"非",表示否定。难乎真:指真人难见。

〔7〕亲其亲:孝敬父母,典出《孟子·离娄》:"人人亲其亲,长其长,而天下平。"

〔8〕迹晦:隐藏形迹。嘉禾夫子:郑诚斋。嘉禾,浙江嘉兴的别称。

〔9〕负笈(jí 吉):求学。笈,书箱。戍削:瘦削。李白《上云乐》:"巉岩容仪,戍削风骨。"束薪:捆扎起来的柴木,形容程孝子骨瘦如柴。

〔10〕黯惨:形容容颜憔悴。古春:春天,比喻人的性情温厚淳朴。

〔11〕寝处:坐卧,息止。笑嚬:欢笑和皱眉。

〔12〕却立:后退而立。逡巡:迟疑不敢向前的样子。

〔13〕穷叩:竭力追问。

〔14〕日初寅:日初生之时。古时把一天分为十二辰,每辰分初、正,寅时相当于现在的凌晨三点至五点。

〔15〕捶胸:形容极其悲痛。苍旻:苍天。

〔16〕夕若不保晨:即朝不保夕,形容情况危急,难以预料。

〔17〕刲股:割大腿肉,古人相传割股可治愈亲人疾病。

〔18〕"黑云"句:写孝子之行感天动地。黑云垂车轮,见《焦节妇

行》注〔9〕。

〔19〕室生白：即虚室生白，语出《庄子·人间世》："虚室生白，吉祥止止。"搹(è饿)：同"扼"，掐住。

〔20〕寄汝命：意思是躯体之肉都是母亲给予的。颦：皱眉。

〔21〕霍然：疾病迅速消除。

〔22〕隐隐：不分明貌。鳞鳞：鳞状，突起不平貌。此用以形容创处愈合貌。纫：用针缝。

〔23〕大渐：病危。欠伸：打呵欠，伸懒腰，意思是疲倦。

〔24〕逡逡：退让，恭顺貌。

〔25〕姊氏：姐姐。侦：探视。趋随尘：紧跟而至。

〔26〕戕(qiāng枪)体：伤害身体。

〔27〕奄逝：去世。

〔28〕一恸：即一恸，伤痛欲绝。支振：振作。

〔29〕三年庐墓：古人父母死，服丧三年，在墓旁搭盖小屋守护坟墓，称为庐墓。赤土：红土，形容程孝子哀毁至极，泪继以血，染红土地。荆榛：荆棘灌木。

〔30〕绝闻见：不闻世事。皓鸟皞(hè贺)雀：朱建新《黄仲则诗》："本《南史·甄恬传》：'恬居丧，庐于墓侧，有白鸠白雀栖宿其庐。'"皓鸟，洁白的鸟，一本作"皓乌"；皞雀，白雀，古时以为祥瑞或节孝之感应。是。投怀驯：投怀驯服。

〔31〕号恸：号哭哀痛。愁霾屯：愁云屯聚。屯，聚积。

〔32〕剿说：沿袭别人的说法，语本《礼记·曲礼上》："毋剿说，毋雷同。"摇其唇：摇唇鼓舌，典出《庄子·盗跖》："多辞缪说，不耕而食，不织而衣，摇唇鼓舌，擅生是非，以迷天下之主。"

〔33〕"毁伤"二句：上句典出《孝经·开宗明义章》："身体发肤，受之父母，不敢毁伤，孝之始也。"古人以为身体发肤，受之父母，毁之不孝。

下句用杀身成仁典事,《论语·卫灵公》:"志士仁人,无求生以害仁,有杀身以成仁。"

〔34〕百无可冀:形容希望渺茫。冀,希望。济:成功。"一发"句:典出《汉书·枚乘传》:"夫以一缕之任,系千钧之重,上悬无极之高,下垂不测之渊,虽甚愚之人,犹知哀其将绝也。"

〔35〕"此时"二句:是说当时程孝子救母心切,无暇征引《孝经》《论语》所教之义,也没有时间考虑孝子、忠臣之事。这两句赞歌程孝子孝出天性自然。遑及,无暇念及。引文义,引文征义。

〔36〕颔首:点头,表示称许。敷陈:详细叙述。

〔37〕赊愿:宿愿。贡王为宾:意为愿与程孝子为友,用王贡弹冠之典。《汉书·王吉传》:"吉与贡禹为友,世称'王阳在位,贡公弹冠',言其取舍同也。"

〔38〕景星祥凤:即景星凤凰,古人称太平之世才能见到景星和凤凰。景星,指德星、瑞星,出现于有道之国。祥凤,指凤凰,古时以为瑞鸟。末俗:末世的习俗,指低下劣薄的习俗。醇:淳朴。

〔39〕嶙峋:山石耸立貌,喻指气节风骨凛然。


# 丰山古梅歌[1]并序

梅为宋杜先生默手植,先生祠在焉。莓苔芜没,鲜过问者。乾隆三十七年,安徽督学使者朱笥河先生按部至和州,为作亭,刻石于上,歌以记之[2]。

伊谁植此春风树,花下作歌人姓杜[3]。猿啼鹤唳空山空,身后谁来作花主[4]？先生之歌一世豪,曼卿永叔真君曹[5]。先生花癖何所侣,魂梦一清都似水。爱花种树花即家,较比逋仙富孙子[6]。十年作尉不救贫[7],四海结交谁更亲？独将光怪不磨气[8],分半寿得花精神。青天鸾啸去飘忽,坐使花名惨沦没[9]。霜冷飘残博望钟,夜深挂住蛾眉月[10]。寂寞苔藓荒寒烟,阅世经今七百年。传闻几年花大放,物色俄惊至天上[11]。风流使者乘传过,下马空祠为惆怅[12]。洗幽刷夜回阳光,戛玉铮金出高唱[13]。缘以亭槛崇之碑,询之守土佥云宜[14]。重来置酒花堕酖[15],一片赠与公相思。文人从此出颜色,幸是相逢有文伯[16]。不见东风昨夜来,古香吹遍江南北。

〔1〕丰山：在今安徽和县。乾隆三十八年(1773),仲则赋《汪荆石以诗见投,且索赋其斋头古梅,匆匆未有以应,因书七月中所为丰山古梅歌,附题其后》:"丰山古干昨所咏,为爱昔者歌豪栽。"由此可知,《丰山古梅歌》作于同年七月。诗咏古梅,寄写高散,笔调奇崛,境界清空。

〔2〕宋杜先生默：杜默,字师雄,和州人。任秘阁校勘,与欧阳修、石延年交厚。鄙薄名利,辞官还乡,在丰山下手植梅花,饮酒赋诗,赏梅遣兴。晚年曾出任新淦县尉。朱笥河：朱筠。朱筠试士和州,探寻丰山古梅,并建梅豪亭。朱筠《和州梅豪亭记》:"乾隆癸巳中春,筠试和士毕,闻州西丰山有宋时梅,与知州事同年慈利刘君长城谋往观之。……比至梅下,则树本凡六,其四已枯。"和州：今安徽和县。

〔3〕伊谁：何人。春风树：指梅树。人姓杜：指杜默。

〔4〕花主：花的主人。

〔5〕一世豪：石介称欧阳修文豪、石延年诗豪、杜默歌豪。《三豪诗

送杜默师雄》:"曼卿豪于诗,社坛高数层。永叔豪于辞,举世绝俦朋。师雄歌亦豪,三人宜同称。"魏泰《临汉隐居诗话》:"(杜)默少以歌行自负,石介赠《三豪诗》,谓之歌豪,以配石曼卿、欧阳永叔。"曼卿:石延年(944—1041),字曼卿,性豪放,任气节,文章劲健,工于诗书,累官太子中允。永叔:欧阳修(1007—1072),字永叔,号醉翁,晚号六一居士。

〔6〕"较比"句:是说林逋终身不娶,梅妻鹤子,杜默后世子孙众多。逋仙,林逋(967—1029)。富孙子,子孙众多。朱筠《和州梅豪亭记》:"二十五里至丰山之麓。上山三里,至杜村。村之左右曰考子塘,皆杜姓。自宋至今,或他徙其处者,尚数百人。"

〔7〕十年作尉:杜默晚年曾任新淦县尉。朱筠《和州梅豪亭记》:"《宋诗纪事》:先生熙宁末特奏名仕新淦尉。按:熙宁之末,改元元丰,先生卒于元丰四年,是先生为尉越四、五年而卒也。"尉,县尉,官名,掌一县庶务。

〔8〕光怪:光彩奇异,形容不同凡俗。不磨:不可磨灭。

〔9〕"青天"二句:意思是杜默去世后,古梅也遭埋没,少人问津。鸾啸,鸾凤之鸣,典出《晋书·阮籍传》:阮籍尝在苏门山遇孙登,与商略"终古"、"栖神导气"之术,孙登不答,阮籍长啸而退,"至半岭,闻有声若鸾凤之音,响乎岩谷,乃登之啸也"。后世以鸾啸指胸怀高志逸趣。去飘忽,飘然而去,此暗指杜默去世。飘忽,轻快迅疾貌。曹植《洛神赋》:"体迅飞凫,飘忽若神。"沦没,埋没。

〔10〕飘残:飘零凋残。博望:天门二山,东名博望山,博望疏钟,为天门山一景。蛾眉:天门二山,色如横黛,宛如蛾眉,故又称蛾眉山。

〔11〕物色:景色。

〔12〕"风流"二句:指安徽学使朱筠校士和州,至丰山寻古梅。风流使者,指朱筠。乘传,乘坐驿车。传,驿站的马车。

〔13〕洗幽刷夜:洗拭刷新。戛玉铮金:即戛玉敲金,敲打玉器和金

器,声调响亮动听。戛,敲击。

〔14〕缘:镶边,指围起亭栏。亭槛:亭栏。崇之碑:树碑。朱筠等人建梅豪亭,作《和州梅豪亭记》,刻碑立于亭边。守土:地方官。此指和州知州刘长城等人。刘长城字西安,慈溪人。乾隆十八年举人,官馀姚知县,升和州知州,创和阳书院,多德政。能诗文,有《霖溪宧草》。佥云宜:都表示赞同。

〔15〕花堕醆(zhǎn 展):花飘落酒杯。醆,酒杯。

〔16〕文伯:文章宗伯,指朱筠。


## 赠袁陶轩[1]

近为五言谁最长,袁氏之子才英苍[2]。是其家居溟海上,沐浴百宝之灵光[3]。岂独论诗意相可,母老家贫亦如我。负米还兼负笈游[4],五载重逢话灯火。朗吟时一飘檐花[5],细雨时闻落山果。怜君家世本崔巍,廉吏之子今难为[6]。道中西华竟谁识,座上北海真君师。时偕从郑诚斋先生游[7]。师门恩重丘山比,青眼高歌望吾子[8]。莫将歌哭向时人,自有名山报知己。不才似我分飘零,敢托微波寄赏音[9]。须知亲在兼师在[10],方识君心即我心。

〔1〕袁陶轩:袁钧(1751—1805),字秉国,号陶轩、西庐,鄞县人,袁德达之子。嘉庆元年(1796)举人,主稽山书院。有《薜琉璃居稿》、《瞻衮堂文集》等集。乾隆三十八年(1773),仲则在徽州与袁钧从郑虎文游,相聚甚欢,本篇作于此际。

〔2〕袁氏之子:袁陶轩,见本篇注〔1〕。英苍:秀发。

〔3〕溟海:大海,兼指神话传说中的海名,《云笈七签》卷二十六:沧海岛在北海中,地方三千里。又有溟海,无风而洪波百丈,"盖太上真人之所居,唯飞仙能到其处耳"。袁钧鄞县人,鄞县地处海滨,故云"家居溟海上"。灵光:语本《后汉书·王逸传》:"子延寿,字文考,有俊才,少游鲁国,作《灵光殿赋》。后蔡邕亦造此赋,未成,及见延寿所为,甚奇之,遂辍翰而已。"

〔4〕负米:外出求取俸禄等以孝养父母。刘向《说苑·建本》:"子路曰:'负重道远者不择地而休,家贫亲老者不择禄而仕。昔者由事二亲之时,常食藜藿之实,而为亲负米百里之外。'"负笈:求学。

〔5〕朗吟:见《楼上对月》注〔8〕。檐花:瓦松花一类生于瓦缝檐隙间的小花。

〔6〕崔巍:指高门大第。廉吏:清廉守正的官吏。

〔7〕"道中"二句:上句典出《南史·任昉传》:任昉有子数人,昉亡故后,家道中衰,诸子流离,昉生前旧交莫有收恤。子西华,"冬月著葛帔练裙,道逢平原刘孝标,泫然矜之,谓曰:'我当为卿作计。'"刘孝标遂作《广绝交论》以讥其旧交。下句典出《后汉书·祢衡传》:祢衡恃才傲物,孔融贤而好士,深爱其才,"衡始弱冠,而融年四十,遂与为交友"。北海,指孔融,为北海相,时称孔北海,此借指郑虎文。

〔8〕"青眼"二句:化用杜甫《短歌行,赠王郎司直》:"青眼高歌望吾子,眼中之人吾老矣。"袁钧推重仲则之诗,《黄仲则景仁自太平来新安,留院中月馀,将有武陵之行,诗以赠别》亦云:"少陵已往谪仙死,后之作者竟谁是?韩门张李苏秦黄,同学故人望吾子。"丘山,即山岳,比喻恩重。陈亮《谢曾察院启》:"是非随定,恩重丘山。"青眼,用阮籍典事,见《洞庭行赠别王大归包山》注〔4〕。

〔9〕不才:谦称自己。分:本来应该。微波:张孝祥《渔家傲》:"欲

遣微波传尺素。"此用其词。赏音:知音。

〔10〕亲在:黄仲则与袁钧身世相近,俱是父亲早卒,母老家贫。师在:黄仲则与袁钧俱师事郑虎文。

## 水碓〔1〕

更笑桔槔拙,无心白转环〔2〕。水因滩愈急,人与碓俱闲〔3〕。独火明遥夜〔4〕,疏声彻四山。谁知倾听者,愁鬓欲成斑〔5〕。

〔1〕本篇作于乾隆三十八年(1773),借水碓咏叹人生疲于奔波,构思精妙,富含人生哲理。文廷式《闻尘偶记》云:"国朝诗学凡数变,然发声新越,寄兴深微,且未逮元、明,不论唐、宋也。固由考据家变秀才为学究,亦由沈归愚以'正宗'二字行其陋说,袁子才又以'性灵'二字便其曲谀,风雅道衰,百有馀年。其间黄仲则、黎二樵尚近于诗。"水碓(duì对):一种利用水力舂米的工具。

〔2〕桔槔(gāo高):井上汲水的一种工具,以横木支在木柱上,绳子一端挂水桶,另一端系重物,一起一落,汲水可以省力。陆龟蒙《江边》:"江边日晚潮烟上,树里鸦鸦桔槔响。"无心,无意。转环,来回转动。

〔3〕"水因"二句:是说水滩愈险,水流愈急,舂米的人与水碓俱得清闲自在。

〔4〕独火:灯火,因山静人稀,故云。李绅《却望无锡芙蓉湖》:"丹橘村边独火微,碧流明处雁初飞。"遥夜:长夜。

〔5〕"谁知"二句:是说倾听水碓声,想到人生碌碌,奔波不止,不禁愁白双鬓。倾听者,诗人自指。愁鬓,鬓发因愁而白。斑,花白。

## 山馆夜作[1]

步虚声寂散群真,夜色平铺不动尘[2]。云影自来还自去,最高山阁未眠人。

城郭人民别想劳,看来身世总秋毫[3]。此时万户应同梦,上有白烟低复高。

长夜山窗面面开,江湖前后思悠哉[4]!当窗试与然高烛,要看鱼龙唼影来[5]。

〔1〕乾隆三十八年(1773)秋,仲则至杭州,畅游湖山,寄情赋咏,如朱珪《题黄仲则遗稿》所云:"高歌泣鬼啸风雨,长身玉树临春风。"以上三诗作于吴山馆中,如三幅图画,格调闲澹,带着淡淡的忧伤。细论之,又有所不同,第一幅是山阁不眠图,高澹萧逸;第二幅是城郭夜幕图,清思隽发;第三幅是江湖漫游图,奇崛怪特。三诗以第三首为最佳,写鱼龙由于饥饿而出来寻食"唼影",这无疑是人世凄凉的一种嘲讽,同时也表现了江湖寒士奇倔的个性。

〔2〕步虚声:道家诵经声。道家曲有步虚辞。《异苑》卷五:"陈思王曹植,字子建,尝登鱼山,临东阿,忽闻岩岫里有诵经声,清通遒亮,远谷流响,肃然有灵气,不觉敛衿祗敬,便有终焉之志,即效而则之。今之梵唱皆植依拟所造。一云陈思王游山,忽闻空里诵经声,清远遒亮,解音者则而写之,为神仙声。道士效之,作步虚声也。"群真:群仙。不动尘:

喻指静谧的烟岚。

〔3〕城郭人民：朱建新《黄仲则诗》："疑用丁令威化鹤归来，作人言云'有鸟有鸟丁令威，去家千岁今年归。城郭如故人民非，何不学仙冢累累'语意。"颇具见解。秋毫：见《黄山寻益然和尚塔不得，偕邵二云作》注〔5〕。

〔4〕悠哉：语出《诗经·周南·关雎》："悠哉悠哉，辗转反侧。"郑玄笺："思之哉思之哉，言已诚思之。"《尔雅》："悠，思也。"

〔5〕然：古同"燃"，点起。高烛：苏轼《海棠》："只恐夜深花睡去，故烧高烛照红妆。"鱼龙：见《后观潮行》注〔13〕。啖影：葛一龙《浮家美人》："回风燕子娇歌柳，啖影鱼儿逐鬓花。"啖，吞食。

# 暮归北山下，丛木颓垣，未知何人祠也，苍凉独步，悄然成诗〔1〕

树中出铃语〔2〕，觅径经荒祠。星光满空廓，照见欹残碑〔3〕。欲读不能审，悄立回风吹〔4〕。轻尘旋成阵，堕叶飘相随。屋角落鸟羽，草心系虫丝。人迹一无到，精灵杳来窥。怜余嗜幽僻，不碍拈吟髭〔5〕。明朝脱经过，盥手陈江蓠〔6〕。

〔1〕北山：在杭州西湖侧，由苏堤与南山连接，构成西湖十景之一的苏堤春晓。本篇乾隆三十八年（1773）秋在杭州作，写暮过北山下，偶见一处荒祠，断碑残破不堪卒读，悄生感慨，徘徊不能去。诗中解释说这是由于"嗜幽僻"，其实这只是一种含蓄的说法，仲则实是想从断碑中解读历史沧桑和世事变迁。

〔2〕铃语:铃声。铃,檐马。

〔3〕空廊:空旷寥廓。欹:倾斜。

〔4〕谙:会悉。回风:回旋的风。

〔5〕嗜幽僻:喜爱幽静。拈吟髭:诗人吟诗时频频搓捻胡须,形容反复推敲的神态。卢延让《苦吟》:"吟安一个字,撚断数茎须。"

〔6〕脱:倘或。盥(guàn 贯)手:洗手,表示敬重。陈:陈献。江蓠:一种香草名,又名蘼芜。《离骚》:"扈江离与辟芷兮,纫秋兰以为佩。"

## 游漪园暮归湖上[1]

名园负郭水为邻,水上垂杨系马频[2]。寻遍旧踪疑隔世,画来秋色借全身[3]。池台入暝难留客,鱼鸟能愁不近人[4]。若说西湖似西子,此时意态只宜颦[5]。

〔1〕乾隆三十八年(1773)秋在杭州作。本篇佳处在于将难以状描之性情,含婉吐于笔端。漪园:在杭州西湖畔。《湖山便览》卷七:"甘园西址,明末为白云庵,岁久覆圮。国朝雍正间郡人汪献珍重加葺治,易名慈云,增构亭榭,杂莳卉木,沿堤为桥,以通湖水。乾隆二十二年圣驾临幸,御题'漪园'二字为额。"

〔2〕负郭:靠近城郭。"水上"句:言此为折柳送别之地。系马频:杜甫《谒先主庙》:"绝域归舟远,荒城系马频。"

〔3〕"画来"句:意思是身在秋色如画中。

〔4〕入暝:融入暮色。能愁:犹言多愁。

〔5〕西湖似西子:苏轼《饮湖上初晴后雨》:"欲把西湖比西子,淡妆

浓抹总相宜。"此用其词。西子,西施。颦:皱眉。《庄子·天运》:"故西施病心而矉其里。"矉,"颦"的异体字。张岱《夜航船》:"西子心痛则捧心而颦,其貌愈媚。"

## 洪忠宣祠[1]

啖雪龙庭十载馀,辞家犹忆建炎初[2]。两宫辛苦餐梨面,万里烟尘递蜡书[3]。事去仅归苏武节,身闲聊傍葛洪居[4]。汤阴祠墓还邻近,可共英灵感故墟[5]?

[1] 乾隆三十八年(1773)作于杭州。洪忠宣祠:洪皓祠,在西湖葛岭下。洪皓(1088—1145),字光弼,江西乐平人,洪迈之父。少有奇节,宋政和五年(1115)成进士。建炎初,假礼部尚书出使金国,滞于金达十五年之久,终不屈,时人将其比作苏武。绍兴十一年(1141)南归,力主恢复中原,忤秦桧,贬英州、袁州等地,后病死南雄州,谥忠宣。后人在杭州立祠纪念。

[2] "啖雪"二句:写洪皓滞留金国十馀年,历尽艰辛,不辱使命。《宋史·洪皓传》:建炎初,洪皓奉命为大金通问使,滞于金,不得归,"或二年不给食,盛夏衣粗布,尝大雪薪尽,以马矢然火煨面食之"。啖雪,即餐雪,典出《汉书·李广苏建传》:苏武出使匈奴,单于欲降之,苏武不屈,单于"乃幽武置大窖中,绝不饮食。天雨雪,武卧啮雪,与旃毛并咽之,数日不死"。龙庭,匈奴单于祭天地鬼神之所,后泛指边塞少数民族国家。建炎,南宋赵构年号。

[3] 两宫:指金兵掳走的宋徽宗、钦宗父子。梨面:青梨面,用青稞

等制成的食品。民国《黑龙江志稿》卷五十七《人物志·洪皓》："后流于冷山,距会宁二百里,四月草生,八月已雪,金陈王乌舍聚落在焉。乌舍知皓贤,延使教其子,复偕之入燕,得闻徽、钦居五国城,密遣人奏书,献桃栗、梨面。"清德城等修《光禄则例》卷五十三《岁赋》："梨面,每斤三分五厘。"烟尘:喻战乱。蜡书:封在蜡丸中的书信,古人以蜡丸封书,以防泄密或潮湿。洪皓滞于金,多次使人密报金人虚实,见《宋史·洪皓传》。

〔4〕"事去"句:《宋史·洪皓传》:金主以生子大赦,洪皓与张邵、朱弁三人被放遣,金人惧为患,使人追之,不及。洪皓以忠义之声闻于天下,南归后力主恢复,忤秦桧,郁郁不得志,卒年六十八岁。苏武节:苏武出使匈奴所持的符节,《汉书·李广苏建传》:苏武在匈奴"杖汉节牧羊,卧起操持,节旄尽落"。葛洪居:葛洪隐居修仙之处,这里指葛岭,洪皓祠在葛岭下。葛洪,东晋人,字稚川,号抱朴子,好神仙导养之法。

〔5〕汤阴祠墓:岳飞祠墓,在西湖栖霞岭下。岳飞,字鹏举,汤阴人。官至太尉,授少保,为河南北诸路招讨使。大破金兵于朱仙镇,指日渡河北上,旋被解除兵权,以莫须有罪名杀害。故墟:遗址废墟,这里指南宋故墟。

# 金鼓洞〔1〕

只激风泉韵,何来金鼓名〔2〕?泥难缝地裂,石忽使天惊〔3〕。断脉迎人气,虚中学语声〔4〕。幽潭睡何物,时有怪云生〔5〕?

〔1〕这首诗乾隆三十八年(1773)在杭州作,想象奇特,风格清隽。金鼓洞:在杭州栖霞岭侧。张岱《西湖梦寻》卷一:"(紫云洞)洞旁一壑

幽深,昔人凿石,闻金鼓声而止,遂名金鼓洞。"

〔2〕风泉韵:风声和泉声。唐人李乂《奉和初春幸太平公主南庄应制》:"风泉韵绕幽林竹,雨霰光摇杂树花。"金鼓名:见本篇注〔1〕。

〔3〕"泥难"二句:上句化用杜甫《后苦寒行二首》其一:"玄猿口噤不能啸,白鹄翅垂眼流血,安得春泥补地裂。"缝,填补。一本作"补"字。"石忽"句,意思是石破天惊。李贺《李凭箜篌引》:"女娲炼石补天处,石破天惊逗秋雨。"

〔4〕断脉:断裂的山谷。人气:人的气息。虚中:中空。学语声:指金鼓声。又兼指人语声,虚谷人语辄相应。

〔5〕怪云生:《太平广记》卷三九四"陈鸾凤"条:海康人陈鸾凤不畏鬼神。岁大旱,乡要祷于雷公庙,不应,鸾凤怒焚之。又不避俗忌,"怪云生,恶风起,迅雷疾雨震之"。鸾凤挥刃,中雷左股,雷堕地,状类熊猪,毛角肉翼,青色。清人铁保《小寨石洞》:"壁立千寻鸟道横,阴森古洞怪云生。"

## 过贾秋壑集芳园故址[1]

风月平章赐第年[2],一山楼阁半湖船。若论相业惭何地,便有仙居借自天[3]。辽海几时归别鹤,洛阳空复怆啼鹃[4]。半闲后乐俱荒址,满路秋虫咽暮烟[5]。

〔1〕乾隆三十八年(1773)作于杭州。本篇咏集芳园故址,感叹人间兴废,不但嘲讽贾似道的荒淫误国,而且将讽刺的笔端直指南宋诸帝,化典巧妙,寄兴深微。集芳园:本是南宋皇家园林,宋理宗赐与贾似道。

《宋史·理宗本纪》:"(景定三年正月庚午)赐贾似道第宅于集芳园,给缗钱百万,就建家庙。"贾似道,字师宪,台州人。以姊贾氏封贵妃,累迁两淮宣抚大使等职。贪残荒淫,独专朝政,丧师辱国,致使朝野震动,群情激愤,失势后,为郑虎臣所杀。

〔2〕风月平章:品评风月。平章,指品评,又一语双关,借指贾似道,宋度宗时曾特授平章军国重事。

〔3〕"若论"二句:是说贾似道政治上毫无建树,无处立足,却将集芳园这样的仙居给了他。这里讽刺了南宋皇帝的昏庸和贾似道的无能。相业,宰相的功业,贾似道任平章军国重事,位重于相。仙居,比喻集芳园。

〔4〕"辽海"二句:上句用辽东鹤典事,见《楼上对月》注〔8〕。下句典出邵伯温《邵氏闻见录》:北宋治平间,邵雍散步洛阳天津桥上,闻杜鹃声,惨然不乐。或问其故,则曰:"洛阳旧无杜鹃,今始至,有所主。"问曰:"何也?"邵雍曰:"不三五年,上用南士为相,多引南人,专务变更,天下自此多事矣!"问曰:"闻杜鹃何以知此?"邵雍曰:"天下将治,地气自北而南;将乱,自南而北。今南方地气至矣,禽鸟飞类,得气之先者也。"参见朱建新《黄仲则诗》。陈维崧《塞孤·宣武城外书所见》词云:"鹃已叫,洛阳城。鹤未返,辽西市。"怆,悲伤。

〔5〕半闲:半闲堂,贾似道在葛岭所建别墅。周密《齐东野语》卷十二《贾相寿词》:"贾师宪当国日,卧治湖山,作堂曰半闲。"张岱《夜航船》:"时襄樊围急,似道日坐葛岭,起楼台亭榭,作半闲堂,延羽流,塑像肖己于中,取宫人叶氏及娼尼有美色者为妾,穷奢极欲,日肆淫乐。"后乐:贾似道后乐园,取名于范仲淹《岳阳楼记》:"先天下之忧而忧,后天下之乐而乐。"范仲淹取意于《孟子·梁惠王下》:齐宣王见孟子于雪宫,问:"贤者亦有此乐乎?"孟子对曰:"为民上而不与民同乐者,亦非也","乐以天下,忧以天下,然而不王者,未之有也"。咽:声音滞涩,形容虫

鸣悲切。

## 问水亭[1]

薄暮高城破镜飞,满湖谁解爱清辉[2]?多情岸上人家火,赚得酒人无数归。

剩有狂奴占寂寥,烟中舟子自相招[3]。放舟今夜谁边宿?只向水香多处摇[4]。

　　[1] 乾隆三十八年(1773)作于杭州,写超逸不俗的情趣,诗思甚妙。第一首写西湖岸上人们忙于行乐,不爱清辉。第二首,以"水香多处"代指问水亭,寄托了孤洁高雅的性情。问水亭:在西湖柳州亭左,明代司礼监孙隆所建。
　　[2] 薄暮:傍晚。破镜飞:谓残月在天。语本《玉台新咏》卷十《古绝句四首》其一:"何当大刀头,破镜飞上天。"米芾《明月歌二首》其二:"谁家破镜飞上天,满林玉珏相勾连。"《白氏六帖类集》卷一:"谓残月。"吴兆宜、程际盛删补《玉台新咏》释"破镜飞上天"云:"言月半当还也。"
　　[3] 狂奴:见《思旧篇并序》注[15]。舟子:船夫。一本作"仙子"。
　　[4] 水香:泽兰的别名。水香多处:指问水亭边。

# 湖上杂感[1]（二首选一）

## 其一

远山如梦雾如痴,湖面风来酒面吹[2]。不见故人闻旧曲,水西楼下立多时[3]。

〔1〕乾隆三十八年（1773）作于杭州西湖。这首怀友的七绝,以白描的艺术手法,细切入微地刻绘出怀友的感受和情态。
〔2〕酒面:指杯中酒面。白居易《赠晦叔忆梦得》:"酒面浮花应是喜,歌眉敛黛不关愁。"陶渊明《拟挽歌辞》三首其二"春醪生浮蚁",吴瞻泰辑《陶诗汇注》云:"张协《七命》:'浮蚁星沸。'谓酒面之浮者也。"
〔3〕水西楼:楼名,在杭州西湖畔,从楼上可俯瞰全湖。

# 凤山南宋故内[1]

废苑年年长绿芜,小朝廷此忍须臾[2]。久将去路归沧海,尚可勾人是圣湖[3]。家法请成援《越绝》,心传行乐拟《吴趋》[4]。是曾阅得兴亡处,错认江山作霸图[5]。

〔1〕凤山:凤凰山,在杭州城南。张岱《西湖梦寻》卷五《西湖外

景·凤凰山》:"自吴越以逮南宋,俱于此建都,佳气扶舆,萃于一脉。元时惑于杨髡之说,即故宫建立五寺,筑镇南塔以厌之,而兹山到今落寞。"南宋故内:南宋曾将凤凰山环入内苑。本篇作于乾隆三十八年(1773),咏南宋故内,指出凤凰山不过是江山佳处,而非兴立霸业之地,南宋皇帝偏安一隅,也难怪让凤凰山再目睹兴亡了。

〔2〕废苑:南宋故苑。绿芜:丛生的绿草。小朝廷:偏安一隅的政权,指南宋政权。忍:忍辱。须臾:片刻。

〔3〕"久将"句:沧海,大海,此指南海。厓山之战,宋兵大败,陆秀夫负幼帝赵昺蹈海,南宋覆亡。沧海,兼用沧海桑田典事,见《慈光寺前明郑贵妃赐袈裟歌》注〔14〕。勾人:引人留连忘返。圣湖:杭州西湖,汉时称明圣湖,唐以后始称西湖。蒋剑人《黄仲则诗》:"白居易诗:'一半勾留在此湖。'"

〔4〕请成:请和。援《越绝》:指南宋皇帝偏安江南,与金人求和,却自我标榜是取法《越绝书》所载勾践卧薪尝胆的做法。《越绝》,指《越绝书》,记载春秋时吴越争霸之事。心传:禅宗不立文字,传授佛法,心心相印,曰心传,泛指世代相传。拟《吴趋》:指南宋皇帝追求声色歌舞。《吴趋》,指《吴趋行》,吴人歌咏风土秀嘉所作,属《杂曲歌辞·歌舞曲》。陆机有《吴趋行》,最负盛名。

〔5〕错认江山:苏轼《念奴娇·赤壁怀古》:"江山如画。"陈藻《山中有感》:"每看风月非人世,错认江山是画图。"霸图:犹言霸业。

# 七里泷[1]

海潮连日大,直过子陵滩[2]。助以乘风便,都忘上濑难。山围青步障,水皱碧琅玕[3]。长忆披裘客[4],空江六月寒。

〔1〕七里泷:即七里滩,又称七里濑,在浙江桐庐。《太平寰宇记》:"七里濑,即富春渚也,两山耸起壁立,连亘七里,土人谓之泷。水驶如箭,谚云:'有风七里,无风七十里。'言舟行难于牵挽,惟视风为迟速也。"本篇作于乾隆三十八年(1773)秋,写七里泷的景致,洒宕俊逸。延君寿《老生常谈》称袁枚诗"新颖",蒋士铨诗"雄健",赵翼诗"豪放",仲则诗"俊逸",清中叶诗当以"四家为冠"。所论不虚。

〔2〕子陵滩:即七里泷,见本篇注〔1〕。白居易《家园三绝》其一:"沧浪峡水子陵滩,路远江深欲去难。"

〔3〕青步障:喻青碧的山色。步障,用以遮蔽风尘屏幕。《晋书·石崇传》:石崇、王恺斗富,王恺作紫丝步障四十里,石崇作锦步障五十里以敌之。琅玕:又称明玕,一种似玉的美石,此喻水色。

〔4〕长忆:时常想到。披裘客:严子陵,隐居富春江畔,披裘垂钓。《后汉书·严光传》:严光,字子陵,馀姚人。少有高名,与汉光武帝同游学。光武帝即位,严光乃变名姓,隐身不见,"帝思其贤,乃令以物色访之。后齐国上言:'有一男子,披羊裘钓泽中。'帝疑其光,乃备安车玄纁,遣使聘之"。

# 新安滩[1]

一滩复一滩,一滩高十丈[2]。三百六十滩,新安在天上[3]。

〔1〕本篇与《七里泷》同时作,言浅意丰,妙趣横生。新安滩:新安江滩。滩,河道中水浅流急多沙石的地方。

〔2〕"一滩"二句:赵吉士《寄园寄所寄》引《休宁县志》:"新安江径

严州,至钱塘入海。自张公山至钱塘,共三百六十滩。谚曰:'一滩高一滩,徽州在天上。'李供奉诗云:'闻说金华渡,东连五百滩。他年一携手,摇艇入新安。'"

〔3〕三百六十滩:见本篇注〔2〕。"新安"句:化用谚语"徽州在天上"。

## 杂题郑素亭画册[1]

月黯沉云多[2],山深夜泉长。忽断疏钟撞,谁敲石门响。

翁如访戴行[3],我愿为童子。随向溪桥边,韵入横图里。

倦掩窗前卷,闲挥膝上桐[4]。斜阳留几许,雁背不成红[5]。

〔1〕作于乾隆三十八年(1773)。仲则工诗词,兼擅篆刻、书画,写了大量题画诗。以上三诗诗画相通,神超境外。第一首写夜泉,动中有静。第二首写高士寻溪,古质生韵。第三首写高士弹琴,高澹洒脱。郑素亭:郑书逊,字晋公,号素亭,歙县人。明画工,长于墨笔山水人物。

〔2〕月黯:月光黯淡。沉云:阴云,浓云。

〔3〕"翁如"句:用雪夜访戴典事,见《赠万黍维即送归阳羡》注〔5〕。

〔4〕"闲挥"句:嵇康《兄秀才公穆入军,赠诗十九首》其十四:"目送归鸿,手挥五弦。"古琴有五弦,有七弦。挥,弹奏。桐,指琴。古人多以桐制琴,故称。

229

〔5〕雁背:周邦彦《玉楼春》:"烟中列岫青无数,雁背夕阳红欲暮。"此用其词。

## 响山潭〔1〕

一舟摇醉眠,梦醒橹声响。洞窗见长崖,峭立森如掌。颓光影澄流,凝碧随潢〔2〕。人言响山潭,呼之应成两〔3〕。三呼而三应,高下随所饷〔4〕。大声既隆隆,小语亦朗朗〔5〕。昔诧石镜奇,须眉了能仿〔6〕。兹能效无形,乃真绝言想〔7〕。喧寂人籁兼,鸣叩道心长〔8〕。遒然发鸾吟〔9〕,韵与连山往。十年走尘中,高唱无人赏。得此为同声,苦心殊未枉。

〔1〕响山潭:在响山下。乾隆《淳安县志》载往来过者必停舟歌呼,为响声相答。本篇作于乾隆三十八年(1773)冬,用字、用意俱妙。响山潭的美景,并不是诗人集中笔力之处,他更感兴趣的是响山潭的回声,"人言响山潭"以下十四句,俱写这种奇妙的声音。接下四句,由潭及人,感写十年行走风尘,高声吟唱而无知音,不想在空潭边觅到"同声"。这样写来,别开奇境,如清人吴蔚光《又书仲则诗后》所评:"千秋多逸气,一往有深情。"

〔2〕颓光:即馀辉。澄流:碧流。凝碧:深绿。潢(huàng yǎng 晃养):形容广阔无边。

〔3〕"呼之"句:是说在响山潭边呼喊,回声响应,如两人相对而语。

〔4〕高下:声音的高低。饷,给予。

〔5〕隆隆:形容声音很大。小语:小声。朗朗:形容声音清晰响亮。

以上诗句写响山潭的回声,着力于一个"响"字。

〔6〕石镜:此或指石镜山。朱建新《黄仲则诗》:"石镜,山名,在浙江临安县南一里。有石镜在山之东峰,其光如镜。钱镠少时游此,照其形,服冕旒如王者状。唐昭宗封镠越王,改山名为衣锦山。"又,庐山亦有石镜。《水经注·庐江水》:"(庐)山东有石镜,照水之所出。有一圆石,悬崖明净,照见人形,晨光初散,则延曜入石,毫细必察,故名石镜焉。"李白《庐山谣寄卢侍御虚舟》:"闲窥石镜清我心,谢公行处苍苔没。"须眉:胡须眉毛。

〔7〕无形:不见形体,指声音。绝言想:超乎想象表达。

〔8〕人籁:人吹箫管发出的声音,泛指人声。籁,古代的管乐器。"鸣叩"句:典出《礼记·学记》:"善待问者如撞钟,叩之以小者则小鸣,叩之以大者则大鸣,待其从容,然后尽其声,不善答问者反此。此皆进学之道也。"这句诗是说人声与回声,似一问一答,颇具悟道之意。叩,叩击。道心,悟道之心。

〔9〕逌(yóu 由)然:自得貌。鸾吟:即鸾啸,见《丰山古梅歌并序》注〔9〕。


# 冬日过西湖[1]

寂寞楼台镮冻云[2],闲踪惟我最殷勤。西湖与尔坚相约,一过钱塘一访君[3]。

湖上群山对酒尊,无山无我旧吟魂[4]。不须剪纸招魂去,留伴梅花夜月痕[5]。

〔1〕乾隆三十八年(1773)冬,仲则取道杭州返武进,两首绝句作于重过西湖时,前一首如誓盟,后一首如恋歌,自抒与山水相因依的性情。

〔2〕鎍(suǒ 索):同"锁"。冻云:严冬的阴云。白居易《夜招晦叔》:"庭草留霜池结冰,黄昏钟绝冻云凝。"

〔3〕尔:你,此为诗人自指。钱塘:在今杭州,西湖又称钱塘湖。君:指西湖。

〔4〕酒尊:酒杯。吟魂:诗思,诗魂。杜荀鹤《哭方干》:"天下未宁吾道丧,更谁将酒酹吟魂。"。

〔5〕"不须"二句:是说不须剪纸招回自己那"无山"不在的"旧吟魂",且让它留伴梅花和夜月。剪纸招魂,古人剪纸为幡,以招魂魄。杜甫《彭衙行》:"暖汤濯我足,剪纸招我魂。"

# 冬日克一过访和赠[1](三首选二)

## 其一

每经契阔想生平,四海论交有少卿[2]。似我渐成心木石,如君犹是气幽并[3]。那愁白璧投无地,多恐黄金铸未精[4]。别后酒狂浑不减,月斜舞影共参横[5]。

〔1〕克一:名龚协,武进人,居宜兴。乾隆三十九年(1774)举人,官司务。乾隆三十八年(1773)冬,仲则归里,龚协来访,赋诗三首相赠。此选其前两首,感赋人生,抒写了愤世之情和孤傲之性。

〔2〕契阔:久别。少卿:蒋剑人《黄仲则诗》以为是汉人任安,字少卿,与司马迁为友。司马迁作有《报任安书》。此当指李陵,字少卿,善骑射,汉武帝以为有李广之风,征拜骑都尉,后降匈奴,见《汉书·李广苏建传》。《汉书·李广苏建传》:苏武使匈奴,十九始得归,临行,李陵送别,为起歌舞。《文选》录《与苏武诗三首》,称李陵所作,其二:"临河濯长缨,念子怅悠悠。"其三:"行人难久留,各言长相思。"

〔3〕心木石:心如木石,典出《晋书·夏统传》:夏统,字仲御,会稽永兴(今浙江萧山西)人,尚气节,轻视富贵享乐。太尉贾充以为奇,于是出动乐舞妓女,欲以打动其心,夏统安坐如故,若无所闻,贾充等人叹说:"此吴儿是木人石心也!"气幽并:幽并之气,古代燕赵之士以尚气任侠著称,故称幽并之气。幽并,幽州和并州。王昌龄《塞下曲四首》其一:"从来幽并客,皆共尘沙老。"《金史·元好问传》:元好问"歌谣慷慨,挟幽并之气"。

〔4〕"那愁"二句:感叹才士不得世用。上句用珠璧暗投之典。朱建新《黄仲则诗》:"投璧,譬喻美才。《汉书·邹阳传》:'明月之珠,夜光之璧,以暗投人于道,路人莫不按剑相眄者,何则? 无因而至前也。'"下句用黄金铸像之典。《国语·越语下》:"(范蠡)遂乘轻舟以浮于五湖,莫知其所终极。王命工以良金写范蠡之状而朝礼之。"

〔5〕酒狂:《汉书·盖宽饶传》:盖宽饶,字次公,魏郡人。平恩侯许伯迁新第,请之,自酌曰:"盖君后至。"宽饶曰:"无多酌我,我乃酒狂。"丞相魏侯笑曰:"次公醒而狂,何必酒也?"参横:参星横斜,指夜深。古乐府《善哉行》:"月没参横,北斗阑干。"苏轼《六月二十日夜渡海》:"参横斗转欲三更,苦雨终风也解晴。"

## 其二

不愧狂名十载闻,天涯作达尽输君[1]。移栽洛下花千种,醉倒扬州月二分[2]。翻笑古人都寂寂,任他馀子自纷纷[3]。樽前各有飞扬意,促节高歌半入云[4]。

〔1〕作达:见《冬夜左二招饮》注〔9〕。
〔2〕花千种:洛阳出产名花,品种繁多,尤以牡丹著称,这里指牡丹花品种多。《曲洧旧闻》:张峋撰《牡丹谱》三卷,凡一百一十九种。洛下:洛阳城。花,指牡丹,洛阳风俗,称牡丹不直呼其名,而称"花"。月二分:二分明月,古人称天下明月共三分,扬州独占二分。徐凝《忆扬州》:"天下三分明月夜,二分无赖是扬州。"
〔3〕翻笑古人:杨万里《醉吟》:"今人只笑古人痴,古人笑君君不知";"李太白,阮嗣宗,当年谁不笑两翁。万古贤愚俱白骨,两肥天地一清风"。寂寂:左思《咏史八首》其四:"寂寂扬子宅,门无卿与舆。寥寥空宇中,所讲在玄虚。"此用其词,意谓清寂。馀子:蒋剑人《黄仲则诗》:"犹言馀人。《后汉书》:'馀子碌碌,不足数也。'"纷纷:犹言碌碌,意谓忙碌。
〔4〕樽前:酒前。飞扬意:性情放纵不拘。促节:急促的节奏。半入云:杜甫《赠花卿》:"锦城丝管日纷纷,半入江风半入云。"

## 癸巳除夕偶成[1]

千家笑语漏迟迟,忧患潜从物外知[2]。悄立市桥人不识,一星如月看多时[3]。

年年此夕费吟呻,儿女灯前窃笑频[4]。汝辈何知吾自悔,枉抛心力作诗人〔5〕。

〔1〕乾隆三十八年(1773)除夕作于家中。第一首是流传甚广的佳作,用笔婉妙,传写无限的落拓之感、身世之悲。陆继辂《合肥学舍札记》卷十二:"黄丈仲则诗有云:'独立市桥人不识,一星如月看多时。'向来平平阅过。顷吴大令山锡语余:'此诗题《癸巳除夕》,乾隆三十八年也。其明年有寿张之乱,金星先期骤明,作作有芒角,作者盖深忧之,非流连光景之作也。'余嗟赏其言,以为读古人诗,皆当具此手眼。"所论穿凿附会,不足为凭。仲则此诗写心,谓之"流连光景",未为不可。第二首中的"枉抛心力作诗人"的自悔,乃愤激之语。二诗凝练、含蓄,抒情真挚,达到了相当高的艺术境界。

〔2〕漏迟迟:形容时间很晚。迟迟,缓缓貌。徐炫《除夜》:"寒灯耿耿漏迟迟,送故迎新了不欺。"忧患:一作"忧思",指忧愁困苦。洪亮吉《与黄大景仁话旧》二首其一:"壮志都从忧患移,别离如梦见犹疑。"物外:尘世之外。骆宾王《夏日游目聊作》:"暂屏嚣尘累,言寻物外情。"

〔3〕"悄立"二句:洪亮吉《北江诗话》卷一评云"豪语也","悄立"作"独立"。人不识,含有两层意思:一是诗人悄立市桥,周围的人都很陌生;一是诗人在"千家笑语"之外,悄然忧思,外人并不了解。

〔4〕费吟呻:与下句灯前儿女"窃笑频",构成对比,写尽人生辛酸,为以下二句作了很好的铺垫。吟呻,推敲诗句。儿女:谓长文仲仙、独子乙生。仲仙生于乾隆三十三年,乙生生于乾隆三十六年。仲则娶赵氏,生一子二女,殁时,子年十三,长女年十六,次女仅五岁。仲仙嗜读书,能诗词,嫁顾麟瑞,年四十而殁。乙生字小仲,攻书法,不事文藻。道光二年卒,年五十。

〔5〕"汝辈"二句:这两句乃痛心之语,并非真正的自悔。枉抛,空费。元稹《白衣裳》其二:"闲倚屏风笑周昉,枉抛心力画朝云。"

# 别稚存[1]

莫因失路气如灰[2],醉尔飘零浊酒杯。此去风尘宜拭目,如今湖海合生才[3]。一身未遇庸非福,半世能狂亦可哀。我剩壮心图五岳,早完婚嫁待君来[4]。

〔1〕乾隆三十九年(1774)春,仲则游扬州。是年洪亮吉馆于扬州权署,值秋试始归里。本篇或作于是年春。"此去风尘宜拭目,如今湖海合生才"是一时奇句,意思是自古才人皆不幸,所以现在是一个多生才人的时代。这自非简单的牢骚语,而是含有深义的。五、六两句写一身未遇未必不是福,从中可见二人相惜的深情,以及"盛世"才士沦落的悲哀。赵希璜《校仲则诗付梓不觉怆然》其二评云:"一身未遇庸非福,半世能狂亦可哀(仲则《别稚存》句)。每自手抄传好句,曾闻拍案叹天才(昔在笥河师座,有少年以己诗方仲则者,笥河师大噱曰:仲则天才也)。"

〔2〕失路:比喻失意。扬雄《解嘲》:"当途者升青云,失路者委沟渠。"气如灰:灰心丧气,意绪消沉。《通典》卷一百六十二《兵十五》"风云气候杂占"条:"凡攻城围邑","或有气如灰,气出如覆其军上者,士多病,城屠"。

〔3〕风尘:飘泊江湖。拭目:擦亮眼睛,形容殷切的期待。李白《赠潘侍御论钱少阳》:"君能礼此最下士,九州拭目瞻清光。"湖海:犹言江湖。《汉书·张敞传》:张敞上书谏曰:"今天子以盛年初即位,天下莫不拭目倾耳,观听风。"后人多以"拭目"与"以待太平"连用。"此去"二句

言拭目风尘,盖反用其意。

〔4〕"我剩"二句:指与友人相约纵游五岳。用向子平之典,《后汉书·向长传》:"建武中,男女娶嫁既毕,敕断家事勿相关,当如我死也。于是遂肆意,与同好北海禽庆俱游五岳名山,竟不知所终。"图,意欲。五岳,见《登衡山看日出用韩韵》注〔14〕。婚嫁,指子女婚嫁之事。仲则早逝,临逝前将子女托付给洪亮吉照顾。洪亮吉《刘刺史大观为亡友黄二景仁刊悔存轩集八卷工竣,感赋一首,即柬刺史》:"向平婚嫁为君毕(君一子一女,皆君殁后为之婚嫁),亦拟穿云访列真。"

# 广陵杂诗[1](三首选一)

## 其三

不作扬州梦,时因载酒过[2]。但闻花叹息,似有鬼清歌。城郭黄流近,楼台暮气多[3]。讨春何限好[4],其奈晚秋何!

〔1〕乾隆三十九年(1774)春,仲则游扬州,本篇作于此际。诗中不写扬州繁华,而写扬州城暮气沉沉,幽奇作鬼语,尤其耐人寻味。"但闻花叹息,似有鬼清歌",笔力极高,就此二语,清中叶许多诗人不能望其项背,如王昶《哭黄仲则六十六韵》所云:"春容步前修,峭刻出新样。思能通无厚,意必矜独创。"

〔2〕扬州梦:杜牧随牛僧孺出镇扬州,尝出入娼楼,后分务洛阳,追思感旧,《遣怀》诗云:"十年一觉扬州梦,赢得青楼薄倖名。"载酒:江湖载酒,指飘泊江湖。

〔3〕黄流:黄河之水,泛指浊流。张仲深《久雨感怀》:"闭门十日黄梅雨,门外黄流数尺强。"暮气:见《归燕曲》注〔4〕。

〔4〕讨春:游春,探春。一本作"访春"。

# 和钱百泉杂感[1](四首选二)

## 其二

沸天歌吹古芜城[2],淮海波涛自不平。手指秋云向君说,可怜薄不似人情!

〔1〕作于乾隆三十九年(1774),时游扬州。诗中指斥世态炎凉,叹说狂傲之士尚是这个"盛世"不可或缺的,颇具清狂之气。钱百泉(1733—1795):钱世锡,字慈伯,号百泉,秀水(今浙江嘉兴)人,钱载之子。幼承家学,通经能文,乾隆四十三年(1778)成进士,授检讨。有《麓山老屋诗集》。诗风如其父,瘦硬奇崛,亦与仲则相类。《古诗三首赠洪秀才稚存,兼寄黄秀才仲则》其三云:"仲则顾然秀,朗朗见眉宇。示我一卷诗,居然屈宋侣","清词堪断肠,情怀剧凄楚。长歌忽激越,笔力幻风雨。"

〔2〕沸天:形容声音极度喧腾。白居易《宴周皓大夫光福宅》:"轩车拥路光照地,丝管入门声沸天。"歌吹:歌乐声。芜城:今扬州。南朝宋竟陵王刘诞据广陵反,兵败死之,城遂荒芜,鲍照作《芜城赋》,因得名。

## 其三

臣本高阳旧酒徒,未曾酣醉起乌乌[1]。祢生谩骂嵇生傲[2],此辈于今未可无。

〔1〕高阳酒徒:用郦食其典事,见《寄王东田丈》注〔16〕。高适《田家春望》:"可叹无知己,高阳一酒徒。"仲则所用印记,有"高阳酒徒"四字印。乌乌:见《三十夜怀梦殊(二首选一)》注〔3〕。

〔2〕祢生:祢衡,恃才傲物。孔融亟赏其才,屡荐于曹操,曹操欲见之,祢衡自称狂病,不肯往。曹操怀愤,以祢衡善击鼓,召为鼓史,大会宾客,欲当众辱之,令改着鼓史之衣,祢衡遂解衣裸身而立。曹操怒遣祢衡往荆州刘表处,复不合,再转至江夏太守黄祖处,竟被杀。见《后汉书·祢衡传》。嵇生:嵇康,《晋书·嵇康传》:嵇康其先姓奚,世居会稽上虞,以避怨,徙于铚地,改姓嵇氏。嵇康生平,见《夜起》注〔3〕。

## 饥乌[1]

哑哑啼乌翅倒垂,托身偏择最高枝[2]。向人不是轻开口,为有区区反哺私[3]。

〔1〕乾隆三十九年(1774)秋,仲则与洪亮吉赴江宁应试,同寓明代徐氏东园旧址,诗或作于此际。仲则咏乌,每寓深意,本篇形象地刻画出寒士谋生的矛盾心理和尴尬处境。饥乌蹀躞垂羽于"盛世",也是对乾

隆之世的莫大的讽刺。

〔2〕哑哑:象声词,指鸦啼声。《淮南子·原道训》:"故夫鸟之哑哑,鹊之唶唶,岂尝为寒暑燥湿变其声哉。"翅倒垂:形容啼鸟狼狈之状。鲍照《拟行路难》:"安能蹀躞垂羽翼。"托身:寄身。最高枝:喻高处。施闰章《坐独树轩》:"鹊巢须着稳,莫占最高枝。"

〔3〕"向人"二句:是说不得已求人是由于要像啼乌反哺一样来报答母亲的养育之恩。区区,微不足道,用作自谦之词。反哺,见《高淳,先大父官广文处也,景仁生于此,四岁而孤,至七岁始归,今过斯地,不觉怆然》注〔4〕。

# 重九后十日醉中次钱企卢韵赠别〔1〕

摩挲蠹简爇心香,痴绝吾师顾长康〔2〕。讵拟高飞凌俊鹘,只吟苦调斗寒螀〔3〕。长松骨节摧和峤,衰柳腰肢瘦沈郎〔4〕。摇落不堪重录别,秋风初束舍人装〔5〕。

痛饮狂歌负半生,读书击剑两无成。风尘久已轻词客,意气犹堪张酒兵〔6〕。霜满街头狂拓戟,月寒花底醉调筝〔7〕。谁能了得吾侪事,莫羡悠悠世上名〔8〕。

肯容疏放即吾师,花月文章皓首期〔9〕。那觅酒能千日醉,不愁音少一人知〔10〕。身名已分同飘瓦,涕泪何曾满漏卮〔11〕。幸有故人相慰藉,濒行抛得是相思。

无端被酒复沾襟,秋气偏伤壮士心〔12〕。几见拖肠真有鼠,谁于焦尾更名琴〔13〕?经霜路草难承屐,冒雨篱花不满簪〔14〕。同记尊前萧瑟意,旧游魂梦好追寻。

〔1〕钱企卢:钱梦云,初名迈,字企卢,一字霞叔,号双山,阳湖人。贡生。有《双山感旧诗》二卷。乾隆三十九年(1774),仲则南京应试不第归。重阳后十日与钱迈赋诗赠别,吟唱"痛饮狂歌负半生,读书击剑两无成",如汪佑南《山泾草堂诗话》卷二所评:"仲则生不逢时,每多清逈之思,凄苦之语,激楚之音。"

〔2〕蠹简:蠹虫蛀坏的书,借指古书旧编。罗隐《咏史》:"蠹简遗编试一寻,寂寥前事似如今。"爇(ruò 弱):点燃。心香:指心中膜拜。顾长康:东晋画家顾恺之,字长康,无锡人。痴绝:《晋书·顾恺之传》:顾恺之有三绝,即才绝,画绝,痴绝。辛弃疾《水调歌头》:"我怜君,痴绝似,顾长康。"陆游《闲中戏赋村落景物》:"懒似嵇中散,痴如顾长康。"

〔3〕俊鹘:矫健之鹘。元稹《有鸟二十章》其十九:"有鸟有鸟名俊鹘,鹘小雕痴俊无匹。"寒螿(jiāng 江):秋天的鸣虫。

〔4〕"长松"二句:上句用和峤典事,《晋书·和峤传》:和峤,字长舆,任颍川太守,为政清简,庾颛见而叹曰:"峤森森如千丈松,虽磈砢多节目,施之大厦,有栋梁之用。"下句用沈约典事。沈郎,指沈约,字休文,吴兴武康人。沈约《与徐勉书》自言多病体羸,"解衣一卧,支体不复相关。上热下冷,月增日笃,取暖则烦,加寒必利,后差不及前差,后剧必甚前剧。……以此推算,岂能支久?"后世以沈郎瘦腰,指身体瘦损。李商隐《寄裴衡》:"沈约只能瘦,潘仁岂是才。"参见朱建新《黄仲则诗》。

〔5〕摇落:凋残零落。曹丕《燕歌行》其一:"秋风萧瑟天气凉,草木摇落露为霜。"录别:即辞别。舍人装:《汉书·曹参传》:"萧何薨,参闻之,告舍人趣治行,'吾且入相'。"颜师古注:"舍人,犹家人也。一说私

属官主家事者也。"刘辰翁《沁园春》词云:"笑贡生狂,日日弹冠,西望王阳。待泥封屡下,蒲轮不至,卖琅琊产,办舍人装。"此用其词。

〔6〕酒兵:因酒能消愁,如兵克敌,故称。《南史·陈暄传》:"江咨议有言:'酒犹兵也。'"唐彦谦《无题十首》其八:"忆别悠悠岁月长,酒兵无计敌愁肠。"

〔7〕拓戟:犹言舞戟,多形容狂放之态。杜甫《醉为马坠,诸公携酒相看》:"甫也诸侯老宾客,罢酒酣歌拓金戟。"调筝:弹筝。孟浩然《宴张记室宅》:"玉指调筝柱,金泥饰舞罗。谁知书剑者,年岁独蹉跎。"

〔8〕吾侪:吾辈。"莫羡"句:用张翰旷达故事。《世说新语·任诞》:张翰放任不拘,人称"江东步兵"。或曰:"卿乃可纵适一时,独不为身后名邪?"答曰:"使我有身后名,不如即时一杯酒。"

〔9〕疏放:放纵不拘。花月:美好的景色。皓首期:白首相期。皓首,白头。

〔10〕"那觅"二句:上句用刘玄石典事,《搜神记》卷十九:狄希能造千日酒,饮之千日醉。刘玄石好饮酒,往求之,大醉,其家人以为死,葬之。经三年,狄希曰:"玄石必应酒醒,宜往问之。"往视之,令启棺,玄石醉始醒,曰:"快哉醉我也!"下句用虞翻典事,虞翻,字仲翔,馀姚人,《虞翻别传》:虞翻徙交州,自恨疏节,骨体不媚,犯上获罪,当长殁海隅,生无可与语,"死以青蝇为吊客,使天下一人知己者,足以不恨"。

〔11〕分:料应。飘瓦:喻飘忽无定的事物,典出《庄子·达生》:"虽有忮心者,不怨飘瓦。"成玄英疏:"飘落之瓦,偶尔伤人,虽忮逆褊心之夫终不怨恨。"何曾满漏卮:渗漏的酒器难以盛满,典出《淮南子·氾论训》:"今夫雷水足以溢壶榼,而江河不能实漏卮。"卮,底上有孔的一种酒器。用典参见朱建新《黄仲则诗》。

〔12〕无端:无奈,或无聊。被酒:酒醉。沾襟:泪沾湿衣襟。秋气:见《大造》注〔5〕。

〔13〕拖肠：典出《异苑》卷三："昔仙人唐昉拔宅升天，鸡犬皆去，唯鼠坠下，不死，而肠出数寸，三年易之，俗呼为唐鼠。"焦尾：琴名。《后汉书·蔡邕传》：吴人有烧桐木以炊者，蔡邕闻火烈之声，知其为良木，因请而裁为琴，果有美音，而其尾犹焦，时人称之焦尾琴。傅玄《琴赋序》："齐桓公有鸣琴曰号钟，楚庄有鸣琴曰绕梁，中世司马相如有绿绮，蔡邕有焦尾，皆名器也。"

〔14〕屐：木屐，一种木制的鞋子。篱花：菊花。簪：古人用来绾发髻或冠的长针。

# 偕邵元直、毛保之游虞山破山寺，遂达天龙庵寻桃源涧[1]（四首选一）

## 其三

登高易心瘁，况兹摇落辰〔2〕。我行深林中，败叶如随人。前峰忽中断，平野连城闉〔3〕。人气此焉聚，上结濛濛尘〔4〕。谁知我曹乐，迥与太古邻〔5〕。日华转壑底，霜气清崖垠〔6〕。更爱佳石净，皱瘦无轮囷〔7〕。每坐不忍移，抚之辄生温。遥山万千叠，何处平吾身〔8〕。

〔1〕乾隆三十九年（1774）十月，仲则与洪亮吉赴常熟拜祭邵齐焘之墓。仲则与邵元直、毛保之共游破山寺、天龙庵、桃源涧。本篇写虞山的景色和登山的感受，吴文溥《南野堂笔记》评云："超超玄著，俊句欲

仙。"邵元直：邵培惠，字元直，邵齐焘之子。乾隆四十九年（1784）进士，官丽水知县，有《避葵吟》。毛保之：毛琛，字宝之，一作保之，昭文人。少致力于诗，赋咏甚富，多不传。同邑赵允怀、吴县王朝忠为辑二百馀首，编《俟盦剩稿》二卷。毛琛服重仲则之才，《珠江杂诗》其七云："辛苦服膺黄仲则，年年香草为招魂。"虞山：在常熟西北，古称海隅，相传西周时虞仲葬此，故名。破山寺，在虞山。沈德潜雨中《游虞山记》："自城北沿缘六七里，入破山寺，唐常建咏诗处，今潭名空心，取诗中意也。"天龙庵、桃花涧，俱在虞山。

〔2〕心瘁：心神劳瘁。摇落：见《重九后十日醉中次钱企卢韵赠别》注〔5〕。

〔3〕城闉（yīn 因）：城内重门，泛指城郭。

〔4〕人气：人的气息。濛濛：密布貌。

〔5〕我曹：吾辈。太古：远古。

〔6〕日华：阳光。谢朓《和徐都曹》："日华川上动，风光草际浮。"崖垠：山崖的边际。

〔7〕皱瘦：形容石状细瘦盘曲。古人赏石，重皱瘦之美，以为具有气骨。轮囷（qūn 逡）：硕大貌，形容石状圆肥。

〔8〕遥山：远山。平吾身：即平身，行跪拜礼后起立站正，这里指直身，不为尘俗俯仰。


# 展叔广先生墓[1]

龙蛇往岁讶崩奔，宿草伤心满墓门[2]。弟子下车惟有恸，先生高卧竟何言！只鸡久负平生约，一剑空怀国士恩[3]。令子成名公不见，此时悲喜总难论。嗣君培惠，今年举于乡。

传经旧地黯凝尘,七载飘零寄此身〔4〕。入世日还深一日,爱才人总逊前人〔5〕。山丘涕泪关存殁,衣钵文章共苦辛〔6〕。后死应知终未免,愿分抔土作比邻〔7〕。

〔1〕乾隆三十九年(1774)十月,仲则与洪亮吉至常熟拜恩师邵齐焘之墓,写下这两首"镂心铩肝"(邵齐焘赠黄仲则语)之作。在中国文学史上,这两首悼怀师长的作品,卓然不凡。洪亮吉《国子监生武英殿书签官候选县丞黄君行状》载云:仲则自知其年不永,共赴吊邵齐焘之墓,夕登虞山,游仲雍祠,仲则北望邵齐焘墓,慨然久之,曰:"知我者死矣,脱不幸我先若死,若为我梓遗集,如《玉芝堂》乎?"《玉芝堂集》是王太岳为邵齐焘所刊诗文集。亮吉以仲则所语不祥,不应,仲则便拉亮燃香神祠,必要其许诺。洪亮吉后来在《偪侧行,同金秀才学莲作,题亡友黄二悔存诗集后》中回忆说:"却忆虞山山头论诗夕,夜半神祠火云赤。兹游何期死生隔,呜呼!兹游真成死生隔。"清人王诒寿《读黄仲则先生两当轩遗集题后》其三慨叹其事云:"生前恸哭谁知己,身后文章剧可哀。落日仲雍祠里话,断猿啼鸟一时回。"

〔2〕龙蛇往岁:岁在龙蛇,指贤人去世之年。张岱《夜航船》:"郑玄梦孔子告之曰:'起,起,今年岁在辰,明年岁在巳。'既寤,以谶合岁,知命当终。谶云:'岁在龙蛇贤人嗟。'"崩奔:水流冲破堤岸,这里形容惊诧之状。宿草:隔年的草。《礼记·檀弓上》:"朋友之墓,有宿草而不哭焉。"孔颖达疏:"宿草,陈根也,草经一年则根陈也,朋友相为哭一期,草根陈乃不哭也。"宋之问《鲁忠王挽词三首》其三:"故人悲宿草,中使惨晨筵。"墓门:见《太白墓》注〔10〕。

〔3〕只鸡:即只鸡奠,见《思旧篇并序》注〔13〕。国士恩:受到国士

一样的恩遇。李白《走笔赠独孤驸马》:"长揖蒙垂国士恩,壮心剖出酬知己。"国士,杰出的才士。《东观汉记·黄香传》:黄香年十二,博读书,家贫甚,汉章帝令诣东观读所未尝见书,谓诸王曰:"此日下无双江夏黄童也。"京师号曰:"天下无双,国士瞻重。"黄庭坚《书幽芳亭》:"士之才德盖一国则曰国士。""一剑"句,用季札典事,见《寄王东田丈》注〔18〕。

〔4〕七载飘零:从乾隆三十三年(1768)邵齐焘去世算起,至今年冬,约是七年的时间。

〔5〕"爱才"句:是说邵齐焘卒后,再也难觅他那样爱惜才士的人了。

〔6〕"山丘"句:用羊昙哭谢安故事,见《金陵杂感》注〔5〕。山丘:坟墓。存殁:生死。衣钵:指师徒相传之学。

〔7〕"后死"二句:是说自知人生终有一死,死后愿与恩师作邻。抔土,见《笥河先生偕宴太白楼,醉中作歌》注〔8〕。比邻,近邻。

# 偕邵元直游吾谷[1]

此间看山复看枫,谷口敞与平原同。长崖一障日边雨,高树独摇天半风。侧身忽觉躯干小,挈友况在神仙中[2]。山灵极知我曹乐[3],留住绝壁残阳红。

〔1〕吾谷:在虞山南麓,以枫林著称。乾隆三十九年(1774)十月,仲则在常熟与邵培惠(字元直)游吾谷赋诗。诗中所写残阳之红与高树枫叶,构成一片"残红"的世界,俨然是一幅哀艳的图画。由此亦见诗人的审美偏嗜。

〔2〕侧身:即厕身,置身其中。挈(qiè怯):带领。神仙中:神仙中

人,对容貌端美、神态飘逸、标韵清绝者的美称。

〔3〕我曹:我辈。

## 大雷雨过太湖[1]

甲午十月十一日,将从具区归吴淞[2]。晓来风日颇蒸郁[3],气似盛夏非初冬。人忧中渡有猋警,舟无十斛波千重[4]。平生涉险轻性命,况乃风便时难逢。张帆径渡不顾反,去崖稍远声汹汹[5]。舟空帆足半掠水,或出或没疑游龙[6]。此时狂喜呼绝倒,一霎快意天所供。天如念我有奇癖,忽然大笑电目眈[7]。东西闪烁云四结,如波萃萃如霞封[8]。俄兼墨色变深紫,半天赫赫垂嗔容[9]。遂闻雌雷转水底,飞廉屏翳驱相从[10]。鞭驰百怪起狂斗,列缺吐焰遥传烽[11]。此时我舟助颠簸,如山巨浪相撞冲。我张空拳奋叱咤[12],欲与霹雳争其锋。暗中不识神鬼至,时有赤蛇飞贴胸[13]。雨声更骤雷更疾,一声恪恪云蓬松[14]。渐看云气敛馀怒,略见雨脚收狂踪[15]。回头咫尺语舟子,事已至此无恟恟[16]。尚馀径寸未登岸,莫计明日能朝饔。我思阳月阳退听,岂宜玉虎鸣其兇[17]。《易》占冬雷有明验,验必地震年斯凶[18]。果尔微躯讵足惜,行且累及千吴侬[19]。华堂岂少失箸客,此时万口方汹汹[20]。谁知独有浪游子,只影汩没随鲲鳙[21]。不知怖心落何许[22],反快一洗平生庸。维舟得岸真幸尔,转思往境心如春[23]。惊魂或恐招不得,已灭湖上之青峰。

〔1〕乾隆三十九年(1774)十月自常熟归,舟过太湖,遇暴雨,赋诗纪之。历代咏太湖诗不胜计数,而写暴风雨中的太湖的作品并不多见。本篇纵横跌宕,尤其后半章,富于变化,如秋空飞隼,盘旋百折,不肯稍息,称得上一首佳作。

〔2〕甲午:乾隆三十九年(1774)。具区:太湖的又称。吴淞:吴淞江,见《晚泊九江寻琵琶亭故址》注〔17〕。

〔3〕蒸郁:闷热。

〔4〕猋(biāo 标)警:暴风之警。猋,暴风。舟无十斛:形容船很小。

〔5〕顾反:同"顾返",指还返。去崖(yá 牙):离开岸边。崖,岸边。汹汹:形容波涛声、风声很大。

〔6〕半掠水:形容船在水上行走很快。游龙:游动的蛟龙。

〔7〕电目䀮:怒目电䀮,指电闪骤至。

〔8〕萃萃:聚积貌。霞封:霞光满天。

〔9〕赫赫:盛大貌。嗔容:怒容。

〔10〕雌雷:声音不大的闷雷。《法苑珠林》卷七:"《春秋元命包》曰:阴阳合而为雷。师旷占曰:春雷始起,其音格格。其霹雳者,所谓雄雷,旱气也。其鸣依音,音不大霹雳者,所谓雌雷,水气也。"飞廉:风伯。《离骚》:"前望舒使先驱兮,后飞廉使奔属。"屏翳:或指雨师,或指风师,或指云神,此指云神。钱起《登秦岭半岩遇雨》:"屏翳忽腾气,浮阳惨无晖。"

〔11〕鞭驰:驱驰。《艺文类聚》卷六引《三齐略记》:"时有神人,能驱石下海,石去不速,神辄鞭之,皆流血,至今悉赤。"列缺:电神。刘禹锡《和河南裴尹侍郎宿斋天平寺诣九龙祠祈雨二十韵》:"丰隆震天衢,列

缺挥火旗。"传烽:点燃烽火,以报敌情。

〔12〕叱咤:大声怒喝。

〔13〕赤蛇:指雨,典出《山海经·海外东经》:"雨师妾在其北,其为人黑,两手各操一蛇,左耳有青蛇,右耳有赤蛇。一曰在十日北,为人黑身人面,各操一龟。"

〔14〕恪恪:同"格格",象声词,形容雷鸣声。蓬松:形容雨后云散之状。

〔15〕雨脚:密集的雨点。

〔16〕咫尺:形容距离很近。舟子:船夫。恟恟:恐惧喧扰貌。

〔17〕阳月:农历十月的别称。董仲舒《雨雹对》:"十月,阴虽用事,而阴不孤立。此月纯阴,疑于无阳,故谓之阳月。"阳:阳气。退听:退让顺从。《周易·艮卦》:"不拯其随,未退听也。"听,从也。玉虎鸣其兇:庾信《为齐王进白兔表》:"臣闻舆图欲远,则玉虎晨鸣。"兇:今简化作"凶"。《河图括地象》:"令訾野中有玉虎,晨鸣雷声,圣人感期而兴。"《太平御览》卷十三:"《河图》曰:玉虎晨鸣,雷声也。"

〔18〕《易》:《周易》。占:占卜。冬雷:《管子·四时》:"是故春凋,秋荣,冬雷,夏有霜雪,此皆气之贼也。刑德易节失次,则贼气邀至;贼气邀至,则国多灾殃。"凶:凶年,年成很坏。

〔19〕微躯:见《二道口舟次夜起》注〔3〕。吴侬:吴人,见《观潮行》注〔9〕。

〔20〕华堂:华丽的建筑。失箸客:典出《三国志·蜀书·先主传》:曹操谓刘备曰:"今天下英雄,唯使君与操耳!本初之徒,不足数也。"刘备方食,失匕箸。《华阳国志》卷六:"先主方食,失匕箸,会天震雷,先主曰:'圣人言,迅雷风烈必变,良有以也,一震之威,乃至于此也。'"高启《立秋前三日过周南饮,雷雨大作,醉后走笔书壁间》:"醉中相对正坐忘,匕箸何须惊落手。"讻讻:同"汹汹",动荡不安貌。

249

〔21〕只影:即只身。汨(gǔ)没:埋没。随鲴鯒(yú yōng 鱼庸):言出没风波,时刻有葬身鱼腹的危险。鲴鯒:《楚辞·大招》:"鲴鯒短狐,王虺骞只。"王逸注:"鲴鯒,短狐类也。短狐,鬼蜮也。"蒋骥《山带阁注楚辞》:"鲴鯒,状如犁牛。又,鲴,鱼名,皮有文。鯒鱼音如甕。"

〔22〕怖心:恐惧之心。

〔23〕维舟:系船停泊。心如舂:形容剧烈地心跳。舂,用木棒捣米等物。

## 重过氿里寄怀龚梓村[1] 旧与梓树读书处

不款君扉岁九更,偶因访戴一经行。近万黍维居宅[2]。旧谙门径询邻里,熟识儿童问姓名[3]。同学故人犹落魄,重过班马亦悲鸣[4]。荆南山色青无恙[5],如代君家作送迎。

〔1〕乾隆三十年(1765),仲则十七岁时曾读书宜兴氿里,与龚梓树朝夕相聚。乾隆三十九年(1774)冬故地重游,写下此诗,诗句充满了伤感惆怅和对故人的怀念,细入而情深。龚梓树:龚怡,龚协之弟,字爱督,号梓树,阳湖人,居宜兴,候选布政司经历。

〔2〕款:敲门。扉:门扉。岁九更:即九年。访戴:见《赠万黍维即送归阳羡(二首选一)》注〔5〕。万黍维:见《赠万黍维即送归阳羡(二首选一)》注〔1〕。

〔3〕"旧谙"二句:是说岁月更迁,旧时熟悉的门径和儿童,都已认不出来了。谙,熟悉。"熟识"句,化用贺知章《回乡偶书二首》其一:"儿

童相见不相识,笑问客从何处来。"

〔4〕班马:离群之马。《左传·襄公十八年》:"有班马之声,齐师其遁。"杜预注:"夜遁,马不相见,故鸣。班,别也。"李白《送友人》:"挥手自兹去,萧萧班马鸣。"

〔5〕荆南山:见《赠万黍维即送归阳羡(二首选一)》注〔4〕。

# 呈袁简斋太史[1](四首选二)

## 其一

一代才豪仰大贤,天公位置却天然[2]。文章草草皆千古,仕宦匆匆只十年[3]。暂借玉堂留姓氏,便依勾漏作神仙[4]。由来名士如名将,谁似汾阳福命全[5]?

〔1〕袁简斋太史:袁枚(1716—1798),字子才,号简斋,钱塘(今杭州)人。有《小仓山房集》《随园诗话》等集。乾隆三十九年(1774)秋,仲则在南京参加乡试,袁枚招仲则赴宴,仲则以病未赴。同年冬,仲则游常熟后,至江宁谒袁枚,即在随园度岁。乾隆四十年(1775)春,仍客寓随园。袁枚之子袁通《金缕曲·追吊黄仲则先生,即题其〈悔存斋词〉,用集中赠汪剑潭助教韵,昔先生白门秋试,每主余家,故词中及之》词云:"可记否、长干东巷。一榻空山曾小住,逗豪吟、题遍梅花帐。输猿鹤,闻清响。"《呈袁简斋太史》四首作于是年春。不久,仲则由江宁赴太平府。清中叶,袁枚、仲则俱是以时代叛逆者的身份出现于诗坛,仲则吟唱着悲

歌,袁枚调侃着时代,所谓"盛世",在他们的诗中,往往具有一种复杂的意味。

〔2〕仰:仰仗。位置:人所处的地位,借指命运安排。

〔3〕草草:指率性自然,不矜修饰。千古:即不朽。"仕宦"句:乾隆四年(1739),袁枚成进士,乾隆七年(1742)任溧阳知县,三年间转调江浦、沭阳知县。乾隆十年(1745),移江宁知县。三年后以亲老乞养辞官。乾隆十七年(1752),再铨知县,未及一年复归,再未出仕。

〔4〕"暂借"二句:袁枚成进士,选庶吉士,入翰林院,三年后放任知县,三十三岁辞江宁知县,在南京买旧隋园于小仓山,改建随园,隐居其间,怡情自得。玉堂,宋代以后,翰林院又称作玉堂。勾漏,在今广西北流东北,道家三十六小洞天的第二十二洞天,汉置勾漏县,这里用典,《晋书·葛洪传》:葛洪听说交趾出丹砂,求为勾漏令。

〔5〕"由来"二句:是说由来名士如名将,很少有人福命两全,名将中郭子仪福寿两全,名士中只有袁枚可与之相比。这里不仅称赞袁枚,而且感叹了才士的际遇。汾阳,指郭子仪,平定安史之乱,后封汾阳郡王,功名显赫,富贵寿考。

## 其二

雄谈壮翰振乾坤,唤起文人六代魂[1]。浙水词源钟巨手,秣陵秋色酿名园[2]。几人国士曾邀盼,此地苍生尚感恩[3]。我喜童时识司马,不须拥篲扫公门[4]。

〔1〕雄谈:高谈阔论。壮翰:高文健笔。六代:即六朝,见《金陵待稚存不至,适容甫招饮》注〔7〕。

〔2〕浙水:浙江,又称钱塘江。词源:喻滔滔不绝的文辞,此用指文脉。钟,指钟灵,灵秀之气汇聚。巨手:巨擘,高手,指袁枚。秣陵:今南京。名园:袁枚随园,在今南京市上海路、南京师范大学一带。

〔3〕国士:见《展叔宀先生墓》注〔3〕。苍生:百姓。

〔4〕"我喜"二句:是说自幼即仰慕袁枚之才,幸得早识。司马,指太史公司马迁。袁枚曾选翰林庶吉士,故以借指。拥篲(huì彗),同"拥帚",清扫时遮蔽扫帚,表示尊敬。《礼记·曲礼上》:"凡为长者粪之礼,必加帚于箕上,以袂拘而退,其尘不及长者。"郑玄注:"以袂拘而退,谓扫时也,以袂拥帚之前,扫而却行之。"扫公门:典出《史记·齐悼惠王世家》:魏勃少时,欲求见齐相曹参,家贫无以自通,乃常独早夜扫齐相舍人门外。舍人怪之,曰:"愿见相君,无因,故为子扫,欲以求见。"乃得见曹参,曹参以为贤。齐悼惠王因之召见,拜为内史。

# 将之京师杂别〔1〕(六首选二)

## 其一

翩与归鸿共北征〔2〕,登山临水黯愁生。江南草长莺飞日,游子离邦去里情〔3〕。五夜壮心悲伏枥,百年左计负躬耕〔4〕。自嫌诗少幽燕气,故作冰天跃马行〔5〕。

〔1〕仲则久欲北游京师,而未能成行,乾隆四十年(1775)决意北上,赋诗与友人留别,从"江南"二句来看,这组诗当作是年三月前后。

洪亮吉《送黄大景仁至都门》四首其一亦载其事云："弱冠心期誓始终，故人江夏有黄童。数行书札来春半，一夕舟樯出雨中。雀鼠几时仍共穴，马牛谁信不同风。应怜楚越依都遍，更向燕台试转蓬。"仲则无意功名，之所以要北游，是由于感到诗中缺少雄健之气，欲遍览燕赵，诗境更上一层。仲则居京期间，生活困顿，积劳成疾。清人赵希璜《校仲则诗付梓不觉怆然》其二叹云："为爱幽并悲壮气，顿教仙骨落尘埃。"张维屏《听松庐诗话》录此二首云："仲则七律，余尤爱者，录之以供同好。"

〔2〕翩：翩然，疾飞貌。曹植《洛神赋》："翩若惊鸿。"北征：北行。

〔3〕"江南"二句：写江南的美好和离乡的苦绪。上句化用丘迟《与陈伯之书》："暮春三月，江南草长，杂花生树，群莺乱飞。"下句化用江淹《别赋》："割慈忍爱，离邦去里。沥泣共诀，抆血相视。"离邦去里，离开家乡。一本作"辞乡去友"。

〔4〕五夜：五更。伏枥：典出曹操《步出夏门行》："老骥伏枥，志在千里。烈士暮年，壮心不已。"后用作壮志未酬，蛰居待时的典故。左计：策画不适宜。躬耕：亲事耕种。

〔5〕"自嫌"二句：承上，是说无意建功立业，但由于诗中尚少幽并之气，故冒雪冲寒往游燕蓟。幽燕气，刚健雄浑之气。敖陶孙《诗评》："魏武帝如幽燕老将，气韵沉雄。"幽燕，在今河北北部及辽宁一带，唐以前属幽州，战国时属燕国，故称。跃马行：《史记·范雎蔡泽列传》：燕人蔡泽游学干诸侯不遇，从唐举相，唐举曰："先生之寿，从今以往者四十三岁。"笑谢而去，谓御者曰："跃马疾驱，怀黄金之印，结紫绶于要，揖让人主之前，食肉富贵，四十三年足矣。"李白《送蔡山人》："燕客期跃马，唐生安敢讥？"

## 其二

看人争著祖生鞭，彩笔江湖焰黯然[1]。亲在名心留百一，我行客路惯三千[2]。谁从贫女求新锦,肯向朱门理旧弦[3]?吴市箫声燕市筑[4],一般凄断有谁怜!

〔1〕争著祖生鞭:用刘琨典事,见《夜起》注〔5〕。彩笔:五彩之笔,用江淹典事,见《重泊舟青山下》注〔11〕。

〔2〕"亲在"二句:是说由于要养亲,尚存留一丝名心,不能完全遁逃于世外。东汉赵岐《孟子章句》释"不孝有三",曰:"家贫亲老,不为禄仕,二不孝也。""亲在"句,用毛生捧檄故事,见《后汉书》卷六十九。留百一,百中留一。三千,见《金陵别邵大仲游》注〔2〕。

〔3〕贫女:喻指寒士。秦韬玉《贫女》:"蓬门未识绮罗香,拟托良媒益自伤。谁爱风流高格调,共怜时世俭梳妆。"朱门:指富贵之家。

〔4〕"吴市"句:用吹箫乞食和燕市击筑的典事,见《金陵别邵大仲游》注〔4〕。虞世南《结客少年场行》:"吹箫入吴市,击筑游燕肆。"

## 清明日偕贾稻孙、顾文子、丁秀岩、沈枫墀登白纻山[1]

平原二三月,百卉艳天地。轻云荡风光,野马走山气[2]。灰心忽飞扬,联翩逐游骑[3]。游意莽阔寥,肯为寻芳腻[4]。登峰须第一,腰脚久未试[5]。水尽乃得山,岚回适藏寺。客有霞外赏,啸落松间吹[6]。长江献浮练[7],群峰合晴翠。当年狷须人,凭陵极雄恣[8]。世不生英雄,此亦可人意[9]。歌舞为尘埃,风景苦无异[10]。吊古兼伤春,我心悄然悴[11]。日暮归去来,精灵脱相魅[12]。

〔1〕乾隆四十年(1775)春,仲则离开袁枚随园,赴太平府晤沈业富,客中度过清明,偕贾稻孙、顾文子、丁秀岩、沈枫墀登白纻山,赋诗吊古、伤春。顾九苞乾隆四十年三月十一日作《太平宴乐诗序》:"先生有子曰在廷,年十八,从予受业","同时客者,高邮贾稻孙,年六十一,武进黄仲则,年二十七,二人皆工诗。然仲则小生轶宕,美丰仪,稻孙俯首矩步,面苍色","无锡丁秀岩,年二十四,工行楷,进步翩翩,类王谢弟子"。顾文子:顾九苞,见《久雨寄示顾文子》注〔1〕。贾稻孙:贾田祖,字稻孙,号礼耕,高邮人,廪生。博学能诗,与仲则、洪亮吉、王念孙相友善。有《容瓠轩诗钞》。丁秀岩:丁芳洲,字秀岩,无锡人。乾隆四十八年举人,历官高要、茂名、番禺知县。其《清明日从顾文子先生、贾丈礼耕、黄仲则、沈枫墀游白纻山》云:"肯因芳草牵怀抱,要使江山识姓名。"白纻山:在当涂县,太平府郡治东五里。本名楚山。康熙《太平府志》卷三《地理志》:"晋桓温携妓游此,歌《白纻词》,故名。山椒有桓公井、饮马泉、挂袍石诸迹,亦宋孝武狩处。山巅大松七株,亭亭霄际,数十里即望见之。"

〔2〕野马:浮游的云气。《庄子·逍遥游》:"野马也,尘埃也,生物之以息相吹也。"成玄英疏:"青春之时,阳气发动,遥望薮泽之中,犹如奔马,故谓之野马。"

〔3〕飞扬:形容精神兴奋。联翩:连续不断貌。

〔4〕寻芳腻:即游春。

〔5〕腰脚:腰与脚,借指体力。

〔6〕"客有"二句:用孙登长啸故事。霞处,远离尘俗。啸,长啸,撮口发出悠长清越的声音。松间吹,声音在松间回荡。梅尧臣《寄题滁州醉翁亭》:"但留山鸟啼,与伴松间吹。"

〔7〕浮练:浮动的匹练,喻指长江。谢朓《晚登三山还望京邑》有"澄江静如练"之句。

〔8〕"当年"二句：想象当年桓温游白纻山雄气英发的景状。猬须人，指晋人桓温，官至大司马。《世说新语·容止》：刘惔称桓温"鬓如反猬皮，眉如紫石棱，自是孙仲谋、司马宣王一流人"。猬须，须如猬毛。凭陵，登高凭望。雄恣，威武豪爽。桓温以雄豪自许，《晋书·桓温传》称其"豪爽有风概，姿貌甚伟"。

〔9〕可人意：即可意，称心如意。

〔10〕"歌舞"二句：是说桓温携妓登山歌舞，早已无迹可寻，但白纻山风景与当时无异，怎不令人伤感。歌舞，桓温携妓登山歌《白纻歌》。《白纻歌》，乐府古题。《乐府古题要解》卷上："古辞，盛称舞者之美，宜及芳时为乐。其誉白纻曰：'质如轻云色如银，制以为袍餘作巾，袍以光躯巾拂尘。'"

〔11〕吊古：凭吊古迹。悄然：忧伤貌。忰：憔悴。

〔12〕归去来：归去，返回。李白《颍阳别元丹丘之淮阳》："已矣归去来，白云飞天津。"

## 院斋纳凉杂成[1]（四首选二）

### 其一

每闻暮鸦声，窗暝已辍读[2]。鸦阵日一过，半空声肃肃[3]。前者若得意，后者奋相逐。最后或两三，哀鸣飞更速。怪问旁人言，市后有乔木[4]。日出鸦四飞，日入群就宿。吁嗟复吁嗟[5]，我岂如此鸦！

〔1〕乾隆四十年(1775)夏,仲则至寿州(今安徽寿县),谒知州张荪圃(名佩芳,山西平定州人),应约主正阳书院讲席。这组诗作于此际,此选二首。前一首写暮鸦奋飞相逐,争栖高树,卒章见义,叹云:"我岂如此鸦!"后一首感赋民生多艰,想到故乡多蝗灾,家人遭受饥饿的威胁,因此"居行两心悸"。

〔2〕窗暝:窗前光线昏暗。辍读:停止读书。

〔3〕鸦阵:鸦群。肃肃:见《啼乌行》注〔7〕。

〔4〕乔木:高树。

〔5〕吁嗟:叹词,表示感叹。高叔嗣《古歌二首》其二:"吁嗟复吁嗟,有怀予莫吐。"

## 其四

去岁此方旱,地有千里赤[1]。江甸流饥民,淮关断沽舶[2]。米贵淮南时[3],正值我为客。今春好雨旸,喜见收二麦[4]。新陈米未交,斗价尚三百[5]。又闻故乡田,多蝗土将石。我家无负郭[6],更复艰朝夕。居行两心悸,救贫少长策。东南民易疲,岂任荒歉积[7]。中宵望天云,殷忧定何益[8]。

〔1〕千里赤:千里赤土,形容干旱。

〔2〕江甸:指江南。淮关:淮安关。《江南通志》卷七十九:淮安关,明宣德四年始设,收过往船税等,清朝因之。沽舶:商船。

〔3〕淮南:见《慈光寺前明郑贵妃赐袈裟歌》注〔11〕。

〔4〕好雨旸:晴雨适时,气候调和。雨旸(yáng 阳),雨天和晴天,语出《尚书·洪范》:"曰雨,曰旸。"二麦:大麦和小麦。《广雅》:"来,小

麦;牟,大麦。"苏轼《浣溪沙》:"惭愧今年二麦丰,千畦翠浪舞晴空。"

〔5〕斗:计量单位,十升为一斗。三百:三百铜钱。

〔6〕负郭:负郭田,靠近城郭的良田,泛指良田。《史记·苏秦列传》:苏秦尝说:"且使我有雒阳负郭田二顷,吾岂能佩六国相印乎?"

〔7〕"东南"二句:是说东南为赋重之地,岂能承负连年的荒歉。疲,疲病,穷困。荒歉,农作物收成很坏。韦应物《始至郡》:"旱岁属荒歉,旧逋积如坻。"

〔8〕殷忧:深忧。

# 言怀[1](二首选一)

## 其一

听雨看云暮复朝,谁于笼鹤采丰标[2]。不禁多病聪明减,讵惯长闲意气消。静里风怀玄度月,愁边心血子胥潮[3]。可知战胜浑难事,一任浮生付浊醪[4]。

〔1〕作于乾隆四十年(1775)夏。杨铸《书黄仲则诗后》:"仙鬼妒灵笔,饥寒炼此才。茫茫身世感,因汝更低徊。"赵函《题黄仲则两当轩诗后》:"清商入入难为听,百感苍凉肺腑哀。"

〔2〕笼鹤:笼中之鹤。庾信《拟连珠》:"是以樊笼之鹤,宁有六翮之期?"丰标:风采。

〔3〕风怀:风雅情怀。玄度:东晋许询,字玄度。玄度月:典出《世

说新语·赏誉》:许询尝诣简文帝,风恬月朗,对语不觉将达旦,简文帝曰:"玄度才情,故未易多有许。"又,《世说新语·言语》:刘惔尝云:"清风朗月,辄思玄度。"子胥潮:见《观潮行》注〔11〕。

〔4〕战胜:典出《韩非子》:子夏见曾子,曾子问:"何肥也?"对曰:"战胜,故肥也。"曾子曰:"何谓也?"子夏曰:"吾人见先王之义则荣之,出见富贵之乐又荣之,两者战于胸中,未知胜负,故臞。今先王之义胜,故肥。"用典参见朱建新《黄仲则诗》。浊醪:浊酒。蒋剑人《黄仲则诗》:"嵇康《与山巨源绝交书》:'今但愿守陋巷,教养子孙,时与亲旧叙离阔,陈说平生,浊酒一杯,弹琴一曲,志愿平矣。'"

# 得家书悼殇女〔1〕

初月才生落已催,好花差喜未曾开〔2〕。珠从慈母擎中夺,书自山妻病里裁〔3〕。终傍人家何足恋,暂为而父讵忘哀〔4〕。我从客邸开缄惯,略欠平安是此回〔5〕。

〔1〕吴颉鸿《读两当轩全集,歌以附尾》:"两当轩里一卷诗,热泪千升血一斗。"乾隆四十年(1775)夏,仲则客中闻殇女之信,伤情难抑,洒泪赋诗。

〔2〕初月、好花:俱喻夭折的女儿。差:差可。

〔3〕擎:举抱,借指宠爱。山妻:隐士之妻。皇甫谧《高士传·陈仲子》:"楚相敦求,山妻了算,遂嫁云踪,锄丁自窜。"后多用作称呼妻子之词。裁:裁笺作书。

〔4〕而父:诗人自指。

260

〔5〕开缄:开拆书信。略欠平安:指信封题处缺少平安二字。

# 绮怀[1]（十六首选二）

## 其十五

几回花下坐吹箫,银汉红墙入望遥[2]。似此星辰非昨夜,为谁风露立中宵[3]？缠绵思尽抽残茧[4],宛转心伤剥后蕉。三五年时三五月[5],可怜杯酒不曾消。

〔1〕《绮怀》组诗共十六首,作于乾隆四十年(1775),自咏早年一段恋情,婉曲哀怨,不求词工,而求性情之真,近于古人断肠词之作。此选末二首。洪亮吉叹赏《绮怀》诗,《得黄大书,知家叔自颍州归》二首其二云:"孤猿独鹤伤歧路,废瓦颓垣梦昔时。多事更休题绮句,春人都已鬓如丝(时黄大寄到《绮怀》诗十数首)。"亮吉还作有《读黄大绮怀诗漫和四首》。《北江诗话》卷子又评云:"有余友黄君仲则,方盛年,忽作一诗云:'茫茫来日愁如海,寄语羲和快着鞭。'余窃忧之,果及中岁而卒。"郭麐《灵芬馆诗话》卷八评云:"论诗各有胸怀,其所爱憎,虽己亦不能自喻。黄仲则诗,佳者夥矣。……余最爱其'茫茫来日愁如海,寄语羲和快着鞭',真古之伤心人语也。"

〔2〕吹箫:刘向《列仙传·萧史》:萧史,秦穆公时人,善吹箫,能致孔雀、白鹤于庭,"穆公有女字弄玉好之,公遂以女妻焉"。后人以吹箫为缔结婚姻的典实。银汉:银河。红墙:指红楼,女子的居所,红墙又含

有隔开的意思,就像传说中天上的银河,将牛郎、织女隔开。朱建新《黄仲则诗》:"红墙,李商隐诗:'本来银汉是红墙,隔得卢家白玉堂。'"

〔3〕"似此"二句:写相忆苦思之情,洪亮吉《北江诗话》评云"隽语"。上句化用李商隐《无题》:"昨夜星晨昨夜风,画楼西畔桂堂东。"下句意近黄仲则《秋夕》:"羡尔女牛逢隔岁,为谁风露立多时?"中宵,中夜。

〔4〕"缠绵"句:化用李商隐《无题》:"春蚕到死丝方尽。"思尽,一本作"丝尽"。抽残茧,喻缠绵之思,如抽茧剥丝。剥后蕉:喻伤心之状,如剥蕉露出蕉心。蕉,芭蕉。蕉心,谐音"焦心"。

〔5〕三五年时:十五岁。三五月:十五的夜月。十五岁的年华和十五夜的月亮,都是极美好的事物。

## 其十六

露槛星房各悄然,江湖秋枕当游仙〔1〕。有情皓月怜孤影,无赖闲花照独眠〔2〕。结束铅华归少作,屏除丝竹入中年〔3〕。茫茫来日愁如海,寄语羲和快着鞭〔4〕。

〔1〕露槛星房:亭台楼阁。露槛,清露沾湿的栏杆。星房,罗隐《七夕》:"月帐星房次第开,两情惟恐曙光催。时人不用穿针待,没得心情送巧来。"秋枕当游仙:用游仙枕典事,《开元天宝遗事·游仙枕》:"龟兹国进奉枕一枚,其色如玛瑙,温温如玉。其制作甚朴素,若枕之,则十洲三岛、四海五湖,尽在梦中所见。帝因立名为游仙枕。"参见朱建新《黄仲则诗》词。

〔2〕皓月:明月。无赖:犹无情无义。

〔3〕结束:收拾好。铅华:借指绮怀文字。少作:年少时的作品,典出杨修《答临淄侯笺》:"修家子云,老不晓事,强著一书,悔其少作。"屏除:弃去。丝竹:弦乐和管乐。"屏除"句,用东山丝竹典事,见《杂感四首(选二)》其二注〔4〕。

〔4〕"寄语"句:写失望和痛苦的心情,是说盼望时光过得更快一些。羲和,古代神话中驾御日车的神。


## 中秋夜雨〔1〕

我生万事多屯蹶,眄到将圆便成阙〔2〕。今宵满意觞蟾盘,西北浮云早蓬勃〔3〕。薄暮雨愁梦散丝〔4〕,黄昏坐守犹未歇。请从乐府歌霜娥,肯向愁人鉴华发〔5〕。伊谁天柱追嬉遨,有客钟陵去飘忽〔6〕。平生浪说神仙中,至此能无愧凡骨〔7〕。三年三见雨中秋,蒙被掩关愁兀兀〔8〕。反思作客无好怀,便有良宵转埋没。羁心却与晦冥称,夜气不随丝管发〔9〕。况今万里同阴晴,天意何曾间胡越〔10〕。寄声云将谢雨师,我心自有明明月〔11〕。

〔1〕乾隆四十年(1775)中秋作于寿州(今安徽寿县)。写中秋夜雨的感受,唱出"寄声云将谢雨师,我心自有明明月",表白此心无所求,造物亦无须再捉弄人了。这显然不是一般的伤感中秋夜雨,而是感慨人生多遭迍。

〔2〕屯蹶:艰难困顿。眄(miǎn 面):看,望。阙:月阙,喻指事物不完整圆满。

〔3〕觞蟾盘:对月饮酒。蟾盘,圆月。曹松《中秋对月》:"无云世界秋三五,共看蟾盘上海涯。"蓬勃:兴起。

〔4〕薄暮:傍晚。棼散丝:即棼丝,指纷乱,语本《左传·隐公四年》:"臣闻以德和民,不闻以乱。以乱,犹治丝而棼之也。"刘禹锡《和河南裴尹侍郎宿斋天平寺诣九龙祠祈雨二十韵》:"黑烟耸鳞甲,洒液如棼丝。"

〔5〕乐府:古代主管音乐的官署,始建于秦。汉武帝时,乐府规模扩大,除掌宫廷音乐外,兼采民歌以配乐曲。霜娥:即嫦娥,借指月。鉴:照。华发:花白的头发。

〔6〕伊谁:何人。追嬉遨:追逐嬉游。

〔7〕神仙中:见《偕邵元直游吾谷》注〔2〕。凡骨:指凡人。

〔8〕掩关:闭门。兀兀:孤愁貌。

〔9〕羁心:出游不能归的心绪。王绩《在京思故园,见乡人遂以为问》:"羁心只欲问,为报不须猜。"晦冥:昏暗,阴沉。丝管:弦乐器和管乐器,借指音乐。

〔10〕间:间隔。胡越:即胡粤,见《客夜忆城东旧游寄怀左二》注〔3〕。

〔11〕云将:传说中的云神。雨师:传说中的雨神。明明:明亮貌。

# 十七夜偕张秀才嘉会谈,是夜有月,三叠前韵[1]

倾囊斗酒谋竭蹶,一任清光满瑶阙[2]。且烹苦茗谈千秋,执叱嬴刘诋平勃[3]。堂深夜寂鬼不窥,放言危论何由歇[4]。朗吟震屋飘瓦松,散步巡阶破石发[5]。太息君才竟老苍,吁嗟吾意真悠忽[6]。谁家长笛声入云,吹裂巴山老猿骨[7]。顿觉长空净沉潦,不知方寸起突兀[8]。我曹抚运聊蓬行,若个怀奇久芜没[9]。即看天上詹诸光,忍待今宵亦终发[10]。再逢兴会宜招寻,豫恐离乡间秦越[11]。送君出门复入门,不忍多看是残月。

[1] 乾隆四十年(1775),仲则在寿州(今寿县)度过中秋,中秋夜雨无月,十六日夜月出,忽为云掩,诗人叠用前韵,赋《十六夜有月,俄为云掩,因怀孙吟秋再叠前韵》。十七日夜月始朗然,虽然月非完美,但诗人兴味很浓,与友人纵谈到天色将曙,送客后写下此诗。本篇沉着含蓄,"堂深夜寂鬼不窥,放言危论何由歇",寓有深义。秀才:明清对诸生的称呼。张嘉会:张廑礼,字嘉会,一字守先,寿州人,岁贡生。性率真,胸无城府,闭门却扫,课读自怡。嗜吟咏,著作不自收拾,故无存稿。年八十二卒。

[2] 竭蹶:走路艰难,比喻生活困顿。瑶阙:传说中的仙宫。

[3] 拗(huī 挥)叱:即挥斥。嬴刘:秦汉的并称,秦为嬴姓,汉为刘姓。诋:呵斥。平勃:陈平和周勃的并称。《史记·高祖本纪》:吕后曾问刘邦:"陛下百岁后,萧相国即死,令谁代之?"刘邦曰:"曹参可。"问其次,刘邦曰:"王陵可。然陵少戆,陈平可以助之。陈平智有余,然难以独任。周勃重厚少文,然安刘氏者必勃也,可令为太尉。"

[4] 放言危论:即放言高论,毫无顾忌地发表议论。

[5] 朗吟:见《楼上对月》注[8]。瓦松:瓦松花,见《空馆》注[3]。巡阶:沿阶走来走去。石发:生于水边石上的苔藻。韦应物《慈恩精舍南池作》:"石发散清浅,林光动涟漪。"

[6] 太息:大声叹息。老苍:容貌苍老。悠忽:悠闲懒散,多指消磨

岁月。《世说新语·容止》:"刘伶身长六尺,貌甚丑悴,而悠悠忽忽,土木形骸。"

〔7〕吹裂:李商隐《钧天》:"伶伦吹裂孤生竹,却为知音不得听。"巴山老猿:《巴东古歌》:"巴东三峡巫峡长,猿啼三声泪沾裳。"此用其意。

〔8〕沇漻(xué liáo学辽):同"沇寥",空阔晴朗。方寸:指内心。

〔9〕我曹:我辈。抚运:顺应时运。权德舆《仲秋朝拜昭陵》:"抚运斯顺人,救焚非逐鹿。"蓬行:如蓬飞转。怀奇:身怀奇才。芜没:沉沦埋没。

〔10〕詹诸:即蟾蜍,指月亮。詹,通"蟾"。张岱《夜航船》:"蟾蜍,月中三足物也。王充《论衡》:羿请不死之药于西王母,其妻嫦娥窃之奔月,是为蟾蜍。"

〔11〕兴会:高会。豫恐:事先担心。秦越:秦地和越地,春秋时秦在西北,越居东南,相距极远,古人常并举以喻疏远隔膜,互不相关。


## 秋夜燕张荪圃座〔1〕

《白雪》吴儿发曼声,华堂九月啭雏莺〔2〕。众中几点听歌泪,不到歌阑未敢倾〔3〕。

屏围屈膝夜沉沉〔4〕,缓缓歌还浅浅斟。唤到尊前非侑酒,爱他吴语似乡音〔5〕。

东山丝竹感平生,不到中年已暗惊〔6〕。猛省此身为异客,一宵欢燕主人情〔7〕。

〔1〕张荪圃:张佩芳(1732—1793),字荪圃,平定州人。乾隆二十二年(1757)进士。历歙县、合肥知县,升寿州知州,迁泗州直隶知州。所至以文学为政事,士风丕振。工古文,有《希音堂集》。乾隆四十年(1775)夏,仲则应张荪圃之请主讲正阳书院。这三首诗作于是年秋,抒写思乡之情,"逢乐生悲,言欢长叹"(朱珪《念奴娇·题黄仲则词后》),含婉曲折,平中有奇,而且卒章显义,馀音不绝。

〔2〕白雪:形容女子肤白娇好。宋玉《登徒子好色赋》:"东家之子,眉如翠羽,肌如白雪。"江淹《咏美人春游》:"白雪凝琼貌,明珠点绛唇。"吴儿:即吴娃,善歌舞。白居易《九日宴集,醉题郡楼,兼呈周、殷二判官》:"吴娃美丽眉眼长。"袁宏道《江南子》其三:"蜘蛛生来解织罗,吴儿十五能娇歌。"发曼声:轻声曼歌。华堂:华丽的建筑。嘤雏莺:比喻歌声婉转动听。嘤,鸟宛转而啼。雏莺,即幼莺。高启《听教坊旧妓郭芳卿弟子陈氏歌》:"龙笙罢奏凤弦停,共听娇喉一莺嘤。"

〔3〕歌阑:歌罢。吕温《上官昭容书楼歌》:"歌阑舞罢闲无事,纵恣优游弄文字。"

〔4〕屈膝:即"屈戍",指环纽、锁扣,此用作动词。夜沉沉:李白《白纻辞》其二:"馆娃日落歌吹深,月寒江清夜沉沉。"

〔5〕侑酒:劝酒助兴。吴语:吴地的方言。蒋剑人《黄仲则诗》:"《世说》:'刘真长见王丞相出,人问云何,答曰:未见他异,惟闻吴语耳。'"

〔6〕"东山"二句:用东山丝竹典事,见《杂感四首(选二)》其二注〔4〕。丘逢甲《还山书感》:"南渡衣冠尊旧族,东山丝竹负中年。"

〔7〕为异客:王维《九月九日忆山东兄弟》:"独在异乡为异客,每逢佳节倍思亲。"欢燕:欢聚燕饮。

# 邓家坟写望[1]

登山畏曛黑[2],山半谁家坟?聊复倚枯木,怅眺延斜曛[3]。华表卧草间,辟邪绣苔纹[4]。不知何公卿[5],料已无子孙。俯视极千里,大野连秋旻[6]。秋阴匝地来,浩浩风沙昏[7]。残绿扫未尽,惨澹霾浮云[8]。寿阳瓦一垤,淮水围长闉[9]。美哉江河间,有此形势存[10]。孙曹始作俑,战守何纷纷[11]。天心倦离合,地力疲吐吞[12]。方今万里一[13],地险安足论。颇闻守土责,宜备淮涡神[14]。浸城献三版[15],徙宅空千村。频年苦蝗旱,此患匪所云[16]。但见途路旁,野哭多流民[17]。造物本无外,谁与排九阍[18]?长歌不能尽,恐扰泉间魂。行行复延伫[19],天半松涛奔。

〔1〕这首诗作于乾隆四十年(1775)秋。前半章写邓家坟,后半章写民生凋残,诗人关注兴衰,关怀民瘼,感赋古今,诗句沉郁顿挫,力逼老杜。诗中又提出一个严肃的问题,如果说民生凋残在前代是由于"战守何纷纷",那么,和平之世民间仍是"野哭多流民",这是谁之过?许多人认为仲则诗只是抒写个人牢骚,表现一肚皮不合时宜,其实是不全面的。

〔2〕曛黑:日暮天黑。杜甫《彭衙行》:"延客已曛黑,张灯启重门。"

〔3〕"怅眺"句:怅望延伫,即王之涣《登鹳雀楼》"欲穷千里目"之意。斜曛,落日馀辉。

〔4〕华表:古代立于宫殿、城垣或陵墓前的石柱,柱身多雕有花纹,这里指墓前石柱。辟邪:传说中的神兽,可以辟邪除魔,古时陵墓前常立

此兽石像。

〔5〕公卿:三公九卿,泛指高官。

〔6〕大野:广阔的原野。秋旻:秋空。

〔7〕匝地:遍地。浩浩:风势强劲貌。

〔8〕惨澹:凄惨黯淡。霾:风夹着尘土。《诗经·邶风·终风》:"终风且霾。"

〔9〕寿阳:今安徽寿县,在淮河之滨,八公山之阳。淮水:淮河,寿县位于淮河之滨。围长闉:围为长城。闉,城。寿县历史悠久,又是古代兵家必争之地,恃水为险。

〔10〕形势:地势。

〔11〕孙曹:孙吴与曹魏。始作俑:始作俑者,比喻首先做某件坏事的人,典出《孟子·梁惠王上》:"仲尼曰:'始作俑者,其无后乎!'为其象人而用之也。"俑,古代殉葬用的木制或陶制的俑人。战守:攻和守,指战争。

〔12〕天心:天意。离合:分离聚合,指国家的分裂和统一。地力:土地生产的能力。吐吞:吐出吞下,比喻地力已尽。

〔13〕万里一:江山统一。

〔14〕守土责:地方官的职责。备:防备。淮涡神:淮水之神,见《偕稚存望洪泽湖有感》注〔7〕,这里借指洪水。

〔15〕浸城:洪水暴发,浸没城池。三版:即三板,古代筑墙所用的板,每块高二尺,三板为六尺。《战国策·秦策四》:"决晋水以灌晋阳,城不沉者三板耳。智伯出行水,韩康子御,魏桓子骖乘。智伯曰:'始,吾不知水之可亡人之国也,乃今知之。汾水利以灌安邑,绛水利以灌平阳。'"

〔16〕匪所云:难以尽述。匪,通"非"。

〔17〕野哭:哭于旷野。杜甫《阁夜》:"野哭几家闻战伐,夷歌数处

269

起渔樵。"流民:流离失所的民众。

〔18〕造物:天地主宰。排九阍(hūn 昏):上达于帝听。九阍,九天之门,喻指朝廷。李商隐《哭刘蕡》:"上帝深宫闭九阍,巫咸不下问衔冤。"

〔19〕行行:《古诗十九首》有《行行重行行》篇。延伫:久立。《楚辞·离骚》:"延伫乎吾将反。"王逸注:"延,长也。伫,立貌。"

## 秋色[1]

丛丛紫翠作秋英[2],雨过闲阶洗倍明。若比春花争得似,不输秾艳只输情。

〔1〕这首七绝作于乾隆四十年(1775)秋,咏萧瑟秋意,诗笔尖新。
〔2〕秋英:秋花。

## 午窗偶成[1](三首选二)

### 其二

绕篱红遍雁来红,翘立鸡冠也自雄[2]。只有断肠花一种,墙根愁雨复愁风[3]。

〔1〕这组诗作于乾隆四十年(1775)秋,此选二首。前一首咏断肠花,托写身世,得咏物之妙。后一首咏写孤怀,多用口语熟语,诗句放诞,未尝不佳。

〔2〕雁来红:一年生草本植物,苋科,秋季开花。李时珍《本草纲目·雁来红》:"茎叶穗子并与鸡冠同。其叶九月鲜红,望之如花,故名。吴人呼为'老少年'。"鸡冠:鸡冠花,一年生草本植物,花状如鸡冠。

〔3〕断肠花:秋海棠,又名相思草、相思红。《广群芳谱》卷三十六引《采兰杂志》:"昔有妇人怀人不见,恒洒泪于北墙之下。后洒处生草,其花甚媚,色如妇面,其叶正绿反红,秋开,名曰断肠花,即今秋海棠也。"

## 其三

乌帽欹斜已恋头,楚天凉思正悠悠[1]。中秋无月重阳雨,孤负人生一度秋[2]。

〔1〕乌帽:黑色的帽子,多为庶民之帽。蒋剑人《黄仲则诗》:"《闻见录》:'康节为隐者之服,乌帽缁褐,见卿相不易也。'"恋头:苏轼《南乡子·重九涵辉楼呈徐君猷》:"酒力渐消风力软,飕飕,破帽多情却恋头。"此用其词。楚天:楚地的天空,本篇盖作于寿阳,古属楚地,故云。凉思:秋思。

〔2〕"中秋"二句:是年中秋夜雨无月,见《中秋夜雨》注〔1〕。中秋无月,张岱《夜航船》卷一"中秋无月"条:"俗云:'云掩中秋月,雨打上元灯。'二者皆煞风景之事,故对举言之。"孤负,同"辜负"。李颀《送乔琳》:"今君不得意,孤负帝乡春。"

# 悼马秀才鸿运[1]

飘零之楚复之燕,检点游踪欲半天[2]。只道马卿常善病,谁知长史竟无年[3]。感君意气堪千古,伤友生平又一篇。尺涕临风还自悼,他时谁吊酒炉边[4]?

〔1〕这首悼友诗作于乾隆四十年(1775)秋。五、六句看似平直,实是痛深之语;七、八句转写临风自悼,生死之别,凄凄惨惨,令人不堪卒章。马鸿运:见《二十三夜偕稚存、广心、杏庄饮大醉作歌》注〔1〕。

〔2〕之:往,到。楚:楚地,借指南方。燕:燕地,借指北方。检点:查点。半天:半天下。

〔3〕"只道"二句:上句用马卿多病典事,《汉书·司马相如传》:司马相如"常有消渴病。与卓氏婚,饶于财,故其仕宦,未尝肯与公卿国家之事,常称疾闲居,不慕官爵"。杜甫《即事》:"多病马卿无日起,穷途阮籍几时醒。"马卿,司马相如。善病,多病。下句用王濛典事,《晋书·王濛传》:王濛,字仲祖,性温润恬和,"能言理,辞简而有会"。卒年三十九岁,病重时,"于灯下转麈尾视之,叹曰:'如此人曾不得四十也!'"长史,官名,指王濛,累迁司徒左长史。

〔4〕尺涕:形容泣下之多。临风:当风。酒炉边:用黄公酒垆典事,见《思旧篇并序》注〔21〕。仲则与马鸿运、洪亮吉、左辅交好,常聚饮武进城东酒垆,号为"城东酒徒"。

## 二十夜[1]

破窗蕉雨夜还惊,纸帐风来自作声[2]。墨到乡书偏黯淡,灯于客思最分明[3]。薄醪似水愁无敌,短梦生云絮有情[4]。怪煞邻娃恋长夜,坐调弦柱到三更[5]。

[1] 作于乾隆四十年(1775),是一首"秋声"苦吟之作。汪佑南《山泾草堂诗话》卷二举隅此篇"墨到"二句及《元夜独坐偶成》诸诗警句,评云:"其近体亦刻意苦吟,足以耐人寻味者,不愧名家。"

[2] 蕉雨:芭蕉雨,古人多用以借写凋残或哀怨。朱淑真《秋夜闻雨二首》其二:"鸣窗夜听芭蕉雨,一叶中藏万斛愁。"纸帐:用藤皮茧纸缝制的帐子。徐夤《纸帐》:"几笑文园四壁空,避寒深入剡藤中。误悬谢守澄江练,自宿嫦娥白兔宫。几叠玉山开洞壑,半岩春雾结房栊。针罗截锦饶君侈,争及蒙茸暖避风。"

[3] 乡书:家书。客思:游子的愁思。

[4] 薄醪:味薄的酒。似水:形容酒薄。愁无敌:指不解愁,酒因可消愁,又称酒兵,薄酒难以消愁,故云。短梦生云:用巫山云雨故事。

[5] 怪煞:嗔怪,怪怨。邻娃:邻女。陆龟蒙《陌上桑》:"邻娃尽著绣裆襦,独自提筐采蚕叶。"恋长夜:长夜不眠。弦柱:乐器绾丝之柱,借指乐器。

## 失题[1]

神清骨冷何由俗,凤泊鸾飘信可哀[2]!何处好山时梦到,一声清磬每惊回[3]。定知前路合长往,疑是此身真再来。闻道玉皇香案下,有人怜我在尘埃[4]。

　　[1]作于乾隆四十年(1775),味清字炼,张维屏尤爱诵之,录入《听松庐诗话》。高启《青丘子歌》写神清骨冷,不同凡俗,但却凤泊鸾飘,天上仙人亦怜其流落尘埃。高启诗作于元末乱世,此诗作于乾隆"盛世",由此不免令人多生感慨。
　　[2]神清骨冷:神态清朗,脱尘拔俗。苏轼《书林逋诗后》:"先生可是绝俗人,神清骨冷无由俗。"凤泊鸾飘:喻才士不得志,飘泊无定。龚自珍《己亥杂诗》其二百五十五:"凤泊鸾飘别有愁,三生花草梦苏州。"
　　[3]清磬:清脆的磬声,见《游白沙庵僧舍》注[4]。
　　[4]玉皇香案:元稹《以州宅夸于乐天》:"我是玉皇香案吏,谪居犹得住蓬莱。"香案,放置香炉烛台的桌子。尘埃:喻尘世。

## 何事不可为二章[1] 咏史

何事不可为,必欲为人子。异地附瓜葛,他山托乔梓[2]。乃知腥膻所,万物任驱指[3]。蜾蠃多微虫,黎丘足奇鬼[4]。东海一逐臭,西江讵湔耻[5]。甘心谓人父,生者良已矣[6]。所苦泉下人,他鬼夺烝祀[7]。依然见斯流,被金而佩紫[8]。更有呼父人,相步后尘起[9]。父人复人父,谁非竟谁是[10]?

何事不可为,必欲呼人师[11]。观其用心处,岂在道义为?

昌黎作《师说》，哓哓费繁词[12]。谁知矫枉甚，流弊为今兹[13]。后堂列女乐，前庑陈牛衣[14]。位置虽不一，市道均无疑[15]。桃李本春卉，向暖固所宜[16]。窃恐白日光，难遍倾阳枝[17]。今朝罗雀处，昨日横经时[18]。聚散在转瞬，令我长叹咨[19]。萧萧子云室，寂寂康成居[20]。茅茨且休蕝，抱经聊自怡[21]。

〔1〕这两首诗作于乾隆四十年（1775），讥讽世风沦丧和士风日下，俱是有感而发，深刻揭露了清中叶的社会现实。题注云"咏史"，诗中未铺陈史事，笔法近于左思《咏史》，不专咏一人，或专咏一事，己有怀抱，而借古人之事以抒写，气盛言昌，字句章法俱应之而来，大有奇气。

〔2〕附：攀附。瓜葛：瓜和葛，蔓生植物，喻辗转相连的关系。乔梓：古人用以指代父子，乔木高，梓木低，近于父位尊，子位下，故云。

〔3〕腥膻所：污浊之地。李程《赠毛仙翁》："茫茫尘累愧腥膻，强把蜉蝣望列仙。"驱指：驱使颐指。

〔4〕"螟蛉"二句：上句典出《诗经·小雅·小宛》："螟蛉有子，蜾蠃负之。"蜾蠃，一种寄生蜂，捕捉螟蛉，产卵在它们体内，蜾蠃卵孵化后以螟蛉为食，古人误以为收养幼虫，故称养子作螟蛉。下句用黎丘奇鬼故事，典出《吕氏春秋·慎行论·疑似》：黎丘有鬼善效人形，有一老者醉归，鬼效其子"扶而道苦之"。老者酒醒，讥诮其子曰："吾为汝父也，岂谓不慈哉？我醉，汝道苦我，何故？"其子辩说无此事。老者曰："嘻！是必夫奇鬼也，我固尝闻之矣。"明日复饮于市，欲遇而刺杀鬼，既醉，其子恐父不能返，往迎之，老者拔剑而杀真子。后世以黎丘奇鬼比喻困于假象而陷入错误。张衡《思玄赋》："梁叟患夫黎丘兮，丁厥子而制刃。亲所睨而弗识兮，矧幽冥之可信？毋绵挛以涬己兮，思百忧以自疢。"黎丘，

在今河南虞城西北。

〔5〕"东海"二句：上句用海上逐臭典事，《吕氏春秋·遇合》："人有大臭者，其亲戚兄弟妻妾知识，无能与居者，自苦而居海上。海上人有说其臭者，昼夜随之而弗能去。"下句用梦涤肠胃典事，《新五代史·王仁裕传》：王仁裕"尝梦剖其肠胃，以西江水涤之"。讵，岂能。湔耻，洗去耻辱。湔（jiān 尖），洗雪，清除。

〔6〕谓人父：称他人为父。生者：指生父。已矣：算了。

〔7〕泉下人：死去的人。"他鬼"句：《论语·为政》："子曰：'非其鬼而祭之，谄也。'"烝（zhēng 蒸）祀：进献的祭品。烝，进献。《诗经·周颂·丰年》："为酒为醴，烝畀祖妣。"

〔8〕斯流：此辈。被金而佩紫：佩带金印和紫绶，形容地位显赫。《世说新语·言语》：庞士元访司马德操，遇其采桑，从车中说："吾闻丈夫处世，当带金佩紫，焉有屈洪流之量，而执丝妇之事？"德操说："子且下车。子适知邪径之速，不虑失道之迷。昔伯成耦耕，不慕诸侯之荣；原宪桑枢，不易有官之宅。"

〔9〕"相步"句：是说步人后尘，追随模仿。后尘：《晋书·潘岳传》："岳性轻躁，趋世利，与石崇等谄事贾谧，每候其出，与崇辄望尘而拜。"后世因有拜后尘之典。

〔10〕父人：以他人为父。人父：为他人之父。

〔11〕"必欲"句：朱建新《黄仲则诗》："此指世之拜老师认门生也。"

〔12〕"昌黎"二句：韩愈作《师说》谈论师道，谓"是故无贵无贱，无长无少，道之所存，师之所存也"。柳宗元《答韦中立论师道书》："今之世不闻有师，有辄哗笑之，以为狂人。独韩愈奋不顾流俗，犯笑侮，收召后学，作《师说》，因抗颜而为师。"昌黎，指韩愈，韩姓郡望昌黎，后世称之昌黎先生。哓（xiāo 消）哓，争辩声。

〔13〕矫枉甚:矫枉过正。今兹:现在。

〔14〕女乐:指歌舞。《后汉书·马融传》:马融教授诸生,"常坐高堂,施绛纱帐,前授生徒,后列女乐。弟子以次相传,鲜有入其室者"。前庑:前堂周围的廊屋。牛衣:用乱麻编织的披盖物,多用来喻指士人生活贫寒,典出《汉书·王章传》:"初,章为诸生学长安,独与妻居。章疾病,无被,卧牛衣中,与妻诀,涕泣。"苏轼《追和戊寅岁上元》:"合浦卖珠无复有,当年笑我泣牛衣。"

〔15〕位置:人所处的地位。市道:市场买卖,喻世俗势利。朱建新《黄仲则诗》:"《史记》:'天下以市道交,君有势则从君,君无势则去。'"

〔16〕"桃李"二句:是说弟子就像桃李追求温暖的阳光一样,尊师重道,本其天性。桃李:桃花与李花,比喻门生弟子。

〔17〕窃恐:窃自担心。白日光:形容日光不暖。倾阳:向阳。曹植《求通亲亲表》:"若葵藿之倾叶太阳,虽不为之回光,然终向之者,诚也。"比喻忠诚或归顺。

〔18〕罗雀:形容门庭冷落。《史记·汲郑列传》:"始翟公为廷尉,宾客阗门;及废,门外可设雀罗。翟公复为廷尉,宾客欲往,翟公乃大署其门曰:'一死一生,乃知交情;一贫一富,乃知交态;一贵一贱,交情乃见。'"白居易《寄皇甫宾客》:"卧掩罗雀门,无人惊我睡。"横经:横陈经书,指授经。刘兼《贻诸学童》:"横经叉手步还趋,积善方知庆有馀。"

〔19〕转瞬:形容时间很短。叹咨:叹息咨嗟。

〔20〕萧萧:冷落貌。子云室:典出《汉书·扬雄传》:扬雄,字子云,成都人。家素贫,嗜酒,人稀至其门,偶有好事者载酒从学,刘歆尝对扬雄说:"空自苦!今学者有禄利,然尚不能明《易》,又如《玄》何?吾恐后人用覆酱瓿也。"刘禹锡《陋室铭》:"斯是陋室,惟吾德馨。……南阳诸葛庐,西蜀子云亭。孔子云:何陋之有?"寂寂:冷静貌。康成居:典出《后汉书·郑玄传》:郑玄,字康成,高密人。游学十馀年归里,家贫,"客

277

耕东莱,学徒相随已数百千人。及党事起,乃与同郡孙嵩等四十馀人俱被禁锢,遂隐修经业,杜门不出"。

〔21〕茅茨且休翦:茅茨不翦,形容生活简陋。茅茨,指茅屋,茅草覆顶,未修剪整齐。韩非子《五蠹》:"尧之王天下也,茅茨不翦,采椽不斲。"抱经:自拥经书,指闭门读书著述。一本作"课经"。自怡:自娱。以上四句是说世道既已如此,做人师者,只有像扬雄、郑玄那样,读书著述以终老了。

## 寿 阳[1]

花草何须怨楚宫,六朝残劫总成空[2]。地经白马青丝后,山在风声鹤唳中[3]。终古英灵走河胃,此间形势障江东[4]。我来只访刘安宅[5],一片斜阳古庙红。

〔1〕乾隆四十年(1775)作于寿县。寿阳:今安徽寿县,东晋淝水之战,即发生在这一带。

〔2〕楚宫:楚国的宫殿。寿阳在战国时属楚国地,春申君封地于此,楚考烈王曾因避秦迁都于此,改名郢都。六朝:见《金陵待稚存不至,适容甫招饮》注〔7〕。

〔3〕白马青丝:即青丝白马,指叛乱,典出《梁书·侯景传》:梁武帝时,民间童谣云:"青丝白马寿阳来。"后侯景叛乱,果乘白马,兵士皆着青衣,从寿阳出兵攻破建康。杜甫《青丝》诗云:"青丝白马谁家子,粗豪且逐风尘起。不闻汉主放妃嫔,近静潼关扫蜂蚁。"山:八公山,在寿县东北,俯瞰淮河、淝水,形势险要,相传淮南王刘安与宾客八公修炼于此,故

名。"山在"句：用草木皆兵、风声鹤唳典事。草木皆兵，典出《晋书·苻坚载记》：谢玄大败前秦苻坚之军，苻坚登寿阳城，望八公山上草木，以为皆是晋兵，怃然有惧色。风声鹤唳，典出《晋书·谢玄传》：苻坚兵溃，弃甲夜遁，闻风声鹤唳，以为晋兵已至，草行露宿，兼以饥冻，死者十之七八。

〔4〕河胃：黄志述《两当轩集考异》："河胃，未详。刘、赵、吴、许作'河北'。"今按：河胃，即淮水。陈维崧《南阳怀古八首》其四咏桐柏淮渎庙，末二句云："从来淮水称河胃，廷算深知费讨论。"形势：地形山势。障：屏障，用作动词，指遮挡护卫。

〔5〕刘安宅：《神仙传》卷四"刘安"条：西汉淮南王刘安，养士数千人，有八公来访，刘安厚遇之，"八公使安登山大祭，埋金地中，即白日升天。八公与安所踏山上石，皆陷成迹，至今人马迹犹存"。时人传八公、刘安临去时，鸡犬亦尽得升天。

## 涡水舟夜〔1〕

为怜涡水照人清，素舸轻装岁暮行〔2〕。但见流民满淮北，更无馀笑落阳城〔3〕。月临霜草寒同色，风旋冰花冻作声〔4〕。如此天寒途更远，扁舟一舣若为情〔5〕。

〔1〕涡水：淮河支流之一，流经安徽北部，经涡阳、蒙城，在怀远东汇入淮河。乾隆四十年（1775）冬，仲则北上京师，过涡水，目睹淮北流民遍地的景象，不胜其悲，兼以自伤扁舟一叶飘泊，写下此诗。

〔2〕涡水：见本篇注〔1〕。素舸：未加装饰的船。

〔3〕流民:流离失所的百姓。淮北:淮河以北的地区,特指安徽的北部。阳城:在宿州(今安徽宿县)南。"更无"句:典出宋玉《登徒子好色赋》:"嫣然一笑,惑阳城,迷下蔡。"

〔4〕"月临"二句:写寒冷之景,烘托流民的可悲,并为以下二句作铺垫。

〔5〕扁舟:小船。舣:使船靠岸。若为:怎堪。

## 雪夜至亳州[1]

信帆溯清涡,岁晚水源闭[2]。适我将舍舟[3],风雪塞天地。襆被轻易肩,书簏爱难弃[4]。絮帽不暖头,迎面玉龙戏[5]。夜色敛郊坰[6],一白了无际。虚光纷四来[7],极眺快心意。如乘剡溪船,兴发忘所自[8]。如袭蔡州军,衔枚走精骑[9]。一发见南谯,界天明睥睨[10]。此邦古都会,人物挺殊异[11]。当涂斯沛丰,三分推吉利[12]。文采擅一门,雄威振当世[13]。霸图荒已陈,英风渺焉逝[14]。郁我怀古心,亟就市沽醉[15]。殷勤愧馆人,几诃怯关吏[16]。解装爇湿薪,孤吟聊拥鼻[17]。急雪一打窗,空宵客魂悸。

〔1〕亳州:今安徽亳县,秦置谯县,北周时改亳州,清代属颍州府。乾隆四十年(1775)冬,仲则北上过亳州,赋诗写雪夜征途,险怪而有风味。

〔2〕溯:逆流而上。清涡:涡水,见《涡水舟夜》注〔1〕,亳州城外是淮北平原,涡水自西北流向城东。水源闭:水源枯竭。

〔3〕舍舟:指登岸。

〔4〕轻易肩:行李很轻,容易携带。书簏:放书用的竹箱子。

〔5〕絮帽:薄帽或棉帽,此指棉帽。元好问《乙巳九月二十八日作》:"关山小雪后,絮帽北风前。"玉龙戏:喻雪花飞舞。玉龙,喻雪。吕岩《剑画此诗于襄阳雪中》:"岘山一夜玉龙寒,凤林千树梨花老。"

〔6〕郊坰:郊野。

〔7〕虚光:指雪光。极眺:极目远眺。

〔8〕"如乘"二句:用雪夜访戴典事,见《赠万黍维即送归阳羡(二首选一)》注〔5〕。

〔9〕"如袭"二句:用李愬雪夜袭蔡州典事。唐宪宗间,淮西节度使吴元济叛,李愬雪夜袭蔡州,擒吴元济,淮西遂平。《资治通鉴·唐纪》:李愬军出,"时大风雪,旌旗裂,人马冻死者相望。天阴黑,自张柴村以东道路,皆官军所未尝行,人人自以为必死,然畏愬,莫敢违。夜半,雪愈甚,行七十里,至州城。……城中皆不之觉。鸡鸣,雪止,愬入居元济外宅"。蔡州,今河南汝南。衔枚,古代行军时口中衔着枚,以防出声。枚,状如箸,两头有带,可系于颈上。

〔10〕一发:城墙远望,轮廓如发丝一样。南谯:亳州,见本篇注〔1〕。界天:接天,极言其高。睥睨(pì nì 僻逆):城墙上的短墙。

〔11〕古都会:古时的都市。亳是商汤的都城,曹操故里亦在此,魏文帝曹丕曾封谯为陪都。《元和郡县图志》卷八:"魏文帝即位,黄初元年,以先人旧都,又立为谯国,与长安、许昌、邺、洛阳号为五都。"殊异:不寻常。

〔12〕"当涂"二句:是说亳州像刘邦龙兴之地沛丰一样,是曹魏的龙兴之地,三国争雄,首推曹操。当涂,三国时魏的代称。沛丰,沛地和丰地,在今江苏沛县、丰县一带,汉高祖刘邦起兵于此。三分,魏、蜀、吴三分天下。吉利,指曹操,一名吉利,小字阿瞒。

〔13〕"文采"二句:曹操与子曹丕、曹植等人俱富有文学才华,曹操挟天子以令诸侯,统一北方,后曹丕称帝。一门,指曹操家族。

〔14〕霸图:霸业。荒已陈:荒废已为陈迹。英风:英武的气概。渺焉逝:杳然远逝。

〔15〕郁:忧伤。沽醉:买酒求醉。

〔16〕殷勤:热情周到。馆人:古时管理驿馆的人。《左传·昭公元年》:"不然,敝邑,馆人之属也。"杜预注:"馆人,守舍人也。"几诃:呵察,查问。关吏:管理关市或关口的官吏。

〔17〕然:古同"燃"。湿薪:湿柴。拥鼻:典出《晋书·谢安传》:"安本能为洛下书生咏,有鼻疾,故其音浊。名流爱其咏而弗能及,或手掩鼻以效之。"后世以拥鼻吟指吟咏。韩偓《拥鼻》:"拥鼻悲吟一向愁,寒更转尽未回头。"

# 渡河〔1〕

一夜朔风吼〔2〕,河声怒似雷。上流冰动岳,亭午日飞灰〔3〕。浪挟群灵走,沙浮浩劫来〔4〕。怀中无白璧,径渡不须猜〔5〕。

〔1〕乾隆四十年(1775)冬,仲则自寿阳、亳州一线北上,本篇作于过黄河之际。前六句极笔写朔风寒色,结句是辛味的自嘲,指出北游仍是寒士的书剑飘零。

〔2〕朔风:北风,寒风。

〔3〕"上流"句:李流芳《送张子石北上》:"黄河冰连山,燕台尘蔽空。"李白《行路难三首》其一有"欲渡黄河冰塞川"之句。"亭午"句:化用李白《古风》其二十四:"大车扬飞尘,亭午暗阡陌。"亭午,正午。日飞

灰,形容日光不明。以上四句写朔风、河涛、流冰、日光的状。

〔4〕"浪挟"二句:写渡河的险恶。群灵,众神灵。沙浮,黄河多泥沙,水流很急,黄沙翻滚,故云。浩劫,大灾难。佛家谓天地生成至毁灭为一大劫,即浩劫。"沙浮"句,暗用恒河沙劫一典,见《龙兴寺》注〔4〕。

〔5〕"怀中"二句:《博物志》卷七:"澹台子羽渡河,赍千金之璧于河。河伯欲之,至中流,阳侯波起,两蛟挟船。子羽左操璧,右操剑,击蛟皆死。既渡,三投璧于河伯,河伯跃而归之,子羽毁而去。"

## 马上逢雁[1]

我方北去三千里,尔是南来第几群?来岁北归如有意,深闺书札恐烦君[2]。

〔1〕乾隆四十年(1775)冬作于北上途中,笔调轻灵,思绪凝重,妙在言外,有味外之味。
〔2〕"来岁"二句:写思家之情,用雁书典事,见《子夜歌》注〔4〕。

## 东阿项羽墓[1]

将军之身分五体,将军之头走千里。掷将赠友欢平生,汉王得之下鲁城[2]。可怜即以鲁公瘗,想见重瞳炯难闭[3]。至今燐火光青荧,犹是将军不平气[4]。昔奠絮酒乌江头,知君毅魄羞江流[5]。怀古复过彭城陌[6],知君英灵愁故国。两

283

地招魂不见君,却从此处吊孤坟。美人骏马应同恨[7],多少英雄末路人!

〔1〕东阿:今山东东阿。项羽墓:在东阿谷城山中。乾隆四十年(1775)冬,仲则北上过东阿,赋诗凭吊项羽墓,吟唱一曲"多少英雄末路人",诗句哀怨而雄奇。历代咏项羽的佳作,不胜枚举,本篇沉雄处不减前人。

〔2〕"将军"以下四句:将军,指项羽。《史记·项羽本纪》:项羽不肯渡乌江,汉兵追至,项羽奋战,身受十馀伤,见汉骑司马吕马童,曰:"若非吾故人乎?"又曰:"吾闻汉购我头千金,邑万户,吾为若德。"自刎而死。王翳取其头,吕马童等人各得一肢。项羽死后,楚地皆降,独鲁城不下,乃使人持项羽头示鲁城父老,鲁城始降。

〔3〕以鲁公瘗:《史记·项羽本纪》:楚怀王始封项羽为鲁公,鲁城又最后降汉,遂以鲁公之礼葬项羽于谷城。瘗(yì 义),埋葬。重瞳:双瞳子。《史记·项羽本纪》:"吾闻之周生曰:舜目盖重瞳子。又闻项羽亦重瞳子。"

〔4〕上四句写项羽死不瞑目,雄气犹在,意近李清照《绝句》:"生当作人杰,死亦为鬼雄。"

〔5〕"昔奠"二句:乾隆三十八年(1773),黄仲则曾在乌江祭奠项王庙,赋《乌江项王庙》。絮酒,用棉絮醮酒以祭奠,典出谢承《后汉书》:徐穉,字孺子,南昌人。屡为诸公荐征,虽不就,但有死丧,辄负笈赴吊。常于家中先炙鸡一只,以棉絮渍于酒中,晒干以裹鸡,径直到坟上,以水渍棉,使有酒气,以鸡置前,酹酒毕即离去,不见丧主。乌江:在安徽和县东北,项羽战败,自刎于此。毅魄:英灵,语出《楚辞·九歌·国殇》:"身既死兮神以灵,魂魄毅兮为鬼雄!"羞江流:指项羽不肯渡江。《史记·项羽本纪》:垓下兵败,项羽不肯东渡乌江,曰:"天之亡我,我何渡为?且

籍与江东子弟八千人渡江而西,今无一人还,纵江东父兄怜而王我,我何面目见之?纵彼不言,籍独不愧于心乎?"

〔6〕彭城:在今江苏徐州,项羽曾建都于此。

〔7〕美人:虞姬。骏马:《史记·项羽本纪》:项羽困于垓下,夜起饮帐中,"有美人名虞常幸从,骏马名骓常骑之,于是项王乃悲歌忼慨,自为诗曰:'力拔山兮气盖世,时不利兮骓不逝。骓不逝兮可奈何,虞兮虞兮奈若何!'歌数阕,美人和之,项王泣数行下"。

## 东阿道中逢汪剑潭〔1〕

三千客路行未半,昨夜始宿东阿县〔2〕。晓扶残醉登雕鞍,午向茅檐餐麦饭〔3〕。担夫逆旅相弟昆,潇洒行装子无伴〔4〕。门前郎当闻驮铃,有客停车卷车幔〔5〕。裘马虽争入蜀都,容颜略似游梁倦〔6〕。凝眸审得故人是,失喜抱持狂欲旋。大海浮萍聚亦奇,各拂征衫更相见〔7〕。五年相失江淮间,旧雨星飞尺书断〔8〕。谁知马澜尘坑中〔9〕,千里游踪牵一线。我来颍亳君淮徐,征程似水东西判〔10〕。天公若悭会面缘〔11〕,早晚何难一程先。问君此行胡为哉,怀策欲向金门献〔12〕。多时苦作饥凤号,今日应随景星见〔13〕。我簪秃管亦沓来,相从愿识金台面〔14〕。斯游端合决行藏,亲老何堪久贫贱〔15〕。此邦去岁遭黄巾,过客至今犹色变〔16〕。时时林鸟惊虚弓,往往村墟断朝爨〔17〕。窥囊纵不忧盗贼〔18〕,争命何曾识刀箭。逢君始觉胆气粗,独客愁心耆冰泮〔19〕。复忧天

285

际堆同云[20],只恐前途飞雪片。畏寒偏欲冲寒来[21],我辈谋生不如雁。今宵且作竟夕谈,十千沽酒宁容算[22]。从此千山并辔行,车中更乞新诗看。

〔1〕乾隆四十年(1775)冬,仲则在东阿道中邂逅故人汪剑潭,并辔北上,所经之处俱有赋诗,岁暮抵京城。本篇写与汪剑潭不期而遇,喜中有悲,奇句迭出。汪剑潭:汪端光(1748—1826),字剑潭,一作涧昙,号睦从,仪征人。乾隆三十六年(1771)举人,官至广西镇安知府。有《据梧书屋诗钞》十六卷、《诗馀》六卷。汪端光与仲则交厚,推重其才华,《夜合花·武昌旅舍晤洪稚存,闻黄仲则殁于山西道中,哀而有作》词云:"贫欲无生,才惟有死,落花如命之人。雁门关冷,为谁空惹衣尘。兰气息,玉精神。隔黄河、天上逢君。无端送去,孤舟旅榇,日暮秋云。"

〔2〕东阿县:今山东东阿。

〔3〕雕鞍:刻饰有花纹的马鞍。麦饭:用磨碎的麦子煮成的饭,下层人所食。

〔4〕逆旅:客舍。弟昆:兄弟,喻亲密友爱。孑:孑然,形容孤独。

〔5〕郎当:驮铃声。车幔:车四周的帷布。

〔6〕裘马:轻裘肥马,形容生活豪华,语出《论语·雍也》:"赤之适齐也,乘肥马,衣轻裘。"入蜀都:黄志述《两当轩集考异》:"蜀都,都,盛也。吴作'多',非。"《史记·司马相如列传》:"相如之临邛,从车骑,雍容闲雅甚都。"游梁倦:《史记·司马相如列传》:司马相如游梁,居数岁,梁孝王卒,相如归里,家贫无以为业。黄滔《司马长卿》:"一自梁园失意回,无人知有谈天才。"

〔7〕征衫:旅人之衣。

〔8〕江淮:长江与淮河之间的地区。旧雨:指旧友,典出杜甫《秋述》:"秋,杜子卧病长安旅次,多雨生鱼,青苔及榻。常时车马之客,旧

雨来,今雨不来。"星飞:比喻朋友四处分散。尺书:书信。

〔9〕马溷尘坑:喻指污浊的尘世。马溷,马圈。

〔10〕"我来"二句:是说我自颍州、亳州一路而来,你自淮安、徐州一路北上,征程似河水分开东西一样,各在一岸。颍亳,颍州和亳州。淮徐,淮安和徐州。判,分开。

〔11〕悭(qiān 千):吝啬。

〔12〕胡为:何为。金门:金马门,汉代官署名,学士待诏之处。汉武帝得大宛马,以铜铸其像,立于署门,名金马门。

〔13〕饥凤:喻杰出之士困于饥寒。景星:见《新安程孝子行并序》注〔38〕。

〔14〕簪秃管:即簪笔。古时史官、谏官入朝常插笔于帽,以便随时书写。簪,插。秃管,秃笔。沓来:纷纷而来。金台:黄金台,见《门有车马客》注〔3〕。

〔15〕行藏:出处行迹,语出《论语·述而》:"子谓颜渊曰:'用之则行,舍之则藏,唯我与尔有是夫!'"

〔16〕此邦:此地。黄巾:东汉末年黄巾起义,因头裹黄巾而得名,后世借以指农民军或寇盗。

〔17〕惊虚弓:用惊弓之鸟的典事,见《战国策·楚策四》。朝爨(cuàn 窜):早炊。

〔18〕窥囊:看行囊中所有。忧盗贼:担心被盗贼抢劫。

〔19〕耆:耆然,见《登衡山看日出用韩韵》注〔9〕。冰泮:冰冻融解。

〔20〕同云:见《笥河先生偕宴太白楼,醉中作歌》注〔6〕。

〔21〕冲寒:冒着寒冷。

〔22〕"今宵"二句:化用李白《将进酒》:"陈王昔时宴平乐,斗酒十千恣欢谑。主人何为言少钱,径须沽取对君酌。"竟夕,终夜。十千,十千铜钱,形容钱多。沽酒,买酒。

## 晓行[1]

星光暗到客行处,霞色起从天尽头。小店欲随平野去,残灯都被晓风收。绝怜钟破将归梦,可奈霜欺欲敝裘[2]。喔喔荒鸡最无赖[3],雁声又送一鞍愁。

〔1〕作于乾隆四十年(1775)冬北上途中,写旅行的倦怠,极笔烘托荒凉的景色和无奈的意绪,诗境孤清。

〔2〕敝裘:见《晚泊九江寻琵琶亭故址》注〔18〕。

〔3〕无赖:徐陵《乌栖曲》二首其二:"唯憎无赖汝南鸡,天河未落犹争啼。"此用其词。

## 高唐[1]

古意争如客意多,迎风伏轼快经过[2]。徒闻上客工长笑,曾说州人最善歌。淳于髡、绵驹故里,道旁皆有碑[3]。草没龙头应有冢,沙枯马颊已无河[4]。临流欲效宣尼叹[5],吾道从来奈命何!

〔1〕高唐:今山东高唐。本篇作于乾隆四十年(1775)冬北上过高唐之际。律诗最重起结,七律尤然,此诗结句"吾道从来奈命何",与开句"古意争如客意多"相呼应,起句工于发端,结句语尽而意不尽。

〔2〕古意:思古之情。争如:怎么比得上。客意:离乡在外之情。伏轼:俯身靠在车前的横木上,借指乘车。《庄子·渔父》:"孔子伏轼而叹曰:'甚矣,由之难化也!'"

〔3〕"徒闻"二句:上句用淳于髡典事,《史记·滑稽列传》:楚发兵攻齐,齐威王使淳于髡请兵于赵,赍金百斤,车马十驷。淳于髡仰天大笑,冠缨索绝,曰:"今者臣从东方来,见道傍有禳田者,操一豚蹄,酒一盂,祝曰:'瓯窭满篝,汙邪满车,五谷蕃熟,穰穰满家。'臣见其所持者狭而所欲者奢,故笑之。"于是齐威王乃赍黄金千镒,白璧十双,车马百驷。淳于髡至赵,赵王与之精兵十万,战车千乘,楚闻之,夜引兵而去。上客,尊客,指淳于髡。下句用绵驹典事,《孟子·告子》:淳于髡曰:"昔者王豹处于淇,而河西善讴;绵驹处于高唐,而齐右善歌。"州人,州民。

〔4〕龙头:指华歆,高唐人。《三国志·魏书·华歆传》注引《魏略》:"歆与北海邴原、管宁俱游学,三人相善,时人号三人为一龙,歆为龙头,原为龙腹,宁为龙尾。"马颊:马颊河,古九河之一,今已湮迹,故道约在河北东光之北、泊头之南。

〔5〕"临流"句:用孔子典事,宋人刘敞《刘氏春秋意林》卷下:赵简子欲篡晋,担心天下之议己者,以为杀孔子、窦鸣犊即可矣。既杀窦鸣犊,使人请孔子,孔子将渡河,闻杀鸣犊,于是止,曰:"美哉水乎!丘之不济此水,命也。"赵简子计不得逞。后人称河水为鸣犊河。宣尼,孔子,《汉书·平帝纪》:汉平帝追谥孔子为褒成宣尼公。

# 献县汪丞坐中观技[1]

主人怜客困行李,开觞命奏婆猴技[2]。一人锐头颇有髯,唤到筵前屹山峙[3]。锁颐解奏偃师歌,敛气忽喷尸罗水[4]。

吞刀吐火无不为,运石转丸惟所使[5]。上客都忘叶作冠,寒天倏有莲生指[6]。坐令棐几湘帘旁,若有万怪来回皇[7]。人心狡诡何不有,尔为此技真堂堂[8]。此时四座群错愕[9],主人劝醉客将作。忽然阶下趋奚奴,瞥见庭中飞彩索[10]。少焉有女颜如花,款阔循墙来绰约[11]。结束腰躯瘦可怜,翻身便作缘竿乐[12]。初凝微睇搴高絙,高絙,见《邺中记》。欲上不上如未能[13]。失势一落似千丈,翩然复向空中腾[14]。下有一髽挝画鼓,桄桄节应竿头舞[15]。蓦若惊鸢堕水来,轻疑飞燕从风举[16]。腹旋跟挂态出奇,《踏摇》、《安息》歌逾苦[17]。吁嗟世路愁险艰,尔更履索何宽然[18]?鼓声一歇倏堕地,疾于投石轻于烟。依然娟好一女子,不闻兰气吁风前[19]。我闻西京盛百戏[20],此虽杂乐犹古意。石虎休夸马妓书,杜陵雅爱公孙器[21]。螭鹄鱼龙亦偶成[22],戏耳何须荡心气。狂来径欲作拍张,我无一技争其长[23]。十年挟瑟侯门下,竟日驱车官道旁[24]。笑语主人更觞客,明朝此际孤灯驿[25]。

〔1〕献县:今河北献县。本篇作于乾隆四十年(1775)冬过献县之际,是一首别致的纪实之作。绘述杂技百戏表演,诗句极尽变化,"吁嗟世路愁险艰,尔更履索何宽然"的慨叹,妙笔生花。结尾六句的议论,大抵近于诗人"百无一用是书生"的自嘲,使诗境更进一层。

〔2〕困行李:旅途劳顿。开觞:设酒。婆猴技:指杂技表演。据《拾遗记》:周成王时南方有扶娄国,其人善机巧,能易形改服及神怪变幻,后世乐府皆传其技,俗称婆猴技。

〔3〕锐头:尖脑袋。孔衍《春秋后语》:"平原君对赵王曰:'渑池之会,臣察武安君之为人也,小头而锐,瞳子白黑分明。小头而锐,断敢行也。'"髯:胡须。屹山峙:山峰耸立,这里形容身体强壮。

〔4〕锓(qīn钦)颐:下巴骨微向前伸。偃师:传说中周穆王时的巧匠。《列子·汤问》:偃师制造一机器人,"锓其颐则歌合律,捧其手则舞应节。千变万化,唯意所适"。后世称木偶戏艺人为偃师。敛气:聚气。尸罗:《拾遗记》卷四:沐胥之国,有名尸罗者,精擅道术,"喷水为雾雾,暗数里间。俄而复吹为疾风,氛雾皆止。又吹指上浮屠,渐入云里。又于左耳出青龙,右耳出白虎"。

〔5〕吞刀吐火:杂戏的两种表演技法。张衡《西京赋》:"吞刀吐火,云雾杳冥。"运石转丸:杂技的两种表演技法。运石,搬运巨石。弄丸,抛接弹丸。

〔6〕上客:贵客。叶作冠:杂戏表演,把荷叶变成帽子。《幽明录》卷一:"安开者,安成之俗巫也,善于幻术。时王凝之为江州,向王当行,阳为王刷头,簪荷叶以为帽与王著,当时亦不觉帽之有异。到座之后,荷叶乃见,举座惊骇,王乃知之。"莲生指:杂戏表演,掌中生出莲花。

〔7〕枲几:用榀木做的几桌,泛指几桌。湘帘:用湘竹做的帘子,泛指竹帘。回皇:同"徊徨",彷徨不定。

〔8〕狡狯:狡猾诡诈。堂堂:光明正大。

〔9〕错愕:仓猝惊讶。

〔10〕奚奴:奴仆。飞:飞挂。彩索:彩色的丝绳,指踩索杂技表演用的绳索。

〔11〕少焉:一会儿。款闼:敲小门。循墙:靠墙而行。

〔12〕结束:装束打扮。可怜:可爱。缘竿:古代百戏中的爬竿表演。

〔13〕以下十句写少女精彩的踩索表演。初凝微睇:凝睇,谓注视。微睇,指初细看。《楚辞·九章·怀沙》:"离娄微睇兮,瞽以为无明。"细

(gēng庚),同"絚",指大绳索。

〔14〕失势:失去常态。韩愈《听颖师弹琴》:"跻攀分寸不可上,失势一落千丈强。"翩然:飞貌。一本作"翻然"。

〔15〕髯:指长着大胡子的人。挝(zhuā抓):敲击。画鼓:饰有彩绘的鼓。枨(chéng成)枨:象声词,有节奏的鼓声。

〔16〕惊鸢堕水:蒋剑人《黄仲则诗》:"《后汉书》:'仰视飞鸢,跕跕堕水中。'"飞燕:一语双关,一是指飞舞的燕子,体态轻盈;一是以赵飞燕喻善舞的女伎人。《飞燕外传》:汉成帝皇后赵飞燕,身轻可作掌上舞,每当风起,则飘飘欲从风而高举。

〔17〕腹旋跟挂:踩索表演的两种动作。腹旋,以腹作支持点,在竿上旋转。跟挂,以脚跟作支撑,做倒挂的动作。《格致镜原·高竿》:"《西域传》作'巴俞都卢'之戏。巴俞,二州名。都卢,体轻善缘高,有跟挂、腹旋之名。"《踏摇》:《踏摇娘》,据《教坊记》:北齐有姓苏氏者,嗜饮酗酒,每醉辄殴其妻,"妻衔悲诉于邻里。时人弄之,丈夫着妇人衣,徐步入场,行歌。每一叠,旁人齐声和之云:踏谣和来,踏谣娘苦和来。以其且步且歌,故谓之踏谣"。《安息》:《安息乐》,从安息国传来的音乐。安息国,即今伊朗。

〔18〕履索:在绳索上行走。

〔19〕"依然"二句:写女艺人表演技艺轻松娴熟。娟好,美丽清秀。兰气,形容女子的呼息。

〔20〕西京:长安,今陕西西安,张衡《西京赋》载有百戏之事。

〔21〕"石虎"二句:上句典出《邺中记》:"(石虎)又衣伎儿作猕猴之形,走马上,或在胁,或在马头,或在马尾,马走如故,名为猿骑。"石虎,十六国时后赵的君主。马妓,同"马伎",指马戏,杂技的一种。下句用杜甫典事,杜甫作有《观公孙大娘弟子舞剑器行》:"昔有佳人公孙氏,一舞剑器动四方。观者如山色沮丧,天地为之久低昂。"杜陵,在今陕西西

安,杜甫曾寓居于此,自号杜陵布衣。公孙器,唐代公孙大娘善舞剑器,张岱《夜航船》:"《剑器》,乃武舞之曲名。其舞用女妓而雄装之,其实空手舞也。见《文献通考》。"

〔22〕螭鹄(chī hú 吃壶):变化蛟龙、鸿鹄的杂戏。螭,传说中的一种蛟龙。鹄,鸿鹄,俗称天鹅。鱼龙:鱼龙百戏,见《衡山高和赵味辛送余之湖南即以留别》注〔7〕。

〔23〕径欲:直欲。一本作"竟欲"。拍张:古代武术杂技的一种。《南史·王俭传》:"于是王敬则脱朝服袒,以绛纠髻,奋臂拍张,叫动左右。上不悦曰:'岂闻三公如此?'答曰:'臣以拍张,故得三公,不可忘拍张。'时以为名答。"

〔24〕"十年"句:用齐门挟瑟之典。韩愈《答陈商书》:"齐王好竽,有求仕于齐者,操瑟而往,立王之门,三年不得入,叱曰:'吾瑟鼓之,能使鬼神上下。吾鼓瑟,合轩辕氏之律吕。'客骂之曰:'王好竽而子鼓瑟,虽工,其如王不好何?'是所谓工于瑟而不工于求齐也。"挟瑟,借指干谒,游幕。官道:大道。

〔25〕觞客:劝酒。驿:驿站。

# 赵北口〔1〕

居然楚尾吴头画,忽向燕南赵北看〔2〕。尔许离心攀不得,十三桥柳挂萧寒〔3〕。

〔1〕赵北口:在河北任丘北,又称赵堡口,通南北大道。本篇作于乾隆四十年(1775)冬北上京师道中,借写景寄抒乡思,神韵天然。

〔2〕"居然"二句:左辅《晓渡赵北口》有"果然赵北似江南"之句,

293

自注云:"故友黄仲则书云:'北行三十驿,皆车尘十丈,惟赵北有江南风景。'"楚尾吴头,即吴头楚尾,见《晚泊九江寻琵琶亭故址》注〔10〕。燕南赵北,赵北口在古燕国与赵国交界处,燕国在北,赵国在南,故云。

〔3〕尔许:犹言如许。十三桥:乾隆帝《驻跸赵北口即事杂咏》其五:"十三桥畔韶光嫩,假藉春灯着意烘。"萧寒:凄清寒冷。

## 哭龚梓树[1]

相逢两小意相亲,转眼青山哭故人[2]。到死未消兰气息,他生宜护玉精神[3]。抛残小劫初三月,正月初三日卒[4]。看尽名花二十春。怪道年时频梦汝,半身霞翠礼群真[5]。

十年旧雨阻燕云,把袂俄惊冥契分[6]。一喘夜窗犹待我,兼程朔雪似因君。时予至都甫十日[7],每忧谢弟年难永,不信龚生蕙竟焚[8]。回首荆南读书处,满山猿鹤吊斜曛[9]。

〔1〕乾隆四十年(1775)十二月,仲则抵达京师,值同学好友龚梓树病重,仲则得视其弥留,明年正月三日,龚梓树病殁,仲则赋此二诗哭之。龚梓树:龚怡,见《重过汍里寄龚梓村》注〔1〕。

〔2〕青山:指埋身之地。王维《恭懿太子挽歌五首》其二:"人向青山哭,天临渭水愁。"

〔3〕"到死"二句:美玉、兰桂与瑾瑜之属,有异香或异质,古人用以喻指怀才抱德之士。兰气息,幽兰之气,高洁不俗。玉精神,纯玉之泽,温润而美,喻人的气质精神。《西厢记》:"因姐姐玉精神,花模样,无倒

断晓夜思量。"

〔4〕抛残小劫:指病殁。抛残,抛弃。小劫,《大智度论》卷七:"有人言:住时一劫,灭时一劫,还生时一劫。是三千大千世界,大劫亦三种破,水、火、风;小劫亦三种破,刀、病、饥。"卷三十四:"经十小劫,乃得成佛。"《增一阿含经》卷四十八:"然劫有二种,大劫、小劫。若于劫中无佛出世,尔时复有辟支佛出世,此名为小劫。"《隋书·经籍志》:"经数百千载间,乃至朝生夕死,然后有大水、大火、大风之灾,一切除去之,而更立生人,又归淳朴,谓之小劫。每一小劫,则一佛出世。"

〔5〕怪道:难怪。群真:群仙。

〔6〕旧雨:旧友,见《东阿道中逢汪剑潭》注〔8〕。燕云:指京师一带。燕,幽州。云,云州。把袂:指相见。冥契分:友人将死的委婉说法。冥契,生死之契。

〔7〕一喘:临死前勉强延续的喘息。朔雪:北雪。

〔8〕谢弟:谢惠连,与族兄谢灵运并称"大小谢"。《宋书·谢惠连传》:谢惠连早慧,年十岁能文,谢灵运深相知赏,而忧其年不永。谢惠连卒,年仅二十七岁。龚生:龚胜,西汉人。《汉书·龚胜传》:王莽篡政,征龚胜为讲学祭酒,龚胜称疾不受,曰:"吾受汉家厚恩,亡以报,今年老矣,旦暮入地,谊岂以一身事二姓,下见故主哉?"遂绝食死,年七十九。"有老父来吊,哭甚哀,既而曰:'嗟乎!薰以香自烧,膏以明自销,龚生竟夭天年,非吾徒也。'遂趋而出,莫知其谁"。吴伟业《贺新郎·病中有感》:"万事催华发!论龚生、天年竟夭,高名难没。"

〔9〕"回首"二句:黄仲则十七岁时,读书宜兴,与龚梓树往来密切,见《重过氿里寄龚梓村》注〔1〕。荆南,荆南山,见《赠万黍维即送归阳羡》(二首选一)注〔4〕。读书处,黄仲则《重过氿里寄龚梓村》注云:"旧与梓树读书处。"斜曛,落日的馀晖。

# 春感[1]

二月不青草,萧然蓟北春[2]。千金无马骨,十丈是车尘[3]。气尽初为客,心空渐畏人[4]。道旁知几辈,家有白头亲!

亦有春消息,其如雨更风。替愁双泪烛,对语独归鸿[5]。宫阙自天上,家山只梦中[6]。东君最无赖,不放小桃红[7]。

〔1〕这两首诗作于乾隆四十一年(1776)二月。洪亮吉《北江诗话》卷一云:"黄二尹景仁,久客都中,寥落不偶,时见之于诗。如所云'千金无马骨,十丈有车尘',又云'名心淡似幽州日,骨相寒经易水风',可以感其高才不遇、孤客酸辛之况矣。"吴蔚光《黄大景仁以燕京春感诗见示和之》其二云:"爱汝诗无敌,幽燕老将风。惊人为谢朓,高士是梁鸿。立脚闲云外(朱笥河学士每言仲则如闲云野鹤),回肠细雨中。试看桃与杏,消得几时红。"

〔2〕不青:未返青。蓟北:蓟州之北,借指京师。蓟州,今天津市蓟县,清代属顺天府。

〔3〕"千金"二句:前句用燕骏千金典事,《战国策·燕策一》:燕昭王欲招纳贤者,郭隗说:"臣闻古之君人,有以千金求千里马者,三年不能得。涓人言于君曰:'请求之。'君遣之。三月得千里马,马已死,买其首五百金,反以报君。……于是不能期年,千里之马至者三。今王诚欲致士,先从隗始。"后世以燕骏千金比喻诚揽贤才。车尘:车行扬起的尘埃,喻指尘俗。此暗用潘岳望尘而拜故事,见《晋书·潘岳传》。

〔4〕"气尽"二句:写初至京师的陌生感和飘泊繁华之地的不安之情。气尽,豪气尽除,反用陈元龙豪气未除故事。心空,犹言心寂。

〔5〕"替愁"二句:抒写孤愁和归思,是说夜深不寐,双烛似替人落泪,孤独一人,只有天际归鸿似可对语。双烛泪:蒋剑人《黄仲则诗》:"杜牧诗:'蜡烛有心还惜别,替人垂泪到天明。'"

〔6〕"宫阙"二句:感叹京师自是繁华,帝王宫阙虽近,但与寒士何干?乡园与心灵最近,却只能在梦中相见。化用苏轼《水调歌头》:"不知天上宫阙,今夕是何年。"《秀州报本禅院乡僧文长老方丈》:"万里家山一梦中,吴音渐已变儿童。"宫阙,宫殿楼台。

〔7〕东君:传说中的司春之神。小桃:陆游《老学庵笔记》:"及游成都,始识所谓小桃者,上元前后即著花,状如垂丝海棠。"

# 即席分赋得卖花声〔1〕

何处来行有脚春,一声声唤最圆匀〔2〕。也经古巷何妨陋,亦上荆钗不厌贫〔3〕。过早惯惊眠雨客,听多偏是惜花人。绝怜儿女深闺事,轻放犀梳侧耳频〔4〕。

摘向筠篮露未收,唤来深巷去还留〔5〕。一堤杏雨寒初减,万枕梨云梦忽流〔6〕。临镜不妨来更早,惜花无奈听成愁〔7〕。怜他齿颊生香处〔8〕,不在枝头在担头。

〔1〕作于乾隆四十一年(1776)春。本篇盖从陆游《临安春雨初霁》"小楼一夜听春雨,深巷明朝卖杏花"化出,借写卖花声传达惜花之情,

清新流丽,别具深挚之致。周瘦鹃很欣赏这两首诗,在《卖花声》中称赞说这两首诗把卖花人的唤,买花人的听,全都淋漓尽致地写了出来。

〔2〕有脚春:指春天,春天所到之处,万物复苏,故云。朱建新《黄仲则诗》:"《开天遗事》:人谓宋璟为有脚阳春,言所至之处,如春阳之煦物也。"圆匀:圆润柔和。

〔3〕荆钗:荆枝制作的髻钗,多为古代贫家妇女所用。

〔4〕绝怜:犹言最怜。犀梳:犀角制的梳子。侧耳:仔细地听。

〔5〕筠篮:竹篮。筠,竹子的青皮。去还留:卖花人已去,深巷犹有花香人语。"摘向"二句,一作"一一胪芳唱未休,买渠争肯替渠愁"。

〔6〕杏雨:杏花飘落如雨。潘佑《失题》:"谁家旧宅春无主,深院帘垂杏花雨。"梨云:梨花盛开如云。王建《梦好梨花歌》:"薄薄落落雾不分,梦中唤作梨花云。"

〔7〕临镜:指梳妆。"临镜"二句,一作"侍女关心开晓阁,美人得气在高楼"。

〔8〕齿颊生香:嘴边觉有香气生出,此指卖花声。齿颊,牙齿和腮颊。苏轼《橄榄》:"待得微甘回齿颊,已输崖蜜十分甜。"

## 翁覃溪先生以先文节公像属题,像李晞古笔,藏夏邑彭春衣侍讲家,此先生属山阴朱兰圃临本也[1]

我生后公不卅世,公之斑斑无复存[2]。西江巨派遍海内,摩围衍脉枯生尘[3]。家风鲜嗣愧才下,空缅仿像劳心魂[4]。北平学士示我画,我祖生气今犹新[5]。映之苍壁太古色,洗以渌水空天痕[6]。双睛熊熊裂积铁,广袖落落生长云[7]。深山大泽百秘怪,坐朝诗祖来如奔[8]。何人作绘铸生面,李待诏唐超不群[9]。明知画以人不朽,想见下笔工苦辛。匡庐大好读书处,世间丘壑卑何论[10]。可怜一与人世事,积毁消骨忧殉身[11]。文章光焰在天地,绢素惨淡磨朝昏[12]。先生今世巨手笔,后先作者通精神。赋诗还画九顿首,莫乞馀慧张衰门[13]。愿从大匠请绳墨,华胄敢恃图中人[14]。

〔1〕作于乾隆四十一年(1776)。是年,仲则在京结识翁方纲,相得甚欢。方纲藏有朱兰圃所摹黄庭坚画像,仲则每至方纲家中辄拜于像前,方纲《悔存诗钞序》载云:"每来吾斋,拜文节像,辄凝目沉思久之。余亦不著一语,欲与之相观于深处。"本篇题黄庭坚画像,风格沉郁雄壮,铿锵如出金石。翁覃溪:翁方纲(1733—1818),字正三,号覃溪,大兴(今属北京)人。乾隆十七年(1752)进士,官至内阁学士。著有《复初斋诗集》、《复初斋文集》、《苏诗补注》等书。先文节公:黄庭坚(1045—1105),字鲁直,号山谷道人,晚号涪翁,洪州分宁(今江西修水)人。以诗歌书法著称,诗风瘦硬奇峭,被推为江西诗派的创始人。仲则系出黄庭坚。李晞古:李唐(1066—1150),字晞古,河阳三城(今河南孟县南)人。北宋末入画院,南宋初流亡杭州,鬻画谋生,后为画院待诏,擅长人物,画法近李公麟。

〔2〕公:黄庭坚。不卅(sà 萨)世:黄志述《两当轩集考异》:"吾家迁常,始祖为松轩先生,十四传而至大父(仲则)。……则自文节至大父,仅二十四世。"卅,三十。斑斑:犹言彬彬,指文质兼备。

〔3〕西江巨派:江西诗派。摩围:摩围泉,在天柱山三祖寺附近,黄庭坚曾为题额"山谷流泉"。衍脉:流传。枯生尘:比喻江西诗派后继

乏人。

〔4〕鲜嗣:少有承传者。空缅:空自缅怀。仿像:黄庭坚像,因是临摹的画本,故称。

〔5〕北平学士:翁方纲,见《桂未谷明经以旧藏山谷诗孙铜印见赠》自注。我祖:指黄庭坚。

〔6〕"映之"二句:张维屏《听松庐诗话》评云"峭笔"。太古,远古。渌(lù 路)水,清澈的水。

〔7〕广袖:宽大的衣袖。落落:潇洒貌。长云:连绵不断的云。

〔8〕诗祖:诗派的创始人,指黄庭坚,被称作江西诗派的创始人。

〔9〕生面:如生的面貌。李待诏唐:李唐,见本篇注〔1〕。

〔10〕匡庐:庐山。丘壑:山和溪谷,喻指世间曲折。

〔11〕积毁消骨:不断的毁谤能使人毁灭,典出刘向《新序》卷三:"昔鲁听季孙之说逐孔子,宋信子冉之计逐墨翟。夫以孔墨之辩而不能自免,何则?众口铄金,积毁销骨。"殉身:献身而死。《孟子·尽心上》:"天下有道,以道殉身。"

〔12〕绢素:未曾染色的白绢,可用于书画。杜甫《丹青引》:"诏谓将军拂绢素,意匠惨澹经营中。"朝昏:指岁月。

〔13〕九顿首:九叩,古人隆重的跪拜之礼。顿首,叩头。衰门:衰落的门祚。

〔14〕大匠:宗匠。绳墨:规矩或法度。《离骚》:"举贤而授能兮,循绳墨而不颇。"华胄:世家贵族后裔。图中人:指黄庭坚。


# 得稚存、渊如书却寄[1]

秋窗夜凉灯一粟,日南坊西数椽屋[2]。客心羁孤不可论,忽有故人书在门[3]。书词悱恻纸黯惨,曾洗巨浪倾昆仑。寄书人曾覆舟于河[4]。河关阻越两年别,展翰披缄转愁绝[5]。洪生倔强百不谐,只解故纸驱银蟫[6]。自餐脱粟厚亲养,俭岁襆被游江潭[7]。孙郎下笔妙心孔,百炼枯肠泻真汞[8]。寄我新成病妇诗[9],不特才豪亦情种。鹤笼凤笈两不聊,怜我塌翅为解嘲[10]。老亲弱子感温问,古意分明见方寸[11]。入世无妨醒是狂,谋生敢道贫非病[12]。燕山九月飞雪花,日日典衣归酒家[13]。闻钟偶一揽清镜,面上薄已污尘沙[14]。插标卖赋愁绝倒,臣朔苦长时不饱[15]。织锦偏输新样工,论文每叹清才少。春风野火句全删,今日长安住较难[16]。故人迟我作长句,须在匡山读书处[17]。

〔1〕乾隆四十一年(1776)二月,两金川皆平。四月,乾隆帝回驾,驻跸津门,各省士子献赋。黄仲则献赋,钦取二等,赏缎二匹。洪亮吉闻仲则献赋报罢,作《简黄二景仁》:"黄金台前集多士,笑尔八尺身空长","穷愁属女休苦思,破闷聊寄孙郎诗。"是年秋,仲则在京师收到洪亮吉、孙星衍寄诗,回寄此诗。前半章写收到友人寄诗的感受,后半章慨叹流寓京师的苦愁,感于哀乐,不觉情溢笔端。稚存:洪亮吉字,见《二十三夜偕稚存、广心、杏庄饮大醉作歌》注〔1〕。渊如:孙星衍(1753—1818),字渊如,阳湖(今常州)人。乾隆五十二年(1787)进士,授编修,累迁山东布政使。早年工诗,中年后专研六书训诂之学。有《芳茂山人诗录》、《岱南阁文集》等集。

〔2〕一粟:比喻灯光微弱。日南坊:京师外城坊之一,清初京师外城分作五城十坊,日南坊在北城,朱筠京邸在日南坊,黄仲则至京,依朱筠而居。数椽屋:数间屋。

〔3〕客心:游子的心绪。羁孤:羁旅孤独。在门:到门。

〔4〕黯惨:昏暗惨淡。昆仑:朱建新《黄仲则诗》:"按《尔雅》:'河出昆仑。'昆仑,指河而言。"

〔5〕河关:河流和关隘。阻越:阻隔。展翰披缄:打开书信观看。

〔6〕"洪生"二句:是说洪亮吉个性倔强,一身书生气,只懂得埋首研读古书。百不谙,不谙世事。谙,熟悉。故纸驱银蟫(yín银),比喻埋首古书。故纸,古书旧籍。银蟫,生在书中的白色蠹虫。

〔7〕脱粟:只去皮壳,不加精制的米。

〔8〕孙郎:孙星衍《芳茂山人诗录》未见题为《病妇》之作。见本篇注〔1〕。百炼枯肠:形容锤炼诗句,殚精竭力。真汞:真丹,比喻真意。朱建新《黄仲则诗》:"真汞,即水银。句谓诗笔深脱流利,如水银之泻地也。"

〔9〕病妇诗:孙星衍《芳茂山人诗录》未见题为《病妇》之作。《澄清堂稿》卷下《愁夜》:"宿愁如丝酒肠冷,病妇对床知永夕。"孙星衍的妻子王采薇亦能诗,洪亮吉《北江诗话》卷二:"孙兵备星衍配王恭人,善诗,所著有《长离阁集》,兵备曾属余为之序。盖余次子盼孙,曾聘恭人所生次女。然两家子女,不久并殇。恭人亦年二十四即卒。其闺房唱和诗,虽半经兵备裁定,然其幽奇惝恍处,兵备亦不能为。"

〔10〕鹤笼:即笼鹤,见《言怀(二首选一)》注〔2〕。凤笯:即笯凤,见《短歌》注〔4〕。塌翅:翅倒垂,形容沮丧失意。黄志述《两当轩集考异》:"塌翅,'翅',毕、赵、许作'起'。案:杜子美诗:'十年犹塌翼。'韩退之诗:'戢鳞委翅无复望。'皆以喻下第者。"解嘲:扬雄作有《解嘲》。

〔11〕温问:问寒问暖,形容十分关切。古意:古人之情,形容深情厚意。方寸:指内心。

〔12〕贫非病:典出《庄子·让王》:孔子弟子原宪居鲁而贫,子贡轩

车大马而见之,"原宪华冠继履,杖藜而应门。子贡曰:'嘻!先生何病?'原宪应之曰:'宪闻之:无财谓之贫,学而不能行谓之病。今宪贫也,非病也。'子贡逡巡而有愧色"。

〔13〕燕山:宋宣和间改燕京为燕山府,后以指燕京。典衣:典当衣服。

〔14〕揽清镜:照镜。汙:沾污。

〔15〕"插标"二句:上句用长门卖赋典事,司马相如《长门赋序》:"孝武皇帝陈皇后时得幸,颇妒,别在长门宫,愁闷悲思。闻蜀郡成都司马相如天下工为文,奉黄金百斤,为相如、文君取酒,因于解悲愁之辞。而相如为文以悟主上,陈皇后复得亲幸。"元好问《白屋》:"长门谁买千金赋,祖道虚传五鬼文。"插标,插上草标,以示出卖。下句用东方朔典事,《汉书·东方朔传》:东方朔俸禄甚薄,戏言将尽诛汉武帝宠幸的侏儒,武帝召问,对曰:侏儒长三尺馀,臣朔长九尺馀,俱俸一囊粟,钱二百四十。侏儒饱欲死,臣朔饥欲死。臣言不可用,罢之,无令但索长安米。武帝大笑,因使待诏金马门,稍得亲近。

〔16〕"春风"二句:用居大易故事。《唐摭言》卷七:白居易初举,谒顾况,顾况谑之曰:"长安米贵,居大不易。"及披卷读其诗,至"野火烧不尽,春风吹又生"之句,叹曰:"有句如此,居天下有甚难!老夫前言戏之耳。"其事属传闻。

〔17〕迟(zhì至)我:待我。匡山读书处:匡山,在四川,李白少时读书山中。杜甫《不见》:"不见李生久,佯狂真可哀。世人皆欲杀,吾意独怜才。敏捷诗千首,飘零酒一杯。匡山读书处,头白好归来。"

# 十月一日独游卧佛寺逢吴次升、陈菊人，因之夕照寺、万柳堂，得诗六首[1]（选五）

## 其二

崇南坊角路，侧帽自行吟[2]。市尽天围堞[3]，霜清寺出林。宫云荒碣石，台日澹黄金[4]。幸有故人共，慨然谈古今。

〔1〕蒋士铨《题施生晋诗本并柬黄生景仁》云："江东年少双行笈，燕市天寒一敝裘。"仲则徜徉京师，希望逃避尘世的喧嚣，终未如愿。这组诗共六首，作于乾隆四十一年（1776）十月，此选后五首。第一首写卧佛寺荒凉景色。第二首写寺虽荒凉，却是一片净土，故生依泊之情。第三首写夕照寺祭奠亡友龚怡。第四首为万柳堂怀古。第五首写落晖中离去之情。这些诗如一篇篇游记，记录诗人一天的行踪和跌宕起伏的心理感受，细腻而丰富，厌俗之意、悼友之情、思乡之苦，历历如绘。吴次升：吴阶，字次升，武进人。乾隆四十九年（1784）召试二等，援例以知县分发山东。摄郯城、聊城令，累官曹州知府。其《伤逝歌为怀宁余少云作》："仲则不寿久意中，苦吟瘦损如秋虫。"陈菊人：陈宋赋，字秋士，号菊人，武进人，官襄阳知县。陈宋赋时年二十五岁，乾隆四十三年（1778），朱筠《送陈秋士归武进序》："武进陈宋赋秋士，从我游三年矣，其辞亲而之京师且五六年矣。今年戊戌，秋士年二十有七。其春三月，揖而告我曰：宋赋将归省视二亲。"卧佛寺：在今北京，始建于唐代，寺内供有檀木所雕卧佛像。夕照寺：在今北京，始建于明代，清顺治初已毁，

雍正间重修。

〔2〕崇南坊:京师外城坊之一,在东城。侧帽:斜戴帽子,喻风雅自赏。《北史·独孤信传》:"信在秦州,因猎日暮,驰马入城,其帽微侧。诘旦,而吏人有戴帽者,咸慕信而侧帽焉。"

〔3〕市尽:集市散尽。堞:城堞。

〔4〕"宫云"句:碣石宫,战国时燕昭王为齐人邹衍所建,因地近碣石,故名。"台日"句:黄金台,见《门有车马客》注〔3〕。

## 其三

长安棋局外,高卧羡能仁。寺佛作卧像[1]。古碱忘年树,虚龛积寸尘[2]。闭门知客少,退院识僧真。便欲肩行李,从兹寄病身。

〔1〕"长安"句:化自杜甫《秋兴八首》其四:"闻道长安似弈棋,百年世事不胜悲。"长安,指京师。棋局,喻世局。能仁:梵语的意译,即释迦牟尼。

〔2〕碱(qì气):通"砌",台阶。忘年:年代久远。虚龛:空龛。龛,供奉佛像用的阁子。

## 其四

夕照何年寺,龚生殡此间。龚梓树厝所,命僧置酒奠之[1]。遗文销白蠹,留骨待青山[2]。杯酒生平尽,经年涕泪潸。纸灰风动处,送我出禅关[3]。

〔1〕龚生:龚怡,见《重过汎里寄龚梓村》注〔1〕。龚怡卒于是年正月,时尚未归葬,厝棺夕照寺。厝所:放置棺木之所。

〔2〕白蠹:即银蟫,生于书中的白色蠹虫。待青山:犹言待葬。青山,埋身之地。

〔3〕禅关:禅门。

## 其五

绿野名园旧,黄扉上相开〔1〕。连天起韦杜,拓地馆邹枚〔2〕。事往寒云白,林空野鸟回。老丁锄菜急,不问客何来。

〔1〕绿野名园:唐宰相裴度别墅名绿野堂,此借指万柳堂,一在京师草桥、丰台之间,一在崇文门外。此指后者,清初大学士冯溥所建。冯溥于此广延名士毛奇龄、陈维崧等人,倡导风雅。朱彝尊作有《万柳堂记》。温汝适《端午日偕畏吾、仲则、桂浦游万柳堂,即益都冯文毅公别业,在京城东南隅,后入石氏,今已舍宅为拈花寺矣》:"昔时水曲想流觞,此日花间有啼鸟。"黄扉上相:指冯溥。黄扉,古代丞相、三公等官员办事之处,以黄色涂门上,故称,借指丞相、三公等官位。上相,宰相。

〔2〕韦杜:唐代韦氏、杜氏的并称。韦氏居韦曲,杜氏居杜曲,皆在长安城南,世为望族,后世以韦杜喻高门望第。邹枚:汉人邹阳、枚乘的并称,二人以才辩著称于世。《汉书·邹阳传》:邹阳,齐人,与枚乘等人从事吴王刘濞,吴王不纳其言,邹阳、枚乘往从梁孝王游。此借指冯溥延接名士,尤其是康熙十八年(1679)应试博学鸿词的陈维崧等人。

## 其六

欲放登高目,平冈正落晖。穿芦时见帽,攀树每钩衣。双阙明金爵,群峰走翠微〔1〕。南飞数行雁,目送思依依。

〔1〕双阙:古时宫殿或祠庙前高台上筑有楼观,称作双阙。金爵:屋上所饰铜凤。翠微:青绿的山色。

# 丙申除夕〔1〕(三首选一)

## 其一

阑珊灯火凤城隈,自拥毡炉引冻醅〔2〕。银筯怕翻商陆火,消残心字不胜灰〔3〕。

〔1〕乾隆四十一年(1776)除夕在京师作。这首小诗凄艳绝伦,抒写了流寓京师的孤独和伤怀,后两句尤为含蓄妙笔。
〔2〕阑珊:将尽。黄仲则住在京师外城,除夕内城灯火热闹,外城较冷清。凤城:京都的美称,相传秦穆公之女弄玉吹箫引凤,凤凰降于京城,后人称京师为凤城。杜甫《夜》:"步蟾倚仗看牛斗,银汉遥应接凤城。"隈:城隅。毡炉:北方取暖用的一种火炉。冻醅:见《冬夜左二招饮》注〔4〕。

307

〔3〕银筋:拨火用的长箸。商陆火:指炉火。《说郛》卷一一九《除夜叹老》引《金门岁节》:"裴度除夜叹老,至晓不寐,炉中商陆火凡数添也。"商陆,多年生草木,根粗大,俗称章柳根,亦可入药,性寒,味苦。

## 丁酉正月四日自寿[1] 是日同寿者有温景莱、朱大尊、杨荔裳,共余四人。温舍人汝适为置酒借舫斋中。[2]（二首选一）

### 其二

不礼金仙礼玉晨,《云笈七签》:"正月四日朝玉晨君。"人间差觉敝精神[3]。倘来事业惭青鬓,未了名心为老亲[4]。花笑喜逢初番信,酒香偷酿隔年春[5]。相将且尽筵前醉,位置吾侪岂在人[6]！

〔1〕乾隆四十二年(1777)正月四日,仲则二十九岁初度,友人温景莱、杨荔裳、朱锡卣亦同日生,温步容以为奇事,置酒招饮。仲则席间赋诗自寿,表白尚留京师,都缘于一丝为养亲的"名心",寒士落拓是一种自我的人生选择。朱大尊之父朱筠也应邀赴宴,赋《温生景莱、黄生仲则、杨生荔裳,与儿子锡卣同以正月四日生,岁丁酉,是日,温步容舍人以四人相值之奇也,召客饮之,仆亦与席,作诗纪其事》:"仲则在己巳,蜥蛇兢两挏。诗成转灵怪,蠁彼千蛅蝚(读作 qū)。"

〔2〕温景莱:生平不详。朱大尊:朱锡卣,字大尊,朱筠之子,诸生,

曾任莲河场盐课大使。杨荔裳:杨揆(1760—1804),字同叔,一字荔裳,芳灿之弟,金匮(今属无锡)人。乾隆四十五年(1780)举人,官至四川布政使。有《桐花吟稿》十二卷。温舍人汝适:温汝适(1755—1821),字步容,号篔坡,顺德人。乾隆四十九年(1784)进士,官至兵部右侍郎。有《携雪斋诗钞》八卷、《文钞》二卷、《咫闻录》二卷。黄仲则《送温舍人汝适归广州》:"片言脱口众已惊,一诗投门君独肯。开樽下榻百不嫌,劝学分餐一何幸。"舍人:中书舍人。

〔3〕金仙:指佛。玉晨:仙人之号,指太上大道玉晨君。《云笈七签》卷四十一"朝玉晨君"条:"正月四日、二月八日……太上大道玉晨君常以此日中登玉霄琳房,四眄天下有志节远游之心者。子至其日平旦日出时,北向再拜,亦可于中静出庭坛,烧香北望,乃拜雨雪于静室中,自陈本怀所愿曰:粪土小兆男某谨上启太上玉晨玄皇大道君,某以思真愿仙,归心奉朝,伏希眄鉴矜允,诚请原赦某历劫之殃考,一生之罪咎,学道修身,克蒙感遂,长生度世,登侍霄房。"差觉:差可觉得。敝精神:致力于某事,精神疲惫。《北齐书·祖鸿勋传》:"敝精神于丘坟,尽心力于河汉。"

〔4〕"倘来"二句:是说追求不应得到的事业,青鬓已变斑白,尚存一丝未了的名心,全是为了养亲。倘来,同"傥来",指本不应得到的。青鬓,乌黑的鬓发,形容年轻。名心,追求功名之心。

〔5〕初番信:古人称花信风共有二十四番,自小寒至谷雨,凡四月,共八个节气,每五日一候,计二十四候,每候对应以一种花信风。黄仲则生于正月初四日,故云"初番信"。信,花信风。

〔6〕相将:相携。位置:见《呈袁简斋太史(四首选二)》其一注〔2〕。吾侪:吾辈。

## 闻稚存丁母忧[1]

故人新废《蓼莪》篇,我亦临风尺涕悬[2]。同作浪游因母养,今知难得是亲年[3]。绛帷昨侍文宣讲,大被曾随宗少眠[4]。自视生平愧犹子,束刍难致路三千[5]。

为抚孤雏力已殚,与君两小识辛酸[6]。冰霜只合颜常驻,消息惊闻胆竟寒[7]。一日尚存休灭性,千秋有业抵承欢[8]。阿蒙吴下还依旧[9],他日登堂欲拜难。

〔1〕洪亮吉母蒋氏,能诗,早寡,有二子,长子亮吉,次子清迪,清迪出嗣。仲则四岁丧父,七岁时随祖父归居武进,时蒋氏寄寓亮吉外祖家中,两家只隔溪而居,仲则、亮吉常相往来,蒋氏视仲则如己出。乾隆四十一年(1776)十月,蒋氏病殁。第二年春,仲则在京师始获耗音,"消息惊闻胆竟寒",追忆辛酸往事,洒泪赋诗。稚存:洪亮吉。丁母忧:母丧守制。

〔2〕新废《蓼莪》篇:指洪亮吉母亲蒋氏不久前去世,典出《晋书·王裒传》:三国魏末,王仪为司马昭所杀,其子王裒以父死非命,终身不仕,每读至《诗经·小雅·蓼莪》"哀哀父母,生我劬劳"之句,辄再三流泪,门人受业者并废《蓼莪》之篇。临风:当风。尺涕悬:形容哀痛悲泣。

〔3〕母养:赡养母亲。亲年:父母的年岁。

〔4〕"绛帷"二句:写自己早年承教于蒋氏,与洪亮吉为好友。绛帷,见《寒夜检邵叔宀师遗笔》注〔3〕。文宣,指孔子,唐开元间封孔子为

文宣王。下句用晋人孟宗典事,《三国志·吴书·孙晧传》:"司空孟仁卒。"裴松之注引《吴录》:孟仁,本名孟宗,因避孙晧字之讳,改名孟仁。少从南阳李肃学,其母为厚褥大被,或问其故,母曰:"小儿无德致客,学者多贫,故为广被,庶可得与气类接也。"黄仲则少时与洪亮吉游,亲聆蒋氏之教,故用此典。

〔5〕犹子:如同儿子。张岱《夜航船》:"卢迈进中书侍郎,再娶无子。或劝蓄姬媵,迈曰:'兄弟之子,犹子也,可以主后。'"束刍:生刍,指鲜草,语本《诗经·小雅·白驹》:"生刍一束,其人如玉。"此用徐稺典事,《后汉书·徐稺传》:郭林宗母卒,徐稺往吊之,置生刍一束于庐前而去,众人不知其故,郭林宗曰:"此必南州高士徐孺子也。《诗》不云乎:'生刍一束,其人如玉。'"后世以束刍指祭品。路三千:见《金陵别邵大仲游》注〔2〕。

〔6〕孤雏:喻孤儿,指洪亮吉。力已殚:竭尽全力。识辛酸:黄仲则与洪亮吉俱早失父怙,生活艰难,很早就懂得了生活的辛酸。

〔7〕冰霜:比喻节操高尚。颜常驻:容颜不衰。

〔8〕一日尚存:即一息尚存,见《登衡山看日出用韩韵》注〔14〕。灭性:因丧亲过哀,致有损伤。承欢:侍奉父母,《孔子家语》卷十:"子路问于孔子曰:'伤哉贫也!生而无以供养,死则无以为礼也。'孔子曰:'啜菽饮水,尽其欢心,斯为之孝乎?'"

〔9〕阿蒙吴下:即吴下阿蒙,比喻人学识尚浅,这里是作者自谦。典出《江表传》:三国时吴人吕蒙在孙权劝说下,笃志力学,后鲁肃过访,因拊吕蒙背说:"吾谓大弟但有武略耳,至于今者,学识英博,非复吴下阿蒙。"吴下,长江下游南岸一带。

# 乌岩图歌为李秋曹威作[1]

乌尔何来!尔胡不向朱门大第啄梁粟?又胡不向荒郊败冢

饱肠肉？胡为只向苍苍之林，幽幽之山，乱石荦确，飞泉潺湲，萧凉幽闃人世不争处，尔乃乌乌哑哑下上于其间[2]？尔亦不畏羽林弹，尔亦不接行人丸[3]。尔亦不坐秦氏桂，尔亦不萃曾参冠[4]。飞飞不出此山里，朝飞向日晡飞还[5]。巢中老乌毕逋尾，一年生有八九子[6]。子出望子归，得食声则喜。嗟尔乌！尔昔初作黄口雏，张口待食为尔心力痛[7]，今乃羽翼成长，群飞叫呼。尔今反哺，尔乐何只且[8]！林之深兮翳不疏，山之娟兮腴不枯[9]。下有一人翛然臞[10]，平生慕乌爱乌而敬乌。效乌反哺乌不孤，听我歌作《乌岩图》。

〔1〕作于乾隆四十二年（1777）。是年春，仲则在京闻洪亮吉母卒，更加牵挂衣食无靠的母亲，观《乌岩图》，想到乌鸦反哺，深感不安，写下此诗。开篇一气数句，如决堤之水，奔涌而出。正由于情深，故诗不复择句，高下短长，唯适其情而已。李秋曹威：李威，字畏吾，号凤冈，龙溪（今福建漳州）人。朱筠高弟子。乾隆四十三年（1778）成进士，授中书舍人，迁刑部主事，累迁广州知府。辞归，主丹霞书院讲席。有《说文解字定本》十五卷及《无名子诗存》。时任刑部主事，与仲则交往密切。秋曹，刑部的别称。

〔2〕朱门大第：指富贵之家。荦（luò 骆）确（jué 崛）：山不平貌，此形容乱石嶙峋。韩愈《山石》："山石荦确行径微，黄昏到寺蝙蝠飞。"潺湲：水流貌。幽闃（qù 去）：寂静。哑哑：见《饥乌》注〔2〕。

〔3〕羽林弹：羽林，皇帝侍卫禁军。《初学记》卷三十引《风俗通》曰："按《明帝起居注》曰：东巡泰山，到荥阳，有乌飞鸣乘舆上，虎贲王吉射中之。作辞曰：'乌乌哑哑，引弓射左腋。陛下寿万岁，臣为二千石。'帝赐钱二百万，令亭壁画为乌也。"行人丸：盖用五陵少年之典。《白氏

六帖事类集》卷四"柘弹"条:"《西京记》:长安五陵人柘木为弹,真珠为丸,以弹乌鹊。"《西京杂记》卷四载:"韩嫣好弹,常以金为丸,所失者日有十馀。长安为之语曰:'苦饥寒,逐金丸。'"

〔4〕坐:站,立。秦氏桂:《乐府诗集》卷二十八《乌生》:"乌生八九子,端坐秦氏桂树间。"《乐府解题》:"言乌母子本在南山岩石间,而来为秦氏弹丸所杀。""尔亦不萃"句:白居易《慈乌夜啼》:"慈乌复慈乌,鸟中之曾参。"萃,聚集。曾参冠,《白氏六帖事类集》卷八引《家语》:"曾子至孝,三足乌栖其冠。"《宋书》卷二十九《符瑞志下》:"三足乌,王者慈孝天地则至。"毛奇龄《奉饯汪春坊同年请假觐省还里二首》其二:"第恐曾参冠不定,禁林重盼早乌飞。"曾参,字子舆,鲁国人,孔子高弟。《史记·仲尼弟子列传》:"孔子以为能通孝道,故授之业。作《孝经》。死于鲁。"冠,帽子。

〔5〕飞飞:飞行貌。曹植《野田黄雀行》:"拔剑捎罗网,黄雀得飞飞。"晡(bū逋):申时,当今下午三点至五点。

〔6〕"巢中"二句:典出司马彪《续汉志·五行志》:"桓帝时,童谣曰:'城上乌,尾毕逋,一年生九雏。'"黄庭坚《戏书秦少游壁》:"秦氏乌生八九子,雅乌之兄毕逋尾。忆炊门牡烹伏雌,未肯增巢令汝栖。"毕逋尾,鸟尾摆动貌。

〔7〕心力痡(pū扑):心力耗尽。痡,过度疲劳。

〔8〕反哺:见《高淳,先大父官广文处也,景仁生于此,四岁而孤,至七岁始归,今过斯地,不觉怆然》注〔4〕。"尔乐"句:朱建新《黄仲则诗》:"只且,语馀声。《诗》:'其乐只且。'"

〔9〕翳:遮蔽。娟:明媚,美好。腴:肥沃。

〔10〕翛然:超然貌。臞(qú渠):清瘦。

313

## 移家来京师[1]

岂是逢时料,偏从陆海居[2]。田园更主后,儿女累人初[3]。四海谋生拙,千秋作计疏[4]。暂时联骨肉,邸舍结亲庐[5]。

全家如一叶,飘堕朔风前[6]。事竟同孤注,心还恋旧毡[7]。妻孥赁春庑,鸡犬运租船[8]。差喜征帆好,相逢泽潞边[9]。

长安居不易,莫遣北堂知[10]。亲讶头成雪,儿惊颔有髭[11]。乌金愁晚爨,白粲困朝糜[12]。莫恼啼鸦切,怜伊反哺时[13]。

江乡愁米贵,何必异长安[14]。排遣中年易,支持八口难[15]。毋须怨漂泊,且复话团圞[16]。预恐衣裘薄,难胜蓟北寒[17]。

当代朱公叔,谓筠河先生[18]。怜才第一人。传经分讲席,傍舍结比邻[19]。桂玉资浮产,盘餐捐俸缗[20]。移家如可绘,差免作流民[21]。

贫是吾家物,其如客里何?单门馀我在[22],万事让人多。

心迹嗟霜梗,生涯办雨蓑〔23〕。五湖三亩志,经得几蹉跎〔24〕!

〔1〕乾隆四十二年(1777),仲则有感于洪亮吉母亲亡故,亟思菽水承欢,决意迎母就养京师,虽处境困窘,亦所不计,自京贻书亮吉说:"人言长安居不易者,误也。若急为我营画老母及家累来,俾就近奉养,不至累若矣。"亮吉得书,资无所出,典质仲则家中仅有的半顷田及几间房屋,请人护送仲则家人北行(洪亮吉《国子监生武英殿书签官候选县丞黄君行状》)。仲则移家京师,又得朱筠之助。李威《从游记》云:"武进黄景仁,夙负才名,落拓来京师,从先生游,常以老母在籍,贫不能养为忧。先生乃为区画举家入都。既至,于所居之西,赁屋数椽以处之,告诸名士爱才者醵金若干,月馈薪米。岁暮,则为母制寒衣。"仲则与亲人团聚,但生计日艰,诗人倍感憔悴。这组诗写移家京师之事,笔调写实,极是感人,其奇警处,还在于敢言人所不敢言,"差免作流民",即属此类。

〔2〕逢时材:逢时材。逢时,遇上好时运。陆海居:贝青乔《漫兴》:"陆海居非易,名山业尚赊。"陆海,物产富饶之地,借指京师繁华之地。《汉书·东方朔传》:东方朔曰:"汉兴,去三河之地,止灞、浐以西,都泾、渭之南,此谓天下陆海之地。"齐己《答知己自阙下寄书》:"群机喧白昼,陆海涨黄埃。"

〔3〕"田园"二句:是说典质家中薄产,始得移家京师,过去是一人飘泊在外,现在是全家生计没有着落。

〔4〕作计:谋划,考虑。疏:粗疏。

〔5〕邸舍:客店。亲庐:奉亲之庐。

〔6〕朔风:寒风。

〔7〕孤注:倾其所有为赌注,比喻冒险,这里指移家京师。旧毡:指家传旧物,语本《晋书·王献之传》:"夜卧斋中,而有偷人入其室,盗物

都尽。献之徐曰:'偷儿,青毡我家旧物,可特置之。'"此借指故居。

〔8〕妻孥:妻子儿女。赁舂庑:典出《后汉书·梁鸿传》:梁鸿与孟光流寓吴中,"居庑下,为人赁舂"。赁舂,受雇为人舂米。运租船:用袁宏典事,《世说新语·文学》:"袁虎少贫,尝为人佣载运租。"

〔9〕差:差可。泽潞边:在通州潞河附近。《大清一统志》卷七:明永乐间置潞河驿,在通州旧城东门外潞河西岸。

〔10〕"长安"二句:是说京师居住不易,但不敢让母亲知道艰辛。上句用居大不易故事,见《得稚存、渊如书却寄》注〔16〕。北堂,母亲的居室,代指母亲。

〔11〕头成雪:头发尽白。颔有髭:下巴有短须。

〔12〕乌金:煤和木炭的别称。晚爨:晚炊。白粲:白米。朝糜:早晨的粥食。

〔13〕"莫恼"二句:是说心烦意乱之时,听见鸦啼而不生怒,是由于想到啼鸦的反哺之情。伊,指乌鸦。

〔14〕"江乡"二句:用居大不易故事。这两句意思是京师虽然居住不易,但江南同样米贵,南北一样做穷士,来京师又有何异?江乡,指江南水乡。

〔15〕排遣:打发,消遣。"排遣"句:用东山丝竹典事,见《杂感四首(选二)》其二注〔4〕。八口:指一家人。

〔16〕毋须:不须。团圞(luán 峦):团聚。

〔17〕预恐:事先担心。衣裳:衣服。蓟北:见《春感》注〔2〕。

〔18〕朱公叔:汉时人朱穆,字公叔,南阳人。少有孝行,兼文武之资,海内以为奇士,推重贤能之士,《后汉书·朱穆传》:朱穆同郡赵康隐于武当山,清静不仕,"以经传教授。穆时年五十,乃奉书称弟子。及康殁,丧之如师。其尊德重道,为当时所服"。这里借指朱筠,号笥河,见《笥河先生偕宴太白楼,醉中作歌》注〔1〕。

〔19〕"传经"二句：黄仲则至京师，朱筠在日南坊所居之西，赁屋数椽以居之。比邻，近邻。

〔20〕桂玉：指薪食，柴米之类。典出《战国策·楚策三》：苏秦至楚，三日便行，楚王问其故，苏秦说："楚国之食贵于玉，薪贵于桂。"罗邺《东归》："都缘桂玉无门住，不算山川去路危。"俸缗（mín民）：俸钱，官吏所得的薪金。

〔21〕差免：勉强不算。流民：流离失所的百姓。

〔22〕单门：子孙人少，门祚不兴。

〔23〕霜梗：植物经霜的梗。雨蓑：蓑衣。

〔24〕"五湖"二句：感叹归隐之志无法实现。五湖三亩，指栖身之所。王维《送丘为落第归江东》："五湖三亩宅，万里一归人。"蹉跎：见《把酒》注〔3〕。

# 都门秋思[1]（四首选三）

## 其二

四年书剑滞燕京，更值秋来百感并[2]。台上何人延郭隗？市中无处访荆卿[3]。云浮万里伤心色，风送千秋变徵声[4]。我自欲歌歌不得，好寻骑卒话生平[5]。

〔1〕《都门秋思》由四首七律组成，此选三首。仲则与家人暂得团聚，但却"以家室累大困"，家人亦深受连累，"差免作流民"。这组诗绘

述流寓京师的景况,多寒苦语、颓废语,亦多愤激语、孤傲语,怆人心神。陆继辂《春芹录》云:"秋帆宫保初不识君,见《都门秋思》诗,谓值千金。"蔡卓勋《读黄仲则都门秋思诗题后》诗云:"自嫌未挟幽燕气,托迹都门感转深。有斗难量才一石,无诗可抵价千金(毕秋帆先生见此诗,寄千金促其西游)。低徊秋水伊人慕,惆怅西风独客心。谁筑高台延郭隗,买将马骨费沉吟。"张维屏尤爱诵后二首,《听松庐诗话》评云:"余旧题仲则诗集有云:'黄生抑塞多苦语,要是饥凤非寒虫。'今三复其诗,益信。"

〔2〕书剑:即书剑飘零。百感并:百感交集。

〔3〕"台上"二句:上句意近李白《行路难》三首其二:"昭王白骨萦烂草,谁人更扫黄金台。"用郭隗典事,《述异记》卷下:"燕昭王为郭隗筑台,今在幽州燕王故城中,土人呼为贤士台,亦谓之招贤台。"下句用燕市狗屠典事,见《金陵别邵大仲游》注〔4〕。

〔4〕"云浮"句:写游子愁思。云浮万里,用李白《送友人》"浮云游子意"之意。李化龙《蝃矶春望》:"故国千年王气尽,浮云万里客心孤。"变徵声:凄凉悲壮之调,典出《史记·刺客列传》:荆轲将入秦,燕太子丹携宾客白衣冠相送,至易水之上,"高渐离击筑,荆轲和而歌,为变徵之声,士皆垂泪涕泣"。变徵,古音阶之一,古乐分宫、商、角、徵、羽五声,又有变宫、变徵二声。

〔5〕"好寻"句:用刘孝绰故事。《南史·刘孝绰传》:"每于朝集会同,处公卿间,无所与语,以呼驺卒,访道途间事。由此多忤于物,前后五免。"杨掌生《京尘杂录》卷四《梦华琐簿》:"黄仲则居京师,落落寡合,每有虞仲翔青蝇之感,权贵人莫能招致之,日唯从伶人乞食,时或竟于红氍毹上现种种身说法,粉墨淋漓,登场歌哭,谑浪笑傲,旁若无人。"驺(zōu邹)卒,掌管车马的差役,亦泛指一般仆役、身份低贱之人。

## 其三

五剧车声隐若雷,北邙惟见冢千堆[1]。夕阳劝客登楼去[2],山色将秋绕郭来。寒甚更无修竹倚,愁多思买白杨栽[3]。全家都在风声里,九月衣裳未剪裁[4]。

〔1〕五剧:道路纵横,四通八达,这里指京城繁华的街道。卢照邻《长安古意》:"南陌北堂连北里,五剧三条控三市。"隐:通"殷",形容雷声,此形容声音很大。北邙:见《二十三夜偕稚存、广心、杏庄饮大醉作歌》注〔13〕。

〔2〕登楼:王粲《登楼赋》:"登兹楼以四望兮,聊暇日以销忧。"此用其意。

〔3〕"寒甚"二句:上句化用杜甫《佳人》:"天寒翠袖薄,日暮倚修竹。"下句化用《古诗十九首·驱车上东门》:"驱车上东门,遥望北郭墓。白杨何萧萧,松柏夹广路。"《古诗十九首·去者日已疏》:"白杨多悲风,萧萧愁杀人。思还故里闾,欲归道无因。"参见朱建新《黄仲则诗》。

〔4〕"全家"二句:化用《诗经·豳风·七月》:"七月流火,九月授衣。一之日觱发,二之日栗烈。无衣无褐,何以卒岁?"洪亮吉《北江诗话》卷一评此二句"苦语也"。

## 其四

侧身人海叹栖迟,浪说文章擅色丝[1]。倦客马卿谁买赋,诸生何武漫称诗[2]。一梳霜冷慈亲发,半甑尘凝病妇炊[3]。

为语绕枝乌鹊道,天寒休傍最高枝[4]!

〔1〕"侧身"二句:是说自谓擅长文辞,然置身世间,竟无立锥之地。侧身,见《偕邵元直游吾谷》注〔2〕。栖迟,游息。浪说,信口漫言。擅色丝,擅长写绝妙好辞。色丝,二字合为一个"绝"字。典出《世说新语·捷悟》:"魏武尝过曹娥碑下,杨修从。碑背上见题作'黄绢幼妇,外孙虀臼'八字。魏武谓修曰:'解不?'……修曰:'黄绢,色丝也,于字为绝,幼妇,少女也,于字为妙;外孙,女子也,于字为好;虀臼,受辛也,于字为辞,所谓绝妙好辞也。"后因以"色丝"指"绝妙好辞"。

〔2〕"倦客"二句:上句意近黄滔《司马长卿》:"一自梁园失意回,无人知有揽天才。汉宫不锁陈皇后,谁肯量金买赋来。"倦客马卿,指司马相如。谁买赋,用长门卖赋典事,见《得稚存、渊如书却寄》注〔15〕。下句用何武典事,《汉书·何武传》:何武,字君公。汉宣帝时,王褒颂汉德,作《中和》、《乐职》、《宣布》诗三篇。何武年十四五,与成都杨覆众等共习歌之,"宣帝循武帝故事,求通达茂异士,召见武等于宣室。上曰:'此盛德之事,吾何足以当之哉?'以褒为待诏,武等赐帛罢"。后何武举贤良方正,累迁廷尉等职。汉哀帝崩,王莽用政,何武被迫自杀。

〔3〕"半甑"句:意思是家中常断炊,用甑釜生尘典事,见《春城》注〔12〕。以上用典参见朱建新《黄仲则诗》。

〔4〕"为语"二句:化用曹操《短歌行》:"月明星稀,乌鹊南飞。绕树三匝,何枝可依。"写移家京师的自悔和怨愤之情。最高枝,喻寄居京师。

## 偕王秋塍、张鹤柴访菊法源寺[1]

懊恼心情薄醉宜,讨秋刚趁晚凉时[2]。今年何事堪相慰,不遣黄花笑后期〔3〕。

佛地逢人意较亲,灌畦老叟面全皴〔4〕。于今花价如奴价,可惜种花人苦辛〔5〕。

身离古寺暮烟中,归怯秋斋似水空〔6〕。暝色上衣挥不得,夕阳知在那山红〔7〕?

〔1〕盖作于乾隆四十二年(1777)秋。仲则偕王秋塍、张鹤柴访菊法源寺,赋诗三首纪之。第一首是辛酸的调侃,笑中含悲。第二首写花农的可怜,将批评矛头直指这个病态的社会。第三首写归时的景色和感受,充满无限的依恋和伤感。王秋塍:王复,字敦初,号秋塍,秀水(浙江嘉兴)人。国子生,乾隆末署鄢陵知县,又署临颍,实任武陟,调商丘。吏议解职,复任偃师知县。有《晚晴轩稿》、《树蕟堂诗集》。与仲则交厚,《春夜读黄仲则遗稿题后》诗云:"呕心妙句千秋少,俯首浮荣一第悭。才鬼可能容地下,狂名空复在人间。"张鹤柴:张彤,字汉槎,号萼楼,又号鹤柴,张师诚兄,归安人。乾隆五十一年(1786)举人,官山东按察使。有《承欢集》。法源寺:在北京宣武门外西南。始建于唐贞观年间,明正统间重修,易名崇福寺,清雍正间更名法源寺。寺内多种海棠、丁香、菊花,著称一时。

〔2〕讨秋:秋游。一本作"访秋"。

〔3〕黄花:菊花。高适《九日酬颜少府》:"檐前白日应可惜,篱下黄花为谁有。"

〔4〕佛地:寺院。"佛地"句:意近仲则《山寺偶题》:"十年怀刺侯门下,不及山僧有送迎。"灌畦:灌溉菜畦。一本作"种花"。

321

〔5〕奴价:典出《世说新语·德行》:"祖光禄少孤贫,性至孝,常自为母炊爨作食。王平北闻其佳名,以两婢饷之,因取为中郎。有人戏之者曰:'奴价倍婢。'祖云:'百里奚亦何必轻于五羖之皮邪?'"

〔6〕似水空:喻写秋斋的空寂凄凉。

〔7〕暝色:暮色。挥不得:挥不去。

## 怀映垣内城[1]

冷雨疏花不共看,萧萧风思满长安[2]。虚堂昨夜秋衾薄,隔一重城各自寒[3]。

〔1〕盖作于乾隆四十二年(1777)秋。一夜萧萧秋风,住在外城的仲则想到内城的友人也是衣衾不胜寒,天下寒士都是一样的,哪有内城、外城的区别?不要觉得住在内城,离帝王宫阙近一些,就能得到一些"阳光"的沾化。这样的诗笔不仅感人,而且带有锋芒。映垣:当指任映垣,字明翰,荆溪县(今宜兴)人。邑增生,刻苦嗜学,工诗古文词,兼及骈文、诗馀。有《晴楼诗草》四卷、《晴楼诗馀》一卷。内城:京城分内城和外城,以正阳、崇文、宣武三门为界,其北为内城。

〔2〕冷雨疏花:点明时在深秋。萧萧:冷落貌。风思:风雨之感。黄裳《蝶恋花·东湖》:"九春风思谁吟到。"长安:指京师。

〔3〕虚堂:空堂。秋衾:秋天盖的被子。隔一重城:见本篇注〔1〕。

## 九月初二日晓雪[1]

九月即飞雪,悲哉北地寒[2]。风愁倾碣石,冰欲合桑乾[3]。

浊酒谁同贳？征衣我最单[4]。萧条眄衢巷，何似在长安[5]！

〔1〕乾隆四十三年（1778）在京师作。这一年的寒冷来得很早，九月二日即飞雪来临，使移家京师不久的仲则措手不及，一筹莫展，寒风中写下此诗。"征衣我最单"的诗句，与《都门秋思》"全家都在风声里，九月衣裳未剪裁"之句，异曲同工。诗中充满怨愤之情，慨叹天子脚下，居然是一片萧条，更不说要别的地方了。

〔2〕"九月"二句：化用岑参《白雪歌送武判官归京》："北风卷地白草折，胡天八月即飞雪。"

〔3〕碣石：山名，在河北昌黎西北，清代属永平府。高适《别冯判官》："碣石辽西地，渔阳蓟北天。"桑乾：水名，源出山西桑乾山，东流经京郊外，下流入大清河，即今永定河。

〔4〕贳（shì 世）：赊欠。征衣：旅人之衣。

〔5〕眄：斜视。衢巷：街巷。长安：指京师。

## 偶游僧舍，见有题恶诗于壁者，姓名与予同，戏作[1]

慕蔺何曾效马卿，小冠子夏偶同名[2]。不妨姓氏供人借，只怕诗篇过客评。门户文章双李益，清明寒食此韩翃[3]。生平未赋潇湘景，厕鬼无烦为不平[4]。

〔1〕乾隆四十三年（1778）作。仲则在僧舍看到一首题壁诗，作者

与自己同名,而题诗拙劣,遂戏作一首。本篇风趣横生,多嬉笑调侃之词,盖此辈不必与庄论也。

〔2〕"慕蔺"二句:上句典出《史记·司马相如列传》:司马相如字长卿,少时好读书,学击剑,慕蔺相如之为人,改名相如。后世以慕蔺指倾慕名贤。马卿,司马相如。"下句"典出《汉书·杜钦传》:汉人杜钦,字子夏。少好经书,"家富而目偏盲,故不好为吏。茂陵杜邺与钦同姓字,俱以材能称京师,故衣冠谓钦为'盲杜子夏'以相别。钦恶以疾见诋,乃为小冠,高广才二寸,由是京师更谓钦为'小冠杜子夏',而邺为'大冠杜子夏'云"。参见朱建新《黄仲则诗》。小冠(guān 官),古时一种小于一般规制的冠。

〔3〕"门户"二句:上句用两个李益的典故。唐代诗人李益,字君虞,凉州姑臧(甘肃武威)人。大历四年(769)进士,累官礼部尚书,人称"文章李益"。其宗人有同名者,被称作"门户李益"。《因话录》卷二:"李尚书益,有宗人庶子同名,俱出于姑臧公,时人谓尚书为文章李益,庶子为门户李益,而尚书亦兼门地焉。尝姻族间有礼会,尚书归,笑谓家人曰:'大堪笑,今日局席,两个坐头,总是李益。'"下句用两个韩翃的典事。唐代诗人韩翃,字君平,南阳人,以《寒食》"春城无处不飞花"之句闻名海内。唐德宗时,制诰缺人,命下与韩翃。时有与韩翃同名者,亦为郎中,吏部以两韩翃名上,御批"春城无处不飞花"四句曰:"与此韩翃。"寒食,在清明前二日。

〔4〕潇湘景:潇湘八景,即潇湘夜雨、洞庭秋月、远浦归帆、平沙落雁、烟寺晚钟、渔村夕照、山市晴岚、江天暮雪。厕鬼:典出柳宗元《李赤传》:"李赤,江湖浪人也。尝曰:'吾善为歌诗,诗类李白。'故自号曰李赤。游宣州,州人馆之。……如厕久,其友从之,见赤轩厕抱瓮,诡笑而侧视,势且下入,乃倒曳得之。……然后其友知赤之所遭,乃厕鬼也。"

## 夜坐示施雪帆[1]

不嫌蓬荜共萧辰,对榻经旬意较亲[2]。笑我在家仍在客[3],与君忧病胜忧贫。虚传蓟北黄金贱,自别江南白发新[4]。幸有一椽堪寄傲,底须狂趁六街尘[5]。

丹黄旧业掩行滕,欲写长笺研簌冰[6]。绕座残花犹影壁[7],打窗干叶似窥灯。饥来客尚怜穷鸟,痴绝人还笑冻蝇[8]。襆被依依两无寐,昨宵寒思已难胜[9]。

〔1〕作于乾隆四十三年(1778)冬。仲则寒苦之诗,每将切肤之感化为奇思妙句,或嬉笑怒骂,或悲凉唏嘘,皆穷形尽相,真切感人。余鹏翀步韵追和仲则,《次韵与仲则作》有云:"半世狂名馀白眼,十年残事有青灯","莫负一身能潦倒,迩来萧瑟已难胜"。施雪帆:施晋,字锡蕃,号雪帆,无锡诸生。有《一枝轩稿》《雪帆词》。

〔2〕蓬荜:蓬门荜户,形容生活简陋。《晋书·皇甫谧传》:"士安好逸,栖心蓬荜。"萧辰:秋天。对榻:坐卧相对,形容友朋相聚终日。

〔3〕"笑我"句:黄仲则流寓京师,故称在家仍在客。在客,作客。

〔4〕"虚传"二句:是说空闻京师接纳贤士,自别江南以来,愁苦困顿,白发新增不少。蓟北,见《春感》注〔2〕。黄金贱,用燕骏千金典事,见《春感》注〔3〕。蔡卓勋《读黄仲则都门秋思诗题后》:"谁筑高台延郭隗,买将马骨费沉吟。"

〔5〕一椽:犹言一室。寄傲:寄托孤高的情怀。陆云《逸民赋》:"眄

清霄以寄傲兮,泝凌风而颓叹。"陶渊明《归去来兮辞》:"倚南窗以寄傲,审容膝之易安。"底须:何须。六街:唐代长安有六条中心大街,后世借以指京师的大街和闹市。韦庄《长安春》:"长安二月多香尘,六街车马声辚辚。"

〔6〕丹黄:旧时点校书籍用朱笔书写,遇误字,涂以雌黄,这里借指文字之业。行縢(téng 腾):裹腿布,喻远行。曾灿《仲夏丁泰岩方伯从长安觐亲归,予亦由吴门返里,赋此留别》:"轻装趋故里,草色掩行縢。"縢,囊袋。研:研墨。簇冰:指砚中结的冰。

〔7〕影壁:在墙壁上映下影子。

〔8〕穷鸟:无处可栖的鸟,典出《魏书·张普惠传》:"夫穷鸟归人,尚或兴恻。"冻蝇:秋蝇。黄庭坚《以右军书数种赠丘十四》:"小字莫作痴冻蝇,乐毅论胜遗教经。"

〔9〕襆被:见《和仇丽亭(五首选二)》其四注〔1〕。寒思:寒意愁绪。

# 挽李南硐[1](三首选一)

## 其二

吾道频年气死灰,海阳新冢亦成堆。谓戴东原[2]。几曾白发窥晨镜,忍向青山觅夜台[3]。瘴疠多时消病骨[4],蛮荒终古殉奇才。一棺百粤归何计,可有同官为酾财[5]?

〔1〕乾隆四十三年(1778)在京师作,悼念亡友李文藻。李南涧:李文藻(1730—1778),字素伯,一字苣畹,号南涧,益都人。乾隆二十六年(1761)进士,累迁广西桂林同知,未及一年卒于官。清廉有才,穷经博古,有《益都金石记》、《南涧文集》、《岭南诗集》等书。乾隆四十二年(1777),李文藻上计来京,与仲则往来唱和。

〔2〕吾道:我辈同道。海阳:今安徽休宁。戴震(1724—1777),字东原,休宁人。乾隆二十七年(1762)举于乡,三十八年(1774)诏开四库馆,总裁荐充纂修官,四十年(1775)特命同赴殿试,赐同进士出身,改庶吉士。以博学著称,著作甚富。卒于乾隆四十二年(1777)五月,同年七月,其子戴中立迁柩归葬休宁。

〔3〕窥晨镜:早晨照镜子。夜台:见《寒夜检邵叔宀师遗笔》注〔5〕。

〔4〕瘴疠:南方暑湿地之病,内病为瘴,外病为疠。杜甫《梦李白二首》其一:"江南瘴疠地,逐客无消息。"

〔5〕"一棺"二句:写李文藻为官清廉。百粤,南方百越之地,李文藻曾任广西桂林同知。同官,同僚。醵(jù巨)财,即醵金,凑钱。


# 挽毛明经佩芳[1](二首选一)

## 其一

生别不经月,凶音忽到门[2]。竹间杯尚在,石上坐馀温。起起今年梦,来来何处魂[3]?芙蓉城作主,乐矣复奚论[4]。去时偕吴孝廉蔚光同舟,云初病时便梦坐石案判事,旁有披发二僮侍,以后目光常瞠,如像设状,数日而卒[5]。

327

〔1〕毛佩芳:毛绍兰,字佩芳,遂安(今属浙江淳安)人。乾隆四十二年(1717)拔贡,候选直隶州州判。乾隆四十三年,仲则京师送别毛佩芳归里,赋《送毛佩芳明经归遂安》。相别不经月,即闻噩耗,乃作挽诗两章,此选第一首。诗中未铺叙毛佩芳事迹,亦未称赞毛佩芳道德文章,而是集中笔力写近事,伤悼友人成了"新鬼",读来给人凄魄惊心之感。

〔2〕凶音:指死讯。

〔3〕"起起"二句:是说梦中觉得友人来访,醒来难觅其魂。起起,呼人起立声。见《展叔宀先生墓》注〔2〕。来来,归来。《楚辞·招魂》:"魂兮归来!去君之恒干,何为四方些?舍君之乐处,而离彼不祥些。魂兮归来!东方不可以托些。"

〔4〕芙蓉城:传说仙人所居之地。欧阳修《六一诗话》:石延年卒后,其故人有见之者,延年自言"我今为鬼仙也,所主芙蓉城"。欲呼故人往游,不得,忿然骑一素骡如飞而去。苏轼《芙蓉城》:"芙蓉城中花冥冥,谁其主者石与丁。"奚论:何论。孝廉:见《黄山寻益然和尚塔不得,偕邵二云作》注〔8〕。

〔5〕吴蔚光(1743—1803),字悊甫,号竹桥,昭文(今属常熟)人。乾隆四十五年(1780)进士,官礼部主事。有《古金石斋诗前集》、《后集》、《素修堂文集》等集。

# 三叠夜坐韵[1](二首选一)

## 其一

一年已过雁秋辰,恻恻穷交久更亲[2]。不学耕偏愁岁俭,欲归樵却怕山贫[3]。寒深老屋灯逾瘦,病起闲门月倍新[4]。散帖半床休检点,爱它鼠迹满凝尘[5]。

〔1〕乾隆四十三年(1778)在京师作,仲则赋《夜坐示施雪帆》、《再叠前韵》,其后更有三叠、四叠、五叠、六叠前韵之作。三叠以后之诗,或作于乾隆四十三年。本篇风格奇崛瘦硬,寒贫、瘦灯、新月、病起、鼠迹构成一幅阴冷的画面,正是诗人飘泊京师的精神写照。三、四句用险笔,五、六句尤其瘦硬。清代女诗人邵广仁《题黄仲则悔存斋诗稿后》叹云:"才去愁魔又病魔,诗人心力渐消磨","入坐无言惟懒慢,挑灯有得费吟哦。"
〔2〕恻恻:凄凉忧伤貌。
〔3〕耕:耕田。岁俭:年成歉收。樵:打柴。山贫:山中贫瘠。
〔4〕瘦:消损,形容残灯黯淡。新:清新,形容月光明亮。
〔5〕"散帖"二句:典出《世说新语·德行》:"晋简文为抚军时,所坐床上,尘不听拂,见鼠行迹,视以为佳。有参军见鼠白日行,以手板批杀之,抚军意色不悦。"散帖,散乱的书简。检点,查点。凝尘,积聚的尘土。

## 题施锡蕃雪帆图四叠前韵[1]

归帆一叶阻霜辰,忽忽披图意与亲[2]。急雪溪山同寂寞,孤舟天地入清贫。欲随塞雁兼程去,早趁江梅照眼新[3]。此景休嫌太凄绝,可知不到软红尘[4]。

素友寒宵展画縢,分明呵笔欲成冰。图者余少云[5]。添君风雪三更梦,老我江湖十载灯[6]。纸上归心争快马,图中冷意辟痴蝇。不知此愿何由遂,拥鼻吟成恐不胜[7]。

〔1〕仲则观施晋所藏《雪帆图》,吟唱出一曲曲江湖寒士的悲歌。这首题画诗作于乾隆四十三年(1778),既无意称道画艺的高超,又无意表现高士的情致,诗人只想抒写读图不胜其悲的感受,传达寒士的生存状态和精神世界,"孤舟天地入清贫"、"老我江湖十载灯"一类的题画诗句,在前代尚不多见。《雪帆图》:仲则友人余少云所作。施锡蕃:施晋,见《夜坐示施雪帆》注〔1〕。杨钟羲《雪桥诗话》:"(施晋)在京师日,主黄仲则家。余少云作《雪帆图》以遣意,朱笥河题云:'荒凉地记蜷龟蛤,冷落心空附骥蝇。'"

〔2〕一叶:形容船小。霜辰:寒天。忽忽:失意貌。披图:观看画图。

〔3〕塞雁:寒鸿,秋天南还,春天北飞。照眼新:白居易《感春》:"老思不禁春,风光照眼新。"

〔4〕软红尘:指繁华之地。苏轼《次韵蒋颖叔、钱穆父从驾景灵宫》二首其一:"半白不羞垂领发,软红犹恋属车尘。"自注:"前辈戏语有:'西湖风月,不如东华软红香土。'"

〔5〕素友:即素心友,见《冬夜左二招饮》注〔3〕。画縢:画囊。縢,袋子。呵笔:天寒笔冻,呵气使其解冻。余少云:余鹏翀,字少云,号息六,休方人。监生。有《息六斋文集》《韩文公文集编年考》。朱锡庚《黄余二生传》:"(少云)又善画山水,好以枯笔作平沙峭石,画家所谓干墨皴也。共萧疏淡远之致,与其诗自相颉颃。"

〔6〕三更梦:文天祥《沈颐家》:"昨夜三更梦,春风满故园。"十载灯:即十年灯。黄庭坚《寄黄几复》:"桃李春风一杯酒,江湖夜雨十年灯。"

〔7〕此愿:指归里之愿。拥鼻:见《雪夜至亳州》注〔17〕。

# 笴河先生见次原韵复叠二首[1]

谁言诗客动星辰,若解怜才与我亲[2]。一任人嗤难作客,藉非公在肯言贫[3]。诸生听讲谈皆进[4],老辈论文样不新。自拥书城掩关坐,不知门外有车尘[5]。

笑口何因忽破縢,敲诗如碎一盘冰[6]。梧桐叶尽人听月,薜荔阴空鬼拜灯[7]。五夜吟风赓砌蟀,频年钻纸效窗蝇[8]。他时倘蜡登山屐,负橐相随力尚胜[9]。

〔1〕作于乾隆四十三年(1778)。仲则落拓京师,从朱筠游,在其救助下,"得从容翱翔日下,名益起"(李威《从游记》)。仲则性情孤傲,朱筠爱才之意不减,赞其是"闲云野鹤",读《题施锡蕃雪帆图四叠前韵》,和诗二首,仲则感而再赋二首,抒写感激之情和寒士心迹,诗如秋蛩野唱,其音可哀。

〔2〕"谁言"二句:前人怜才典事甚多,此盖用韩愈、皇甫湜故事。《唐摭言》卷十载李贺七岁诗名动京华,韩愈、皇甫湜闻其为今人,连骑造门,以所乘马命联镳而还所居,亲为束发。李贺与科试,或谤其不避家讳,韩愈因撰文为辩。诗客,诗人。星辰,借指朱筠。

〔3〕藉非:假如不是。

〔4〕诸生:儒生。

〔5〕"自拥"二句:典出《魏书·李谧传》:李谧,字永和,涿郡人,每曰:"丈夫拥书万卷,何假南面百城。"遂隐居杜门,弃产营书,手自删削。

331

书城,形容很多书籍,环列如城。掩关,闭门。车尘,见《春感》注〔3〕。

〔6〕破滕:开启。敲诗:推敲诗句。一盘冰:形容诗意幽冷。

〔7〕薜荔:一种常绿灌木,枝蔓多爬附在墙上。人听月:形容月夜寂静。阴空:阴幽空荡。鬼拜灯:开容灯火微弱,寓意幽冷。刘基《赠西岩道元和尚》:"谈经山鬼拜灯前。"

〔8〕五夜:五更。吟风:吟弄风月。赓(gēng 庚):赓和、唱和。砌蟀:阶前蟋蟀。窗蝇:即冻蝇,见《夜坐示施雪帆》注〔8〕。

〔9〕蜡登山屐:以蜡涂登山木屐,典出《世说新语·雅量》:祖约好财,阮孚好木屐,"并恒自经营,同是一累,而未判其得失。……或有诣阮,见自吹火蜡屐,因叹曰:'未知一生当着几量屐。'神色闲畅。于是胜负始分"。登山屐,古人登山常穿的一种木屐。《宋书·谢灵运传》:谢灵运性爱山水,"登蹑常著木履,上山则去前齿,下山去其后齿"。后人又称登山屐为谢公屐。负橐:背负口袋,借指游历。

## 痴儿〔1〕

索栗怜通子,牵窗厌衮师〔2〕。天心憎早慧〔3〕,不敢怨儿痴。

〔1〕苏轼《石苍舒醉墨堂》诗云:"人生识字忧患始,姓名粗记可以休。"又,《洗儿》:"人皆养子望聪明,我被聪明误一生。惟愿孩儿愚且鲁,无灾无难到公卿。"吴伟业《悲歌赠吴季子》诗云:"生男聪明慎勿喜,仓颉夜哭良有以。受患只从读书始,君不见,吴季子!"仲则这首小诗,异曲同工,慨叹才士命运多蹇,抒写了人生忧患识字始的愤世之情,作于乾隆四十三年(1778)。

〔2〕"索栗"二句:上句典出陶渊明《责子》:"通子垂九龄,但觅梨与

栗。天运苟如此,且进杯中物。"通子,陶渊明幼子通佟,小名通。韩翊《寄赠虢州张参军》:"好栗分通子,名香赠莫愁。"下句典出李商隐《骄儿诗》:"衮师我骄儿,美秀乃无匹。文葆未周晬,固已知六七。四岁知名姓,眼不视梨栗。……或谑张飞胡,或笑邓艾吃。……儿慎勿学爷,读书求甲乙。"衮师,李商隐幼子,聪明顽皮。

〔3〕天心:天意。


# 余伯扶、少云昆仲、施大雪帆消寒夜集分赋〔1〕

今岁不甚寒,微寒消更可。招邀皆寄公〔2〕,谋饮先及我。呼儿下帘衣,促坐围地火〔3〕。薄具当侯鲭,错列只蔬蓏〔4〕。脂肠鲜花猪,实核惭韭卵〔5〕。苦酒倾百升,不醉腹转果〔6〕。停尊念旧雨,太半散江左〔7〕。我辈如转蓬,复向燕云堕〔8〕。商略身世事,百法欠帖妥〔9〕。且复永今夕,切勿话琐琐〔10〕。棋劣胜固欣,诗好拙亦哿〔11〕。即此足相于,那觉在尘堁〔12〕。后会宜频频,不尔愁则颇〔13〕。

〔1〕乾隆四十三年(1778)在京师作。仲则与余伯扶、少云兄弟、施雪帆寒夜偶集,在这个"商略身世事,百法欠帖妥"的时代,仲则不愿大家谈论生计和往事,提出"且复永今夕,切勿话琐琐"。这样的雅集,没有歌舞、美食,所有的只是朋友之间的深情。施雪帆:施晋,见《夜坐示施雪帆》注〔1〕。余伯扶:余鹏年,榜名鹏飞,字伯扶,怀宁人。乾隆五十一年(1786)举人。工诗善画,豪于酒。诗赋出入高启、何景明之间。有《饮江光阁诗钞》。与仲则交厚,《常州吊仲则》云:"平生潦落意,与尔最

相关。"少云:余鹏翀,字少云,与兄鹏年并有才名,受知于朱筠。贫贱依人,能自树立,年二十八殁。法式善《梧门诗话》载:余鹏翀论当世诗人,称仲则与张葆光"皆奇杰才,黄以天胜,张以学胜"。

〔2〕寄公:指流寓者。一本作"寓公"。

〔3〕帘衣:帘幕,典出《南史·夏侯亶传》:夏侯亶晚年好音乐,"有妓妾十数人,并无被服姿容,每有客,常隔帘奏之,时谓帘为夏侯妓衣"。促坐:靠近而坐。地火:炉火。

〔4〕薄具:不丰盛的肴馔。侯鲭(zhēng征):五侯鲭,汉成帝母舅王谭、王根、王立、王商、王逢同时封侯,号五侯。《西京杂记》卷二:五侯不相能,宾客不得来往,"娄护丰辩,传食五侯间,各得其欢心,竞致奇膳,护乃合以为鲭,世称五侯鲭"。鲭,鱼和肉的杂烩。蔬蓏(luǒ裸):蔬菜瓜果。

〔5〕脂肠:用作食品的猪大肠。鲜:稀少。实核:种子,借指蔬食。韭卵:指味美的蔬食。韭类蔬菜,旧时冬天不易得,富贵人家始食用。《世说新语·汰侈》:"石崇为客作豆粥,咄嗟便办。恒冬天得韭蓱虀。"

〔6〕苦酒:劣质味酸的酒。百升:形容量多,十升为一斗。果:果腹,吃饱肚子。

〔7〕停尊:停杯。旧雨:旧友,见《东阿道中逢汪剑潭》注〔8〕。江左:长江下游以东地区。

〔8〕转蓬:随风飘转的蓬草,喻飘泊不定。燕云:指京师一带,见《哭龚梓树》注〔6〕。

〔9〕商略:商讨。帖妥:稳当,合适。

〔10〕永今夕:即永夕,度过长夜。琐琐:小也,言鄙陋不足道。

〔11〕棋劣:棋技拙劣。舸(gě葛):可,嘉。

〔12〕相于:相亲近。尘堁(kè客):尘埃,喻指尘世。

〔13〕不尔:不如此,不然。

## 偕少云、雪帆小饮薄醉口占[1]

同是江南客,天涯结比邻[2]。乡山灯照梦,冻面酒回春[3]。诗到十分瘦,名传一字贫[4]。若绳三尺法,我辈是游民[5]。

〔1〕作于乾隆四十三年(1778)。仲则性豪宕,不拘小节,"讥笑讪侮,一发于诗。而诗顾深稳,读者虽叹赏而不详其意之所属"(包世臣《齐民四术》)。本篇蕴含深义,以盛世"游民"自譬,尤其值得再三吟味。少云:余鹏翀,见《余伯扶、少云昆仲、施大雪帆消寒夜集分赋》注〔1〕。雪帆:施晋,见前注。

〔2〕"同是"二句:化用王勃《杜少府之任蜀州》:"海内存知己,天涯若比邻。"比邻,近邻。

〔3〕乡山:指故乡。冻面:因寒冷而灰白的脸色。春:春色,指脸上的红晕。

〔4〕十分瘦:用沈郎瘦腰故事。沈约《与徐勉书》:"百日数旬,革带常应移孔;以手握臂,率计月小半分。以此推算,岂能支久?"一字贫:语本《文心雕龙·练字》:"故善为文者,富于万篇,贫于一字。一字非少,相避为难也。"

〔5〕绳:衡量。三尺法:法律,古代以三尺竹简书法律,故称。游民:无田可耕,没有正当职业的人。《礼记·王制》:"无旷土,无游民,食节事时,民咸安其居。"

## 次韦进士书城见赠移居四首原韵奉酬[1]（选三）

### 其一

旅食欢游少，萧萧阅岁华[2]。有床眠曲尺，无雪赋尖叉[3]。薄笑三辰酒，秾羞一窨花[4]。如何此为客，常似未栖鸦。

〔1〕乾隆四十三年（1778），仲则在京师再次移居，韦书城赠诗四首，仲则依韵和之，自叹如寒鸦无枝可栖。从艺术上看，这组诗以冷僻新奇破陈腐恬熟之病，具有清新之气。是年五月，仲则与韦书城定交都门。韦进士书城：韦佩金（1752—1808），字书城，江都（江苏扬州）人。乾隆四十三年（1778）进士，历官苍梧、怀庆、马平、凌云知县。坐事谪戍，释归，闭门养母，教授生徒。有《经遗堂全集》、《伊犁总志纂略》、《唐藩镇考》等书。《经遗堂全集》卷八有《黄大仲则景仁移居》四首，其一云："当代黄山谷，京华几岁华。又携八口家，改卜路三叉。碧褪频移竹，香分乞种花。卑枝非久踏，况有未栖鸦。"其二有云："长安虽米贵，将母得欢颜。"其四有云："莫同司马渴，老借茂陵居。"

〔2〕旅食：旅居寄食。阅岁华：度过时光。

〔3〕眠曲尺：曲尺而卧。白居易《雨夜赠元十八》："把酒循环饮，移床曲尺眠。"赋尖叉：以险韵作诗。苏轼《雪后书北台壁二首》其一："试扫北台看马耳，未随埋没有双尖。"其二："老病自嗟诗力退，空吟冰柱忆刘叉。"尖、叉均诗中险韵，后人以尖叉为用险韵的代称。参见朱建新

《黄仲则诗》。

〔4〕"薄笑"二句：是说笑对酒薄，羞对秾华。薄，酒味淡薄。三辰酒，酒名。冯贽《云仙杂记》卷五引《史讳录》："玄宗置麹精潭，砌以银砖，泥以石粉，贮三辰酒一万车，以赐当制学士等。"秾，花色艳丽。一窨花：花窨。曹溶《同尔唯、路若饮花窨中》："土室围红紫，稼香别画栏。"徐德音《腊月桃花歌》："此地种花作花窨，水火煦濡花放早。"。

## 其二

词坛见韦虎，馀子尽摧颜[1]。世以科名重，天分岁月闲[2]。读《骚》宜饮水，拄笏且看山[3]。一接清尘末，因之破俗悭[4]。

〔1〕韦虎：韦叡，字怀文，南朝梁时名将。《南史·韦叡传》：韦叡率兵作战，体弱多病，不能骑马，乘板舆督战，屡败北魏军队，魏军畏惧，称其"韦虎"。馀子：其他人。摧颜：愁容满面，借指相形逊色。

〔2〕"世以"二句：是说世人重科名，诗人命中注定是要闲置于世外。科名，科举功名。天分，天命。

〔3〕读《骚》：典出《世说新语·任诞》：王恭尝言："名士不必须奇才，但使常得无事，痛饮酒，熟读《离骚》，便可称名士。"饮水：形容生活清苦，清心寡欲，典出《论语·述而》："子曰：'饭疏食饮水，曲肱而枕之，乐亦在其中矣。不义而富且贵，于我如浮云。'"拄笏且看山：即拄笏看山，典出《世说新语·简傲》：王子猷为桓冲参军，桓冲曰："卿在府久，比当相料理。"子猷初不答，后以手版拄颊云："西山朝来，致有爽气。"手版，即笏。后人以拄笏看山喻指清远雅致。苏轼《次韵胡完夫》："老去

上书还北阙,朝来拄笏望西山。"

〔4〕清尘:喻指清高的风范。《楚辞·远游》:"闻赤松之清尘兮,愿承风乎遗则。"俗悭:俗劣。悭,粗劣。

## 其四

两年经再徙,何处是吾庐?门换新粘帖,囊携幼读书。留宾犹有榻,奉母每无鱼[1]。惭愧投诗意,相将赋《卜居》[2]。

〔1〕"留宾"二句:上句典出《后汉书·徐穉传》:徐穉家贫,屡辟不应。陈蕃为豫章太守,在郡不接宾客,惟徐穉来特设一榻,去则悬之。榻,一种坐卧用具。下句典出《战国策·齐策四》:冯谖客孟尝君门下,弹剑铗而歌"长铗归来乎,无以为家"。左右皆恶之,以为贪得无厌。孟尝君询问门客,知其有老母在家,使人给其衣食,无使困乏,于是冯谖不复歌。

〔2〕投诗:指赠诗。《卜居》:《楚辞》中的名篇,写屈原既放,卜问所以处世之道。王逸以为屈原所作,注云:"卜己居世,何所宜行。"后世或以为《卜居》是后人假托屈原之名所作。

# 张鹤柴招集赋得寒夜四声[1](四首选二)

## 其一

负担尔何物,凄声绝可怜[2]。正逢说饼客,坐忆卖饧天[3]。

嘂夜疑宵警,胪名恼醉眠[4]。《渭城》休更唱[5],不值一文钱。卖声。

〔1〕这组诗作于乾隆四十三年(1778),分赋卖声、柝声、梵声、碓声,此选前二首,抒写沉至之思,出以自然清韵,得隽冷之趣。张鹤柴:张彤,见《偕王秋塍、张鹤柴访菊法源寺》注〔1〕。

〔2〕负担:挑担。凄声:凄凉的声音,指叫卖声。

〔3〕说饼客:典出吴均《饼说》:"公曰:'今日之食,何者最先?'季曰:'仲秋御景,离蝉欲静,燮燮晓风,凄凄夜冷,臣当此景,唯能说饼。'"后世以说饼为谈论饮食的典故。卖饧(xíng 形)天:指春日艳阳天,此时小贩开始吹箫卖饧,故名。饧,用麦芽或谷芽熬成,多在寒食前后食用。宋祁《寒食诗》:"草色引开盘马路,箫声吹暖卖饧天。"

〔4〕嘂(jiào 叫):嘂呼,大声呼喊。宵警:夜间警戒。胪名:即唱名,古代进士唱第日,皇帝临轩,宰臣拆榜唱名,鸿胪寺承之,以传于阶下,卫士六七人齐声传其名而呼之,这里比喻接二连三的叫卖声。

〔5〕"渭城"句:朱建新《黄仲则诗》:"《嘉话录》:刘伯刍言:所居巷口有鬻饼者,过户未尝不闻讴歌。一旦,召与语,贫窘可怜,因与万钱,欣然持去。后寂然不闻讴歌声,呼至,谓曰:尔何辍歌之遽乎?曰:本领既大,心计转粗,不暇唱《渭城》矣。"《渭城》,《渭城曲》,音调凄怨,曲分三段,又称《渭城三叠》,此喻叫卖声。

# 其二

虎旅传何早,蟆更报渐深[1]。敲残三市月[2],迸裂五更心。霜重声逾脆,风高响易沉[3]。转思秋馆夕,断续闻清砧[4]。

柝声。

〔1〕虎旅:虎贲氏与旅贲氏的并称,二者均掌王之警卫,借指勇猛的军卫。宵柝:巡夜的梆声。李商隐《马嵬》二首其二:"空闻虎旅传宵柝,无复鸡人报晓筹。"此用其词。蟆更:虾蟆更,击木柝警夜,以柝声似虾蟆叫,故称。

〔2〕三市:指大市、朝市、夕市。《周礼·地官·司市》:"大市,日昃而市,百族为主。朝市,朝时而市,商贾为主。夕市,夕时而市,贩夫贩妇为主。"左思《魏都赋》:"廓三市而开廛,籍平逵而九达。"李峤《市》:"阛阓开三市,旗亭起百寻。"

〔3〕"霜重"二句:化用骆宾王《在狱咏蝉》:"露重飞难进,风多响易沉。"脆,同"脆"。

〔4〕清砧:捣衣声。刘长卿《月下听砧》:"夜静掩寒城,清砧发何处。"


## 元夜独登天桥酒楼醉歌[1]

天公谓我近日作诗少,满放今宵月轮好。天公怜我近日饮不狂,为造酒楼官道旁[2]。我时薄疴卧仰屋,忽闻清歌起相逐[3]。心如止水遭微飙,复似葭灰动寒谷[4]。千门万户灯炬然,三条五剧车声喧[5]。忽看有月在空际,众人不爱我独怜。回鞭却指城南路,一线天街入云去[6]。揽衣掷杖登天桥[7],酒家一灯红见招。登楼一顾望,莽莽何迢迢[8]。双坛郁郁树如荠,破空三道垂虹腰[9]。长风一卷市声去,更鼓不闻来丽谯〔10〕。此楼此月此客可一醉,谁共此乐独与清影相嬉遨〔11〕?回头却望望灯市,十万金虬半天紫〔12〕。初疑脱却大火轮,翻身跃入冰壶里〔13〕。谪仙骑鲸碧海头〔14〕,千馀年来无此游。不知当年董糟丘,天津桥南之酒楼,亦有风景如兹不〔15〕?古人不可作,知交更零落〔16〕。少年里闬同追欢〔17〕,抛我今作孤飞鹤。不知此曹今夜何处乐?酒尽悲来气萧索〔18〕。典衣更酌鸬鹚杯,莫遣纤芥填胸怀〔19〕。天上星辰已堪摘,人间甲子休相催〔20〕。然藜太乙游傍谁,吃虀宰相何人哉〔21〕?瓮边可睡亦径睡,陶家可埋应便埋〔22〕。只愁高处难久立,乘风我亦归去来〔23〕。明朝市上语奇事,昨夜神仙此游戏〔24〕。

〔1〕乾隆四十四年(1779),仲则元夜独游京师天桥,咀味人生凄凉,醉后放歌。由于心理负荷沉重,故其放歌苦味浓郁,与李白的逸兴遄飞有所不同。本篇风会所感,奇气流宕,诗笔愈是飞扬,悲歌色彩愈是浓重。陈燮《元夕后一日同黄仲则登天桥酒楼待月作》诗云:"座中山谷今文雄,风流却似阮嗣宗。途穷偶尔痛哭返,率意独驾谁能同。狂言霏霏落玉屑,高歌飒飒来天风。"许景澄《金缕曲·题黄仲则先生悔存斋词稿,即用集中赠汪剑潭原韵》:"我行路出天桥上。忆当年、酒楼独凭,悲歌情况。""传有零星词百阕,借商声、读处秋生帐。频击碎,唾壶响。"

〔2〕官道:大道。

〔3〕薄疴:同"微疴",指小病。卧仰屋:卧而仰望屋顶,形容无计可施,典出《后汉书·寒朗传》:"及其归舍,口虽不言,而仰屋窃叹。"王安石《思王逢原》:"仰屋卧太息,起行涕淋漓。"清歌:不用乐器伴奏的歌唱。

〔4〕心如止水:形容心境平静。微飙:微风。葭灰:古人用以占节候。《后汉书·律历志》:将苇膜烧成灰,置入律管内,到某一节气,相应律管内的灰就会自行飞出。杜甫《小至》:"刺绣五纹添弱线,吹葭六琯动浮灰。"寒谷:一名黍谷,在今北京密云,相传为邹衍吹律生黍之处。刘向《别录》:邹衍在燕,有谷地美而寒,不生五谷,邹衍吹律而温至黍生,因名黍谷。左思《魏都赋》:"且夫寒谷丰黍,吹律暖之也。"

〔5〕三条五剧:京师纵横的大道。卢照邻《长安古意》:"南陌北堂连北里,五剧三条控三市。"

〔6〕天街:京城中的街道。

〔7〕天桥:在今北京永定门内,在明、清两代是帝王去天坛祭祀途经的御道。

〔8〕顾望:巡视。莽莽:茫无际涯貌。迢迢:遥远貌。

〔9〕双坛:指京师的天坛和地坛。天坛在正阳门之左,明永乐十八年建。初遵洪武朝合祀天地之制,称天地坛。后分祀,乃专称天坛、地坛。地坛在安定门外北郊。树如荠:戴暠《度关山》:"今上关山望,长安树如荠。"吴伟业《送何省斋》:"岭雁时独飞,楚天树如荠。"破空:划破长空。垂虹腰:指桥。

〔10〕长风:远风。市声:街市喧闹声。更鼓:报更的鼓声。丽谯:华丽的谯楼。《名义考》卷三:"门上为高楼以望曰谯。"

〔11〕清影:曹植《公宴》:"明月澄清影,列宿正参差。"苏轼《水调歌头》:"起舞弄清影,何似在人间。"嬉遨:即嬉游。

〔12〕却望:回头远看。灯市:张设元宵花灯的地方。金虬:金龙。

〔13〕脱却:脱掉。冰壶:盛冰的玉壶,喻指月光。

〔14〕谪仙:指李白。骑鲸:古人以骑鲸指隐遁或游仙,后世称李白骑鲸客。

〔15〕"不知"以下三句:化用李白《忆旧游寄谯郡元参军》:"忆昔洛

阳董糟丘,为余天津桥南造酒楼。黄金白璧买歌笑,一醉累月轻王侯。"天津桥,古桥名,在今洛阳。

〔16〕知交:知心友人。零落:散落。

〔17〕里闬(hàn 汉):里门,借指乡里。追欢:追逐戏娱。

〔18〕此曹:此辈。萧索:萧条,凄凉。

〔19〕典衣:典当衣服。此谓典衣沽酒。杜甫《典江二首》其二:"朝回日日典春衣,每日江头尽醉归。"酌:饮酒。鸬鹚杯:即鸬鹚杓,刻为鸬鹚形的酒杓。李白《襄阳歌》:"鸬鹚杓,鹦鹉杯。百年三万六千日,一日须倾三百杯。"纤芥:细微之物。

〔20〕"天上"二句:上句化用李白《题峰顶寺》:"夜宿峰顶寺,举手扪星辰。不敢高声语,恐惊天上人。"甲子:甲居十干首位,子居十二支首位,干支依次相配,古人用以纪日或纪年,自甲子至癸亥,其数凡六十,又称作六十花甲子,此用以指岁月。

〔21〕"然藜"二句:上句典出《三辅黄图·天禄阁》:刘向校书天禄阁,夜有黄衣老人挂青藜杖,叩阁而进,刘向暗中独坐诵书,老者"吹杖端,烟然,因以见向,授五行《洪范》之文",天明离去,请问姓名,乃太乙之精。藜,青藜杖。太乙,亦作"太一",星官名,属紫微垣。《史记·天官书》:"中宫天极星,其一明者,太一常居也。"下句兼用宋郊、范仲淹典事。《古今说海》卷一百:宋郊为相,上元夜在书院读《周易》,闻其弟学士宋祁点华灯、拥歌妓,醉饮达旦,翌日令人诮之云:"相公寄语学士,闻昨夜烧灯夜宴,穷极奢侈,不知记得某年上元同在某州州学内吃虀煮饭时否?"宋祁笑曰:"却须寄语相公,不知某年同在某处吃虀煮饭是为甚底?"又,范仲淹少时家贫,读书山寺,断虀块粥而食,曾作《虀赋》,有云:"陶家瓮内,淹成碧绿青黄;措大口中,嚼出宫商角徵。"后官至枢密副使,进参知政事。

〔22〕"瓮边"二句:上句典见《晋书·阮籍传》:邻家少妇有美色,当

垆卖酒,阮籍尝诣饮,醉便卧其侧。瓮边,酒瓮边。下句典见《晋书·刘伶传》:刘伶常乘鹿车,携一壶酒,使人荷锸随之,曰:"死便埋我。"苏轼《濠州七绝·逍遥台》:"常怪刘伶死便埋,岂伊忘死未忘骸。"陶家:治陶之家。《古今事文类聚》引《吴志》:"郑泉字文渊,性嗜酒,临卒,谓同类曰:'必葬我陶家之侧,然百岁之后,化而成土,幸见取为壶,实获我心。'"

〔23〕乘风:御风飞行。归去来:归去。苏轼《水调歌头》:"我欲乘风归去,又恐琼楼玉宇,高处不胜寒。起舞弄清影,何似在人间。"此用其意。

〔24〕游戏:戏游人世。吴蔚光《闻黄仲则殁于山西诗以哭之》:"尔本飞仙戏人世,断难长久在埃尘。"

# 正月见桃花盛开且落矣[1]

纷飞红雨欲漫天,不信东风此地偏[2]。才报春来曾几日,忽惊花落又今年。半生每恨寻芳晚,万事都伤得气先。寄语渔郎莫相过,早逃蜂蝶去游仙[3]。

〔1〕乾隆四十四年(1779)春作于京师,"万事"之句富含哲思,"寄语"二句传达了诗人避世的心绪。黄志述《两当轩集考异》:"赵渭川员外云:'是诗《吴会英才集》中作七律,而仲则手书赠余则为《落花》二绝句。'"

〔2〕红雨:喻落花。偏:不公正。

〔3〕"寄语"二句:用武陵渔人误入桃花源的典故,典出陶渊明《桃

花源记》,见《山铿》注〔6〕。渔郎,渔人。游仙,漫游修仙。

# 送陈理堂学博归江南[1]（四首选二）

## 其一

一肩行李一吟身,旅食京华计苦辛[2]。草长莺飞宜径去,石泉槐火又重新[3]。从来易水难为别,除却江南不算春[4]。下水船中天上坐,布帆安稳作归人[5]。

〔1〕作于乾隆四十四年(1779)春。前一首写旅食京师的困顿,羡慕友人早归江南,后一首叮嘱友人勉力作一冷官,语重心长。陈理堂学博:陈燮,字理堂,泰州人。嘉庆三年(1798)举人。晚年官邳州学正。有《忆园诗钞》。学博,官名,清代府州置学博,辅助教授或训导教授《五经》。陈燮游京师,与仲则交厚,奉为诗坛赤帜,《白门旅次赠施雪帆,兼怀顾文子、黄仲则》云:"才继谪仙后,名与少陵续,""主盟得黄子,壁垒竖高纛。"吴嵩梁与仲则诗坛齐名,陈燮每以吴氏之诗拟仲则,吴嵩梁《石溪舫诗话》卷二云:"(陈燮)每以予诗拟仲则,且曰:'君与仲则皆逸才,但仲则诗味苦,君诗味甘。甘者多近唐人,苦者多近宋人。'其论甚新,然予酷爱仲则诗,自愧不及,岂甘苦未能自喻耶?"

〔2〕一肩:形容行李少。京华:京师。

〔3〕草长莺飞:语本丘迟《与陈伯之书》,见《将之京师杂别(六首选二)》其一注〔3〕。径去:径直而去。石泉槐火:古代高士用槐木之火和

山石之泉煎茶,典出《东坡志林·梦寐》,见《客中清明》注〔4〕。元好问《茗饮》:"槐火石泉寒食后,鬓丝禅榻落花前。"

〔4〕"从来"二句:是说不愿与友人分离,但江南春色美好,还是赞同友人早日归去。上句典出《史记·刺客列传》:荆轲欲行刺秦王,燕太子丹率宾客皆白衣冠至易水送别,高渐离击筑,荆轲歌曰:"风萧萧兮易水寒,壮士一去兮不复还!"易水,源出河北易县西,东流至定兴西南,合于拒马河。

〔5〕"下水"句:化用杜甫《小寒食舟中作》:"春水船如天上坐,老年花似雾中看。""布帆"句:用顾恺之还江东故事。《世说新语·排调》:"顾长康作殷荆州佐,请假还东。尔时例不给布帆,顾苦求之,乃得。发至破冢,遭风大败。作笺与殷云:'地名破冢,真破冢而出,行人安稳,布帆无恙。'"

## 其四

欲换头衔爱冷官,如君无意得来难[1]。醉时欲碎珊瑚树,醒后仍餐苜蓿盘[2]。但去莫嫌经舍窄,就中差觉宦途宽[3]。江山诗酒须行意,好为师儒一洗酸[4]。

〔1〕"欲换"二句:是说陈理堂喜爱冷官,无意厚禄。冷官,地位不重要、政务清闲的官职,学博地位很低,也十分清闲,人们多称之冷官。

〔2〕"醉时"二句:写陈理堂的性情,醉酒时多有不平气,醒来又安于守贫。欲碎珊瑚树,典出《世说新语·汰侈》:石崇与王恺争豪,晋武帝尝赐王恺珊瑚树,高二尺许,世罕其比,王恺以示石崇,石崇以铁如意击之,应手而碎。珊瑚树,即珊瑚,因其形似树,故称。苜蓿盘:见《高淳,

先大父官广文处也,景仁生于此,四岁而孤,至七岁始归,今过斯地,不觉怆然》注〔2〕。以上用典参见朱建新《黄仲则诗》。

〔3〕经舍:学官讲舍。就中:犹言其中。差觉:尚可觉得。宦途宽:宦途宽广,意思是冷官犹可为。

〔4〕"江山"二句:是说面对江山美景,饮酒赋诗,自行胸臆,好为学官宿儒一洗寒酸之气。行意,自行胸臆。师儒,古时指学官。酸,寒酸之气。

## 送嵇立亭归梁溪[1]

只送人归不自归,都门柳色故依依。春寒未免欺驼褐,野性行当遂鹿菲[2]。去路江湖随地阔,到时樱笋入筵肥[3]。为君更诵还山乐,第二泉边一浣衣[4]。

〔1〕作于乾隆四十四年(1779)。嵇立亭:嵇承端,字立亭,无锡人。梁溪:在无锡,源出慧山(又名惠山),人借称无锡。

〔2〕驼褐:用驼毛制成的短衣,古时贫寒者所服。野性:不苟世法,不苟流俗,难以羁束的个性。鹿菲:粗履。桓宽《盐铁论》:"古者庶人鹿菲草芰,缩丝尚韦而已。"黄仲则自号鹿菲子。

〔3〕到时:指樱笋时,在农历三月,为樱桃和春笋上市的时节。樱笋入筵:古时有樱笋会,以樱桃和春笋作佳馔。

〔4〕还山乐:归居山林之乐。柳贯《晚渡扬子江,未至甘露寺城下,潮退阁舟,风雨竟夕》:"庶因行路难,幸识还山乐。"第二泉:惠山泉,在无锡惠山。苏轼《惠山谒钱道人,烹小龙团,登绝顶望太湖》:"独携天上小团月,来试人间第二泉。"浣衣:洗衣,典出《楚辞·渔父》:"沧浪之水

清兮,可以濯我缨;沧浪之水浊兮,可以濯我足。"

## 苦雨[1]

雨脚如丝苦未收,凉深五月侭披裘[2]。一方坐对堂坳水,万里心悬瓠子流[3]。底事孤萤明入夜,最怜百草烂先秋[4]。三间老屋浑防塌,可笑先生不自谋。

〔1〕作于乾隆四十四年(1779)。去岁一冬无雪,今春雨后,诗人倍感欢欣,《明日遂雨》诗云:"方知是物有时有,颇愿此声无处无。"不想雨水成灾,自春至夏连绵不断,诗人"万里心悬瓠子流",写下这首苦雨诗。从"凉深五月侭披裘"来看,本篇作于五月。

〔2〕雨脚:密集的雨点。披裘:见《七里泷》注〔4〕。

〔3〕堂坳:堂屋的低洼之处。瓠子:见《大雨宿青山僧寺即谢公宅》注〔8〕。

〔4〕"底事"二句:《礼记·月令》:"(季夏之月)腐草为萤。"杜甫《萤火》:"幸因腐草出,敢近太阳飞。"岑参《秋思》:"吾不如腐草,翻飞作萤火。"底事,何事。

## 与稚存话旧[1]

如猿嗷夜雁嗥晨,剪烛听君话苦辛[2]。纵使身荣谁共乐,已无亲养不言贫[3]。少年场总删吾辈,独行名终付此人[4]。

待觅它时养砂地,不辞暂踏软红尘[5]。

身世无烦计屡更,鸥波浩荡省前盟[6]。君更多故伤怀抱,我近中年惜友生[7]。向底处求千日酒?让它人饱五侯鲭[8]。颠狂落拓休相笑,各任天机遣世情[9]。

〔1〕洪亮吉为母蒋氏守制终,于乾隆四十四年(1779)五月应试入都,寓仲则家中,仲则赋此二诗。洪亮吉《与黄大景仁话旧》二首同时所作,其二:"十五年前将母身,同携襆被出城闉。缘知来日非今日,已觉吾亲即若亲。晚岁互看谋粟米,衰龄密共祷星辰。登堂此度先垂泪,我已伤心作鲜民。"稚存:洪亮吉,见《二十三夜偕稚存、广心、杏庄饮大醉作歌》注〔1〕。

〔2〕"如猿"二句:上句化用《巴东古歌》:"巴东三峡巫峡长,猿啼三声泪沾裳。"猿獥(jiào叫),猿鸣。獥,同"叫"。雁嘷,雁啼。下句化用李商隐《夜雨寄北》:"何当共剪西窗烛,却话巴山夜雨时。"剪烛,促膝夜谈。

〔3〕"纵使"二句:洪亮吉母亲去世,黄仲则《闻稚存丁母忧》二首其一:"同作浪游因母养,今知难得是亲年。"这两句是说即使洪亮吉取得富贵,已无亲可养,这种富贵已没有什么意义,自然现在也不必再说贫寒了。

〔4〕少年场:欢乐场。删:削名。独行名:士人特立独行之名。此人:指吾辈。

〔5〕"待觅"二句:是说暂时踏入繁华之地,无意追求功名富贵,只不过是想将来获得一个隐居养心之地。它时,他日。养砂地,典出《晋书·葛洪传》:葛洪闻交趾出丹砂,求为勾漏令。软红尘:见《题施锡蕃

雪帆图四叠前韵》注〔4〕。

〔6〕鸥波:比喻自由闲适的人生。杜甫《奉赠韦左丞丈二十二韵》:"白鸥没浩荡,万里谁能驯?"前盟:指鸥盟,与鸥鸟为友,比喻隐退。陆游《夙兴》:"鹤怨凭谁解,鸥盟恐已寒。"

〔7〕多故:多生变故。友生:朋友。《诗经·小雅·常棣》:"虽有兄弟,不如友生。"

〔8〕底处:何处。千日酒:见《重九后十日醉中次钱企卢韵赠别》注〔10〕。五侯鲭:见《余伯扶、少云昆仲、施大雪帆消寒夜集分赋》注〔4〕。

〔9〕天机:自然天性。《庄子·大宗师》:"其耆欲深者,其天机浅。"成玄英疏:"天然机神浅钝。"罗勉道《南华真经循本》:"天机者,天然之气机,即息也。"


# 送韦书城南归〔1〕

夜灯分作江南梦,看尔风尘竟拂衣〔2〕。湖上酒徒齐拍手,一天秋与故人归〔3〕。

来岁銮舆幸吴会,期君献赋排苍旻〔4〕。可知车骑重归客,即是家徒四壁人〔5〕。

〔1〕黄仲则潦倒京师,每当看到友人离开这片软红地,便由衷地感到高兴。不过,诗人的内心是矛盾的,他还真心希望友人才学不要被埋没了,如其《与洪稚存书》所云:"出门时,曾见君研脂握铅,为香草之什。君兴已至,不敢置喙,但仆殊不愿足下以才人终身耳。"这两首诗作于乾

隆四十四年(1779)秋,前后内容上不无矛盾处,其实正体现了诗人这种矛盾的心理。韦书城:韦佩金,见《次韵韦进士书城见赠移居四首,原韵奉酬》注〔1〕。韦佩金作有《出都寄黄大仲则景仁》三首,其一:"金桥冷碧直沽连,去住茫茫互黯然。"其二:"江水共闻吾不食,薄田何在我归耕。"其三:"回忆乘船马上来,南皮昌和聚燕台。君身自是多仙骨,几辈都从乞剩才。"

〔2〕江南梦:指归乡之梦。风尘:喻飘泊江湖。拂衣:振衣而去,指归里。

〔3〕酒徒:嗜酒的友朋。韦佩金《摸鱼儿·出都寄黄仲则》:"交游多逐黄金尽,哪够酒徒三五。"齐拍手:表示欢快高兴,用高阳池典事,见《二十三夜偕稚存、广心、杏庄饮大醉作歌》注〔10〕。一天:满天。秋:秋色。

〔4〕"来岁"二句:韦佩金《出都寄黄大仲则景仁》其一有"方匦延恩给官札(仲则献赋试二等,入供武英),铜壶清禁滴华年","不是前身香案吏,闲居得近紫微天。"銮舆:天子车驾。幸:皇帝亲临。吴会:秦汉时会稽郡治在吴县,郡县连称为吴会。"来岁"句:指乾隆四十五年(1780)乾隆南巡之事。献赋:作赋进献皇帝,用以颂扬或讽谏。排苍旻:即排九阊,见《邓家坟写望》注〔18〕。苍旻,苍天。

〔5〕车骑:车马。家徒四壁:形容十分贫困,一无所有,用司马相如典事,见《思旧篇并序》注〔11〕。韦佩金《黄大仲则景仁移居》四首其四末二句:"莫同司马渴,老借茂陵居。"亦用司马相如病渴故事。

# 岁暮怀人[1]（二十首选三）

## 其四

兴来词赋谐兼则，老去风情宦即家[2]。建业临安通一水，年年来往为梅花。<sub>袁简斋太史。</sub>[3]

〔1〕乾隆四十四年（1779）冬在京师作。这组怀人绝句共二十首，此选三首。第一首写照袁枚的高士情怀，论袁枚之诗"谐兼则"，当是会心的评价。第二首怀念左辅，清隽自然。第三首本是这组诗的最后一首，自绘人生，写年来心境，情韵凄然。三诗的一个共同特征，就是善于写个性，"字向纸上皆轩昂"。

〔2〕谐兼则：诙谐而有法度，奇而正。风情：情怀，意趣。宦即家：袁枚曾任江宁知县，后隐居江宁，建随园，歌咏其间，故云。

〔3〕建业：今南京。临安：今杭州。通一水：一水相通。一水，指运河。年年来往：袁枚是钱塘（杭州）人，寓居南京，往来杭州、南京之间。为梅花：暗用林逋的典事，以写照袁枚高逸的志趣。袁简斋太史：袁枚，见《呈袁简斋太史》注〔1〕。

## 其十二

绝忆君家草堂月[1]，往来帆影动帘纹。知君五载杭州住，一梦西湖一见君。左杏庄秀才。[2]

[1] 绝忆:犹言最忆。
[2] 左杏庄秀才:左辅,见《冬夜左二招饮》注[1]。

## 其二十

乌丝阑格鼠须描[1],爱我新诗手自抄。莫怪年来抛韵语,此生无分比文箫[2]。

[1] 乌丝阑:即乌丝栏,上下以乌丝织成栏,其间用朱墨界行的绢素,泛指有墨线格子的笺纸。鼠须:鼠须笔,用鼠须制作的一种名笔。张岱《夜航船》:"王羲之得用笔法于白云先生,先生遗之鼠须。张芝、钟繇亦皆用鼠须笔,笔锋强劲,有锋芒。"
[2] 韵语:诗词,这里指绮艳之作。文箫:唐人裴铏传奇《文箫传》:唐太和末,有书生文箫游钟陵,遇见一位美丽的少女(吴彩鸾),吟云:"若能相伴陟仙坛,应得文箫驾彩鸾。"二人互生爱慕,忽有仙童前来宣布天判:"吴彩鸾以私欲而泄天机,谪为民妻一纪。"两人结成夫妇。

## 腊月廿五日饮翁学士宝苏斋,题钱舜举画林和靖小像用苏韵[1]

一枝梅折孤山麓,冷浸铜瓶汲湖渌[2]。即此便是逋仙魂,变现花前貌如玉[3]。此花只合先生诗,便着言诠都绝俗[4]。

玉潭妙手为写真,五百年来阅风烛[5]。石几生云气尚温,吟眸点漆神逾足[6]。一童一鹤犹依依,讵是无情抛骨肉[7]?妻梅谩语如可凭,清供家山问谁录[8]?后人但赏疏影诗,谁知别有相思曲。《尧山堂外纪》载林《惜别》、《长相思》词,注云:林洪著《家山清供》,云先人和靖云云,即其子也。乃丧偶未娶尔。[9]老去高情寄托深,几株留伴坟前竹。何当唤起图中人,茗话寒宵瀹甘菊[10]。

〔1〕乾隆四十四年(1779)十二月作于京师。翁方纲、蒋士铨、程晋芳、吴锡麒等人共结都门诗社,邀仲则入社。仲则与翁方纲交游所赋诗,不无沾染以学为诗的风气。本篇亦用书卷,但毕竟以情韵为主,诗思清逸。

〔2〕孤山:见《梦孤山》注〔1〕。汲:汲水。湖渌:碧绿的湖水。

〔3〕逋仙:林逋。变现:亦作"变见"。

〔4〕言诠:以言语解说。绝俗:远离尘俗。

〔5〕玉潭:钱选,字舜举,号玉潭,吴兴(今浙江湖州)人。工画,吴兴八骏之一。南宋亡,不仕,以卖画为生,以节气重于世。写真:画人的面容、肖像。风烛:风中之烛,多喻残年,典出王羲之《题卫夫人笔阵图后》:"时年五十有三,或恐风烛奄及,遗教子孙耳。"

〔6〕石几:石制的几桌。吟眸:诗人的眼睛。点漆:语出《晋书·杜乂传》:"性淳和,美姿容,有盛名于江左。王羲之见而目之曰:'肤若凝脂,眼如点漆,此神仙人也。'桓彝亦曰:'卫玠神清,杜乂形清。'"

〔7〕"一童"二句:是说林逋并非无情的人。一童,沈括《梦溪笔谈》卷十:林逋隐居孤山,常泛小艇,游西湖诸寺。有客至其所居,则一童子出应,延请客入座,为开笼纵鹤,林逋必驾小船而归,盖以鹤飞为验也。

〔8〕妻梅:相传林逋与梅为伴,终身不娶,黄仲则不赞同这种说法。谩语:漫空无实之词。清供家山:指林洪《家山清供》,见黄仲则"谁知"句下自注。录:著录。

〔9〕疏影诗:林逋《山园小梅》,有"疏影横斜水清浅,暗香浮动月黄昏"之句,广为传诵。相思曲:指《尧山堂外纪》所载林逋《惜别》、《长相思》之作。《尧山堂外纪》:明人蒋一葵撰。蒋一葵字仲舒,武进人。

〔10〕图中人:指林逋。茗话:啜茗晤谈。瀹(yuè 月):瀹茶,指煮茶。

# 小除日经厂市见王叔明画,爱不克购,归以志懊〔1〕

长安几人愁岁遹,谁耐龌龊看妻孥〔2〕。市中饧炭白金换〔3〕,庙上爆竹青纸糊。纷纷景物百刺眼,瞥见水墨《江南图》。尾钤猩唇叔明字〔4〕,心知其是焉可诬。藏古篆法意惨淡,备诸皴妙胸锤炉〔5〕。青林杏冥翠竹暮,更不着人听鹧鸪〔6〕。一重一掩自开合,万壑千岩知有无〔7〕。借问主人沽不沽?气所不足辞嗫嚅〔8〕。烟云过眼沙脱手〔9〕,不知去落何人厨?归来嗒然欲忘我,急唤墨汁书门符〔10〕。

〔1〕乾隆四十四年(1779)在京师作,诗句纪实,朴直而妙。仲则多才艺,诗词外,兼能鉴古、书画、篆刻。汪启淑《黄景仁传》:"兼长鉴古,以其馀技旁通篆刻,文秀中含苍劲。间仿翻沙法制铜印,直逼汉人气韵。"小除日:除夕前一日,除夕为大除。王叔明:王蒙(1308 或 1301—

1385),字叔明,吴兴(今浙江湖州)人。洪武初,任泰安知州。精擅书画,能诗。倪瓒以诗画自矜,不轻许人,而独推重王叔明书画,以为数百年来罕见。

〔2〕"长安"二句:是说因年终欠债发愁,不忍看妻子儿女愁苦之状,一人独自走出家门。长安,指京师。岁逋,岁积欠债。龌龊,委琐不堪。妻孥,妻子儿女。

〔3〕鸽炭:青黑色的木炭,色如鸽羽,故称。白金:银两,清中叶后亦指银元。

〔4〕钤(qián 前):盖印。猩唇:杨慎《代赠》二首其一:"獭胆杯分绿,猩唇脂印红。"

〔5〕藏古:内含古法。篆法:篆书的笔法。意惨淡:惨淡经营。备诸皴妙:具有各种皴法之妙。皴,中国画的一种技法,见《大雨宿青山僧寺即谢公宅》注〔3〕。胸锤炉:比喻极具匠心。

〔6〕"青林"二句:写王蒙画境清远,绝去人间烟火。青林,云烟。杳冥,渺茫。鹧鸪,鸟名,形似雌雉,南方留鸟,古人谐其鸣声为"行不得也哥哥",诗中常用以表示思念故乡。齐己《南归舟中二首》其一:"江上经时节,船中听鹧鸪。"

〔7〕以上六句:写画中的景色和境界。

〔8〕"借问"二句:诗人喜爱王蒙之画,但又买不起,故用"借问"、"嗫嚅"之词。沽,卖。嗫嚅,想说而又吞吞吐吐的样子。

〔9〕烟云过眼:比喻事物很快从眼前消失。沙脱手:沙子从手缝中流尽,比喻事物从手边失去,不留痕迹。

〔10〕嗒(tà 踏)然欲忘我:典出《庄子·齐物论》,见《杂感四首(选二)》其一注〔2〕。嗒然,形容沮丧失落的样子。门符:春联。

## 元日大雪叠前韵[1]

昨宵连巷喧索逋,我亦瑟缩羞妻孥[2]。朝来抹眵忽失笑[3],一天快雪云模糊。九重阊阖玉为阙,千门阛阓天开图[4]。三元节见三白瑞,田公吓吓言岂诬[5]?虮臣称贺孰为达,亦感鼓铸随鸿炉[6]。端坑呵冻晕鹳鹆,闽盏试茶温鹧鸪[7]。不令俗物扰清供,只除哦诗一事无[8]。亟谋岁饮倾市沽,家人围坐言呫嚅[9]。闭门一任烧连寝,隔舍或惊烟起厨[10]。果然一醉万愁失,不用辟恶新桃符[11]。

〔1〕乾隆四十五年(1780)元日作于京师。仲则小除日在外逃债,归来匆匆写了春联。除夕听到巷外索债的喧嚷声,躲在家中不敢出门。夜来一场大雪,诗人早晨开门忽然大笑,羞愧都抛在一边,除却吟诗,一无牵挂。"闭门一任烧连寝,隔舍或惊烟起厨",调笑谑浪,读之鼻酸,对比初移家入都的"儿女初累人",又是一番境况。王昶《蒲褐山房诗话》评仲则诗云:"信其所至,正如泪流鲛客,悉化明珠;米掷麻姑,俱成丹粒。"

〔2〕昨宵:此指除夕夜。索逋:催讨欠债。瑟缩:蜷缩。妻孥:妻子儿女。

〔3〕抹眵(chī 吃):擦去眼屎。

〔4〕九重:九道。阊阖:传说中的天门。阙:宫殿前高台上的楼观。千门:千家。阛阓(huán huì 环卉):街市。

〔5〕三元节:农历正月初一,以此日为年、月、日之始,故称。三白

357

瑞:古人以雪为五谷之精,元日大雪为瑞祥的征兆。瑞,祥瑞。田公:农夫。吓(xià下)吓:象声词,形容笑声。言岂诬:意思是人称冬雪兆丰年,所言不诬。

〔6〕虮臣:虮虱臣,犹言微贱之臣。卢仝《月蚀诗》:"地上虮虱臣全告愬帝天皇。"称贺:道贺。鼓铸:鼓风扇火,冶炼金属。鸿炉:大火炉,比喻天地。

〔7〕端坑:端砚,用广东高要端溪石制成的砚台,为砚中上品。呵冻:嘘气使砚中结冰融解。晕鸜鹆(qú yù 渠玉):鹆眼,端砚石上的圆形斑点,大如五铢钱,小如芥子,形如八哥之眼,外有晕,以活而清朗、有黑精者为贵。鹳,同"鸲"。鸲鹆,俗称八哥。温鹧鸪:鹧鸪斑,茶盏名,因有鹧鸪斑点的花纹,故称。

〔8〕清供:清雅的供品,旧俗节日、祭祀等,用清香、鲜花、清蔬等作供品。哦诗:吟诗。

〔9〕岁饮:饮岁酒。呫(chè彻)嚅:轻声细语。

〔10〕"闭门"二句:写生活贫困,炊食不继,是说闭门烧烛连夜,隔舍或惊叹诗人家中烧火做饭了。烧,烧烛。连寝,通宵。烟,炊烟。

〔11〕辟恶:祛邪避灾。桃符:春联。王安石《元日》:"千门万户曈曈日,总把新桃换旧符。"

# 初四日复雪,余少云以和诗来,即叠韵奉答[1]

和诗火急如偿逋,窃笑不暇嗔痴孥[2]。灯残漏尽雪屋白[3],有似不着窗纸糊。岂其饥吟坐真癖,亦省僵卧诚良图[4]。墙头前雪望后雪,闻古老语今非诬。谚云:墙头一条白,前雪望后雪。知君浑舍有同赏,榾柮煴火围地炉[5]。两家北上逐鸿雁,一心南飞随鹧鸪[6]。恢疏在骨合憔悴,缓急叩门谁有无[7]？不如放溜下直沽,舟人醉语同咶嚅[8]。了知浮世等蓬梗,安用盛名争顾厨[9]。泥干相访出诗笑,我歌定与君同符[10]。

〔1〕乾隆四十五年(1780)正月初四日在京师作,这一日也是仲则初度日。诗中使用大量譬喻和俗语,绘写真实的生活和切细的感受,独具艺术感染力。本篇与《小除日经厂市见王叔明画,爱不克购,归以志懊》、《元日大雪叠前韵》为姊妹篇,三诗一个共同的特点就是调笑谑浪,笑中含泪。

〔2〕和诗:赋诗唱和。偿逋:偿还债务。嗔:责怪。痴孥:即痴儿。《晋书·傅咸传》:"生子痴,了官事,官事未易了也。了事正作痴,复为快耳!"黄庭坚《登快阁》:"痴儿了却公家事,快阁东西倚晚晴。"

〔3〕漏尽:见《悲来行》注〔6〕。雪屋白:陆游《雪夜》:"雪屋透窗明,风帘撮夜声。"

〔4〕坐:由于。良图:妥善的谋划。

〔5〕浑舍:全家。榾柮(gǔ duò 骨舵):截成的一段段的短木块。煴(yūn 晕)火:没有光焰的火。地炉:地炕。

〔6〕"一心"句:是说归思甚切。随鹧鸪,随鹧鸪南飞,鹧鸪又名首南鸟,故云。

〔7〕恢疏:犹言疏旷。缓急叩门:《史记·袁盎晁错列传》:安陵富人有谓袁盎曰:"吾闻剧孟博徒,将军何自通之?"答曰:"剧孟虽博徒……且缓急人所有。夫一旦有急叩门,不以亲为解,不以存亡为辞。天下所望者,独季心、剧孟耳。今公常从数骑,一旦有缓急,宁足恃乎?"

359

〔8〕放溜:任船顺流自行。直沽:大直沽,在天津,古时多产美酒。呫(zhān 瞻)嗫:低声细语。

〔9〕浮世:人世。蓬梗:飞蓬断梗,喻飘泊不定。顾厨:《资治通鉴·汉纪》:东汉士大夫相互标榜,有八顾、八厨等称号。八顾指郭泰、范滂、尹勋、宗慈、巴肃、夏馥、蔡衍、羊陟。顾,意思是能以德行引人。八厨指度尚、张邈、王章、王考、刘儒、胡母班、秦周、蕃向。厨,意思是能以财救人。

〔10〕泥干:充满泥泞的街道。同符:相合,犹言同调。

# 人日登黑窑厂,归集翁学士覃溪诗境斋[1](二首选一)

## 其二

酒从诗境得,韵比草堂清[2]。艳以三阳节,分来七宝羹[3]。千秋欣有托[4],一饱讵忘情。何必梅花发,江湖思已盈[5]。

〔1〕人日:农历正月初七。黑窑厂:在北京宣武门外,明清两代曾是皇室烧砖之处。翁覃溪:翁方纲,见《翁覃溪先生以先文节公像属题,像李晞古笔,藏夏邑彭春衣侍讲家,此先生属山阴朱兰圃临本也》注〔1〕。乾隆四十五年(1780)人日,仲则参加翁方纲等人的雅集,写下此诗。仲则从都门诗社唱和中获得很多快乐,另外参加雅集还可填饱肚子,与会者多避讳谈此,但仲则不肯故作冠冕之辞,诗必吐写真情而后已,故有"一饱讵忘情"之句。这种真率坦直也是仲则的可爱之处。"江湖思已

盈",乃写心之语。正如张维屏《听松庐诗话》所评,仲则是"饥凤","碧空鸾鹤啸秋霞,下视人间鹊与鸦"(张维屏《题黄仲则诗集》)。王昶《黄仲则墓志铭》亦载云:"都中士大夫如翁学士方纲、纪学士昀、温舍人汝适、潘舍人有为、李主事威、冯庶常敏昌,皆奇仲则,仲则亦愿与定交。比贵人招之,拒不往也。余因以益奇仲则云。"

〔2〕"韵比"句:用典,高适《人日寄杜二拾遗》:"人日题诗寄草堂,遥怜故人思故乡","今年人日空相忆,明年人日知何处。"高适去世后,杜甫作《追酬故高蜀州人日见寄》:"自蒙蜀州人日作,不意清诗久零落。今晨散帙眼忽开,迸泪幽吟事如昨。"草堂,杜甫草堂。

〔3〕三阳节:在人日,即农历正月初七。古人称农历十一月冬至一阳生,十二月二阳生,正月三阳开泰,合称三阳。李峤《奉和人日清晖阁宴群臣遇雪应制》:"三阳偏胜节,七日最灵辰。"七宝羹:旧俗人日用七种菜蔬拌和米粉作羹,称作七宝羹,相传食之可以祛病辟灾。

〔4〕千秋:对死的委婉说法。

〔5〕"何必"二句:化用薛道衡《人日思归》:"入春才七日,离家已二年。人归落雁后,思发在花前。"梅花发,崔道融《对早梅寄友人二首》其一:"与君犹是海边客,又见早梅花发时。"江湖思,刘禹锡《和牛相公南溪醉歌见寄》:"忽然便有江湖思,沙砾平浅草纤纤。"盈,满。

# 圈虎行[1]

都门岁首陈百技,鱼龙怪兽罕不备[2]。何物市上游手儿,役使山君作儿戏[3]。初舁虎圈来广场,倾城观者如堵墙[4]。四围立栅牵虎出,毛拳耳戢气不扬[5]。先撩虎须虎犹帖,以樁卓地虎人立[6]。人呼虎吼声如雷,牙爪丛中奋身入。虎口呀开大如斗,人转从容探以手[7]。更脱头颅抵虎口,以头饲虎虎不受,虎舌舐人如舐觳[8]。忽按虎脊叱使行,虎便逡巡绕阑走[9]。翻身踞地蹴冻尘,浑身抖开花锦茵[10]。盘回舞势学胡旋去[11],似张虎威实媚人。少焉仰卧若佯死,投之以肉霍然起[12]。观者一笑争酾钱[13],人既得钱虎摇尾。仍驱入圈负以趋,此间乐亦忘山居[14]。依人虎任人颐使,伴虎人皆虎唾馀[15]。我观此状气消沮,嗟尔斑奴亦何苦[16]。不能决蹯尔不智,不能破槛尔不武[17]。此曹一生衣食汝,彼岂有力如中黄,复似梁鸯能喜怒[18]。汝得残餐究奚补,伥鬼羞颜亦更主[19]。旧山同伴倘相逢,笑尔行藏不如鼠[20]。

[1] 乾隆四十五年(1780)春作于京师。仲则是那个时代清醒的独行者,本篇写戏虎表演,无意不搜,淋漓尽致地刻画了虎威扫地、媚主为奴的场面。从中不仅可见其愤世之情,也可理解诗人的"野性"。吴蔚光《黄大景仁过我,即依所贻诗韵奉报且述感也》评云:"俗状巧趋媚,世事工变诈。男儿七尺躯,焉能屈腰胯。"孙星衍评此诗为"七古绝技","奇句精思,似奇实正"。

[2] 都门:京师。百技:各种杂技。鱼龙怪兽:百戏杂技表演,见《衡山高和赵味辛送余之湖南即以留别》注[7]。

[3] 何物:什么人,含惊异或轻蔑之意。游手儿:闲荡不务正业的人,这里指驯兽表演者。山君:虎。《说文》:"虎,山兽之君。"

[4] 昇(yú 余):抬。倾城:全城。

[5] 拳:谓曲屈若拳,意同蜷曲。戢(jí 及):收敛。

〔6〕帖:驯顺。棓(bàng棒):同"棒"。卓地:拄地。

〔7〕呀(xiā虾)开:张开。独孤及《和李尚书画射虎图歌》:"饥虎呀呀立当路,万夫震恐百兽怒。"

〔8〕脱头颅:指伸头。彀(gòu够):幼儿,借指虎仔。

〔9〕逡巡:迟疑不敢向前的样子。

〔10〕踞地:蹲在地上。蹙(cù促):踩踏。冻尘:冻土。花锦茵:形容色彩斑斓的虎皮。

〔11〕盘回:蜿蜒盘曲。胡旋舞:乐舞名,出自康居国,唐时传入。《文献通考》卷三百一十:"又有胡旋舞,本出康居,以旋转便捷为巧。"白居易《胡旋女》诗注:"天宝末,康居国献之。"诗云:"胡旋女,胡旋女,心应弦,手应鼓。弦鼓一声双袖举,回雪飘飖转蓬舞。左旋右转不知疲,千匝万周无已时。"《旧唐书·安禄山传》:安禄山晚年益肥壮,腹垂过膝,重三百三十斤,至唐玄宗前,作胡旋舞,"疾如风焉。为置第宇,穷极壮丽"。

〔12〕少焉:一会儿。佯死:装作死的样子。霍然:猛然。

〔13〕醵(jù巨)钱:凑钱。

〔14〕负以趋:背负奔走。《后汉书·孝献帝纪》:"至令负而趋者,此亦穷运之归乎!"此间乐:蒋剑人《黄仲则诗》:"蜀汉后主禅降,晋封为安乐公,司马昭问禅曰:颇思蜀否?禅曰:此间乐,不思蜀也。"

〔15〕"依人"二句:是说老虎在这里乐不思蜀,忘了山中的生活,而那些驱使老虎的人及四周的看客,其实原都是老虎口中馀物。颐使,颐指气使。唾馀,唾食之馀。

〔16〕消沮:沮丧。斑奴:老虎。

〔17〕决蹯(fán凡):挣断足掌,典出《战国策·赵策三》:"魏魋谓建信君曰:'人有置系蹄者而得虎。虎怒,决蹯而去。虎之情,非不爱其蹯也,然而不以环寸之蹯害七尺之躯者,权也。'"破槛:冲破栅栏。

〔18〕此曹:此辈。衣食:指以老虎为谋生之计。中黄:中黄伯,古时的勇士,力能搏虎。《尸子》卷下:中黄伯曰:"余左执太行之獶,而右搏雕虎,惟象之未与,吾心试焉。"梁鸯:周宣王时牧官,善于驯养鸟兽。《列子·黄帝》:"周宣王之牧正,有役人梁鸯者,能养野禽兽,委食于园庭之内,虽虎狼雕鹗之类,无不柔驯者。"

〔19〕奚补:何补,何用。伥鬼:指虎伥,古时相传人死于虎,鬼魂受虎役使,虎出觅食,伥鬼为之前导。

〔20〕行藏:见《东阿道中逢汪剑潭》注〔15〕。不如鼠:东方朔《答客难》:"抗之则在青云之上,抑之则在深泉之下;用之则为虎,不用则为鼠。"

# 桂未谷明经以旧藏山谷诗孙铜印见赠[1]

我友曲阜冬卉子,六书摹印真吾师[2]。铸金同用范沙法,颠倒斯籀同儿嬉[3]。柳间锻灶每相过,箧中字书随所携[4]。脱囊赠我一铜印,精绝审是泼蜡为[5]。朱文字减土数一,仿佛西江派中人所遗[6]。不然即是吾家子耕绍谷辈,云山谷孙系以诗[7]。鸾翔虬结一入手,我欲拜赐心然疑[8]。我祖诗可祖天下,凡能诗者宜当之[9]。若资华胄便窃据,不患造物嗔吾私[10]。虽然一语敢相质,斯道不绝危累棋[11]。文章千古一元气,支分派别徒费词[12]。几人眼光认针芥,学者蚁附缘条枝[13]。雄深一变为叮饾,精华已竭存糟醨[14]。康庄不由入鼠穴,细寻牛毛披茧丝[15]。强将谱系溯初祖,九原可作夫谁欺[16]?摩围派衍源屡竭,皖公云封人莫窥[17]。我生衰门更才劣,岂有笔力能振支[18]。但将此印印家集,一编世守侪尊彝[19]。北平学士覃溪今巨手,后先心印无差池[20]。李洪之编任史注,薰蕤灌露穷搜披[21]。扫除荆莽出光焰,我翁斯文今在兹[22]。不信请将我言质,报赠愧匪琼琚辞[23]。

〔1〕乾隆四十五年(1780)正月,仲则与桂馥集会于翁方纲京邸,桂馥以旧藏宋铸"山谷诗孙"铜印相赠,仲则喜而赋诗。翁方纲、吴锡麒等人均有诗纪其事,闵贞为作《传印图》,赵希璜为作题诗。仲则能鉴古,仿翻沙法制铜印,所制有汉人馀韵。本篇有以学为诗的特点,由此可见考据之学对仲则诗歌的影响。此诗也可视作一首论诗诗,从中可见仲则论诗的见解和取法。桂未谷:桂馥(1736—1805),字未谷,曲阜人。乾隆五十五年(1790)进士,授永平知县,卒于官。博学多闻,长于考据,以分隶篆刻著称一时。著有《说文解字义证》五十卷、《缪篆分韵》五卷、补一卷、《未谷诗集》四卷等。

〔2〕曲阜:今山东曲阜。冬卉子:桂未谷,字冬卉。六书:亦称"六体",指古文、奇字、篆书、左书、缪篆、鸟虫书六种字体。许慎《说文解字叙》:"时有六书:一曰古文,孔子壁中书也。二曰奇字,即古文而异者也。三曰篆书,即小篆,秦始皇帝使下杜人程邈之所作也。四曰佐书,即秦隶书。五曰缪篆,所以摹印也。六曰鸟虫书,所以书幡信也。"摹印:规度印的大小、字的多少来雕刻印章。许慎《说文解字叙》:"五曰缪篆,所以摹印也。"段玉裁注:"摹,规也,规度印之大小、字之多少而刻之。"

〔3〕铸金:以铜、锡等金属铸物。笵(fàn 饭)沙:用沙模浇铸法来铸造器物。笵,铸造器物用的模子。颠倒斯籀:铸印用笵沙法,印上的文

字,与沙模正好是相互颠倒的。斯籀,指小篆。斯,指李斯,秦朝时任丞相,推行小篆,被称为小篆之祖。《书史会要》卷一:李斯少从荀卿学,"知六艺之归,参古文、复篆、籀书,颇加改省,作小篆"。儿嬉:犹言儿戏。

〔4〕柳间锻灶:典出《晋书·嵇康传》:"(嵇康)性绝巧而好锻。宅中有一柳树甚茂,乃激水圜之,每夏月,居其下以锻。"锻灶,锻造用的炉子。箧:箱子。字书:解释汉字之字,如《说文解字》《玉篇》等。

〔5〕脱囊:从囊中取出。泼蜡:铸造铜印等器物的一种方法。为:作。

〔6〕朱文:又称阳文,指刻成凸状的印文。字减:字形减省笔画。土数:古人以土数为五,汉武帝时,以五字规度印文上字之多少。《白氏六帖事类集》卷四:"土数,汉武时据土数五,故五字为印文。若印文不足五字,则以之字足之。"西江派:江西诗派。

〔7〕子耕:黄庭坚之孙黄峤(xún 寻),字子耕,尝从学于朱熹,编有《山谷先生年谱》。绍谷:黄绍谷,宋人徐经孙《黄绍谷诗序》:"而苍山曾公又为易其字曰绍谷,盖以山谷文章之印期之也。"宋人林希逸《黄绍谷集跋》:"绍谷为翁直下孙,年十二即能文,弱冠前后,诗集有名者数种。"云:自称。山谷:黄庭坚,号山谷道人。

〔8〕鸾翔虬结:形容古印文字之妙,借指古印。鸾翔,鸾鸟飞翔。虬结,虬龙盘曲。然疑:半信半疑。

〔9〕我祖:黄庭坚,黄仲则系出黄庭坚。祖天下:天下人皆可祖法之。宜当之:以为当之无愧。

〔10〕华胄:世家子孙。造物:天地主宰。嗔:责怪。

〔11〕危累棋:比喻情况极其危险。《史记·春申君列传》:秦王将伐楚,楚使者黄歇适至,担心秦国乘胜一举灭楚,上书曰:"臣闻物至则反,冬、夏是也;致至则危,累棋是也。"

〔12〕元气:精气。支分:分割。

〔13〕针芥:针和小草,比喻极细小的东西。蚁附:形容归附或趋附的人很多。

〔14〕雄深:指诗境雄浑深厚。钉饾:比喻堆砌词藻。糟醨:即糟粕。

〔15〕"康庄"二句:批评诗人不由大道,而误入狭径。康庄,四通八达的大道。鼠穴,鼠洞,比喻诗法狭隘。钱谦益《列朝诗集小传》评钟惺诗:"如入鼠穴,如入鬼国。"拔茧丝,拔茧寻丝。

〔16〕谱系:宗族世系,借指诗法承传。涸:污辱,渎犯。初祖:黄庭坚,被称为江西诗派的初祖。九原可作:喻死者再生。《国语·晋语》:"赵文子与叔向游于九原,曰:'死者若可作也,吾谁与归?'叔向曰:'其阳子乎!'"黄庭坚《次韵几复答予所赠三物三首》其三《石刻》:"九原谁复起,糟魄未传心。"

〔17〕摩围派衍:见《翁覃溪先生以先文节公像属题,像李晞古笔,藏夏邑彭春衣侍讲家,此先生属山阴朱兰圃临本也》注〔3〕。皖公:皖公山,又名天柱山。宋元丰间,黄庭坚慕名来游,题额摩围泉"山谷流泉",乐山水之美,自称山谷道人。

〔18〕衰门:衰落的门祚。振支:同"支振",指振作。

〔19〕印家集:刻印家传之集。侪:等同。尊彝:尊和彝,古时祭祀、朝聘、宴享之礼多用之,泛指礼器。

〔20〕巨手:巨擘,高手,指翁方纲。心印:心心相印。差池:差错。

〔21〕"李洪"句:指宋人李彤、洪炎编黄庭坚《豫章集》,任渊作《山谷诗集注》,史容作《山谷外集诗注》,史季温作《山谷别集诗注》。穷搜披:极尽搜罗。

〔22〕荆莽:荆棘草丛。斯文今在兹:即斯文不丧,典出《论语·子罕》:"天之将丧斯文也,后死者不得与于斯文也。"

〔23〕匪:通"非"。琼琚:精美的玉佩,喻指美好的文辞。韩愈《祭

柳子厚文》：“玉佩琼琚，大放厥辞。”

## 言怀和黍维[1]

不与黄金不与闲，我曹无计破天悭[2]。半生骨相惭分芧，五载乡心只放鹇[3]。好景渐消头上月，片云常护梦中山。可知来日愁无益，且读《离骚》昼掩关[4]。

〔1〕乾隆四十五年（1780）作于京师。本篇悲叹寒士处于进退两难的困境，进不能谋一温饱，退不能安逸山林，惟有白日掩扉痛读《离骚》。诗句颓废而不失奇崛。黍维：万应馨，见《赠万黍维即送归阳羡》注〔1〕。

〔2〕我曹：我辈。黄金：喻功名事业。闲：清闲。天悭（qiān 千）：上天吝啬，命运蹇劣。悭，吝啬。

〔3〕骨相：骨骼相貌，古人或以骨相推测人的命运。《北史·赵绰传》：隋文帝每谓赵绰曰：“朕于卿无所爱惜，但卿骨相不当耳。”殷尧藩《下第东归作》：“身贱自惭贫骨相，朗啸东归学钓鱼。”分芧：朱建新《黄仲则诗》：“《邺侯外传》：‘尝于衡麓寺读书，谓懒残经音先悽怆，而后喜悦，必谪堕之人。时将去矣，中夜潜往谒焉。懒残命拨火出芋啗之，曰：勿多言，领取十年宰相。’”放鹇（xián 闲）：全天叙《杜郡丞辞官，书来有放鹇语，吟以口号》：“放却白鹇真早计，养成苍鹿故同群。”鹇，白鹇，形似山鸡，体白色，有黑纹，分布在南方。

〔4〕且读《离骚》：见《次韵韦进士书城见赠移居四首，原韵奉酬（选三）》其二注〔3〕。掩关：闭门。

## 移家南旋,是日报罢[1]

朝来送母上河梁,榜底惊传一字康[2]。咫尺身家分去住,霎时心迹判行藏[3]。岂宜便绝风云路,但悔不为田舍郎[4]。最是难酬亲苦节,欲笺幽恨叩苍苍[5]。

〔1〕黄怀孝《节孝屠孺人传》:"丁酉,迎养京师。以长安居不易也,庚子复南回。"洪亮吉《黄君行状》:"后二年度,而亮吉游京师,君果以家累大困。亮吉复为营归资,俾君妇及子奉君母先回,而君已积劳成疾矣。"乾隆四十五年(1780)秋,仲则应顺天乡试后,以家室受累,困顿不堪,决定送家人南归。将别之时,又传来科举落第的消息。诗人在痛苦无助中,写下此诗。

〔2〕"朝来"二句:指移家南归之日,听到应试落第的消息。河梁,见《别老母》注〔2〕。榜,揭示科举取录的名单。康,科举落第的隐语。范正敏《遁斋闲览·应举忌落字》:宋代秀才柳冕应举,多忌讳,尤忌"落"字,改安乐为安康。榜出,仆人看榜回报说"秀才康了也"。后世以康称落第。

〔3〕咫尺:形容很近的距离。身家:自己和家人。去住:去和留。判:分开。行藏:见《东阿道中逢汪剑潭》注〔15〕。

〔4〕风云路:比喻科举功名之路。王磐《南吕一枝花·村居》:"不登冰雪堂,不会风云路,不干丞相府,不谒帝王都。"田舍郎:农夫。戴复古《醉吟》:"草茅无路谒君王,白首终为田舍郎。"刘敞《庆元路劝农文》:"古语云:'朝为田舍郎,暮登天子堂。'"

〔5〕难酬:难以报答。苦节:坚守节操,黄仲则早失父怙,由寡母抚育成人。叩:叩问。苍苍:上天。

# 直沽舟次寄怀都下诸友人[1](二首选一)

## 其二

读书击剑两无成,辞赋中年误马卿[2]。欲入山愁无石髓,便归舟已后莼羹[3]。谙成野性文焉用,淡到名心气始平[4]。长谢一沽丁字水[5],送人犹有故人情。

〔1〕乾隆四十五年(1780)秋仲则送家人南归,适友人程世淳奉命督山东学政,遂应邀往游山东,路过直沽,赋诗寄怀京师友人。本篇诉说读书、击剑两无成,野性已成,名心已淡,大有清狂之气。直沽:在今天津。

〔2〕"读书"句:用项羽典事。蒋剑人《黄仲则诗》:"项羽少时学书不成,去而学剑又不成。其叔项梁怒之,羽曰:'书足记姓名而已,剑一人敌,不足学,须学万人敌。'""辞赋"句:典出《史记·司马相如传》:司马相如以赋见称于汉武帝,政治才能则未得其用。马卿,司马相如。

〔3〕石髓:古时传说中石的精髓。《太平广记》卷九引《神仙传》:王烈与嵇康相友善,共入山采药,后王烈独往太行山中,见山破石裂数百丈,一青石穴口有青泥流出如髓,"气如粳米饭,嚼之亦然"。王烈携少许归,嵇康甚喜,取而视之,已成青石。又按《神仙经》云:"神山五百年

辄开,其中石髓出,得而服之,寿与天相毕。烈前得者必是也。"苏轼《至秀州赠钱端公安道,并寄其弟惠山人》:"倘容逸少问金堂,记与嵇康留石髓。"莼(chún 纯)羹:莼菜羹,用张翰典事,见《洞庭行赠别王大归包山》注〔13〕。以上用典参见朱建新《黄仲则诗》。

〔4〕谙成:已经形成。野性:难以驯服之性。文焉用:蒋剑人《黄仲则诗》:"《左传·僖公二十四年》:介之推曰:'言,身之文也。身将隐,焉用文之?'"淡到名心:名心已淡。

〔5〕长谢:即长辞。江淹《与交友论隐书》:"则请从此隐,长谢故人。"一沽丁字水:丁字沽,在天津西沽北,大清河入运河,纵横作丁字形。

# 吴桥[1]

一川百折似蛇枉,越舸吴艑日来往[2]。轻帆片片白云飞,小市嘈嘈语声响[3]。正是乡心暮更朝,客程无那说吴桥[4]。非无系棹双枫树,亦有当窗万柳条[5]。风景虽然似吾土,只共平头作乡语[6]。一种怀人去国情[7],可堪愁水愁风苦。沙鹭惊人扑渌飞,溅来凉雪满征衣[8]。少年江海贪为客,何日风尘竟息机[9]。眼看邻舟挂帆去,未识今宵泊何处?

〔1〕乾隆四十五年(1780)秋冬之际作于吴桥,时在游山东的途中。本篇借吴桥咏愁旅和乡心,凄凉之意较之十年前的飘泊,更加浓重。吴桥:今河北吴桥。

〔2〕百折:形容曲折之多。蛇枉:蛇盘成一团,形容河水蜿蜒曲折。越舸:越船。吴艑(biàn 变):吴船。《一切经音义》卷一引《通俗文》:

"吴船曰艜。"越舸:越船。舸,大船。"越舸"句:是说吴桥位于运河附近,商船行旅南来北往。

〔3〕嘈嘈:形容声音错杂。

〔4〕乡心:思乡之情。暮更朝:日日夜夜。无那:无奈。

〔5〕"非无"二句:承上,是说无意谈论吴桥,并不是因为这里没有美景。系桿:系舟。

〔6〕"风景"二句:意近虞集《至正改元辛巳寒食日示弟及诸子侄》其二:"江山信美非吾土,飘泊栖迟近百年。山舍墓田同水曲,不堪梦觉听啼鹃。"吾土,家乡。平头,即平头奴子。萧衍《河中之水歌》:"平头奴子擎履箱。"

〔7〕怀人去国:怀念亲友,远离故乡。

〔8〕渌:清澈的水。曹植《洛神赋》:"灼若芙蓉出渌波。"凉雪:喻河水。征衣:旅人之衣。

〔9〕风尘:喻江湖飘泊。息机:息灭机心,指停止飘泊。白居易《除夜》:"乡国仍留念,功名已息机。"

## 平原[1](二首选一)

### 其一

风尘想像出群才,公子平原似掌开[2]。马磨牛医天下士,买丝今日绣谁来[3]?

〔1〕乾隆四十五年(1780)秋冬之际游济南过平原县所作。诗人凭

吊怀古,由平原君敬纳才士,想到大贤不复再有,天下穷寒之士不免要失声痛哭了。平原:在今山东平原县南,战国时赵惠王封其弟赵胜为平原君,汉置平原县,清代属济南府。

〔2〕风尘:比喻纷乱的社会。公子:指平原君赵胜,与齐孟尝君、魏信陵君、楚春申君并称。《史记·平原君虞卿列传》:平原君好宾客,宾客常至数千人。"公子"句:是说平原君重贤纳士,似伸开手掌一样,使天下才士聚于此处。

〔3〕马磨:指穷困之士。《三国志·蜀书·许靖传》:许靖,字文休,少与从弟许劭俱知名,"劭为郡功曹,排摈靖,不得齿叙,以马磨自给"。牛医:指出身微贱之人。《后汉书·黄宪传》:黄宪,字叔度,世贫贱,父为牛医。同郡戴良才高倨傲,见黄宪,惘然若失,其母问曰:"汝复从牛医儿来邪?"对曰:"良不见叔度,不自以为不及。既睹其人,则瞻之在前,忽焉在后,固难得而测矣。""买丝"句:化用李贺《浩歌》:"买丝绣作平原君,有酒唯浇赵州土。"是说贤者已往,即使买丝,也无从绣像。

# 济南病中杂诗[1](七首选五)

## 其一

于世一无用[2],向人何所求?匿名屠贩下,伏枕海山秋[3]。远水通鸥思,长云落雁愁[4]。微躯等蓬累,随处足勾留[5]。

〔1〕乾隆四十五年(1780)冬仲则至济南,客于山东学使程世淳幕中。时劳瘵成疾,肺病加剧,卧病中写下这组五律。按黄怀孝《节孝屠孺

人传》:仲则以才名闻海内,缭屠氏忧之,戒曰:"水能载舟,亦能覆舟,才而狂,是益之疾也。"仲则谨受命,然抑塞磊落之气终不能掩。杂诗共七首,取枚乘"七发"之意,此选录五首。

〔2〕"于世"句:意即黄仲则《杂感》所云:"百无一用是书生。"

〔3〕匿名:隐姓埋名。屠贩:屠者贩夫,指地位低微的人。伏枕:伏卧枕上,语本《诗经·陈风·泽陂》:"寤寐无为,辗转伏枕。"后用以指因病卧床。

〔4〕"远水"二句:写归思乡愁。鸥思,喻归隐息机之心。长云,连绵不断的云。雁愁:喻乡思。

〔5〕蓬累:朱建新《黄仲则诗》:"《老子》:'不得其时,则蓬累而行。'"

## 其二

肺病秋翻剧,心忡夜未宁[1]。聪明消患苦,书剑易参苓[2]。此子久伤气,何方解铸形[3]。辅车犹可识,决目向繁星[4]。

〔1〕剧:严重。心忡:心忧。

〔2〕患苦:疾苦。参苓:人参与茯苓,有滋补养身的作用。

〔3〕此子:诗人自指。伤气:损伤元气。铸形:喻指身体复元。

〔4〕辅车:颊骨与牙床,用张仪典事,见《遇伍三》注〔3〕。决目:柳宗元《愬螭文》:"螭形决目,潜伺窥兮。"

## 其四

志怪心犹喜,谈经气已平[1]。遥寻海上客,长谢鲁诸生[2]。

识字真多累,为儒例合轻[3]。未应伏皁马,犹作夜深鸣[4]。

〔1〕"志怪"二句:是说喜欢奇闻异事,即使谈经论道,也没有往日的豪气了。志怪,记述怪异之事,语本《庄子·逍遥游》:"齐谐者,志怪者也。"

〔2〕"遥寻"二句:是说愿求仙问长生,不愿再作与世寡谐的节操之士。海上客,海上仙客。传说东海有三仙山,秦始皇曾派人到海上访仙。李白《梦游天姥吟留别》:"海客谈瀛洲,烟涛微茫信难求。"长谢,长辞。鲁诸生,典出《汉书·郦陆朱刘叔孙传》:汉初,叔孙通为刘邦定朝仪,征鲁地诸生三十馀人,有两生不肯行,谓叔孙通所为不合于古,叔孙通笑其"鄙儒",不知时变。

〔3〕"识字"二句:是说人生多累,都自识字始,读书业儒百无一用,本就是受轻视的。上句化用苏轼《石苍舒醉墨堂》:"人生识字忧患始,姓名粗记可以休。"为儒,以儒为业。例合轻,本当微不足道。

〔4〕"未应"二句:反用曹操《步出夏门行》"老骥伏枥,志在千里"之意,是说人生何须自鸣不平,这个时代本来就是"为儒例合轻"的。未应,不应。伏皁(zào造),即伏枥,马伏卧于槽间。皁,古人称马十二匹为皁,亦泛指牲口栏棚。

## 其六

李杜清游在,风流杳莫希[1]。斯人如未死,吾道讵应非[2]。北渚沉寒潦,南山冷翠微[3]。空馀昔时月,永夜满征衣[4]。

〔1〕李杜:李白和杜甫,俱曾游山东。清游:清雅的游赏。希:希踪,

比并。

〔2〕"斯人"二句:典出《论语·子罕》,见《桂未谷明经以旧藏山谷诗孙铜印见赠》注〔22〕。这两句是说如果李、杜尚在人世,风雅之道就不会衰落了。斯人,指李白和杜甫。

〔3〕北渚:杜甫《陪李北海宴历山亭》:"东藩驻皂盖,北渚凌清河。"至元《齐乘》卷五:"北渚亭,《水经注》:泺水北为大明湖,西有大明寺。水成净池,池上有亭,即北渚也。池今名五龙潭。"南山:李白《赠崔郎中宗之》:"希君同携手,长往南山幽。"此盖指齐地之南山,即历山,相传为舜耕处。翠微:青翠的山色。

〔4〕永夜:长夜。征衣:旅人之衣。以上四句慨叹斯人一去,风流不再。

## 其七

小住犹为客,吾生亦已劳。补窗驱野马,洗壁画《离骚》[1]。澹日寒逾瘦,孤云懒不高[2]。何因挟枚叟,同话广陵涛[3]。

〔1〕补窗:糊补窗纸。野马:浮游的云气,见《清明日偕贾稻孙、顾文子、丁秀岩登白纻山》注〔2〕。洗壁:刷洗墙壁。画《离骚》:古人常取屈原《离骚》之意作图,以表达志趣。

〔2〕澹日:淡薄的日光。懒不高:孤云低飞,形容甘于沉沦的慵懒心绪。

〔3〕何因:何由。枚叟:枚乘,西汉著名辞赋家,作有《七发》,李善题解:"《七发》者,说七事以起发太子也,犹《楚辞·七谏》之流。"黄仲则这组病中所作诗共七首,盖取"七发"之意。广陵涛:枚乘《七发》:"将以八月之望,与诸侯远方交游兄弟,并往观涛乎广陵之曲江。"

# 得吴竹桥书趣北行,留别程端立[1]

乞食江湖客,佣书馆阁身[2]。行藏聊自点,歌哭向谁真[3]?
未捧毛生檄,难辞庾亮尘[4]。此行吾岂意,可奈尺书频[5]。

暂作平原客,频倾北海樽[6]。半毡分谢朓,一榻下陈蕃[7]。
遁迹才齐右,冲寒又蓟门[8]。将心托鸿爪,到处一留痕[9]。

[1] 乾隆四十五年(1780)冬,仲则游济南未数月,候铨入都。这两首诗作于此际,传写江湖之意已浓,无心祈求建立功名勋业。吴竹桥:吴蔚光,见《挽毛明经佩芳(二首选一)》注[4]。程端立:程世淳(1738—1823),字端立,号澄江,歙县人。乾隆三十六年(1771)进士。乾隆四十五年,任山东学政,迁礼部郎中。后引疾归,主中江、晴川书院讲席。

[2] 佣书:受雇为人抄书。馆阁:指四库馆,黄仲则曾校录馆中。

[3] 行藏:见《东阿道中逢汪剑潭》注[15]。自点:自污,自辱。歌哭:既歌且哭,表示强烈的情感。

[4] 毛生檄:典出《后汉书·刘赵淳于江刘周赵列传》:东汉毛义,家贫,以孝行著称。张奉慕名往拜之,府檄适至,以毛义为安阳令,毛义捧檄喜动于色,张奉心贱之。毛义在母卒后辞官,数征辟不就,张奉叹曰:"往日之喜,乃为亲屈也。斯盖所谓'家贫亲老,不择官而仕'者也。"后世以毛生奉檄作因母出仕的典故。庾亮尘:典出《世说新语·轻诋》:庾亮权重,足倾王导,"庾在石头,王在冶城坐,大风扬尘,王以扇拂尘曰:'元规尘汙人。'"后以庾亮尘喻指权贵的势焰和尘俗。苏轼《过淮三首

赠景山兼寄子由》其三:"何时桐柏水,一洗庾公尘。"庾亮,东晋鄢陵人,字元规。

〔5〕吾岂意:指意不在一官,而身不由己。可奈:怎奈。尺书频:指书信频频相催。

〔6〕平原客:平原君门下宾客,见《平原(二首选一)》注〔2〕,这里指客居程世淳幕中。北海樽:典出《后汉书·孔融传》:汉末孔融贤而好士,宾客日盈其门,孔融常叹曰:"坐上客恒满,尊中酒不空,吾无忧矣!"北海,汉景帝置北海郡(在今山东省昌乐县),东汉时改北海国,孔融曾任北海相。

〔7〕"半毡"二句:写程世淳礼贤下士。上句典出《梁书·江革传》:江革,字休映,济阳考城人,以才学孝行著称,谢朓敬重之,尝过往拜访,"时大雪,见革弊絮单席,而耽学不倦,嗟叹久之,乃脱其所着襦,并手割半毡与革充卧具而去"。后用半毡作爱惜寒士的典故。下句用陈蕃悬榻典事,见《次韵韦进士书城见赠移居四首,原韵奉酬(选三)》其四注〔9〕。陈蕃,东汉汝南平舆人,字仲举,曾任豫章太守,封高阳侯,性刚直,尚气节。

〔8〕齐右:即齐西,此指济南。冲寒:冒寒而行。蓟门:蓟丘,在河北宛平北,借指京师。蒋一葵《长安客话·古蓟门》:京师古蓟地,以蓟草多得名,"今都城德胜门外有土城关,相传是古蓟门遗址,亦曰蓟丘"。

〔9〕"将心"二句:化用苏轼《和子由渑池怀旧》:"人生到处知何似,应似飞鸿踏雪泥。泥上偶然留指爪,鸿飞那复计东西。"

# 题明人画蕉阴宫女即次徐文长题诗韵[1]

记调弦索侍深宫,手种芭蕉绿几丛[2]?行过蕉阴却回顾,美人心事怕秋风[3]。

〔1〕徐文长:徐渭,字文长,山阴(今绍兴)人。明代诸生,精工诗文书画。本篇作于乾隆四十六年(1781)春前后。徐渭题蕉阴宫女诗,今《徐渭集》未见。仲则此诗次徐渭诗韵,绘描宫女的心理,咏美人迟暮之思,虽是旧题,但写来颇具韵味。仲则的人生,与徐渭多有相似处,俱是落拓寒士,个性倔强,诗风也不无相近处,兼具奇肆、冷隽。仲则不甚推重明人之诗,然于徐渭和高启,则颇有师法之意。
〔2〕调:调弦,指弹奏乐器。弦索:乐器上的弦,借指弦乐器。
〔3〕怕秋风:喻指担心年老容衰。"美人"句:用班姬题扇故事。

## 题洪稚存机声灯影图[1]

君家云溪南,我家云溪北[2]。唤渡时过从,两小便相识。白杨头望何妥居,辛夷树访迂辛宅[3]。君言弱岁遭孤露,却伴孀亲外家住[4]。尘封蛛网三间楼,阿母凄凉课儿处。读勤母颜喜,读倦母心悲。不惜寒机杼千匹,易得夜灯膏一瓻[5]。灯灭尚可挑,机断不可续[6]。楼风刮灯灯一粟,书声机声互相逐。屋角时闻邻妪愁,烟中每撼林乌宿。老渔隔溪住十年,君家旧事渠能言。打鱼夜夜五更起,蒋家楼上灯犹然[7]。即今此景空追溯,《蓼莪》已废《白华》补[8]。写声写影工则能,难貌孤儿此心苦。如君独行世无匹,谓我知君一言乞。君名已达荐贤书,母传应归赤心笔[9]。我惭腕弱何能任,忽复思泪沾盈衿[10]。画中咫尺逼亲舍,南望白云千里深[11]。未能一笑酬苦节,空此春晖寸草心[12]。剪烛题诗意无已,急付横图卷秋水[13]。

〔1〕乾隆十七年(1752),洪亮吉随寡母蒋氏在舅氏塾中读书。乾隆二十年(1755),仲则随祖父自高淳返武进,居白云溪北,与亮吉住一溪之隔。明年,亮吉始迁兴隆里旧宅。这首题画诗作于乾隆四十六年(1781)春,距蒋氏去世约四年有馀光景。这是一首母亲的颂歌,生动传神地刻绘了蒋氏的形象。仲则身世与亮吉极其相似,少小即相过从,故写来如此真切。近人陈衍《石遗室诗话》仅称赞"老渔隔溪住十年"以下四句"取径独别",其实是不全面的。

〔2〕云溪:白云溪,为荆溪上游。黄仲则和洪亮吉两家隔溪而居,分住南北。洪亮吉《丹阳郦布衣为予写云溪一曲图,时予客句曲,而黄二景仁则远在淮颍间,因并命写入图,复作诗寄黄》:"门前水,屋下流,屋小亦若蜻蜓舟。……元卿居,子云宅,此时莫问楼头客,一在江南一江北。"

〔3〕何妥:字栖凤,西城人,曾住常州白杨头。《隋书·何妥传》:何妥早慧有才,十七岁事湘东王,时兰陵萧眘亦有俊才,住青杨巷,何妥住白杨头,时人称赞说:"世有两俊,白杨何妥,青杨萧眘。"辛夷:落叶乔木,木有香气,花初出枝头,苞长半寸,尖锐俨如笔头,故又称木笔。迁辛:典出白居易《代书诗一百韵寄微之》:"笑劝迁辛酒,闲吟短李诗","北村寻古柏,南宅访辛夷。"辛指辛丘度,性迂嗜酒;李指李绅,形短能诗,时有"迁辛短李"之号。

〔4〕孤露:丧亲失怙。洪亮吉《法祭酒雪窗课读图》:"感君与我孤露同,六岁七岁称孤童。贫家无师读不得,卒业皆在纱帷中。"孀亲:寡母。

〔5〕"尘封"二句:是说蒋氏辛苦纺织,以换得洪亮吉读书的必需

品。机,织布机。杼,织布的梭子。匝,环绕一周称一匝。膏,灯油。鸱(chī 吃),瓶。

〔6〕"机断"句:用孟母断机故事,见《说苑》。

〔7〕蒋家楼:洪亮吉外祖家。洪亮吉父死后,母子贫无所依,寄居外祖家,蒋家当时也很穷,亮吉的母亲便以纺织来贴补生活。洪亮吉白天在家塾读书,到了晚上,蒋氏一边纺织,一边陪儿子温习功课。

〔8〕《蓼莪》已废:见《闻稚存丁母忧》注〔2〕。《白华》补:思亲而感诵《白华》篇。《白华》,指《诗经·小雅》之《白华》篇,有云:"白华菅兮,白茅束兮。之子之远,俾我独兮。英英白云,露彼菅茅。天步艰难,之子不犹。"

〔9〕母传:为母亲作传。赤心笔:朱建新《黄仲则诗》:"《古今注》:'史官载事彤管,用赤心记事也。'"

〔10〕沾盈衿:泪沾衣袖。

〔11〕咫尺:形容很近的距离。白云:喻思亲,典出刘肃《大唐新语·举贤》:狄仁杰荐授并州法曹,亲在河阳,赴任,"于并州登太行,南望白云孤飞,谓左右曰:'吾亲所居,近此云下。'悲泣,伫立久之,候云移乃行"。又暗指白云溪。

〔12〕"未能"二句:自写有愧母养。苦节,坚守节操,仲则亦幼年丧父,由寡母抚育成人。春晖寸草心,语出孟郊《游子吟》:"谁言寸草心,报得三春晖。"春晖,春天的阳光,比喻母爱。寸草,形容非常微小。

〔13〕"剪烛"二句:是说赋诗已毕,情犹不能止,不忍再看图中情景,急忙将图收起。剪烛,语出李商隐《夜雨寄北》:"何当共剪西窗烛,却话巴山夜雨时。"无已,不止。卷秋水,不忍再看。秋水,人的眼睛。

# 恼花篇,时寓法源寺[1]

寺南不合花几树,闹春冠盖屯如蜂[2]。遽令禅窟变尘衢,晓

381

钟未打车隆隆[3]。我时养疴僦僧舍,避地便拟东墙东[4]。花开十日不曾看,键关不与花气通[5]。渐惊剥啄多过客[6],始觉门外春光浓。数弓地窄苦揖让,一面交浅劳过从[7]。翻书夺席苦拉逻,应门煮茗烦奴僮[8]。因花致客真被恼,求寂得喧毋乃穷。斫花径拟借萧斧,深根铲断繁英空[9]。不然飞章乞猛雨,使李褪白桃销红[10]。不忧人讥煞风景,焚琴煮鹤宁从同[11]。花如顾我哑然笑,杂以谐谑通微风[12]。尔今穷瘁实天予[13],岂有生气回春容。无人之境讵可得,徒使冰炭交心胸[14]。非人谁与圣所训,有怒不迁德则崇[15]。去留踪迹孰相强,曷不掉臂空山中[16]。同生覆载各有志,我自开落随春工[17]。客来客往岂有意,而以罪我徒褊衷[18]。对花嗒然坐自失,何见不广侪愚蒙[19]。明当邀客坐花下,为花作主倾深钟。焚香九顿法王座[20],祝客常满花常秾。

〔1〕 乾隆四十六年(1781),仲则养病京师法源寺。三月廿八日、四月二日,名招同人看花法源寺,金兆燕《辛丑三月二十八日,黄仲则招集于法源寺寓饯花次韵》云:"我居巷南子巷北,一春未识春风面","君才何富君遇悭,即此已当八珍擅。"洪亮吉《法源寺访黄二病因同看花》:"长安城中一亩花,远在廛西法源寺。故人抱病居西斋,瘦影亭亭日三至。……故人逸兴犹不凡,日复一访同幽谈。"又作《四月初二日,黄二景仁邀同人于法源寺饯春,得饯字》。张锦芳《黄仲则招同冯鱼山、洪稚存、安桂甫、余少云集悯忠,寺寓饯春,得饯字》注云:"仲则前有《恼花篇》。"据知此篇乃三月廿八日看花作。前代诗人写有不少恼花篇,仲则

此诗杂以谐谑,议论风发,妙笔成趣,别具韵味。

〔2〕寺:法源寺。不合:不应。闹春:热闹地游春赏花。冠盖:借指官吏和车驾。屯如蜂:即蜂聚。

〔3〕遽令:骤使。禅窟:禅门,僧人聚集习禅之所。衖(xiàng 象):同"巷",指里巷,胡同。

〔4〕养疴:养病。僦(jiù 旧):僦居,借居。避地:避地隐居。东墙江:典出宋玉《登徒子好色赋》:东邻有一女,容貌姣好,"然此女登墙窥臣三年,至今未许也"。黄庭坚《次韵赏梅》:"安知宋玉在邻墙,笑立春晴照粉光。"

〔5〕键关:闭门。

〔6〕剥啄:敲门声。

〔7〕弓:计量单位,一弓为五尺,三百六十弓为一里。揖让:古时宾主相见的礼节,互相作揖谦让。一面:一面之交,形容交浅。

〔8〕拉逻:犹言拉杂。应门:看管门户。李密《陈情表》:"内无应门五尺之僮。"

〔9〕径拟:直欲。萧斧:斧钺,一说是芟艾之斧。吴伟业《退谷歌》:"武陵洞口闻野哭,萧斧斫尽桃花林。"繁英:繁盛的花。

〔10〕飞章:迅急上章奏天庭,指写文向上天乞求猛雨。陆游《花时遍游诸家园》十首其二:"为爱名花抵死狂,只愁春雨损红芳。绿章夜奏通明殿,乞借春阴护海棠。"这里反用陆游诗意。李:李花。桃:桃花。褪白、销红:形容桃花、李花凋残之景。

〔11〕煞风景:损坏美景,败坏兴致。焚琴煮鹤:比喻糟踏美好的事物。胡仔《苕溪渔隐丛话前集》引《西清诗话》:"义山《杂纂》,品目数十,盖以文滑稽者。其一曰杀风景,谓清泉濯足,花上晒裈,背山起楼,烧琴煮鹤,对花啜茶,松下喝道。"

〔12〕哑(è 饿)然笑:忍不住笑出声来。哑然,笑声。微风:即微讽,

微言劝谏。风,通"讽"。以上六句,写不堪平寂的生活被看花者破坏,想将花都毁掉。以下借花的对答,巧妙寓意。

〔13〕穷瘁:穷苦困顿。

〔14〕冰炭交心胸:冰寒炭热,比喻不能相容。蒋剑人《黄仲则诗》:"冰炭,言不能相同也。《盐铁论》:'冰炭不同器,日月不并明。'"

〔15〕非人谁与:语本《论语·微子》:"鸟兽不可与同群,吾非斯人之徒而谁也?"圣所训:圣人的教喻。有怒不迁:有怒气而不迁罪于他人或他物,典出《论语·雍也》:"有颜回者好学,不迁怒,不贰过。"德则崇:品德高尚。崇,高尚。

〔16〕孰:谁人。曷:为何。掉臂:不顾而去。

〔17〕覆载:天地。《庄子·天地》:"夫道,覆载万物者也。"春工:春天造化万物之工。

〔18〕"客来"二句:是说客来客往并非有意要打搅你的清净,你却来怪罪我,未免太心胸不广了。褊(biǎn 扁)衷,心胸不广。

〔19〕嗒然:见《小除日经厂市见王叔明画,爱不克购,归以志懊》注〔10〕。侪:等同。

〔20〕九顿:九顿首,古人隆重的跪拜之礼。法王:佛教对释迦牟尼的尊称。


# 荆轲故里[1]

一掷全燕失,悲哉壮士行[2]!盗名原不讳,剑术本难精[3]。市筑怜同伴,沙椎付后生[4]。魂兮归故里,易水尚风声[5]。

〔1〕乾隆四十六年(1781)夏,洪亮吉游西安,客于陕西巡抚毕沅幕

384

中。毕沅初不识仲则,见《都门秋思》诗,谓值千金,寄金邀仲则速西游。仲则遂行,出都门,过芦沟桥,经安肃、保定、真定、平定州、榆次、关中等地,途中所经俱有赋诗。本篇作于荆轲故里河北易县,神完气足,落字如截铁。

〔2〕"一掷"句:《史记·刺客列传》:荆轲以匕首掷秦王不中,行刺失败,秦王大怒,令王翦率军伐燕,十月而拔蓟城。燕王使人斩太子丹,欲献之秦。秦复进兵攻之,五年后,燕国灭亡。壮士行:朱建新《黄仲则诗》:"荆轲和而歌曰:'风萧萧兮易水寒,壮士一去兮不复还。'"

〔3〕盗名:朱建新《黄仲则诗》:"朱子《通鉴纲目》书轲为盗。""剑术"句:化用陶渊明《咏荆轲》:"惜哉剑术疏,奇功遂不成。"

〔4〕"市筑"二句:上句典出《史记·刺客列传》:高渐离,战国时燕人,善击筑,与荆轲为友。荆轲刺秦王未遂,身死,高渐离易姓名为人佣作,秦王闻其善击筑,召见,有识者说是高渐离,秦王惜其善击筑,重赦之,"乃矐其目,使击筑,未尝不称善。稍益近之,高渐离乃以铅置筑中,复进得近,举筑扑秦皇帝,不中。于是遂诛高渐离,终身不复近诸侯之人"。市筑,燕市筑,此借指高渐离。同伴,此指荆轲。下句典出《史记·留侯世家》:张良,其先韩国人。秦灭韩,张良倾家财结客以刺秦王,"得力士,为铁椎重百二十斤。秦皇帝东游,良与客狙击秦皇帝博浪沙中,误中副车"。沙椎,博浪椎。后生,指张良。

〔5〕易水:见《送陈理堂学博归江南(四首选二)》其一注〔4〕。

# 徐沟蔡明府予嘉斋头闻燕歌有感〔1〕

并州作客意如何?石调重闻掩泪多〔2〕。回首燕山五年住〔3〕,一声如听故乡歌。

〔1〕乾隆四十六年(1781)夏,仲则游西安过徐沟,在蔡予嘉知县斋中听到燕歌,蓦然想起京师五载的流寓,宛如听到故乡之曲,写下这首绝句,声调凄婉,风致不减唐人。徐沟:徐沟县,清代属太原府,今与清源县合并为清徐县。蔡明府:蔡必昌,字予嘉,一字香山,宛平人。乾隆四十三年进士,四十五年任徐沟知县,累官重庆知府。

〔2〕并(bīng 冰)州:古九州之一,其地约相当今河北保定和山西太原、大同一带。石调:《周礼·春官》:"厚声石。"燕歌乃北音,悲凉慷慨,故云。一本作"古调"。掩泪:掩面流泪。

〔3〕燕山:指京师,见《得稚存、渊如书却寄》注〔13〕。五年住:乾隆四十年(1775)冬,黄仲则入都,客寓京师五年。

# 将之关中留别吴二春田[1](二首选一)

## 其一

百日饮无事酒,五年读中秘书[2]。文章浪解雌霓,身世依然蹇驴[3]。遮扇尘辞庾亮,拂衣腻怕刘舆[4]。此时西廱剪烛,何日东塍负锄[5]。

〔1〕这首六言诗作于乾隆四十六年(1781)游西安道中,写照京师五年生涯,疏疏落落,风骨洒宕。吴春田:名兰芬,字春田,休宁人。附监生。绍述家学,尝随父明礼入都,为山阳汪廷珍所重。有《始留草诗

集》。关中:古地域名,一说是函谷关以西、武关以北、散关以东、萧关以南的地区,一说是东自函关、西至陇关之间的地区。

〔2〕"百日"句:用犀首故事。《史记·张仪列传》:"陈轸曰:'公何好饮也?'犀首曰:'无事也。'""五年"句:乾隆四十一年(1776),黄仲则津门献赋,钦取二等,遂得校录四库馆,佣书数年。中秘,宫廷珍藏图书文物之所,此指四库馆。

〔3〕浪解:徒然懂得。雌霓:用典,宋人王楙《野客丛书·雌霓》:"沈约制《郊居赋》,其间曰:'驾雌霓之连蜷,泛大江之悠永。'出示王筠。筠读雌霓为雌鶂。约喜谓曰:'霓字惟恐人读作平声。'司马温公谓非霓字不可读为平声也,盖约赋协侧声故尔。"后因以"雌霓"为创作时精研声律之典。蹇驴:跛足驽弱的驴子,比喻人生穷困坎坷。姚合《喜贾岛至》:"布囊悬蹇驴,千里到贫居。"

〔4〕"遮扇"二句:上句用庾公尘典事,见《得吴竹桥书寄趣北行,留别程端立》注〔4〕。下句用刘舆典事,《晋书·刘舆传》:刘舆,字庆孙,隽朗有才能,与刘琨并著一时。东海王越、范阳王虓举兵,以刘舆为颍川太守。范阳王虓死,东海王越将召刘舆,或劝之曰:"舆犹腻也,近则污人。"

〔5〕西廨(xiè 谢):客居官舍。西,旧时宾位在西,称作西宾。廨,官舍。剪烛:见《与稚存话旧》注〔2〕。东塍(chéng 成):乡野。东,东野。塍,田间的土埂。负锄:荷锄,指耕隐。

387

# 和毕中丞悼亡诗[1]（二首选一）

## 其二

我读中丞感逝篇，情文真觉后空前[2]。禹疏不到相离水，娲补难平有恨天[3]。花步卜居成昨约，松门誓墓待他年[4]。遥知听漏黄扉日，应抚衣熏一泫然[5]。

〔1〕乾隆四十六年（1781）夏秋间作于西安。本篇和毕沅悼亡诗所作，笔调细腻，感人肺腑，"禹疏"二句传诵一时。毕沅《灵岩山人诗集》有《哭先室汪夫人诗二十二首》，即其悼诗也。汪夫人名德，字清芬，世家吴中。乾隆三十四年，病殁于兰州官舍。毕中丞：毕沅（1730—1797），字缥蘅，一字秋帆，江苏镇洋人。乾隆二十五年（1760）进士第一人及第，官至湖广总督。著述甚丰，收入《经训堂丛书》。中丞：汉代御史大夫下设两丞，一称御史丞，一称中丞，明清时用作对巡抚的称呼。

〔2〕中丞：指毕沅。后空前：空前绝后。

〔3〕"禹疏"二句：写生死离恨，是说大禹治水而未疏通相离之水，使人间有别离，女娲补天而未补有恨天，使人间有恨。禹疏，大禹以疏导的方法治水。相离水，即天河，传说牛郎织女隔河相望。又，湘水、漓水亦称相离水。二水同出一水，至分水岭而异流。柳开《湘漓二水说》："乘船泝湘水而抵岭下，复以漓水达于桂州，问其岭之名，即分水岭也。分水，是相离水也。……二水之名，疑昔人因其水分相离，而乃命之曰湘

水也,离水也。"娲补,女娲补天,典出《淮南子·览冥训》:"往古之时,四极废,九州裂,天不兼覆,地不周载。……于是女娲炼五色石以补苍天。"有恨天,古代传说三十三天中,最高者是离恨天,后用以比喻男女别离,抱恨终身的境地。

〔4〕花步:花间。卜居:择地而居。松门:以松为门,或前植松树的屋门。誓墓:去官归隐,典出《晋书·王羲之传》:骠骑将军王述少有声名,与王羲之齐名,羲之轻视之,"述后检察会稽郡,辩其刑政,主者疲于简对。羲之深耻之,遂称病去郡,于父母墓前自誓曰……羲之既去官,与东土人尽山水之游,弋钓为娱。"。陆游《乡中每以寒食、立夏之间省坟,客夔适逢此时,凄然感怀》二首其二:"誓墓只思长不出,松门日日手亲开。"

〔5〕听漏:听漏壶声。黄扉:见《十月一日独游卧佛寺逢吴次升、陈菊人,因之夕照寺、万柳堂,得诗六首(选五)》其五注〔1〕。衣熏:香熏的衣服,这里含有旧物的意思。泫然:流泪貌。

# 咏怀[1](十首选三)

## 其一

桂树生空山,柯干何连蜷[2]?自我辞家时,霜雪渐飘残[3]。敛辛亦可悦,抱素聊自闲[4]。托根非金铁,何以得久坚?匪曰不得坚,荣落理固然[5]。愿言保其拙,大化相推迁[6]。

〔1〕这组咏怀诗共十首,清越苍凉,幽怨激楚,皆一气喷洒而出,故转有不避重复处,此选三首。前一首写冷观世变,抱素守拙,实是士人的精神自守,而非全然的颓废。中间一首,"但当保羽翼,冥飞避弋人",亦非简单的明哲自保,侧面体现了清中叶的社会环境和士人的心态。后一首较前二首更加幽折、苦郁,感叹世态炎凉固然可怕,现实的压抑更令人心灰意冷。诗人俯仰古今,苦闷已极,故云:"藉非羡门子,何以炼精魄?"

〔2〕连蜷:长曲貌。

〔3〕飘残:飘零残落。

〔4〕抱素:保持真性。韦应物《善福精舍答韩司录清都观会宴见忆》:"弱志厌众纷,抱素寄精庐。"自闲:自适。

〔5〕匪:通"非"。荣落:荣盛和衰落。

〔6〕保其拙:即守拙,安于愚拙,不求名利。大化:宇宙,自然。陈子昂《感遇》三十八首其二十五:"群物从大化,孤英将奈何。"推迁:推移变迁。

## 其六

五岳亘千古,降雨而出云[1]。我生九州内,庶几早寻真[2]。慷慨抱此愿,蹉跎及良辰[3]。秋霰萎蒲柳,秋蓬辞本根[4]。入门各茹叹,含意且莫申[5]。但当保羽翼,冥飞避弋人[6]。

〔1〕五岳:见《登衡山看日出用韩韵》注[14]。"降雨"句:《礼记·孔子闲居》:"天降时雨,山川出云。其在《诗》曰:'嵩高维岳,峻极于天。'"《尚书大传·周传》:"夫山,草木生焉……出云风以通乎天地之

间,阴阳和合,雨露之泽,万物以成,百姓以飨。"

〔2〕九州:古时天下分为九州,《尔雅·释地》:"两河间曰冀州,河南曰豫州,河西曰雍州,汉南曰荆州,江南曰扬州,济、河间曰兖州,济东曰徐州,燕曰幽州,齐曰营州。"庶几:或许。寻真:寻求仙道。

〔3〕蹉跎:见《把酒》注〔3〕。

〔4〕秋霰:秋霜。蒲柳:水杨,入秋凋零,比喻未老先衰,典出《世说新语·言语》:顾悦之与晋简文帝同年生,而发早白,简文帝问其故,对曰:"蒲柳之姿,望秋而落;松柏之质,经霜弥茂。"秋蓬:秋天的蓬草,因根干枯,易随风飘飞,比喻人生飘泊不定。本根:草木的根干。

〔5〕茹叹:即苦叹。含意:心中的想法。莫申:不要表达。"含意"句:化用《古诗十九首·今日良宴会》:"齐心同所愿,含意俱未申。"

〔6〕保羽翼:羽翼自保,比喻自保其身。冥飞:高飞,比喻避世退隐。弋人:射鸟的人,喻指世间险虞。弋,以绳系箭而射。

## 其九

显晦本殊轨,倚伏更不测〔1〕。造物用深文,夜半多有力〔2〕。各各为长谋,至爱不能惜〔3〕。黄河流上天,大星陨为石〔4〕。俯仰孰所令〔5〕,推迁此为极!藉非羡门子,何以炼精魄〔6〕?

〔1〕显晦:显通与沉沦。殊轨:不同的轨道,比喻差距很大。倚伏:祸福相生,见《春城》注〔15〕。

〔2〕造物:天地主宰。深文:牵强附会,罗织罪名。《史记·酷吏列传》:"(张汤)与赵禹共定诸律令,务在深文。"夜半:比喻暗中。

〔3〕各各:各自。长谋:长远的打算。惜:顾惜。

〔4〕"黄河"二句:是说世事变化无常,吉凶难测。"黄河"句,化用唐人尉迟匡诗句:"明月飞出海,黄河流上天。"孟郊《秋怀十五首》其十四:"黄河倒上天,众水有却来。"陨,陨落。

〔5〕俯仰:即沉浮,形容世事的盛衰。孰所令:谁是主宰。

〔6〕藉非:假如不是。羡门子:古代传说中的仙人,《史记·封禅书》:羡门高,燕人,为方仙道。高启《秋怀十首》其一:"世人非羡门,谁能久华滋。"炼精魄:李白《古风五十九首》其十七:"昆山采琼蕊,可以炼精魄。"

## 赠徐二[1](二首选一)

### 其一

世事已如此,灯前霜鬓蓬[2]。交存生死里,人老别离中。不信儒冠误,争看泪眼红[3]。相逢惟一哭,明日送孤篷[4]。

〔1〕本篇不同于一般的赠别伤离之作,"世事已如此",将批评的矛头直指那个"盛世"。儒冠误平生,是自悔,还是失路痛哭?显然,诗人所指是后者。徐二:生平不详。

〔2〕霜鬓:花白的鬓发。蓬:头发蓬乱,见《偕容甫登绛雪亭》注〔2〕。

〔3〕"不信"二句:是说不相信读书会误平生,但相看泪眼,其事已明。"不信"句,宋汪藻《挽毛奉议诗二首》其一:"不信儒冠误,长年自濯薰。"儒冠误,杜甫《奉赠韦左丞丈二十二韵》:"纨袴不饿死,儒冠多误

身。"陆游《读书至夜半,灯尽欲睡,慨然有感》:"夜分灯暗月入户,赋诗肯道儒冠误。"儒冠,儒生所戴的帽子,借指读书业儒。

〔4〕送孤篷:指送别友人,飘零江湖。孤篷,指孤舟。

# 秦淮〔1〕

凄凉苔藓掩金钗,无复笙歌动六街〔2〕。回首南朝无限恨,杜鹃声里过秦淮〔3〕。

〔1〕秦淮:秦淮河,在今南京,源出溧水县东北,横贯南京城中,西北入大江。秦淮河为南京繁华之地,两岸歌楼画舫云集,浓缩着六朝古都繁华兴衰的历史。本篇咏历史变迁,抒写苍凉之感,含蓄凄婉,又极为警策。

〔2〕"凄凉"句:意近曹邺《姑苏台》:"时闻野田中,拾得黄金钗。"金钗,古时妇女插于发髻的一种金制首饰,由两股合成。笙歌:奏乐唱歌。笙,管乐器,大者十九簧,小者十三簧。六街:见《夜坐示施雪帆》注〔5〕。

〔3〕南朝:宋、齐、梁、陈四朝的合称,俱建都建康(今南京)。杜鹃:杜鹃鸟,用杜鹃啼血典事,《蜀志》:杜宇称帝于蜀,号曰望帝,禅位后退隐西山,时值二月,子鹃鸟鸣,蜀人怀之,因呼子鹃为杜鹃。又相传杜鹃啼时,昼夜不止,至口头流血乃止。白居易《琵琶行》:"其间旦暮闻何物,杜鹃啼血猿哀鸣。"秦淮:秦淮河,见本篇注〔1〕。

## 典衣行[1]

夷陵道中游客归,广陵驿前暮雨飞[2]。萧萧瑟瑟听不得[3],推篷一望魂魄迷。征裘湿尽不复暖,雨脚如丝那能断[4]?囊空羞涩对客灯,老仆助我发长叹。谁家箜篌伤客心[5],邻舟少女弹哀音。天涯孤棹正寥落,闻此清泪沾衣衿[6]。东望故乡不可即[7],白云烟树深更深。朔风吹雨作寒雪,千山万山树琼阙[8]。隔滩败苇声飕飕,中有嫠妇泣幽咽[9]。连日拥衾不能起[10],行人断绝炊烟灭。老仆为我言,风雨无归期。前村有新酿,何如典征衣[11]?我闻此言神色豫,舟子持衣出林去[12]。千村雪拥犬不鸣,典衣典衣竟何处?

〔1〕本篇写典衣沽酒,是一曲寒士落拓江湖的悲歌。乾隆三十四年(1769)冬,洪亮吉作《典衣行》,赵怀玉、屠绅、黄仲则皆有和诗。亮吉《玉尘集》卷上:"腊后一日,塞甚。午后,忽屠笏岩、赵味辛、黄仲则过访,余拉入酒肆痛饮,明日典衣偿之,作《典衣行》,三君皆和韵以赠。"赵怀玉《典衣行为洪秀才莲作》:"客欲觅酒羞囊空,呼朋还过旗亭中。"

〔2〕广陵驿:在今扬州。顾炎武《日知录》卷二十一:"今驿多用古地名者。洪武九年四月壬辰,以天下驿传之名多因俚俗,命翰林考古正之。如扬州府曰广陵驿,镇江府曰京口驿,凡改者二百三十二。"

〔3〕萧萧瑟瑟:形容凄冷的风雨声。

〔4〕征裘:即征衣,旅人之衣。雨脚:密集的雨点。

〔5〕箜篌:乐器名,《旧唐书·音乐志》:箜篌依琴制作,形似瑟而小,七弦,用拨弹之,声如琵琶。这里还暗指乐府《箜篌引》,属《相和歌辞》,又名《公无渡河》。

〔6〕孤棹:孤舟。寥落:冷清。衣衿:即衣襟。

〔7〕即:走近,靠近。

〔8〕朔风:北风。琼阙:琼楼玉阙。

〔9〕嫠(lí 离)妇:寡妇。苏轼《前赤壁赋》:"泣孤舟之嫠妇。"幽咽:形容断续而微弱的抽泣声。

〔10〕拥衾:半卧以被裹护下身。

〔11〕征衣:见本篇注〔4〕。

〔12〕豫:欢喜。舟子:船夫。

# 舟过龙门山[1]

群峰郁回环,一水作襟带[2]。水势无朝昏,峰形转内外[3]。中有龙门山[4],屹立此其最。飞泉喷岩来,百尺银练挂[5]。幽谷神龙都,深潭老蛟大[6]。风雨倏晦冥,知是阴灵会[7]。有时云气清,石壁洒飞霭[8]。毛发森高寒,心口咤险怪。牵江忽一束,于此作澎湃[9]。仰见苍崖高,顿使奔川隘[10]。长年颜如灰,稍纵即狼狈。千篙出谷口,震荡不敢话[11]。虽惬搜险情,已蹈临深戒[12]。沽酒聊自斟,回头发长喟[13]。

〔1〕这是一首写景纪游的佳作,摭景近前,运以奇笔,"真景亦可云

奇景"。汪佑南《山泾草堂诗话》称仲则诗得山水之助,"诗境为之大变,扶舆清淑之气,钟于一人"。山名龙门者,海内多有之,今未详仲则所指。或谓指建德龙门山,在县东二十七里。按嘉靖《浙江通志》:石壁峭峻,下瞰江渚,有飞瀑喷崖而下。

〔2〕 襟带:衣襟腰带,比喻水流环绕的险峻地势。

〔3〕 朝昏:朝暮。"峰形"句:是说水因山形曲折流转。

〔4〕 龙门山:见本篇注〔1〕。

〔5〕 银练:喻指瀑布。

〔6〕 都:府穴。老蛟大:大蛟,指龙,古代传说蛟龙居于深渊,小者为蛟,能发洪水;大者为龙,能兴风雨。

〔7〕 倏晦冥:昏暗变化无常。阴灵:鬼魂,幽灵。

〔8〕 飞霭:飞烟。

〔9〕 "牵江"二句:写龙门山崖对峙,似牵束江水,又猛一放开,江水汹涌澎湃。渀(bēn奔,读第一声)湃,波浪相互冲击。渀,同"奔",奔腾。

〔10〕 奔川:奔流的大川。

〔11〕 震荡:动荡不安。不敢话:不敢说话。皮日休《奉和鲁望早春雪中作吴体见寄》:"威仰噤死不敢语,琼花云魄清珊珊。"

〔12〕 惬:快意。搜险:探历险怪。临深戒:见《登千佛岩遇雨》注〔11〕。

〔13〕 沽酒:买酒。长喟:长叹。

# 初夏命仆刈阶草[1]

梅雨穿老屋,柱礎苔气湿[2]。绕砌生茅茨,丛杂碍履舄[3]。吾性复散懒,历乱畏整葺[4]。嗒焉一室中,拥书百不及[5]。

纸窗无完棂,风雨乘窦入[6]。飞蚊聚茶铛,盲蛾汙银蜡[7]。蓄怒已多时,欲御无一法[8]。因念幽馆中,胡来此丛集?逐丑穷根株,探穴在眉睫[9]。深草没人髁,乃为众汙纳[10]。晨伏宵则行,纷纷伺我急[11]。斯时我亦震,狂呼事锄锸[12]。理直声自扬,巢得掩宜捷[13]。用杀匪我残,藏垢实汝执[14]。遑顾池鱼悲,不计城狐泣[15]。凭依既无存,乌散岂能合[16]?粪除在栏槛,轩爽到几榻[17]。我昔念汝辈,皆戴雨露立[18]。生意或不殊,安用积威慑[19]。蔓滋渐难图,族匪欲我狎[20]。隐忍汝不知,斧斤我岂乏[21]。所以下流耻,君子慎交接[22]。三叹悟物情,沉吟自相答[23]。

〔1〕本篇作时难详,虽是一时戏笔,而妙趣横生,寄意深微。刈阶草:除去阶前草。刈,割。

〔2〕柱礎(chǔ楚):房屋的底基,即础石、基础。

〔3〕茅茨:茅草。碍履靸:妨碍走路。履靸(sǎ洒),鞋子。

〔4〕历乱:混乱无序。整葺:整理修治。

〔5〕嗒焉:沉默静坐、茫然若失的样子。百不及:不管他事。

〔6〕棂:窗棂,窗格。窦:孔穴。

〔7〕茶铛(chēng撑):煎茶用的釜。盲蛾:飞蛾。汙:弄脏,沾污。

〔8〕御:抵制。

〔9〕逐丑:驱逐丑类。探穴:探寻巢穴。

〔10〕众汙:众多污浊之物。纳:藏身。

〔11〕伺:侦候。

〔12〕斯时:此时。震:震怒。事锄锸:用锄子和铁锹铲除杂草。锄锸,锄子和铁锹。

397

〔13〕掩:掩杀。捷:迅速。

〔14〕匪:假借为"非"。汝执:即汝辈,你们。

〔15〕遑顾:无暇顾及。池鱼悲:喻无辜而受连累,用池鱼之殃典事,《吕氏春秋·必己》:"宋桓司马有宝珠,抵罪出亡,王使人问珠之所在,曰:'投之池中。'于是竭池而求之,无得,鱼死焉。此言祸福之相及也。"此典又有两种出处,《太平广记》卷四六六"池中鱼"条:"城门失火,祸及池鱼。旧说:'池仲鱼,人姓字也,居宋城门。城门失火,延及其家,仲鱼烧死。'又云:'宋城门失火,人汲取池中水以沃灌之,池中空竭,鱼悉露死。'喻恶之滋,并伤良谨也。"城狐泣:用城狐社鼠典事,比喻牵连其他,张岱《夜航船》:"《韩诗外传》:'稷鼠不攻,城狐不灼。'恐其坏城而伤社也。"

〔16〕凭依:依靠。乌散:乌合之散。

〔17〕粪除:扫除。轩爽:轩敞高爽。几榻:靠几与卧榻。

〔18〕戴雨露立:立于雨露之中,形容居无定所。

〔19〕"生意"二句:是说由于彼此的境遇很相近,不愿强制压服对方。生意,求生谋存。积威,强大的威势。

〔20〕蔓滋:蔓延滋长。图:谋取。朱建新《黄仲则诗》:"《左传》:'蔓,难图也。'"族匪:即族非,指非我族类,典出《左传·成公四年》:"秋,公至自晋,欲求成于楚而叛晋,季文子曰:'不可。晋虽无道,未可叛也。……史佚之《志》有之,曰:非我族类,其心必异。楚虽大,非吾族也,其肯字我乎?'公乃止。"狎:狎侮。

〔21〕斧斤:斧子,泛指利器。

〔22〕下流耻:《论语·子张》:子贡曰:"是以君子恶居下流,天下之恶皆归焉。"慎交接:慎于来往。《论语·学而》:"无友不如己者。"契嵩《镡津集》卷七《问交》:"是故君子慎交乎此也。孟子曰:'友者,友其德也。'"

〔23〕物情:物理人情,即世情。沉吟:低声自语。

# 思家[1]

客序匆匆换物华,临歧絮语暗咨嗟[2]。门前税急应捐产,江上书归定落花[3]。有限亲朋谁眼底?无多骨肉况天涯[4]。遥料儿女高楼夜,未解长安正忆家[5]。

〔1〕本篇从杜甫《月夜》"遥怜小儿女,未解忆长安"化出,写天涯飘泊之思,笔力高超,称得上"夺胎换骨"。

〔2〕客序:旅居的时节。物华:自然景物。临歧:李白《赠别从甥高五》:"去去何足道,临歧空复愁。"絮语:低声细语。咨嗟:叹息。

〔3〕捐产:捐卖家产。书归:即雁书归。王勃《九日怀封元寂》:"今日龙山外,当忆雁书归。"

〔4〕眼底:近前。无多骨肉:黄仲则单门独子,子女也不多,故云。

〔5〕"遥料"二句:化用杜甫《月夜》:"今夜鄜州月,闺中只独看。遥怜小儿女,未解忆长安。"遥料,遥想。

# 夜雨[1]

三间老屋瘦木架,狂风刮瓦天漏罅[2]。今年梅雨太不仁,偏不卜昼卜其夜[3]。睡梦惊起如盆倾,东邻西邻移榻声。掆挡器具杂甊瓮,咿嘈人语兼儿婴[4]。我亦黑影大扪摸,衾裯

399

半湿如凝冰[5]。仓皇呼烛照环堵[6],迁地庶得喘息宁。谁知所遇若有鬼,四邻声息我复尔。造物穷我何太愚,坐以待旦斯已矣[7]。吁嗟一寝亦岂关前因[8],必使长夜劳心神。晓来整榻始浩叹,乃有巨蝎当帏蹲。

〔1〕诗贵在真,本篇取材真实的生活场景,以朴质的诗句传写了贫士的悲哀。

〔2〕瘦木架:用细木作房屋支架,形容居室简陋。天漏罅(xià 下):写天漏加屋漏。天漏,谓雨大。罅,缝隙。

〔3〕不仁:《老子》:"天地不仁,以万物为刍狗。"卜:占卜,古人以龟甲兽骨占卜将发生之事。郭沫若《卜辞通纂》:"癸卯卜,今日雨。其自西来雨?其自东来雨?其自北来雨?其自南来雨。"卜昼:白天雨来。卜其夜:夜里雨来。

〔4〕捬挡:收拾。甀:见《春城》注〔12〕。哜嘈:形容声音嘈杂。儿婴:指婴儿啼哭。

〔5〕扪摸:摸索。衾裯(chóu 绸):指被褥床帐等卧具。裯,单层的被子。凝冰:形容被褥湿冷。

〔6〕仓皇:匆忙慌张。环堵:即四壁。

〔7〕造物:天地主宰。待旦:等待天亮。斯已矣:如此而已。

〔8〕前因:前世之因,佛教称事皆种因于前世。


# 山房夜雨[1]

山鬼带雨啼[2],饥鼯背灯立。推窗见孤竹,如人向我揖[3]。

静听千岩松,风声苦于泣。

〔1〕仲则幽苦彷徨的心灵外化为泣风寒雨的诗句,本篇诗中景物都染上一层悲凉的色彩,如朱珪《念奴娇·题黄仲则词后》所云:"残灯暮雨,几敲来唾壶缺。"

〔2〕"山鬼"二句:上句化用《楚辞·九歌·山鬼》:"雷填填兮雨冥冥,猿啾啾兮狖夜鸣。"宋之问《谒二妃庙》:"江凫啸风雨,山鬼泣朝昏。"山鬼,见《衡山高和赵味辛送余之湖南即以留别》注〔5〕。下句化用李白《鸣皋歌送岑征君》:"寡鹤清唳,饥鼯嚄呻。魂独处此幽默兮,愀空山而愁人。"饥鼯(wú 无):饥饿的飞鼠。鼯,鼠名,形似松鼠,毛多褐色,前后肢之间有薄膜,能从树上飞降下来,常昼伏夜出。谢朓《游敬亭山》:"独鹤方朝唳,饥鼯此夜啼。"

〔3〕揖:作揖,古时一种行礼的形式,双手抱拳高拱,身体略弯,以示敬意。


# 冬青树引和谢皋羽别唐珏韵〔1〕

冬青树,山南陲〔2〕。杜宇啼碧千年枝,西来妖彗曳长尾,髑颅夜走沥龙髓〔3〕。金粟堆边鬼燐见,壮士崿崿齿牙战〔4〕。三更石裂五鼓移,鼎湖髯脱有返时,深根血碧盘陆离〔5〕。君不见,年时捧香作寒食,长林一骑风中飞〔6〕。

〔1〕谢皋羽:谢翱(1249—1295),字皋羽,长溪(今福建福安)人,徙浦城。文天祥起兵抗元,谢翱率众归附。南宋亡,不仕。有《晞发集》。

唐珏:字玉潜,号菊山,山阴(今浙江绍兴)人。工诗词,以义节著于一时。元世祖间,江南释教总统杨琏真伽发掘南宋诸帝后陵寝,攫取金玉。南宋遗民谢翱、唐珏、林景熙等人暗中搜集宋帝骸骨,重葬兰亭山后,又从南宋旧殿掘取冬青树,植于墓上。《山陵考》云:"冬青穴,在绍兴府城西南天章寺前,宋唐、林二义士埋宋陵骸骨处六陵各为穴,上植冬青树六株。"谢翱作有《冬青树引别玉潜》。仲则此诗用谢翱诗韵,咏冬青树故事,笔调奇健,哀如雁唳。

〔2〕山:兰亭山,又称兰渚,在今浙江绍兴南,即晋人王羲之、孙绰等人曲水流觞处。唐珏等人收集南宋诸帝遗骸,葬于此,上植冬青树,见本篇注〔1〕。

〔3〕杜宇啼碧:即杜鹃啼血,见《秦淮》注〔3〕。妖彗:彗星,古人认为彗星预兆灾祸,故称,此指西僧杨琏真伽。髑颅夜走:据《山陵考》:杨琏真伽先发掘宋宁宗、理宗、度宗、杨后四陵,劫取宝玉极多,又截理宗顶骨为饮器。贝琼《穆陵行》:"黑龙断首作饮器,风雨空山魂夜啼。"

〔4〕金粟堆:在陕西蒲城东北金粟冈,为唐玄宗陵墓。"金粟"句:化用唐珏《梦中作》:"金粟堆寒起莫鸦。"见陶宗仪《南村辍耕录》卷四。一说是林景熙所作,见《遂昌杂录》。崿(è饿)崿:惊惧貌。

〔5〕"三更"三句:化用唐珏《梦中作》:"珠亡忽震蛟龙睡,轩弊宁忘犬马情。"见陶宗仪《南村辍耕录》卷四。石裂,刘克庄《满庭芳·记梦》:"更一声铁笛,石裂龙惊。"此用其词。五鼓,五更。鼎湖髯脱,即鼎湖龙去,指帝王去世,典出《史记·封禅书》:黄帝采铜铸鼎于荆山下,鼎成,有龙垂胡须下迎黄帝。黄帝上骑,群臣后宫从上者七十馀人,"馀小臣不得上,乃悉持龙髯,龙髯拔,堕,堕黄帝之弓。百姓仰望黄帝既上天,乃抱其弓与胡髯号"。虞集《挽文山丞相》:"云暗鼎湖龙去远,月明华表鹤归迟。"血碧,典出《庄子·外物》:"苌弘死于蜀,藏其血,三年而化为碧。"陆离,参错灿烂貌。

〔6〕"年时"二句：化用唐珏《梦中作》："犹忆年时寒食节，天家一骑奉香来。"《梦中作》，一说林景熙诗。

## 独鹤行简赵味辛兼示洪对岩[1]

独鹤独鹤，神清骨臞，翮短力薄，不能声闻天，反为病投幕[2]。昔傍野宾子，来直商山君[3]。蒙君赐拂拭，谓是烟霞群[4]。一朝秋风起林末，顾影徘徊忽相失。朝飞暮飞不得停，独向关山唳明月[5]。独鹤汝不见支公爱汝铩汝翮，三年轩翥飞不得[6]。胡为忽有凌霄心，警风露兮向寂灭[7]。汝亦莫羡丁令威，千秋归去城郭非[8]。青田双老更堪念，留巢拔氅良可悲[9]。人事类如此，得主亦已矣。终当复飞还，伴君白云里。白云杳杳波粼粼，哀音激羽君当闻[10]。昔时伴侣可无恙，更为一问袁参军[11]。

〔1〕吴蔚光以"青田鹤"比仲则，《别黄景仁》云："君姿青田鹤，昂昂七尺修而臞。"本篇中的独鹤是仲则的化身，诗句幽冷奇崛，如洪亮吉《北江诗话》卷一所评"如咽露秋虫，舞风病鹤"。赵味辛：赵怀玉，见《衡山高和赵味辛送余之湖南即以留别》注〔1〕。洪对岩：洪亮吉，见《二十三夜偕稚存、广心、杏庄饮大醉作歌》注〔1〕。洪亮吉作有《独鹤行寄黄景仁》，见《附鲒轩诗》卷八。

〔2〕神清骨臞：即神清骨冷，见《失题》（神清骨冷何由俗）注〔2〕。臞，清瘦。翮：羽茎。声闻天：朱建新《黄仲则诗》："《诗》：'鹤鸣于九皋，声闻于天。'"

403

〔3〕野宾子:指王仁裕,五代时人,曾收养一猿,取名野宾,放归山中。后复过旧处,见一猿迎于道旁,从者识之是野宾,猿随行数十里,哀吟而去。王仁裕《遇放猿再作》:"渐来子细窥行客,认得依稀是野宾。"商山君:指商丘隐士高太素。《开元天宝遗事》卷下"山猿报时"条:"商山隐士高太素,累征不起,在山中构道院二十馀间。太素起居清心亭,下皆茂林秀竹,奇花异卉。每至一时,即有猿一枚诣亭前,鞠躬而啼,不爽其候,太素因目之为报时猿。其性度有如此。"

〔4〕拂拭:拂去尘土。烟霞:烟雾云霞,喻指超脱尘俗。杜荀鹤《送友人入关》:"仙岛烟霞通鹤信,早春雷雨与龙期。"

〔5〕唳明月:李绅《悲善才》:"流莺子母飞上林,仙鹤雌雄唳明月。"唳,鸣叫。

〔6〕"独鹤"二句:典出《世说新语·言语》:支遁好鹤,有人赠其双鹤,"少时翅长欲飞,支意惜之,乃铩其翮。鹤轩翥不复能飞,乃反顾翅垂头,视之如有懊丧意。林曰:'既有陵霄之姿,何肯为人作耳目近玩!'养令翮成,置使飞去"。支公,支遁,晋代高僧,字道林。铩汝翮,即铩翮,摧落羽毛。轩翥,飞举貌。

〔7〕凌霄:凌云。寂灭:即涅槃,超越生死。

〔8〕"汝亦"二句:用丁令威化鹤归来典故,见《楼上对月》注〔8〕。

〔9〕青田双老:《初学记》卷三十引郑缉之《永嘉郡记》:"有沭沐溪,去青田九里。此中有一双白鹤,年年生子,长大便去。只惟馀父母一双在耳,精白可爱,多云神仙所养。"青田,在今浙江青田,因青田山而得名。拔氅:拔羽毛制作鹤氅。《晋书·王恭传》:王恭美姿仪,"尝被鹤氅裘,涉雪而行,孟昶窥见之,叹曰:'此真神仙中人也!'"

〔10〕白云:指白云溪,见《题洪稚存机声灯影图》注〔2〕。杳杳:犹渺茫。哀音激羽:形容声调激昂悲凉。羽,五音中的羽声。

〔11〕昔时伴侣:指里中友人。袁参军:袁宏,字彦伯,以文章重于

世,《世说新语·宠礼》:"桓宣武尝请参佐入宿,袁宏、伏滔相次而至。苻名,府中复有袁参军,彦伯疑焉,令传教更质,传教曰:'参军是袁、伏之袁,复何所疑?'"这里借指洪亮吉。

## 题上方寺[1]

精蓝敞幽麓[2],我至喜新晴。欲借伊蒲供,饱听钟磬声[3]。松风有馀籁,岚气不胜清。试问安禅者[4],能忘入世情?

〔1〕本篇结句甚妙,不自写心不能静,而问参禅者"能忘入世情"?仲则欲逃世,却参禅不得,正是其心灵动荡不宁的一种结果。
〔2〕精蓝:佛寺,僧舍。幽麓:清幽的山麓。
〔3〕"欲借"二句:用典,《唐摭言》:"王播少孤贫,尝客扬州惠昭寺木兰院,随僧斋餐,诸僧厌怠,播至已饭矣",后王播贵,访旧游处,赋绝句有云:"上堂已了各西东,惭愧阇黎饭后钟。"伊蒲供,素食斋供。钟磬声,寺院的钟声和磬声。
〔4〕安禅:静坐入定。

## 正月晦夜大风雨[1]

懒逐湔裙极浦春,阻穷偏作雨连晨[2]。今年大底无花事[3],第一番风便恼人。

〔1〕仲则喜欢独行孤往,不愿随众游春,但天公似故与贫士为难,第一番风雨就让诗人感到今年看花已不易了。这首七绝在历代咏春诗中,称得上独具特色。

〔2〕湔(jiān尖)裙:亦作"湔裳",古时的一种风俗,正月湔裙醉酒水边,以求祛灾。湔,洗。极浦:见《雨后湖泛》注〔5〕。

〔3〕大底:大抵。花事:见《僧舍上元》注〔5〕。

## 失题[1]

来时陌上杨柳青,去时黄叶飘寒汀[2]。眼中侯门曳裾者,敬容残客如晨星[3]。十里一榭五里亭[4],十日一醉五日醒。忧从中来使人老,长日悲酸倚长道。鹍鸣本是号寒虫,鹧鸪曾呼首南鸟[5]。今宵何处栖惊魂,孤馆秋池梦空草[6]。

〔1〕本篇是诗人苦吟所得,写失魂落魄的人生,黄叶、寒汀、残客、晨星、惊魂、孤馆、秋池、空草交织成一幅萧冷的画面,寒士干谒之苦、谋生之悲、飘泊之痛、思乡之感俱融入其中,极具感染力。

〔2〕陌上:道上。寒汀:清冷的小洲。

〔3〕侯门:显贵之家。曳裾:比喻游幕乞食。《汉书·邹阳传》:"饰固陋之心,则何王之门不可曳长裾乎?"元稹《贻蜀五首·韦兵曹臧文》:"处处侯门可曳裾,人人争事蜀尚书。"李攀龙《寄谢茂秦》:"老去长裾满泪痕,秋风又曳向何门?"敬容残客:典出《梁书·张缵传》:张缵,字伯绪,"初,缵与参掌何敬容意趣不协,敬容居权轴,宾客辐凑,有过诣缵者,辄距不前,曰:'吾不能对何敬容残客。'"晨星:见《夜坐怀维衍、桐巢》

注〔5〕。

〔4〕"十里"句:秦汉时十里设置一长亭,五里置一短亭,为行人休憩或送行饯别之所。

〔5〕鹖鴠(hé dàn 何旦):即寒号虫,又名号寒虫,外形如蝙蝠而大,冬眠于岩穴中。张岱《夜航船》:"五台山有鸟,名号寒虫,四足,有肉翅不能飞,其粪即五灵脂也。当盛暑时,文采绚烂,乃自鸣曰:'凤凰不如我。'至冬,毛尽脱落,自鸣曰:'得过且过。'"首南鸟:鹖鴠的别名。

〔6〕"孤馆"句:黄仲则《睡醒》:"霜冷夜衾单,秋池梦空草。"

## 金陵望江〔1〕

众山忽断长江来,山势仍抱江流回〔2〕。其间钟山最突兀,苍烟一抹生蒿莱〔3〕。当时六代盛宫阙〔4〕,纷纷割据皆雄才。孝陵创业三百载,王气至今安在哉〔5〕!且典春衣沽浊酒,与尔携手望江口。下瞰长江白如练,仰视峭壁高插斗〔6〕。大哉奇观罗心胸,不饮百斛非英雄〔7〕。古今凭吊不可极〔8〕,万事皆与江流东,悬崖石上生天风。

〔1〕金陵:今南京,钟山龙蟠,石城虎距。江:长江。明初,高启登雨花台望大江,看到大江南北统一,欣然而赋《登金陵雨花台望大江》:"前三国,后六朝,草生宫阙何萧萧!英雄乘时务割据,几度战血流寒潮。我生幸逢圣人起南国,祸乱初平事休息。从今四海永为家,不用长江限南北。"四百年后,仲则于金陵望大江,感叹:"孝陵创业三百载,王气至今安在哉!"二人之诗,一写极喜,一写至哀,历史是如此地具有讽刺性!本

407

篇从高启诗中化出,气韵雄健,与高启之诗堪相媲美。

〔2〕"众山"二句:化用高启《登金陵雨花台望大江》:"大江来从万山中,山势尽与江流东。钟山如龙独西上,欲破巨浪乘长风。"回,回环,意思是曲折环绕。

〔3〕钟山:见《金陵杂感》注〔2〕。突兀:高耸貌。一抹:一片。蒿莱:野草,杂草。

〔4〕六代:即六朝,见《金陵待稚存不至,适容甫招饮》注〔7〕。宫阙:宫殿。

〔5〕孝陵:朱元璋陵,在钟山,借指朱元璋。三百载:从朱元璋建立明王朝到崇祯帝亡国,其间共二百七十六年,三百载是约数。王气:见《雨花台》注〔4〕。

〔6〕高插斗:形容山势峭拔。斗,北斗。

〔7〕大哉:叹词,表示雄壮。罗:森罗,纷然罗列。百斛:形容数量多,十斗为一斛,南宋末改五斗为一斛。

〔8〕不可极:无穷尽,无始终。

# 述怀示友人[1](二首选一)

## 其二

自过中年厌此身,劳劳生计为衰亲[2]。早无能事谐流辈[3],只有伤心胜古人。篱下寒花非笑伴,檐前饥雀是□宾[4]。街东日日期相访,愁盼风前一绺尘[5]。

〔1〕本篇盖作于游京师之际,如黎简《检亡友黄仲则手书》所评:"古之伤心人,黄生尔为近","孤思破毫发,万象纳齑粉。"

〔2〕劳劳:辛劳,忙碌。杜牧《偶题二首》其一:"劳劳千里身,襟袂满行尘。"衰亲:年老的父母,此指母亲。

〔3〕谐流辈:即谐俗。流辈,流俗之辈。

〔4〕寒花:寒冷时节之花,多指菊花。非笑伴:犹言愁侣。笑伴,卢纶《春日登楼有怀》:"花正浓时人正愁,逢花却欲替花羞。年来笑伴皆归去,今日晴明独上楼。"□宾:宾字前缺一字,盖为一"爵"字。宾雀,老雀,泛指家雀。罗愿《尔雅翼·释鸟》:"雀,小佳,依人而居。其小者黄口,贪食易捕,老者益黠难取,号为宾雀。《淮南子》:'季秋候雁来宾,雀入大水取蛤。'许叔重释之曰:'宾雀也者,老雀也。栖宿人家堂宇之间,如宾客也。'崔豹《古今注》亦云:'雀,一名嘉宾。'"朱建新推测或为一"嘉"字,《黄仲则诗》:"'嘉',刊本阙文,余以意补。"

〔5〕一绺尘:一绺清尘,喻指友人相访。尘,指清尘,见《次韵韦进士书城见赠移居四首,原韵奉酬(选三)》其二注〔4〕。


# 元夜独坐偶成[1]

年年今夕兴飞腾,似此凄清得未曾[2]。强作欢颜亲渐觉,偏多醉语仆堪憎[3]。云知放夜开千叠,月为愁心晕一层[4]。窃笑微闻小儿女,阿爷何事不看灯[5]?

〔1〕乾隆四十五年(1780)作。本篇借助白描和烘托,将心酸事婉转道来,裁冰雪入句,咀嚼生凉。汪佑南《山泾草堂诗话》叹赏"云知"二

句,以为仲则近体诗"亦刻意苦吟,足以耐人寻味者"。严迪昌《清诗史》评论此诗"全系眼前事、心中情,以白描勾勒出之,读来却酸辛入骨。这种择取眼前事、家常语来写情看似不经意,然因其感触深微,情溢于词,所以往往名句迭出"。

〔2〕兴飞腾:逸兴遄飞。洪亮吉《除日登城东浮图》:"心事未酬身已老,倚阑空有兴飞腾。"得未曾:前所未有。

〔3〕亲:指母亲。仆:仆人。黄仲则《老仆》:"飘零应识主人心,仗尔锄园守故林。数载相随今舍去,江湖从此断乡音。"仆堪憎,戏用仆憎之语。仆憎,即步甑,古人的一种暖熟食具。陆容《菽园杂记》卷八:"言仆者不得侵渔,故憎之","乃知仆憎之后传讹耳"。

〔4〕放夜:解除夜禁,古时城市有夜禁,唐代起元宵夜前后暂时弛禁,准许百姓夜行,称作放夜。范成大《西江月》:"不惜灯前放夜,从教雪后留寒。"晕:月晕,月亮周围的光圈。

〔5〕窃笑:暗笑。微闻:隐约听到。小儿女:仲则有二女一子,长女仲仙已十三,独子乙生方十龄,次女尚幼。杜甫《月夜》:"遥怜小儿女,未解忆长安。"看灯:元夜观灯,与上两句的看月形成对比。


# 偶题斋壁[1]

天留隙地位方床,竹作比邻草护墙[2]。四壁更无贫可逐,一身久与病相忘[3]。生疏字愧村翁问,富有书怜市侩藏。渐喜跏趺添定性,大千起灭满空光。

〔1〕本篇作于乾隆三十八年(1773),反映了仲则两当轩的风貌和

诗人的个性。仲则室名两当轩,蒋士铨《两当轩》诗云:"笑彼两当衫,似我一桁屋。朝曦东牖来,夕月西窗宿。居之实能容,戏扪空洞腹。"黄志述《两当轩集考异》云:"原稿旧题《悔存钞》及《悔馀存稿》,诸家以大父尝取《史通·隐晦》篇'以两当一'之语名轩,多题为《两当轩集》。"金性尧《两当轩的历史风貌》:"《史通·隐晦》篇黄叔琳本作《叙事》篇,原文云:'盖作者言虽简略,理皆要害,故能疏而不遗,俭而无阙。譬如用奇兵者,持一当百,能全克敌之功也。若才乏俊颖,思多昏滞,费词既甚,叙事才周,亦犹售铁钱者,以两当一,方成贸迁之价也。'可见仲则以《史通》此语名其轩,实含自谦之意。"(《文献》,1983年第2期)

〔2〕隙地:狭小的空地。位:摆放。方床:卧榻。比邻:近邻。

〔3〕四壁:用司马相如徒有四壁典事,见《思旧篇并序》注〔11〕。无贫可逐:用扬雄逐贫典事,扬雄《逐贫赋》:"扬子遁居,离俗独处。左邻崇山,右接旷野,邻垣乞儿,终贫且窭。礼薄义弊,相与群聚,惆怅失志,呼贫与语……余乃避席,辞谢不直:请不贰过,闻义则服。长与汝居,终无厌极。贫遂不去,与我游息。"相忘:典出《庄子·大宗师》:"泉涸,鱼相与处于陆,相呴以湿,相濡以沫,不如相忘于江湖。"参见朱建新《黄仲则诗》。

# 朝来[1]

朝来不合闻乡语,顿触羁心变酸楚[2]。怪底多时赤火云,团团只照东南土[3]。客言来从故乡时,故乡农病嗟难支。螟螣遍野苗立尽,白昼耕父行郊逵[4]。去年苗槁十存一,旱更兼蜚那堪说[5]。闻道蝗飞不渡江,于今遍地同蚍虱[6]。连翅接尾不计千,冲过巨浪浮成团[7]。中逢芦洲忽飞散,顷刻千亩无芦田[8]。区区之苗讵禁唊,此物于人定何憾[9]。怪事惊呼百岁翁,东南何事遭天厌[10]。客请收泪无沾巾,听我一语为分陈[11]。我曹生世良幸耳[12],太平之日为饥民。

[1] 黄仲则曾经手书此诗,墨迹尚传世,今藏于上海博物馆。本篇作于乾隆四十年(1775),写故乡遭旱蝗灾,民不聊生的惨状,结句"我曹生世良幸耳,太平之日为饥民"的庆幸,实是辛味的讽刺,声如撞钟,馀音不绝。

[2] 不合:不应。羁心:见《中秋夜雨》注[9]。

[3] 怪底:惊怪。赤火云:红云,多指干热天的云。团团:密集貌。东南土:江南一带。

[4] 螟蟊(máo毛):两种吃稻的害虫。张岱《夜航船》:蝗有四种,食心曰螟,食根曰蟊。耕父:古代传说中的神名,或以为旱鬼。张衡《东京赋》:"囚耕父于清泠,溺女魃于神潢。"郊逵:郊路。

[5] 苗槁:禾苗枯死。蜚:一种有害的小飞虫。《左传·庄公二十九年》:"秋,有蜚为灾也。"

[6] 蝗飞不渡江:典出《后汉书·宋均传》:"中元元年,山阳、楚沛多蝗,其飞至九江界者,辄东西散去,由是名称远近。"

[7] "连翅"二句:写蝗飞过江的情形。不计千,难以千计。

[8] 芦洲:芦地沙洲。

[9] 区区:形容数量少。唊:吃,咬。"此物"句:是说蝗虫何憾于人,而必为此害人之事。

[10] 天厌:为上天所厌弃,典出《论语·雍也》:"子见南子,子路不说。夫子矢之曰:'予所否者,天厌之!天厌之!'"此指蝗灾。

〔11〕沾巾:形容泪流之多。分陈:分辩陈说。
〔12〕我曹:我辈。